第十九届百花文学奖

科幻文学奖

获奖作品集

《科幻立方》编辑部 编

天津出版传媒集团
百花文艺出版社

图书在版编目（CIP）数据

第十九届百花文学奖·科幻文学奖获奖作品集 /《科幻立方》编辑部编. -- 天津 : 百花文艺出版社, 2022.1
ISBN 978-7-5306-8170-1

Ⅰ. ①第… Ⅱ. ①科… Ⅲ. ①幻想小说-小说集-中国-当代 Ⅳ. ①I247.7

中国版本图书馆 CIP 数据核字(2021)第 210889 号

第十九届百花文学奖·科幻文学奖获奖作品集
DI-SHIJIU JIE BAIHUA WENXUE JIANG KEHUAN WENXUE JIANG HUOJIANG ZUOPIN JI
《科幻立方》编辑部 编

出 版 人:薛印胜
选题策划:汪惠仁
责任编辑:成全 孙艳 装帧设计:任彦
出版发行:百花文艺出版社
地址:天津市和平区西康路 35 号 邮编:300051
电话传真:+86-22-23332651（发行部）
+86-22-23332656（总编室）
+86-22-23332478（邮购部）
网址:http://www.baihuawenyi.com
印刷:山东临沂新华印刷物流集团有限责任公司
开本:787×1092 毫米 1/32
字数:266 千字
印张:13.375
版次:2022 年 1 月第 1 版
印次:2022 年 1 月第 1 次印刷
定价:50.00元

如有印装质量问题,请与山东临沂新华印刷物流集团有限责任公司联系调换
地址:山东省临沂市高新技术产业开发区新华路 1 号
电话:(0539)2925659
邮编:276017

科幻文学奖·获奖作品

科幻文学奖·入围作品

百花文学奖
The 19th
Baihua Literature
Award

科幻文学奖

获奖作品

加油站夜遇苏格拉底

段子期

19th 百花文学奖 The 19th Baihua Literature Award

科幻文学奖

段子期

新锐科幻作家。曾供职影视行业,现为高校教师。小说散见《西部》《文艺报》等平台,亦创作有诗歌、音乐等形式的作品。

有一道光刺入，那光亮强到如天地混沌初开，箭镞般冲向他的眼睑。他想要醒来，但却不能。

他感觉身体正在下坠，在意识的沼泽地里越陷越深。仿佛有黏稠的液体从头顶浸入，渐渐填满体内器官之间的所有空隙。碎片般的思维试图聚集、靠拢，却被一股无形的斥力反复冲散。他知道苏格就躺在旁边，距离自己不到一米，但此刻，她却遥远得像波江座的一粒尘埃。

声音一直很嘈杂，空气中有消毒水的刺鼻气味。梦境跟现实似乎永远是此消彼长的关系吧，当他意识到自己在跟宇宙中最强大的力量对抗时，才有一丝机会，跟梦告别。

却也不是梦。

23:48

丁皓开车行驶在夜幕降临的公路上，百米外的加油站是附近唯一有光的地方，他准备停在那儿打个盹。

整个加油站没有一个员工，超市灯牌是一个海边日出的图案，海面上露出一半的太阳，旁边有两棵椰子树。自从有了自助加油机、无人超市、无人餐厅，这座城市变得越发空旷。

加完油后，他打量着车窗上的自己，头发凌乱，唇边的胡楂儿是刚冒出来的，疲惫的眼睛陷入眼眶，他才二十五岁，看上去却像个刚经历一场失败婚姻的中年男人。他躺进车里，紧了紧外套，准备做个美梦来缓解这一刻的疲乏和沮丧。

“你能帮我看看吗？这台机器好像坏掉了。”一个年轻女人的声音隔着玻璃将他的耳朵唤醒。

当丁皓睁开眼看见她后，庆幸自己没有假装睡着。他揉揉惺忪的眼睛，打开车窗，一股带着茉莉香气的风探入鼻息。

“不好意思，把你叫醒了。”她带着歉意冲他笑了笑。

“嗯，怎么了？”他清了清嗓子，走下车。

“男生应该比较懂这些机器吧，它像是失灵了。”她一眼看去酷劲十足，穿着黑色皮衣，长发微卷散在肩上，轮廓分明的脸上带着些孩童般的稚气。

“这么晚一个女孩子在外面，你就……不怕我是坏人吗？”丁皓不敢多看她，在加油机前检查起来。

“我带了防狼喷雾，瞧！”她掀起衣服的一角，内兜有一瓶灌装液体。

丁皓笑了笑，鼓起勇气跟她对视了一眼：“今晚你应该用不着它。”

他接着去检查其他几台机器，无一例外显示故障：“奇怪了……刚才还好好的。”

“啊，那怎么办？”

“要不你在这儿睡一晚，天亮后再找人来修。”

“那我可能要赶不上了。”

“赶不上什么？”话刚落音，丁皓意识到自己不该问她的私事。

“赶不上……”她顿了几秒，“去一个地方。”

“哦。”

“你呢，你去哪儿？”她的眼睛看上去是深蓝色的，跟夜幕一样，闪烁着一丝轻盈且敏感的聪慧。

丁皓舔了舔嘴唇，右手插在裤兜，想到自己毕业后一事无成，挫败感又涌上心头，特别是在这样酷的女孩面前。他拿着摄影机到处拍，想要记录或探究什么，城市的变迁、人的善变，或是凌晨4点48分为什么是人最痛苦的时候。他最想拍的是不同的人仰望星空的表情，如果素材足够多，他也许会将这些寄给NASA（美国国家航空航天局），让他们往太空发射探测器的时候，别忘了向外星文明展示人类最虔诚的一瞬。

可他爸爸却说这些东西连房租都挣不回来，不如琢磨怎样才不会被机器抢走饭碗，而不是赖在家里混吃混喝。“要不，你搬出去吧。”妈妈说。

丁皓决定拍完最后一段星空素材，就去努力学习跟机器竞争，这趟旅程算是一场费心安排的告别，与曾经那个想要打破某种常规的自己。

她是一个很好的聆听者，她会在他的每一个停顿、转折里，不动声色地投射进自己的感情，带着一种谦卑和热切，近乎感同身受，即使是对一个全然陌生的人。

“抱歉，我是不是说太多了？”他转而挪向车尾，想挡住这台旧车上被蹭掉的漆，它就像一块滴在胸前的油渍。

她笑着摇摇头。

一阵短暂的沉默后，她仰起头，望向夜空，双手做祈祷状：“是这样吗？你可以拍我了。”

在这一刻，丁皓应该是爱上了她。时间仿佛被压成一张厚度为零的油画，那种无法言说的感觉持续了几秒，又像在他心里蔓延了几个世纪。他呆呆望着她的侧脸，希望黎明暂时不要来惊扰这个深夜的加油站。

如果有一台机器可以计算人生，那这段记忆会在他往后人生中被想起 547 次，就像程序被读档。

那时的他不会知道，她会和他在一起。几年后，在城市某个相似的加油站里，他会向她求婚，之后，他们将一起度过生命中的十年。这个加油站改变了他的一生，他在旅途过后不会放下摄影机，她仰望星空的神情对他来说是一种救赎。

他们会像世界上大多数人那样，彼此相爱，接着被琐碎打败，他把她卷入生活的旋涡，直到一个新生命的到来。然后，他们再一同失去还未长大的他。他们会分开，再也不相见，如同参宿和商宿，除非，命运偏要两条渐远的轨迹重新相交。

他不知道。他还以为是个梦。

加油站那晚的三年后，丁皓拍出了那部纪录片——《仰望星空的人》。在拍纪录片之前，他从未那样朝气蓬勃地活着，他把自己的爱和才能全都倾注到纪录片上，像是播撒下一颗能生长出万物的种子。

庆功宴当晚，不少人专程为了他的纪录片而来，可她并没有及时出现。

宴会厅里都是穿着礼服互相攀谈的人，丁皓不时紧一紧领结，努力适应这里的喧闹。陆续有人过来问好，表达对他作品的赞许，他报以微笑，晃着酒杯一边说着无关紧要的话题，一边望向门口。

他本打算在今晚求婚，如果没有她，这部纪录片存在的意义仅限于与人分享愉悦，而不是一个踏踏实实的终点。可有时，她就像一阵风，让人捉摸不透。

直到浮华散去，她才匆匆赶来。

丁皓轻轻叹气："本来想给你一个惊喜的……"

她指了指怀中的书本，脸上堆满笑："对不起啦，学校的事太多，实在走不开。"

"今天对我很重要，你应该看看他们欣赏纪录片时的表情，我就是想在那个时候向你……"

她的眼神越过他，望向远处："我还记得纪录片最后一个镜头！是无数人的脸消失于群星的画面，真美，像是有一种力量把我们跟宇宙连接在一起……"

"那都是你给我的灵感，所以，我想跟所有人说，是你。"

"这些都不重要。"

"什么才是重要的？"

她没回答。

暮色四合，城市犹如一幅用色过度的油画，霓虹装点在排列齐整的大楼之间，车流速度、全息广告投放频率和轨道调控方向，一切都经过程序精心设计。

他开车载她回家，他喜欢谈未来，她喜欢聊过去，纪录片再梦幻都要退居生活背后，但他们总能在其间找到一个平衡点。

车子经过附近的加油站，她指了指前方："在这里停一下吧。"

"嗯？"

“你不是要给我惊喜吗？”她冲他眨了眨眼。

丁皓瞬间明白了她的意思，他的心在一种热情的惶恐中猛烈跳动。她总是能默默地洞察一切，这让他觉得自己在她面前是透明的。即使最快乐的时刻还没到来，他也已经被这快乐淹没了，他感觉自己与此刻的世界保持生动和谐的运作，一种“自己正活着”的信息如风暴般穿过身体。

他们第一次相遇就是在这样的加油站。他下车，为她打开车门，然后从衬衣口袋掏出一枚戒指。他没有发问，只是看着她，看着那双眼睛里的璀璨星河，自顾自在里面游起了泳。

“此时此地。”她说。

“此时？此地？”

“对，你问我什么是最重要的，就是此时此地。”

问题和答案。拥抱。亲吻。夜晚。加油站。

除了此时此地，什么都不重要。

1:32

夜越来越深，月亮有种凉薄的美感，加油机依然显示故障，似乎故意为这对初见的年轻人制造更多时间。

丁皓拍下她刚刚仰望星空的神情，那瞬间，似乎有流星在他胸口坠落。他想说什么，又好像说不出口。

“对了，我叫苏格，你呢？”她看向他。

“我叫丁皓。哎，苏格……名字好特别，跟苏格拉底有关吗？”

“是啊，我爸妈在大学图书馆认识的，他们在架子上拿了同一本《理想国》，就这样。正好我爸姓苏，妈妈就给我取了这名。”

“挺浪漫的。”

“没想到,后来我还真考上了哲学系。”苏格低眉笑了笑。

“那在你们哲学家眼中,这世界是什么样子的?”丁皓语气中带着一丝不自信的试探。

“这个世界,是它偷来的样子。哈哈,其实我也不知道。在我眼里,没那么多条条框框,它是什么样,取决于你当下这一刻的想法。”

“现在……我挺快乐的。”

“所以你看,那些星星也很快乐。”苏格指了指夜空,最亮的那颗星正在她指尖闪烁。

丁皓暂时忘记了夜的深,他想将一生都定格在这一刻,他想把这世界变成二维底片, 在幽幽的暗室里, 一次又一次和她重逢。他不知道自己是怎么了,毕竟和她只是第一次遇见,跟无数次同陌生人擦肩而过没什么两样。

但这一次的确非同寻常。

“不如你先睡会儿,之后我开车送你去目的地。等办完事你再回来取车,怎么样?”

“可是,这样不会耽误你吗?”

丁皓摇头,用脚踱了踱地上的石子,然后把它踢远。

苏格的车是红色的,像火和太阳,透着一股生命力。她睡着了,头靠在玻璃上。丁皓回到自己车上,一边望向她,一边默数自己的心跳,像个忠诚的守卫。

他不敢睡去,生怕会错过什么。

时间不知过了多久,苏格醒来,眼角挂着泪水。她对他说,她做了一个无比漫长的梦，梦见苦乐参半的未来。在那个未来，自己生下了一个美丽的男孩，然后又看着他离去。

“感觉好真实……”

她突如其来的眼泪让丁皓手足无措，他想把手放在她肩上，却又缩了回来，只得微微倾斜僵直的肩膀，暗示她这儿可以依靠：“别害怕，梦里再难过都会醒来，好的不好的，都会过去……”

苏格点点头，瀑布般的头发上下抖动，她用指腹擦去眼泪，慢慢恢复平静。她抬起头注视着他扭成奇异角度的肩膀，随即将手放在他肩上轻轻摩挲了两下表示感谢：“我没事了。”

“那就好。”

在离家之前，爸爸也在丁皓肩上同样的位置拍了拍，手势不同，力度不同，肌肉的记忆也不同，两种感觉却在此刻相互叠加。他的肩膀似乎成了一张复写纸，每一次书写都让从前的印记更加清晰。

“不如，我们出发吧。”她说。

苏格坐上丁皓的车，向着目的地出发。他在无人超市买来一些牛奶和饼干，看着食品包装上的图案，都是那个海边日出的标志，跟超市灯牌一模一样。她若有所思，目光又落向别处。

车子驶离加油站，进入高速公路。深蓝色夜幕笼罩大地，仿佛流畅画面中的一格静帧。

“我突然觉得这里发生的一切，都好熟悉，包括那个梦……”苏格似在喃喃自语。

“嗯，是吗？也许是……”行车速度保持在七十迈，他不想太快到达。

可是，在她做了那个梦之后，有些东西似乎正悄悄发生变化，包括这静谧的深夜，但具体是什么，他又觉察不到。

或许，不那么重要。他这样想着，试图转移注意力："对了，你喜欢听什么音乐？"

"你可以给我听听你喜欢的，然后我再告诉你我的感觉。"苏格侧过头看了看他。

音乐搅动起车内的冰冷空气，她渐渐放松下来。他们对这些音乐发表各自的看法，哪首跟周末晚上最称，哪首会让人梦到银河。他认真听她不经意间提起的往事，默默在脑海中拼凑着她的过去。

她来自知识分子家庭，良好的学养让她有不少追求者，她常读的一本书是尼采的《快乐的知识》，她永远精力充沛，总能带给周围人能量。

在他们相识的几个小时内，音乐承担了催化剂的角色。

二十世纪的美国乡村民谣。喜欢。

值得开一整瓶红酒来与之相配的爵士乐。喜欢。

一部文艺爱情电影的原声带。喜欢。

丁皓窃喜，他还想分享更多，或许有一天他也能为她写首歌。

可是，就在上一首音乐拖着尾音、下一首即将登场的缝隙，诡异的一幕出现了。路的前方依然是一个加油站，和深夜 11 点 48 分时遇到的那个一模一样。

婚姻无疑是一所最好的学校，加油站遇见后的第五年，他们慢慢领悟什么是真实的生活。爱情跟电影一样,同样要退居生活背后。

他们共同拥有一所漂亮房子,他在客厅做了一个大书柜,摆满了她钟爱的书,即使有不少他都看不懂。

“全都是快乐的知识。”丁皓搂着她,一脸骄傲。

苏格将头靠在他肩上, 肌肉记忆又一次经过复写, 留下了“他正活着”的印记。

丁皓和苏格在这房子里度过了很多时光,像所有夫妻那样。他们会各自忙碌,在不同房间进行自己的工作,他常常闷头做剪辑直到深夜,而她则要准备读博期间的深奥论文。他们会在中途休息时,在沙发上一起喝杯咖啡,互相鼓励和拥抱,转而又进入各自房间,像两趟方向不同的旅程偶尔在中转站相交。

他们也常常争吵,为了一些无关紧要的小事。

白天的事弄得有些不愉快,丁皓的父母来看望他们,苏格提前做好清洁,准备好午餐。两位老人一边吃饭,一边就周围的陈设发表对他们生活方式的看法。看到什么能吸引注意的东西,老人的话就会停顿一下,仿佛屋子里的一切都变成了标点符号。丁皓一直注意着苏格的脸色,她保持优雅的沉默,直到一个关于女性在家庭中的身份问题被老人提出,沉默才被打破。

送走父母后,丁皓到家已是晚上。苏格在沙发上翻看一堆论文,背对着他。

他感觉自己像一个天平, 被不同方向的力量往下拽:“你吃饭了没?”

“吃了。”苏格没有回头,她的背影单薄瘦削,让人想紧紧抱住。

尽管心里充满歉意,但他觉得此刻的她有些陌生,只是一瞬间。每每面对分歧时,她都异常理智,他甚至在想她是否爱过自己,是不是找不到更好的而选择自己。他又摇摇头,仿佛竭力否定这个不合时宜的念头。她是爱他的,这毫无疑问。

无数个她的影子跃入脑海,大笑或是睡着、被日出感动或是因自省而沮丧,那么鲜活,那些她存在过的时空并没有坍缩,而是在他心里加速膨胀。

很抱歉,今天没有让你感到快乐。他想。

他热好一杯牛奶放在茶几上,望着她的侧脸,又止不住想起他们曾经共同拥有的很多时刻,窝在沙发里为对方朗读,躺在高原上仰望星空,在末班车里扮作陌生人相遇……

那些激情和智慧都无用的时刻, 让他的所有思虑都被二者同时安抚,最终凝固成一个不被线性宇宙摆布的完整时刻。哲学之钟停摆,所有求索都悬在半空,不能够被自他观察,就像量子态,一旦启动那个阀门,便有星河狂泻、陨石落下。

他想让那种感觉延续到生命最后一刻,他想懂得每一个她。

学生们的哲学论文总是用尽每一个定义去阐释观点, 而忽略了其本质,苏格想看到的是最简要的真理。只有丁皓知道如何让她放松下来,哲学是元理,艺术是原理,两种尺度的弥合需要一点恰当的氛围。

只有音乐最为妥帖。

他打开播放器,是一首自己为她写的歌,《仰望星空的人》的主题曲:

我在，深夜加油站
遇见苏格拉底
日暮微薄
迎合笨拙的遣词造句
街灯指错了方向
连影子都剩我不顾
我却拼命奔向你　跌向你
在云上　或在别的地方
匆失匆忘你说吧
你说的都在胸口坠成星星
没有别的大道理　除了
我爱你，我永不收回去

"你想要一个孩子吗？"苏格抬起头问他。

2:13

前方的路和出发之前完全相同，他们再次停靠在加油站，带着某种暗示意味的音乐成了陪衬，在车内兀自回旋着。

自助加油机还是全部显示故障，无人超市的灯牌依旧是海边日出的图案。让人无法辩驳的是，苏格那辆红色轿车就停在那儿。

"我们……被困住了？"她望向窗外。

丁皓去检查了超市、洗手间的内部，各处陈列和细节都一一对应,再次确认这个加油站就是之前那一处。

“好像是……”

周围安静得如同真空,浓稠的夜色似被稀释了一些。他们似乎进入了一个空间盒子, 高速公路的两头可能被某种神秘力量连通了,在特定时间内来到这里的人,会在这段路上不断重复。但是,时间依然保持线性流逝。

造化。

丁皓脑中闪过这两个字,不知为何,他并没过多恐惧。

“没信号了。”苏格举起手机试探着,在如此诡异的现象面前尽力保持理智。

“这像是科幻电影里才有的情节……”丁皓看向她,“你不害怕吗?”

“爱出者爱返……”苏格低语,“进入加油站的时候,你看过时间吗?”

“深夜 11 点 48 分。”

“我记得你之前说过,人在凌晨几点最容易痛苦?”

“4 点 48 分。”

“为什么?”

“你应该听说有部话剧叫《4:48 精神崩溃》, 好像有数据统计,凌晨 4 点 48 分,人们在这一刻最容易产生抑郁情绪,也是最容易自杀的时间点……”

苏格轻轻叹气:“如果那个时候,我们还在一起的话……”

“我会紧紧抱住你!”丁皓脱口而出,涨红了脸看向那个日出标志。

“怎么感觉像是世界末日了？”

“万一是呢……希望这个世界末日不会很无趣。”

苏格顺着他的目光看去：“你会不会觉得很奇怪，好像一切从一开始就注定了，我们可能会一直被困在这里，直到……”

“直到什么？”

她没有回答，转而走进超市，几排货架围成一个U形空间，里面商品的包装都是同样一个日出标志。丁皓跟在她身后，一步步踩在她脚步停留过的地方。

宇宙只不过跟他们开了一个小小玩笑，在深夜11点48分，或许有一颗彗星刚好经过地球。但只要一直待在这里，就会安全，只要跟她在一起，就够了。不管是世界末日，还是别的什么，都无法改变这一刻。他会和她一起等着某个结局，如果有的话，他想。

苏格的视线重新落回虚空，身体微微颤抖，“所有货品上都有一样的标志……”她低声说。

“嗯？你别害怕啊，会有办法出去的，可能时间一到，就自动恢复正常呢……电影都是这么演的，最后都会……”

“不是……”

苏格眼神中藏着一丝忧郁，而他好像应付不来她脆弱的一面。她的思虑如同流星，飘忽不定，如同凡人揣测哲学家，他无法真正理解她正感受的，除非有一台机器能把意识转移到他身体里。

就像多年以后，他依然应付不了很难再快乐起来的苏格，一个失去了心爱之子的普通女人，哲学再次失效，第一次因为爱，第二次因为死。

“我怎么觉得天越来越黑了……”苏格把脸埋进双掌。

他轻轻抱住她。

“不如我们再重演一遍之前发生的？不知道是哪个地方出了错，如果经过调校，一切都咬在正确的齿轮上，说不定会有转机呢？”

丁皓自顾自拉着她往外走，嘴里念念有词，像是排练舞台剧的第一幕情节。他小心翼翼地说台词、走位，重演一段记忆中的人生，尽力让每一步都踩在正确的节点上。

然后，他继续载着她离开这里，同样的音乐、同样的话题。

可第二次、第三次，路的前方还是这个加油站。

“到底什么才是正确的人生？”苏格慢慢松开他的手。

丁皓慌乱的姿态停摆下来，才明白自己还没弄懂这出剧目，就匆忙开演。

“你看看周围。”她拨了拨他凌乱的头发。

那个出生在夏天的美丽男孩，同样打乱了他们的人生节奏，像平铺直叙的剧情中突然插入的情节线，而这却是整篇剧目中最为华彩的一章。

“给他取个名字吧。”一个粉红色皮肤的婴儿蜷在苏格身旁，在丁皓眼里，他们就是银河系的中心。

“丁小曦。”

“会不会太简单了？”

“不会啊，多可爱的名字。”男孩跟他长得很像，他的食指被那只小手掌紧紧握着。

“可他又不是在傍晚出生的，为什么是夕阳……”

“是晨曦的曦啦。”丁皓冲她眨眨眼。

晨曦和夕阳。出生和逝去。仿若一个提前设定好的隐喻。

他们为他忙碌着。

不管是丁小曦三岁时，还是多少时间以后，他注定会离开、会随尘埃一样消散，像曾经活过的每一个人。甚至是恒星和银河系，没有什么能逃过这个熵增宇宙中最标准的方程式。

在拥有他的短短几年里，丁皓和苏格围绕这颗恒星转动。她曾说，我们完整了彼此的生命，即使很多时候，他就像一个嘴里衔着玫瑰、到处窃取别人力气的小魔头，但她愿意献出一切。丁皓总会在这个时候吻上她的额头。

他离开这个世界，也是夏天。他的房间成了一个破碎的蛹，又像是灌满水的游泳池，只要一进去，就会把人淹死。

丁皓都忘了，自己和苏格到底有没有抱在一起狠狠地哭过，也许身体机能会自动将痛苦记忆稀释。丁皓只记得，她要么把自己埋进书里，她的背像倒扣的书脊；要么一个人在房间里乱走，或者进入他的房间，坐在地上把他的玩具摆在四周；要么拿出他的衣服，把脸埋进去闻上面的奶香，累了就倒在沙发上睡着，一遍又一遍。

在丁皓的摄影机里，他吃过二十五顿饭，哭过三十六次，洗过八次澡，摔倒过十五次……他也只能做一些无用的数学题，算出一些无意义的总和。

然后，他陪着她，勉强熬过了那个冰冷的夏天，接着度过了接下来的两年。

3:52

一排亮光忽然照射到地面，自助加油机全部恢复正常。

“你看！有变化了，说不定这次能离开。”丁皓看到转机，忽而又有些失落，“可是……”

要和她告别了吗？那颗彗星快离开地球轨道了吧。

他帮她的车子加上油，动作尽可能缓慢。苏格一直望着夜空，群星在越来越淡的蓝色夜幕中渐渐收束起光芒，它们准备收回在她眼里残留的倒影，也收回让黑夜白天暧昧不明的分界线。

像是底片见了光。

“丁皓，你看看周围。”

所有屏幕开始播放一段视频，是那个海边日出的标志，经过动态特效处理后，像是20世纪90年代的旅游广告——深蓝海面和深蓝天空的边界线似乎被抹了去，半轮太阳躲在海的背后，发出橙红的光辉。有风从海面吹来，透过屏幕往他眼睑中送入一阵微甜的气息。

“这是……”丁皓抬起头，被这一幕怔住，顿觉思维变得滞重。

“我们，该走了。”苏格张开双臂，索要一个告别的拥抱。他转过身，愣了几秒，走上前轻轻投靠。

忽然，地面一阵晃动。

平静的夜空发出一阵短促的凄厉声音，像是玻璃巨幕上了裂开一条缝隙。恐惧绕过思维，抵达丁皓的神经通路，几乎是下意识的反应，他打了个冷战，两人都不知刚刚的颤抖到底来自谁的身体。

眼泪重新惹上她的眼眶，她的哭泣让空气都轰轰作响，不舍、疼痛、绝望，还有一些难以言表的情感，仿佛已经在某个平行世界经历过一生。

“现在，让我们上路吧。”她对他耳语，“我已经想起来了，那个孩子，还有你，在未来……我们……”

“什么？”

加油站的一切开始如蛇蜕皮一样剥落，像是换季般自然而然。

星河狂泻，陨石落下。

距离丁小曦下一个忌日不到几天，丁皓和苏格离婚已有多年。他忘了当初分开时的细节，只记得她说，只要不离开就会随时想起他，像是有一根荆棘缠绕在心脏上，每跳一下，就是钻心的疼痛。

快乐的知识好像失去了意义，他摸了摸同样疼痛的胸口，点点头。

丁皓放手让她回到风中，也把自己送回孤独的囚笼。他试着计算跟她在一起的生活，吃饭、旅行、争吵、看电影的次数、各自为对方做出的改变、互赠礼物的数量、谁迁就谁多一点……可越算越乱，他才发现这是宇宙中一道最艰涩的数学题，怎么都算不出答案。

在一次喝得酩酊大醉后，思念像一条在草地上爬行的蛇，他忍不住拨通了她的电话。他想在那天做点什么，什么都好。在苏格应答之前，他已经很久很久没听到她的声音了。

她嗓音略带疲惫，似有风沙卷入喉咙："好。"

他们决定去儿童福利机构做义工，然后去慈善基金会捐一笔善款，忏悔抑或赎罪，为他们早夭的小曦。丁皓给孩子们买了很多礼物，也给她准备了一份。

再次见到苏格时，丁皓感觉体内的冰山正渐渐融化。她依旧很酷，眼神中的机灵加入了一些柔和作为调和。有那么几个瞬间，丁皓以为她真的放下了。

那天，他们相处得很愉快，只要不提起过去，也不谈及未来就好。苏格还是哲学系老师，丁皓还在拍他的纪录片，至于各自有没有爱上别的人，至少丁皓不会。这样就挺好。

《永恒与一天》。看着阳光下她的侧脸，被金黄光线勾勒出一首诗篇，他想起了那部电影。不过，丁皓不再像第一次见到她时那样，那么热切地渴求时间停在当下这一刻，因为那是一种徒劳。

一直到很晚，谁都不愿意先说告别。车子自动驾驶功能带着他们在城市里兜了几个圈子，像是一种故意。

直到夜越来越暗，群星涌现，在头顶铺开细密的巨网。

两个本来永不相见的星宿越过宇宙设下的藩篱，再次交汇。

可代价是，造化。

自动驾驶系统计算失误，车子和疾驶的卡车迎面相撞，群星在天窗上不断倒转，继而越来越远。伴随着巨响，眼前的一切渐次收缩成一个白点，仿佛宇宙大爆炸之前的那个。

某一瞬间，丁皓感觉自己像是回到了妈妈肚子里，又像是回到那个加油站，或者是在某棵树下，自己垂垂老矣，一阵风吹过，他累得想要闭上眼睛。

一片混沌中，强烈的血腥味蔓延至他的大脑皮层，他拼命睁开眼，想让苏格的影子重返瞳孔，她胸口殷红一片，头低低垂下。他想喊想哭想说不如我们重新来过吧，但喉咙却被什么东西堵住，又腥又咸。

世界越来越模糊，像是用色过度的油画被泼上了松节液。

来自意识之海的海水开始灌入，渐渐没过头顶，填满他和她之间的所有缝隙。只剩下一些声音，仿佛来自另一个星系的遥远回音。

4:25

医院比加油站更像一趟旅途的中转站，一切的真实都发生在这里。

天花板的灯管发出刺眼的白光，抢救室中央并排放着两张病床，周围的仪器嗡嗡运转着，连空气也轰轰作响。丁皓和苏格身上被插满各种导管和电线，血液和药剂正缓缓流入身体，呼吸机拼命制造氧气送入他们的肺部和心脏，墙面的液晶屏画面分别显示各项身体数据，某一数据格闪烁着橙色的警示。

林医生和赵博士在两人旁边，盯着那些仪器，眼神虔诚，如同向它们发出祈祷。

丁皓和苏格已经昏迷了二十小时以上，头上各自戴着一个脑神经传感式头盔，密密麻麻的触点紧贴在头皮。每个触点前端发出幽幽的蓝光，通过复杂的线路全部连接到一个终端，在主程序里，正在对他们的大脑活动进行复杂测绘。

这套设备程序是赵博士和脑神经科研团队工作七年的技术成果，名叫“多电极阵列(MEG)——皮层脑电图(EcoG)磁阵造影脑成像系统”，他习惯把它叫作“阿赖耶”系统。它主要通过测绘脑内神经细胞脉冲电流产生的生物磁场，来推算大脑内部的神经电活动，能在“潜意识读取”模式下，最短时间内完成对大脑神经元矩阵的检阅，即使是潜藏在海马回中最微弱的脑电波信号，也能被解译成高精度潜意识编码，然后形成视觉画面，投射到观测者的视域镜中。

潜意识更像是一种对现实的变形，是一片混沌海洋，或者一座漂浮在海面的巨型冰山。露出海面的部分是人能察觉到的意识，而在海面下99%的冰山山体，则是观测失效的潜意识。

它安忍如山，它蠢蠢欲动，无时无刻不在影响着人的一切思虑和行为。

“阿赖耶”则来自梵语，在佛教教义中，是排在眼、耳、鼻、舌、身、意、末那心识之后的第八识，是其中力量最强大的一种。“阿赖耶”被认为是宇宙之本，含藏万有，就像人体内一台只存不失、永不停止运行的机器。

探索人脑潜意识运转机制的难度，不亚于探索宇宙深空，至少在神经元和星辰的数量上，人的大脑足以跟宇宙相媲美。这套系统在未来还能运用于意识上传、脑机接口等技术，甚至是探索人类永生之谜。这七年里，赵博士难免对自己的工作投射出一种难以言传的宗教情感。

如果是真实存在过的记忆被转入潜意识区域中，这段画面的精度会更高，赵博士跟林医生说过。在人的濒死体验中，潜意识和记忆交叠、勾缠，编织成网，那个平行世界里，穷尽一切可能发生的概率，在各个关键节点上分叉或相交，形成全新的故事和人生。

缘起不灭。

那是他们在生死之间徘徊时，不经意观察对那个世界做出的各种无意识调制，对现实的补偿、恐惧的放大或者毫无意义的碎片堆积，潜意识被投入万花筒，折射出无数个如梦之梦。

而单单一个梦的时间就可以漫长到无以复加。

林医生见过有位伤者在车祸后昏迷六个月才去世的例子，他无法想象，在六个月的时间中，那人在意识之海里经历了怎样的狂风巨浪，在抵达死亡终点前，他每一次思索都把他拉向更深处的墓碑。

此刻，恐惧和不安随着无形的电流波段，在这个抢救室里蔓延。

林医生认为自己的选择是正确的，丁皓和苏格的伤势太重，全力抢救后，失去意识的时间一旦超过阈值，生存概率会变得越来越小。而现在，至少有机会让昏睡的两人提前从混沌大海返回，这是目前能救他们的唯一方法。“阿赖耶”系统就像一座灯塔，它在深度测绘脑活动的基础上，读取他们意识深海里振动频率最高的波段，并对其进行微妙干预，然后模拟出那个意识片段，再重新返送、投射到他们的大脑中。

如同柏拉图的洞穴寓言。

“阿赖耶”系统显示，那个深夜加油站在丁皓的记忆中被回溯过547次，而苏格有132次。那段记忆无疑是他们共同拥有过的最美好的部分，像珍贵种子一样被珍藏在“阿赖耶”系统里。

不过，濒死状态会持续触发一系列不稳定的生理机制，播放投影的洞穴墙壁随时会崩塌。

赵博士在视域镜里阅读了丁皓和苏格的大部分人生，只花了不到15分47秒的时间。苦乐参半，跌宕蜿蜒，快乐和痛苦时时更新，不能回溯、不能跳过，这是线性宇宙最让人无可奈何的一点。他们一起度过了那十年，然后在一条路上分出岔路口，经过各自的风景，最终共同抵达了现在。

视域镜里的彩色流萤争先恐后在视网膜上跳跃，赵博士来不及唏嘘，尽量保持绝对的理智。三个小时前，他决定将两人的濒死体验结合在一起，计算出一个单独程式，为他们创造出一个只存在一夜的平行世界，再投放到他们接收视知觉电信号的脑区中。

昏迷的丁皓和苏格会在一个由程序打造的世界里醒来，在里面，他们是这部融入了回忆的电影的主角。

接着，再设计好一个关键隐喻，如同梦里的陀螺。这样一个独立、重复的空间，在其中上演的所有情节，就像朴素的哲学真理一般简洁。

那个深夜加油站无疑是最好的选择，一趟旅途的中转站。他们在那里初次见面，也是最后一次。

然后，丁皓和苏格只需要认出“阿赖耶”给出的隐喻。日出和日落，就直达生与死，如硬币的两面。

一夜、十年、三小时，就这样因为“阿赖耶”而奇妙地平行着。

距离凌晨4点48分不到10分钟，人的生理意识最脆弱的时刻。他们没时间了。墙面上的数据警示变成了红色，发出沉痛的光。

4:38

加油站的一切还在褪色、垮塌。

那个拥抱漫长得像过了一个世纪，霎时，整个建筑燃烧起来，伴随着剧烈的爆炸声响，炽热的火光蹿入天空，柏拉图的洞穴正如一幅拼图被一块块拆解。

苏格并不害怕，丁皓也是。他牵着她的手，站在火光前，想起两人一起看《搏击俱乐部》的情景。他说，这个结局真好，世界末日的时候，就这样一起看着它到来吧。她说好。

在未来也是一样，她很少拒绝，这样反而让他伤心。他想起了什么，又不敢确定，只觉加油站消失得越多，心里越是放不下。

两人还是各自上车，他通过车内通信系统对她说：“我在前面带路，你跟在我后面吧，咱们是同一个方向，别跟丢了。”

“嗯……”

这里接近高原，日出来得很早，不到凌晨5点，已经有第一缕橙黄色的光撕开夜幕。

破晓降临。

丁皓忍不住回忆那个拥抱，而此时，强烈的光线驱走黑暗，初升的太阳正一点点从远处的地平线爬上来，大地和天空被它的颜色浸染，橙光所及之处预示着新生。他回过神，如果将这光出现的每一帧都定格，还真让人分不清这是日出还是日落。

似乎有一排潜藏在他前额叶层的密集炸弹依次炸开，又如觉醒的洪钟在他耳边敲响。苏格的眼泪、拥抱、温度、笑容，她的一切，渐渐融化成柔和的虹辉，和那微甜的暖色阳光一起包裹住他的全身。

现在他很确定，那是日出。加油站超市的标志，还有那些无处不在的提示，都是日出！

没错，是日出，是晨曦！

“天要亮了，苏格！你看到了吗？跟我走，我们就能一起回去，一起醒过来……”望着前方的路，他一阵狂喜，但更多的是愧疚，他想弥补，用自己剩下的一生，在醒来的世界。

我也想起来了，我们身体现在所在的地方，应该很冰冷，这儿不过是一个中点而已。丁皓，对不起，那太阳在我眼里，却像是日落呢。真不想就这样说再见，这完全不是我想象中的告别，可又有什么办法呢，对不起了。苏格没有说出口。

红色的车子慢慢减速，然后，停在路中间。

她看着丁皓渐渐远去，知道他会被一束光叫醒，而自己，则再也撑不下去，会坠落、会升起、会消散、会变得触不可及，去到云上或是一个未知的地方，永远地离开他，像丁小曦一样。

时间到了，我们各走各的路。苏格拉底如是说。

“苏格，你看到了吗？如果……如果还能重来，我还是会在这个加油站等你，一次又一次，等你把我叫醒。这应该是种侥幸吧，而生命中只有唯一一次侥幸的机会。我知道，我们后来会在一起，结婚生子，看着他死去，然后再分开。我还设想了别的未来，没有你的未来，不要问我那个未来是什么样子，再完美我都不愿意去。”

前方是一条隧道。

“放下我，但别忘了……”苏格说。

丁皓回头看，发现那个红色小点停在远处。他猛然刹车，来不及推下倒挡，便被隧道里的白光吸了进去，像是虫洞制造的引力，将徘徊在周围的一切全都收摄进深不见底的黑暗中。

苏格仰望星空的脸在他瞳孔上重叠，还有每一个她，从过去、未来的所有时空中朝他拥来。他最终还是没能懂得，这最后一个没认出日出的她。

他伸出双手拼命挽留，却觉空空如也。他想哭，却找不到眼睛，想狂奔回她身边，却没有双腿。

一个没有她的未来，才是故事的真正结局。他想随她而去，但已来不及。

不知过了多久，她的耳语响起，像是一个拥有强大魔力的咒语，将他倾泻到银河里的眼泪，全都洒向宇宙更深处，凝结成星尘。

他停止哭泣，停止懊悔，他收起心脏的战栗，试着告别。

声音很嘈杂。

有很多交错的电磁信道在空气中穿梭，有人在祈祷，那力量让他减轻了些痛楚。

丁皓感觉耳膜中淌过一丝清凉，整个世界离他又远又近，那些无限深远的声音仿佛来自许多光年以外，在他大脑中心形成微妙的共振。他试着一块块拼凑起自己的身体，从混沌之海打捞散落在各处的意识，那股斥力在渐渐减弱。

他放松下来，感到身心无比舒服，他正和自身神圣的“阿赖耶”融为一体，似要回归到天地初开前的虚无与宁静。

他不再挣扎，沼泽地便无法束缚他。那首歌在虫洞中被放到最大声，音波跟所有扭曲的光线一样，被缠结、阻滞，在他耳边留下最后一束难以消弭的尾迹。

我在……深夜加油站

遇见苏格拉底

…………

我爱爱爱哀哎嗳哀你

我永不不不收回回回回回回回去

光。有一道光。

有一个重量为21克的东西重新回到丁皓体内，千斤重的眼睑似乎被一根羽毛轻轻掀开。

“他要醒了！”赵博士说。

“可她……”林医生望向她的脸，她表情依然柔和，嘴角带着凝结的笑容。

“放下我，但别忘了……”

“此时，此地。”丁皓脑中响起一个回音，仿佛来自云上。

载于《科幻立方》2019年第5期

真实表演

柒武

科幻文学奖

百花文学奖

The 19th Baihua Literature Award

柒武

新锐科幻作家。代表作《太空中的抹香鲸》《神迹：僵死定律》《忒修斯之躯》等。在网易云阅读·等一个故事和光年奖·原创科幻征文大赛均有斩获。

○

艾力直挺挺地站着，面对着五百名观众和分布在六个方向上的摄像机。

强烈的光线从诸多射灯出发，透过数十块悬浮在半空的反光板汇聚到艾力的身上，将他那雕塑般健美的半裸身躯以及轮廓完美无缺的亚裔脸庞照得清清楚楚。

艾力无法看清台下任何一个观众的面孔，但他可以想象得到，他们必然是兴奋而激动、正满怀期待身为准新科影帝的自己为他们呈现这场戏最后的高潮。

而艾力也禁不住去想，现场观众在目睹即将来临的完美一幕后，又会露出怎样的表情呢？

即将来临的这一幕是这部电影的高潮：主角最后扣动扳机了结自己的生命，为他曲折而讽刺、如昙花绽放般短暂的一生画下句点。

此前他在这部电影里的表现堪称完美，整部电影中涉及他的 100 多个场景、900 多个镜头中，他总共只重拍了 5 次，占用了 5 个 NG(Not Good，泛指失误与笑场的镜头)点数而已。这在“真实表演”的影史上绝无仅有。

如今这个镜头，是艾力在这部电影里的最后一个镜头。只要这最后一小段也不出差错，艾力将是最接近“真实表演”最高境界——“一镜到位，全程无瑕”——的第一人。

此刻，艾力的身体也正将“真实表演”所需的演技发挥到极致。一共十二台高速全息摄影机正捕捉着艾力每一块肌肉、每一寸皮肤的完美演出。

只见他脸上的肌肉按分工各尽所能，两块眼皮不仅以百毫秒级的适当频率在颤抖，左右眼的颤抖频率还产生了数十毫秒级的细微差别，以呼应主角此前落下的眼疾。此外，他的瞳孔适当失焦、略微晃动，嘴角和眉头的必要抽搐也精确到了百微米级别。所有的微表情都堪称完美，绝妙地展现出将死之人彷徨而犹豫的复杂内心。

即便是最苛刻的影评家一帧帧地反复观察，也没法挑出一点毛病。

黑洞洞的枪口抵着太阳穴，脑门上布满细细的汗珠，手心也不断沁出汗水，让枪柄变得有些滑腻。艾力心中早已被恐惧所占据。

面对死亡，谁能无惧？

艾力已经搭上扳机的食指微微弯曲，又缓缓松开，然后再度扣紧，仿佛已经紧张到极点。而数秒之后，他的食指会用恰当的力度扣下扳机，然后完美无瑕地倒下，一如他以往在“真实表演”中所做过的千百次表演。

然而，这次表演却并不一样。

这一次，艾力的“真实表演”将突破表演和真实的界限，把剧情带入现实。

他会真真正正地死去。

艾力右手中的柯尔特转轮手枪沉甸甸的，是道具组从古董市场弄来的真货。但道具组和导演却并不知道，枪里边那几颗黄澄澄的铜壳铅弹也同样货真价实，是艾力在某个拍卖会弄到手的。

当这场表演抵达最后高潮的那一刻，也将是艾力生命的终结之时。

这一幕会成为“真实表演”历史上的巅峰之作，艾力的名字也将成为传奇，在无限追求完美的“真实表演”行业里，再也无人能够超越。

可艾力并不在乎这些。

如果能够重来的话，艾力宁愿放弃这一切。举世闻名的影帝也好，踊跃献身的性感女郎也好，滚滚而来的天价片酬也好，如果没有了生命，一切岂非都是虚无？

但事到如今，艾力又能怎样？

难道直接撇下枪告诉导演说这一幕重来，他对自己的表演不满意？还是说临时擅自改剧本让角色打消自杀的念头？又或者是告诉观众和导演说子弹是真的，把一切说出来？

他办不到。

即便观众和导演答应，海森堡也不会答应。

艾力别无选择，只有按照海森堡给他安排的剧本——无论戏里或是戏外的剧本——继续下去，扣动扳机了结自己的生命。

弹已在膛，根本由不得他。

一

炎炎夏日，阳光毒辣。

艾力在毫无遮挡的街边站了近十分钟，浑身都快被晒得冒出烟，一辆黄色计程车才优哉游哉驶来。他急匆匆钻进了计程车凉爽的后座，离开了试镜场地。

向车载 AI(人工智能)随便报了个目的地后，他就在后座上呆坐着,回想刚才试镜的情况。好一会儿后,他才长叹一口气,手指按上右耳挂着的通信器,呼叫起自己的经纪人。

“试镜怎么样了?”哈尔的声音传来。

“可能没希望了,我试了三遍才通过。”艾力有些沮丧。

“别放弃,有希望的。”哈尔立马回道,“三遍就能达标还算过得去。”

“可能吧……”艾力可没什么信心。

其实刚才戴维导演并没有要求试镜者做多么微妙和精确的表演,只是给出一个平均水平的情绪捕捉和表达题目而已。但艾力心知肚明,今天自己不是什么还过得去,而是根本不及格。

以“真实表演”的业界标准,如果在拍摄阶段每个镜头要是都得 NG 了 3 次才能通过的话,整部电影的 NG 点数肯定得远超过 1000,导演不气得口吐白沫才怪。

哈尔也感受到了艾力的情绪低落,接着说:“好了,过去的就别管了,别让它影响你。下午那个试镜才是重头戏,要不你回来事务所休息休息,保养一下精神再说?”

“不用了,太远了,我随便找个地方吃点东西,等下就直接过去。”艾力揉了揉脑门,语气依旧有气无力。

“好吧……记得要找个安静点的地方休息,养好精神才能发挥得好。下午的试镜是卡斯迪奥导演的,他可是上届获得奥斯卡奖的导演,这个机会要好好把握住。”哈尔仍旧耐心地嘱咐艾力。

“知道了,就这样先吧。”艾力挂掉了电话,用力往后一靠,瘫在出租车包覆着廉价皮革的座椅上。

好好休息下管用吗?获得奥斯卡奖的导演的试镜恐怕会更

严格，如果不是一次性达标的话铁定没戏。以自己现在的演技实力，就算是休息充足100%发挥，恐怕也难以通过吧！在“真实表演”的演艺之路，自己还能继续前进多远呢？

艾力再一次觉得长路崎岖，前途越来越渺茫暗淡。

最近一个通告已经是两个月前的事儿了。在哈尔的努力下，他倒是还有机会继续参加试镜，但总是无功而返。别说是拿下主角，就连配角试镜也难以让人满意，堪堪达到平均水准而已。

可要艾力放下去做群演级别的工作，他又无法放下身段。他总觉得一旦对自己降低要求，就可能像坐滑梯一般俯冲而下，直至滑到行业的最底层，泯然众人。

到那时候，岂非就应验了老头子的话？

“成不了气候的败家子，整天在做他的春秋大梦。”艾力的老爹不止一次在别人面前这么说过。于是，从终于离开父亲的农场独立生活开始，艾力就发誓不会让老爹的话成为现实。

这曾一度是艾力源源不止的动力来源。

只可惜，最近连艾力也不得不承认，现实终于越来越像是梦魇，逐渐偏向了老爹的预言。

艾力收回思绪，向驾驶AI要求改变目的地，载他去最近的一个餐厅。不到五分钟计程车就来到了第九街上的啄木鸟连锁餐厅。

这时已是午后一点半，早已错过了午餐时间，本来客人就不多的啄木鸟餐厅更是冷冷清清。对艾力来说人少最好不过，于是他找了个角落坐下来。餐厅的沙发还算干净，也足够柔软，很适合在这儿休息一番养精蓄锐。

可艾力却并不打算休息，他必须为面试做好准备。

在机器服务生把派和咖啡送来后，艾力掏出一个烟盒大小的移动终端摆在桌上。这东西比耳朵上挂着的通信器功能要强得多，也能提供更高质量的影像。

按动开关后，黝黑的盒子上自动伸出了一根细细的长金属条，金属条升至艾力脑袋高度后，顶端随即射出两道光束，穿过艾力的瞳孔在视网膜上投射出了一个虚拟操作界面。

艾力伸出右手在空中虚按了几下，打开了一个程序。眼前的虚拟屏幕展开了一个小窗口，显示出一个随机的简短剧本。艾力花了几分钟看了剧本，然后手指在虚拟确认键上点了一下。

屏幕正中显示出大大的数字，从十开始倒数计时。艾力用双手拍了拍脸颊，等倒数至零之后按照剧本开始表演，摆出剧本上要求的表情，念出带着恰当情绪的台词。

有两三个客人转向这边看，想要看看艾力在干什么。但没过多久他们就感到无聊，又扭过了头去。

对于艾力来说，这也已经司空见惯。

他一向要求自己每天都有4小时的演技训练时间，即便是在外出试镜或工作的时候也是如此。因此在餐厅、停车场、更衣间或洗手间里抽空做训练都是家常便饭。除此之外，只要时间允许，他每天也会到健身房做4小时的形体塑造训练。在同行中他无疑属于最努力的那一部分人。

艾力很快按照剧本演了一遍，之后程序给出了他此次表演的打分：6.7。

达标，但不是太让人满意。

这个表演测验程序是市面上最好的专业程序,5 分以上表示基本合格。而据说能在“真实表演”的最高殿堂奥斯卡获奖的演员,都必须要有至少 8.5 分的水平。

艾力对自己的表现并不满意，这个分数低于他过往的平均水准 7.2 分。如果以这样的状态去参加下午的试镜,铁定是又走个过场就打道回府。

不过幸好还有一点时间,艾力可以继续练习,看看能不能把状态提升起来。根据平时的训练情况来看,艾力一般需要半小时到一小时的热身后才能达到最好状态。

希望自己能够争气一点,在下午试镜时能超水准发挥吧。就像哈尔说的,只有你先相信自己能做到,你才能够真正做到。

艾力一边给自己鼓劲，一边再次启动程序，继续练习了下去。

刺眼的阳光透过窗缝斜斜射入屋内，在艾力的脸上洒下几道光斑。艾力皱皱鼻子,翻了个身避开了阳光,又继续睡了过去。

在艾力轻轻的鼾声中，光斑渐渐从床单上爬到了灰暗的地板上,然后跨过横躺着的威士忌酒瓶,最终缩到了窗台的脚边。

转眼已经将近中午。

直到哈尔来了通电话,通信器发出咆哮的摇滚乐铃声,宿醉的艾力才翻翻眼皮慢慢醒来。

“你跑哪儿去了？昨天下午的试镜咋样？我打了一晚上电话都不接？”哈尔丢来一连串问题。

“唔……哦……”艾力的脑子还迷迷糊糊的。

“你不是还在睡吧？赶紧醒醒，告诉我你现在在哪儿呢。有件非常重要的事需要你马上过来一下。”哈尔似乎有些着急。

“我在……”艾力刚想说在家，结果才发觉自己并不在家。

事实上，艾力一时间也想不起自己在哪儿了。他昨天试镜完就直奔酒吧，连点五杯双份威士忌，然后跟旁边的姑娘搭话。在被拒绝后他一口灌下所有酒，把目标移到了角落里的一个姑娘身上。但艾力此后的记忆就开始变得模糊不堪，难以回想。

不过从现在自己不在家的情况推断，最后艾力应该是成功搭讪到了那个姑娘，然后来到了这个小旅馆。但艾力喝得酩酊大醉，才导致他的记忆“断片”了。

艾力挣扎着坐起身来，发现身边的姑娘早已不见。接着他在床边的小桌上找到了旅馆的信息，才告诉哈尔：“我在十三街尾附近。唔……试镜应该是没戏了。”

他已经想起来，昨天的试镜还是失败了。尽管在餐厅的练习让他的状态有所回升，但试镜的剧本要求还是太高。只让看一遍剧本，然后是接连10分钟内变化三个场景以及对4个角色产生不同的情绪，而且要求一次到位不允许NG。卡斯迪奥导演的试镜题目实在是难得变态。

艾力晃晃脑袋，仿佛想要把这恼人的挫折感甩开，然后接着对哈尔说：“我没什么，昨晚喝多了点而已。我记得今天日程好像没有安排啊，是什么事啊，很重要吗？”

“赶紧赶来事务所，待会儿有人要找你谈事情，她说在工作上能够帮到你。大概……半小时后她就到了。给我快点赶过来。”

“是哪个大制片人，还是大导演？”艾力觉得有点奇怪。

“都不是。她是昨晚联系我的。”哈尔顿了顿，“具体的情况我也不太清楚，她说需要保密。但她说如果顺利的话，有把握拯救你的事业。马上起床赶过来，半小时应该够。”

“好好，就到。”艾力敷衍地答应，然后站起身踉踉跄跄地摸向了卫生间。

有把握拯救自己的职业生涯？艾力倒是不怎么相信。如果艾力是在传统的影视业混，倒还有遇见贵人的可能。比如说得到某个影视公司老板的赏识，直接安排他参加几部大制作。演技不足的部分用后期CGI（计算机成像）技术修正补足，再花钱制造几个争议话题，上上热门访谈节目，声名就能立即扶摇而上。

可艾力所在的是“真实表演”业啊，这个行业早就和传统影视业分道扬镳，相去甚远。

在传统影视业里，演员的容貌很早就可以随意整修以趋向完美，一些身体做了半机械改造的人甚至连身材都能随时大幅变化；即便有哪个镜头拍得不让人满意，也能通过后期制作精心修改直至完美；任何场景需求都能用绿幕技术填补，在后期加上人造的虚假场景。

这些影响过多依赖于技术修饰，以至于观众开始感到越来越腻味，因此“真实表演”这个全新产业应运而生。

力求真实，正是“真实表演”所推崇的信条。

不仅要尽量使用真实场景而不是CGI技术，演员也必须是亲身出演。演员的容貌身材都必须真实，不能有人工技术修整的情况出现，甚至连出世前的DNA（脱氧核糖核酸）修改都不允许。

演员的演技也必须是原始而真实的。不能对原始影像做后期改动，甚至连利用多次 NG 重拍来获取完美镜头，以此抵消演员演技不足的手段也受到了限制。

“真实表演”的行业标准甚至要求有监察员跟踪每个镜头拍摄，并且记录下 NG 次数作为影片的 NG 点数指标。这个指标是每一部“真实表演”系影视作品好坏的重要参照。如果拍摄电影的过程中 NG 点数过千了，那还是打消让片子上线的念头吧。

因此在“真实表演”业里，传统影视业那一套已经行不通了，真正实力才是最为基本和重要的硬指标。

对艾力来说，如今挽救他事业的唯一途径，唯有提高演技一途。

那么，难道哈尔说的那个人能让艾力快速提高演技？可如果真有这样的特效药，“真实表演”这个行业恐怕早就天翻地覆了。

艾力把嘴里的漱口水吐出，不禁摇摇头。

不过算了，艾力决定不再多想，反正见一见面也不会有什么坏处。从卫生间里出来后，艾力穿起已经有些发酸的衬衫和牛仔裤，迈着还有点虚浮的脚步离开了房间。

过了四十来分钟后，艾力才出现在哈尔狭小破旧的事务所里。

哈尔一见艾力的就训道：“不是说了半小时内到吗？人家等你半天了。”哈尔忽然皱着鼻子嗅了嗅，“等等，什么味？你没换衣服？”

艾力也不争辩，挠了挠头说：“没事啦，远一点就闻不到了啊。”

哈尔皱了皱眉，只好仓促找来古龙水给艾力从上到下喷了一遍，然后替艾力捋了捋头发，把他睡塌的头发整理得稍微蓬松一些，才匆匆带着他进了会客室。

小小的会客室里，只有一名女士端坐在沙发上。

“实在不好意思，让你久等了。”哈尔说道。

“还好，哈尔先生。”客人淡淡地回应。她柔软的卷曲金发顺着肩膀滑落，一身合体的黑色短裙套装配上高跟鞋，凸显着职业女性的成熟以及性感。

“我是黛安·惠勒，你好，艾力先生。”她站了起来伸出右手。由于挺直了身躯，耸立的丰满胸部也呼之欲出，把淡蓝色的衬衫撑得紧紧的。

面对散发着成熟女性魅力的黛安，艾力暗自咽了口唾沫，他就是有点无法抵挡这种类型的女人。随后艾力也伸出手去和黛安握了一握，黛安似乎闻到了他身上的酒气，微微皱了皱眉。艾力觉得有些尴尬，开始后悔自己这么随便就过来了。

双方简单打过招呼后，都在沙发坐了下来。

“惠勒小姐是海森堡集团的人。”哈尔向艾力介绍道。

“海森堡集团？”艾力勉强把注意力从黛安的身躯上收了回来。

海森堡集团是个庞大的跨国企业，不仅广泛涉及数码、机械、医疗等多个领域，而且处于多个行业的尖端位置。但艾力从未听说过海森堡集团涉足过影视圈。

“叫我黛安就好了。”黛安说，“我昨晚跟哈尔聊了聊，得知艾力先生事业发展好像不是很顺利。”

“我只是运气还不到，只差走运碰上一部好作品而已。”艾力挑了挑眉，跷起了腿故作轻松。

“是吗？可据我所知并不是这样。”黛安仍旧淡淡地说，语气毫无起伏，“根据我们的调查，‘真实表演’对天赋和演技的要求大于一切，几乎排除了后天运气成分。从样貌形体到肢体和表情演技，行业标准都有打分系统对应。而从往年的统计数据来看，‘真实表演’系演员的票房号召力和综合实力评分基本是一致的，运气成分干扰几乎能够排除。”

艾力有点发窘，但还是勉强笑道：“想不到黛安小姐这么了解这一行。莫非海森堡集团也打算在这个行业发展？”

“这不是我们的打算。”黛安摇摇头，柔软的淡金长发也如波浪般随之晃动，“今天我代表海森堡集团来，只是向艾力先生提供一个合作的机会。我们相信这个合作对艾力先生的事业会有非常大的帮助。”黛安似乎认定艾力的事业正处于低谷。

尽管这的确是事实，但艾力心里还是不太舒服，甚至有些恼火。

“帮助？黛安小姐既然清楚实力才是一切，海森堡集团又能怎样帮助我？莫非海森堡集团想要进军传统影视业，想让我转行再捧红我？”艾力反问。

黛安脸上仍是仿佛被冰霜笼罩，一点也不为所动：“重申一下，海森堡集团无意进军影视业，不论是传统影视还是‘真实表演’。至于如何帮助你，这正是接下来我要详细说明的。不过要请哈尔先生暂且回避，而且在进一步解释前，我需要艾力先生先签署保密协议,因为接下来的话涉及商业机密。”

艾力和哈尔对视一眼,哈尔只是挑了挑眉,还是退了出去。

“艾力先生,我们可以保证,”黛安边把协议投影在桌上说,“如果一切顺利,你会获得无人能及的完美演技,甚至能凌驾于所有‘真实表演’明星之上。”

二

海森堡大厦顶楼，一名垂暮老者正透过厚厚的落地玻璃窗俯瞰着被绚烂晚霞映红的洛杉矶城。

早已年过百岁的他正半躺在特制的护理床上，手臂上的静脉插着输液管,密密麻麻的电极遍布全身,鼻子上也插着氧气输送管,看上去像是生命已经快到尽头的将死之人。

但实际上他仍相当健康。

输液管连接着体外循环机，只是为了更好管控血液系统成分,甚至供应一定营养以减少进食需求;电极的作用是监控身体状况,并且刺激肌肉防止萎缩;氧气输送管只是保证血氧浓度保持平稳,为大脑提供更好的氧气环境。

他并非无法下床,只不过是不想而已。

既然不必运动锻炼便可保持健康，又何必浪费时间去做呢?时间至少得花在值得花的事上边——例如欣赏晚霞时分的美景。

眼见天色越来越暗淡,发红的天际也逐渐失去色彩,老人才将目光从远方收回,转向了室内。

“计划进行得如何了?”老人缓缓问道。

“海森堡先生，”早已候在一旁的黛安回答，“已经向第一候选人发出提议，正等待他的回应。”

这名老人正是海森堡集团的创始人威廉·海森堡。

“还要等？”海森堡有些不悦。

“他没有立刻答复，不过这也在我们的预料之中。这个计划的内容已经触及了‘真实表演’的根本禁忌，如果暴露了后果相当严重，他会犹豫也是预料中的反应。”

“之前你不是说很有把握？”海森堡继续问。

“第一候选人是符合条件人选名单上最可能合作的，他的背景和性格我们已经反复分析过。跟他接触后我也觉得他迟早会答应的，请您放心。”黛安回复。

海森堡静静看了黛安一会儿，才说道：“好吧，不要让我失望，尽快完成。能给我这老头子带来乐趣的事情不多，这个计划我已经期待很久了，希望你这次能让我感受更多一些乐趣。”

“请放心，海森堡先生，”黛安微微屈身，“一定不负您的期待。”

三

早在“真实表演”业还未诞生，著名节目《竞技表演秀》还大红大紫的时代，许多参加该节目的影评人就已经开始察觉，当演员的演技都到达了某个层次后，自己已经难以在现场就分辨出他们的演技高低。

脸上某块皮肤少于毫米级别的位移、眼球在低于秒级别的频率颤动，甚至是脑袋转动幅度只有几度的等等情况下，这些极其微妙的变化，仅靠肉眼的观察实在是难以在短时间内就辨别出来。

可当年《竞技表演秀》的卖点就是让参赛演员同台竞技，在演技上一较高下。观众们最喜欢的部分，也是现场的影评人嘉宾打出分数，决出胜负的那一刻。胜利者振臂欢呼、落败者失意退场，这正是能鼓动起观众兴奋情绪的高潮环节。而如何现场评判演技高低并且能让人信服，就是节目所邀请的影评人嘉宾所必须面对的问题。

因此，表演分析 AI 应运而生。

许多影评人都买下了一个原生 AI，再用自己对演技的理解调校好 AI，用 AI 代替他们去观察那些人眼难以察觉的细微差别，分析那些细至毫颠的微小情绪，从而打出一个确切的分数。

从那之后演技水平就不再是模糊笼统的描述，一个由众多影评人共同参与的评分系统逐渐形成，定义了清晰确切的演技水平。随后，评分系统慢慢渗透到了整个影视行业中，最终在独立于传统影视的“真实表演”业里发扬光大。

如今，超过 90%的“真实表演”导演和影评人都选择了全球最大的云计算提供商海森堡集团的服务器，来保存自己的表演分析 AI。

黛安告诉艾力，这些挂在海森堡服务器里的表演分析 AI，就是帮助艾力大幅提升演技的基础。只要艾力同意合作，她就能让他的演技评分力压众人，甚至能把奥斯卡影帝也远远抛在身后。

“你们难道想在那些 AI 里动手脚？”艾力听后不禁问。

只要能在这些 AI 里都开出后门，让 AI 在识别出对象是艾力时自动提高评分，自然就能大大提高艾力的分数。如此一来，要在分数上超越奥斯卡影帝也就并非妄想了。

可黛安却摇摇头，她的方法完全不同。

一旦艾力同意合作，海森堡集团就会在艾力身体里植入一套能精确控制身体动作的装置。这套装置由插入神经系统的纳米级探针构成，能够将大脑发送给身体的下行控制信号截断，并替换成外部传来的控制信号。

而外部控制信号的来源，则是海森堡集团根据手中所有表演分析 AI 的数据，生成的一个掌握了标准演技模型的驱动 AI。只要给驱动 AI 输入剧本，它就能给出一组能满足那些表演分析 AI 综合标准的信号，通过纳米探针驱动艾力的身体做出相应的精确表演。

这个系统名为遥控表演系统，简称 ARC 系统。

借由海森堡集团提供的 ARC 系统，艾力能获得近乎完美的演出表现，这就是当时黛安的提议。

简单来说，在表演时艾力什么也不用做，只需要成为傀儡把身体交给 AI 控制，就能完成一场完美的“真实表演”。

忽然窗外传来一阵狗叫声，艾力的思绪被打断，从下午的会议室收回到了现在。

他早已吃过晚饭，回到了自己小小的公寓，洗了个澡后躺到了松软的沙发上。但一静下来后，他就没办法不去想黛安下午的提议。

随后又有玻璃碎裂和几个人争吵的声音传来，接着是好几声枪响。生活困顿的艾力住的这一区是贫民区，治安当然不会好。打架斗殴是常事，抢劫伤人也不罕见，只要穿得正经一点的人敢在街上逗留超过五分钟，担保会有帮派的成员打起你的主意。

艾力只好起身把窗户都关紧，噪声才总算低了一些。

要不要答应呢？艾力继续考虑着。如今自己已经看不到熬出头的希望，黛安的提议自然很有诱惑力。但如果答应了黛安，而这事又不幸暴露了，后果会是什么呢？

“真实表演”本身强调的就是极致的真实和完美，一旦被发现利用机器控制身体来作弊，剩下的就只有身败名裂的份儿。

可不接受又还有什么办法呢？

艾力在“真实表演”业已经混迹了三年有余，曾经的雄心壮志早已被现实碾磨得只剩下碎片。这三年下来，虽然不间断的训练让他仍保持着优秀的体态，但不管怎么练演技却总是没法再进步多少。他已经不再做能一举在奥斯卡获奖的梦了，只要能在“真实表演”圈里做个常有通告的普通配角，他觉得已经能够接受。

只要不必回家，面对老爹那张臭脸。

“我早告诉你了，做这种不切实际的梦，还不如脚踏实地干活挣钱。”老爹如果知道艾力放弃，一定会这么说。艾力还是中学生的年代，他曾兴高采烈地告诉老爹自己会在班上排的话剧中担任男主角，那时老爹也是黑着脸告诉艾力：“我这么辛苦挣钱养你，不是让你去干这些乱七八糟的事的。有时间的话你还不如早点回来帮我干活。”

在曾经是非法偷渡客的老爹眼里，当演员这种事实在是虚得要命，还不如好好打理继承自家的小农场实在。只有把实实在在的东西抓在手里，才能在这个国家安身立命。因此他才一直想要把艾力牢牢控制在自己手中。

想到这里，艾力走到桌边倒了杯酒，试图赶走这份回忆带来的不快。一杯酒下肚后，艾力才又回到了沙发上半躺着，目光在灰暗的天花板上游移，继续权衡起来。

到底该如何抉择呢？

黛安认为需要高度保密的提议内容，乍听下来似乎有点儿难以置信。可回头想想，她的每一句话都有条有理，最终指向她的无可辩驳的结论——海森堡集团确确实实能做到她保证的一切，而且会保守秘密、绝不泄露。

黛安解释过，这是海森堡一个内部研究小组在负责的实验项目，他们研发这个系统只是为其他商用项目收集数据、打下基础。例如AI部分可以为仿生机器人的动作系统提供支持，而纳米探针神经控制系统则可以为假肢或是军用机甲控制等领域提供技术支持。

而且，由于这个系统的AI部分已经涉嫌违法使用客户数据，如果暴露了海森堡集团也一样吃不了兜着走，因此相关事宜都被列为最高等级机密。一旦此事走漏风声，海森堡集团也同样要承受十分严重的后果，相信保密性绝不成问题。

也就是说，如果选择接受，作弊被暴露的可能性应该不高。

而如果不接受呢？自己日渐颓微的演艺生涯怎么也看不到转机。如果不是有着天生完美的东方脸孔以及严格锻炼得到的健硕身材，自己早就被这一行扫地出门了，甚至连黛安都不会找上他。

这恐怕是艾力唯一的机会了。

随后艾力又想到了父亲。想到他得知自己失败时的冷眼和嗤笑，血又不自觉地涌上了脑袋。艾力揉了揉脑门，灌了一大口酒，终于做出了决定。

两害相权取其轻。只要想明白了，这抉择也并不算太难。

亮光透过薄薄的眼皮渗入眼睛，正在恢复意识的艾力只觉得有一片渐浓的白雾在视野扩散开来。又过了好一阵子后，清醒过来的艾力才睁开了双眼。

“完成了？”艾力问。

站在床边正俯视着艾力的黛安点了点头。从这个角度看去，黛安的胸部显得更加挺拔。艾力目光呆滞地愣了一会儿，才移开了视线坐直了起来。

抬头看了看对面墙上的时钟后，艾力问道：“这么快就完了？我好像没感觉有什么变化。”

“完成了。只不过是在你的运动和感觉神经上置入纳米探针，在脊柱和后脑几个位置扎针注入就可以了。”黛安依旧平平地说。

艾力眨了眨眼，说道：“那试试看效果如何吧？”

黛安也不回话，径直走到墙角把一只银灰色的商务手提箱和艾力的便携电脑终端拿了过来。她在床边的椅子上坐下，把手提箱打开放在膝盖上，然后把艾力的便携电脑终端递了过去。

“选一个剧本发给我。”

艾力把终端摆在膝上打开,运行他常用的表演训练软件,然后随机挑了个剧本发给了黛安。随后黛安就在自己膝上的手提箱上开始操作,把剧本导入 ARC 系统。

只花了几秒钟,黛安就抬头望向艾力:“准备好了吗?”

“我好了,你那边呢,需要分析剧本的时间吗?”艾力问。如果是艾力自己,就得花几分钟时间来研读消化剧本。

“不需要,直接开始吧。”黛安干脆地回答。

艾力耸耸肩,抬手按动了虚拟开始键,倒数计时的数字在他眼中开始闪现。

当数字闪现到 5 时,艾力想要咳嗽一下清清嗓子,但他忽然发觉自己已经没法办到。他已经失去了对身体的控制,不但没法咳出来,连手指也动不了一下。

艾力从未想过失去身体控制的感觉如此可怕,他一下子慌了起来,甚至想要大声惊呼,可不管他怎么努力也没办法发出声音。此时他的身体已经在 ARC 系统的控制之下,就连呼吸也不再受本人控制,一直保持着平稳而悠长的节奏。

当数字闪现到 0,艾力能感觉到自己的脸部肌肉开始有所动作,听见自己的嘴里抑扬顿挫地念出剧本上的台词,感受到声带发出的振动——ARC 系统只是接管了大脑发送到身体的下行信号,上行的感觉信号仍旧不受影响。

就仿佛是灵魂被封进了躯壳深处,只能待在身体里看着别人表演。

尽管艾力事先早已得知会是这样,但失去身体掌控权的感觉是如此陌生而诡异，仿佛是一场活生生的梦魇。

艾力无计可施，只能眼睁睁看着自己的全息影像，像傀儡般按着剧本演完一整段。终于，程序显示表演完毕进入分析打分环节，他才又取回了身体的控制权。

他忽然间用双手抱着脑袋，开始大口大口地吸气，脸上也一下子涨红起来。

“别慌，习惯就好了。”黛安轻声安抚着艾力，语气难得地变温柔了一些。

好一会儿后艾力才恢复过来，睁开了眼睛。这时程序早已分析完毕，在探测到艾力眼睛张开后，才开始继续投影出不断跳动效果的数字，准备揭晓答案。

艾力知道 ARC 系统肯定能击败自己，但它能超越奥斯卡奖得主的平均水平 8.5 分吗？

很快数字就结束跳动，最终分数呈现在艾力眼中，恐慌的余波随即被惊讶所接替。

10.0 分，满分！

四

三个月后，海森堡大厦顶楼。

“海森堡先生。”黛安在护理床旁轻轻叫道。但半躺着的海森堡对此毫无反应，双眼紧闭、面无表情。

尽管黛安知道海森堡不会回应自己，她还是心血来潮试了一下。得到预料中的结果后，黛安没再做什么，就待在床边站着静静等待海森堡醒来。

过了不知多久,海森堡才忽然重重吸了口气,慢慢张开了双眼。

“你来了。”海森堡说,“等多久了?”

“没多久,等待对我来说并不是问题。”黛安回话道。“请问叫我来是有什么事呢?是设备出了什么问题吗?”

海森堡的手臂和鼻子上仍插着管子,但原本遍布全身的电极已经撤除,替代电极的设备正是从黛安负责的计划中产生的纳米探针。这些纳米探针对于深层肌肉的刺激效果甚至比电极还要好。

海森堡微微摇头:“设备没问题,我叫你来不是因为这个。我是想要你调整一下计划的节奏。”

“要调整计划吗?”黛安问。“在我们提供的 ARC 系统支持下,目标参演的新片好评如潮,也获得了卡斯迪奥导演下一部片子的男主角。他已经成为‘真实表演’历史上红得最快的新星,一切都在我们的计划内。现在想要调整节奏的话,是想要他别红得那么快,让他的经历更曲折一点?”

“曲折一点?”海森堡不自觉地翘起嘴角,“让他的职业生涯曲折一点,好像也有点意思的……但是不,对于他的职业成绩我没有别的要求了,这些天来我从中获得的乐趣也足够了。现在他让我不满意的是另一个方面,在这个方面他现在还太拘谨,成长得太慢了。”

黛安歪了歪头,显然没明白海森堡指的是什么。随后海森堡把自己的想法细细给黛安说了一遍,黛安才点点头表示明白。

“赶紧让他按我说的去做,具体怎么实施你自己灵活把握。”

海森堡嘱咐道，“要让他放开手脚，积极一点……”

说话间，海森堡的眼中随之燃起了贪婪的火焰，散发着这个年龄罕见的活力，像是整个人都年轻了好几十岁。

“……快去吧，我快等不及了。”

五

“可以了，谢谢，这样就行了。”艾力对身边的漂亮化妆师说道。

“可是艾力先生，”有着一头艳红鬈发的年轻化妆师噘起嘴，“我还没完成呢。你的鼻梁和眼窝还得添一点点阴影，这样可以让你的轮廓更立体一些。”

艾力挑挑眉：“我知道，谢谢。但是确实不用了，我有自己的……呃，化妆习惯，我自己来做最后的细节修正就好了。”

“好吧，那我就出去了。”化妆师耸耸肩。有这样要求的明星其实并不少，有些人甚至还会自带化妆师。

化妆师耸肩时胸部也跟着颤动了一下，艾力眼睛忽然一亮，只不过一瞬间后他就恢复了正常。克制、克制，艾力告诉自己。现在事业才刚走上正轨，可别搞些影响形象的麻烦出来。

“谢谢，谢谢，可爱的女士。”艾力让自己尽量平静地说道。

这时黛安忽然插话，说：“能把这些化妆品留下吗？艾力先生的化妆包不在这儿。”

化妆师转过头来看着黛安，艾力也不解地看着她。

“都怪我，总是丢三落四的，今天把艾力先生的化妆包给忘了。”黛安一脸平静地说，“能把化妆包留下借我们用用吗？回头下了通告艾力先生再还你，顺便请你喝一杯聊表谢意如何？”

艾力有些惊讶，很明显黛安是在替艾力约化妆师。漂亮的化妆师则是有点疑惑，转过头来向艾力寻求确认。艾力只好顺着黛安的话，摆出自己最有魅力的微笑。

“我的助理说得没错，如果能借我用用就帮了大忙了。”

化妆师轻轻一笑，点了点头。毕竟艾力有着帅气的外表和迷人的微笑，而且还是风头正盛、冉冉升起的新星，有哪个女孩能够抵挡得了呢？

“好了，接下来请让我自己来吧，你可以去好好休息一下了，美丽的女士。”艾力接着说。

等化妆师离开后，艾力又换回了不解的表情，问黛安：“这是怎么一回事？化妆包不是你帮我带着的吗？”

“没怎么回事，帮你约人啊。你不是一直盯着人家看吗，我帮你一把不过分吧？”黛安说。

“这不太好吧……”艾力觉得有点尴尬。

“没什么不好，想约就约。约几个姑娘有什么大不了的，你不约才对不起自己现在的身份呢。”

艾力没有吭声，眯着眼看着黛安，摸不透她到底是怎么想的。

在刚接触的时候，黛安确实是艾力中意的那种类型，他也打算过约她。但黛安对艾力一点也不感兴趣，礼貌拒绝了全部邀约。之后艾力只能把她当成工作伙伴对待，而黛安也一直安于自己的助理角色，时刻跟在艾力身旁。

黛安的工作主要是跟踪和维护 ARC 系统，几乎从不离开艾力的身边。艾力神经系统里的纳米探针功率有限，所以必须通过中继装置转发信号,再连通服务器里的AI。黛安一直带着的手提箱就是控制兼中继装置，它必须保持在艾力身边五十米范围内,否则ARC系统就会失效。

几个月下来,艾力更是发现黛安简直就像座冰山,跟她火热的外表完全不搭。除了必要的话黛安一般不会多说,因此刚才她的举动是真的有些奇怪。

“别担心,我会替你安排好,不会有别人知道的。”黛安继续怂恿着艾力,“其实你也不是没这想法吧？不然刚才也不会顺着我的话接下去了,对不对？”

“等等,你今天是不是吃错药了？平时你可不是这样的啊。”艾力还是道出了自己的疑虑。

“你的怀疑很符合逻辑,”黛安说,“但理由其实很简单。你现在已经迈上了成功的道路,需要的是彻底放松下来享受成功,把精神调整到成功者的状态。我们需要你这么做,只有让精神放松下来,适应成功者的生活状态,我们才能让你更进一步。我知道你现在缺的是什么,不要担心会有什么小道八卦新闻爆出来,我会替你安排好一切的。”

黛安的话似乎有些道理,可艾力一时间还无法接受,于是撇撇嘴说道:“先不说这些了,还是办正事要紧,先来替我上妆吧。”

黛安也没再说什么,直接打开手提箱开启了ARC系统。她事先已经将脱口秀现场的灯光和摄像机位等数据输入了AI里,计算出能在此环境下展现艾力最完美形象的妆容。只需要启动ARC系统,就能由艾力自己的双手精确呈现。

接着艾力就丧失了对身体的控制，手像是被一根看不见的弦提起，伸向桌上的化妆包。随后他双手翻飞，用纯熟的手法轮番抓起各种化妆品和工具，调整起自己脸上的妆来。

"艾力先生，"一个工作人员敲了敲门，"到时间上台了。"

"艾力先生一分钟后到。"黛安替艾力回答。

正好60秒后，重获身体控制权的艾力深吸一口气，仿佛从让人窒息的深海归来。即便已经植入ARC系统三个月，他还是没法完全习惯。

几次深呼吸后，艾力很快恢复如常，推门走了出去。黛安拎起手提箱，也跟了出去。

"嗨，各位观众，欢迎回到《贝尔秀》。今天的嘉宾环节我请到了——谁？告诉我他是谁？没错，我们请到的就是——艾——力。"

贝尔·格雷说完后，艾力在观众的欢呼中挥着手小跑出场。短暂地在观众面前亮相完毕后，艾力坐到了主持人旁的沙发上，跷起了腿。

简单的寒暄后，贝尔说道："艾力，很高兴你来到我的节目。但我有个疑问不知当不当讲，大家，包括我，在两周前几乎都没听说过你的名字。请原谅我这么直接……"

"我不介意。"艾力笑着挥挥手。

"可现在，你已经是'真实表演'圈炙手可热的人物。自从两周前那部《漫长的处决》试映会举行之后，几乎所有参与的影评人都给了你最高评分，无一例外。我听说现在已经有很多导演在找你担任下一部影片的主角，包括拿了上一届奥斯卡最佳导演奖的卡斯迪奥,是吗？”

“是有很多工作在谈。”艾力答,“至于卡斯迪奥导演,我想暂时不便透露。但对我个人而言,是很期望能够跟他合作的。”

“也就是说,已经在谈了？”贝尔紧追不舍。

艾力没有回答,夸张地耸肩挑眉,表示不置可否。又追问了几遍后,艾力还是不做正面回应,贝尔最后只好放弃了这个问题。

“好吧,我们回到刚才的疑问。我们都很想知道,你是怎么做到的？我查过你三年来职业生涯的所有评分,总体来说都很——请原谅我那么直接——平庸。可是,你却在出演《漫长的处决》时演技一下子突飞猛进,简直像是从石器时代一举飞跃到了太空时代。那么,你究竟是怎么做到的呢？”

贝尔的表情变得无比严肃,仿佛成了一头要把艾力撕碎的猛兽。观众们也被贝尔所感染,现场鸦雀无声,无形的压力重重压在艾力的身上。

终于来了。艾力心想。

贝尔一向不是什么面慈心善的好人,他脱口秀的卖点就是撕开嘉宾的外皮,直捣他们内心的弱点。贝尔的脱口秀也因此成为最为热门的节目,观众们简直爱死了这种鲜血淋漓地撕碎一个名人的感觉。

哈尔接到贝尔节目组的邀请函时,还想要直接拒绝。可艾力却觉得该上这个节目,至少贝尔请的嘉宾多半是大红大紫的明星,都是有分量的人物。

见艾力没有回应,贝尔又紧追不舍道:“整个‘真实表演’的历史上,还从没出现过你这样的——天才。”贝尔故意把这个词重重地拉长,“有小道消息说——请原谅我这么直接——你得到了一笔资助,暗地里买通了影评人造出这股势头,是这样吗?”

贝尔咄咄逼人,可惜艾力早有准备。

艾力镇定地看着贝尔,故意让寂静拉得更长。等到钓足了所有人的胃口后,他才缓缓道出了早已深思熟虑、精心准备的回答。

“顿悟。”艾力缓慢而有力地吐出了这个词。

“什么?”贝尔问。

“其实我只是顿悟了,又或者可以说是开窍、蜕变。”艾力用手指敲了敲脑袋,摆出他那迷人的微笑,“是长期的积累和一点必要运气的结合,才造就了如今我在演技上的顿悟。关于顿悟嘛,尽管人脑的奥秘我们至今还没能完全了解,但是从前人的经验中往往可以发现这样的规律——只要在某件事、某个技术、某项技巧上不断钻研,花费大量时间磨炼自己,精益求精,其中总会有那么一些人在某个时刻忽然融会贯通,进入一个更高的境界。在外人眼中,这像是一种突然发生的飞跃,这也就是开窍、顿悟之类说法所说的现象。回头看看我们的历史,许多精英学者都有这样的经历。相信在座的观众们或者你们身边的同事、朋友,也普遍存在拥有这样经历的人,比如艾萨克·牛顿爵士当年在苹果树下……”

不等贝尔反应过来,艾力就继续发表了一通预先准备好的演说。引用名人故事中相关的顿悟段落,以及佛教中关于顿悟的说法,到自己十年来是如何努力积累直至一念通达、融会贯通,最后科普经过长期训练的大脑是如何提升到一个新的层次，中间再穿插一些足以引得观众发笑的小段子。

在艾力富有感染力的演说下，在场观众的情绪一直在他掌控之内。在认真而努力的大部分普通人中，也确实普遍经历过大大小小的“顿悟”体验。况且大脑在特定领域长期训练后会有质变，确实是经过科学验证的事实。因此观众们基本都被艾力说服了。只不过他们都没能意识到，艾力的这个顿悟要比他们的离奇得多。

等贝尔反应过来时，艾力已经引发观众共鸣。贝尔错过了扭转气氛的时机，失去了继续逼问的机会，只能眼睁睁地看着聊天环节在艾力的掌控下结束。

短暂的休息后，节目录制继续。

“艾力，刚才我们都了解了你演技的提升来自顿悟，那么下一个环节，我们就让你现场展现一下演技，让观众们也看看顿悟后的你究竟有多厉害，可以吗？”

“噢，这个当然。请随便出题吧。”艾力自然不能拒绝。

“好的，那么接下来有请我们的影评人打分团……”

现场乐队奏响隆重的出场乐，幕布徐徐打开，三名位列欧洲前十的“真实表演”影评人挨个出场。在贝尔的介绍下，影评人慢慢走向观众席前的专属座位，面对着艾力和贝尔坐下。

贝尔也知道自己凭访谈环节未必可以一举击溃艾力，毕竟艾力可以一口咬定自己也不清楚为什么。因此他早有第二手准备，只要艾力是通过作弊手段而一步登天，那么在现场让权威戳穿他的把戏才是最过瘾的。

不过,艾力依旧一点也不慌。

他和黛安在查看舞台时早已注意到那三张布置好的座椅,猜出了贝尔的把戏。此刻在舞台侧面观众看不到的角落里,黛安已经打开手提箱在待命了。贝尔以为从欧洲远道而来的影评人和艾力不可能串通一气,这样艾力就没法继续作弊了。但超越贝尔想象的作弊即将在众目睽睽下开始。

接下来贝尔宣布了这个环节的程序，贝尔会从准备好的数个小剧本里随机抽取三个让艾力表演，然后由欧洲影评团进行评分。

只可惜,来自欧洲的“真实表演”影评人也都得借助自己的评分 AI 来评分。黛安稍微查了一下,就发现其中两个使用的就是海森堡的云服务。至于剩下的一个问题也不大,只要把他的偏好假定为标准的普适模式，评分标准也至少能有 90%以上重合。

在贝尔展示剧本后,ARC 系统通过艾力视神经获得成像信息,把剧本信息通过中继台传到 AI 进行处理,最后以黛安刚设定好的偏好模式输出给艾力,让他在舞台上完美演绎。

不过,ARC 系统仍旧有一些小小的瑕疵。在其中一个剧本中,艾力需要一边大声说话一边流泪那么一小会儿,在这种情况下利用呵欠引发流泪反射的表演技巧无法使用，只能用内心情绪来引发泪水。这正是节目组为了刁难艾力所准备的。

在这种情况下,ARC 系统就无计可施了。ARC 系统可以控制艾力的脸庞表现恰当的悲哀，却无法在这种情况下控制泪水随意流出。

这是因为情绪引发的流泪由自主神经系统控制，而自主神经系统又掌握着性命攸关的生理功能，如心脏搏动、呼吸、血压、消化和新陈代谢。出于使用者的安全考虑，ARC 系统的控制范围并不涉及自主神经系统。

因此艾力尽管连眼皮也无法控制，可他却需要在恰当的时刻酝酿情绪，让泪水在适当的时刻流出。不过对于已经有十年表演经验的艾力来说，调动情绪并不算太难，更何况 ARC 系统已经为他代劳了台词和表情的部分，他只需要专心挤出眼泪就好。

最终结果毫无悬念，艾力依旧获得了欧洲影评团的一致好评。

在贝尔满是不悦的目光下，艾力潇洒退场。

当艾力离开拍摄场地来到街上，竟然已经有十来个粉丝在门口等着了。她们多半是年轻姑娘，呼喊着艾力的名字围了上来，艾力好不容易分开人群挤上了车。

来到下榻的酒店后，艾力在自己的房间里待了一会儿，正想给哈尔再打个电话确定明天的行程，结果这时房门忽然被敲响了。

打开门一看，是刚才的那个漂亮性感的化妆师。

“你是……”艾力愣了一下，他差点忘了这事。

“艾力先生，这么快就不认得我了吗？”红发的姑娘媚笑着说。

“当然认得……感谢你借化妆包给我……”艾力回答。不必说，这肯定是黛安的安排。

“是吗？不请我进去再感谢吗？”姑娘歪着头咬着嘴唇，用诱惑的语调说道。

没有化妆间刺眼的灯光干扰，艾力忽然觉得她看起来似乎比刚才更加美丽,躯体也更加诱人了……

艾力还在犹豫，妩媚动人的姑娘又将一只手搭上了艾力的肩膀,埋头在艾力耳边轻声说:“我们进去好好聊聊……”

潮湿的低语在耳边温柔盘旋,暧昧撩人的气息轻触耳郭,如兰吐息带来的莫名瘙痒渐渐渗入了艾力的心底。

……管他呢!

艾力终于抵挡不住诱惑,一把搂住姑娘,将她带进了自己的房间。

六

就在艾力带着化妆师进房的同时,在酒店的另一间房里,黛安正通过 ARC 系统的监控功能,从艾力的眼中和耳中监视着这一切。

确保今晚的艳遇发生,就是海森堡交给黛安的任务。

而当房门关上，两人纠缠在一起倒在床上之时,ARC 系统也依旧没有停止收集信号。艾力的所见所闻以及全身所感,正通过黛安手中的手提箱源源不断地转发出去,直达海森堡大厦的顶楼。

对威廉·海森堡来说,这一切只不过是个游戏,一个仅供他消遣玩乐的游戏而已。

艾力参与的这个项目,从来就不是黛安口中的实验项目。实际上,除了窥探影评人的 AI 数据之外,由 AI 计算的动作控制系统是海森堡集团已掌握的成熟医疗技术，即将在假肢和外骨骼领域展开应用。

至于艾力神经系统上植入的纳米探针，也是全浸入式 VR（虚拟现实）的前置技术，原本功能只是截断大脑和身体之间的运动、感觉信号，并且能将外部生成的信号送往大脑。但这种能在神经上自由截取、发送生物电信号的装置，只要稍作改动，也很容易就能增加输出信号以控制人体动作的功能。

当这些纳米探针从艾力感觉神经系统上获取生物电信号后，除了把信号传给 AI 进行计算外，还把这些感觉信号传到了另一个信道，直达海森堡大厦的顶楼。

只要海森堡愿意，他随时可以把这些感觉信号接入自己神经里的纳米探针，沿着神经送入大脑。海森堡可以感觉到艾力感觉到的一切，体验艾力体验到的一切。

就如同附身于艾力本人身上。

这就是当下最高级的、唯有海森堡集团技术能造就的、以真人体感为基础的虚拟现实技术——附身式虚拟现实。

而这一技术的使用者，如今就只有威廉·海森堡一人。

尽管随时可以做出可以上市的商用版本，但海森堡却不急于这么做。对海森堡来说，让商品上市获得更多财富的意义不大。当下他只打算通过这个技术找点乐子，因为他实在是太无聊了。

今年海森堡已经一百三十来岁了。在过去一百多年里，他已经体验过了所有能够体验到的事，已经没有太多新鲜的东西能引起他的兴趣了。他甚至把自己固定在了护理床上，如果没有能让他感兴趣的事情,他连动都懒得再动了。

但当得知自己公司开发的虚拟现实技术已趋成熟后，他发现了一种自己从未体验过的经历——他人的人生。

如果能附身子他人之身,去体验他人的人生,可能会是种有趣的活动呢。

于是海森堡找来自己最信任的手下黛安,让她暗地里运作,制造相应设备以及物色附身人选。

在一番筹措和甄选后，附身人选的范围只留下了“竞技运动”和“真实表演”两个领域。这两个领域都需要对身体精确控制,而且成就完全取决于参与者本人的能力。最终海森堡选择了“真实表演”,毕竟这个行业的影响力更大,参与其中能获得的体验应该也更特别。

黛安随后整合技术构成了 ARC 系统，并且列出了候选名单。艾力就正好排在名单的第一位。

在黛安说服艾力植入纳米探针后，海森堡也在体内植入了探针。只要他愿意,随时都能开始接收艾力所有的感觉信号,附身于艾力之躯,身临其境般去体验艾力感觉到的一切。

他跟着艾力开始参加试镜，以完美的表演征服了最难缠的导演。他跟着艾力在剧组里工作,用几乎是零 NG 的成绩把那些轻蔑的目光消灭。在艾力身上,海森堡似乎感受到了近百年前那股从零开始慢慢获得财富和尊敬的激情。

那是遥远而珍贵的回忆,海森堡对此非常满意。

但随着影片以超常的速度杀青,到试映会后一炮而红后,海森堡脑中的那股激动很快就开始消退了。毕竟事业上的成就对他来说并非稀罕事，当最初的激动感消退后，他就开始感到无聊，并且逐渐厌烦。

可随后当海森堡附身在渐露锋芒的艾力身上，出席各种活动通告的时候，他注意到了那些越来越多的崇拜目光。一些女性的眼中迷恋的狂热情绪甚至都快满溢出来了。

从中，海森堡看到了获取新乐趣的可能。

在他的人生里，当财富达到一定规模之后，接近他的每个人都各怀鬼胎，无一例外。他再也没见过如此发自心底的崇拜迷恋之情。一种久违的炽热欲望熊熊燃起，海森堡无比迫切地想要把这些女性拥入怀中。

可惜艾力的心思却跟他并不一样。

艾力有时会盯着性感火辣的美女，却不知为何总是畏缩退却，甚至是故意躲避，简直要把海森堡给气坏了。于是他这才让黛安暗中助力推了一把，以便满足自己几乎无法按捺的欲火。

黛安果然不负所托，顺利完成了任务。

和化妆师共度一夜良宵后，艾力也终于放开了来，不再束手束脚。之后他开始更大胆地在派对和其他场合约人，后来还常常在簇拥的粉丝群里物色人选，让保镖之后带她们来自己的酒店。

许多个夜晚里，艾力几乎夜夜笙歌、纵情声色，海森堡也在她们身上得到了满足。和这些真心迷恋着自己的姑娘翻云覆雨的体验，让海森堡觉得自己变年轻了，那股连他自己也没想到的欲望获得了满足……

然而仅仅一个月后，海森堡又开始感到了不满。

艾力对于女性似乎有着自己的独特偏好，他总是会选择那些成熟而性感的美艳女性。而在最初的激情过去之后，海森堡很快就对这种女性感到腻味，他需要那些能满足自己偏好的姑娘。

于是海森堡找来了黛安商讨干预手段，不打算再放任艾力自行选择。

在黛安给出的种种干预手段里，海森堡没有发现能够让艾力的意志主动改变从而自然地顺从海森堡偏好的办法，而且每一种干预手段也都存在着让艾力发觉真相的可能。

但海森堡并不在乎。

对海森堡来说，艾力只不过是满足自己愿望的工具而已。而在新的欲望又开始涌现时，他会毫不犹豫地再次拨动操控木偶的绳索，让自己的愿望得到满足。

七

凌晨三点，在常常下榻的豪华套房中，光着身子的艾力一脸迷惑，皱着眉头抱着双手思索着。

这可不对啊……

艾力此刻正站在一旁，打量着宽大松软的床上那两具诱人的躯体。两个年轻的姑娘正赤裸裸地躺在大床上相拥而眠，柔软的金发和黑发散乱地混在一起。

如果不出意外，这两名少女应该都是艾力的粉丝，想必是他外出时临时看上的。艾力一般都不会亲自出马，而是在离开前招来保镖，让保镖之后私下叫住姑娘，指明艾力下榻的地址。

可今天的情况却有些不对劲。

艾力轻轻敲着脑门，这两个姑娘好像并不是昨天他指定的那两个。但脑子里的记忆实在是有些模糊，他记不起昨晚自己指的究竟是哪两个了。最近身边的姑娘实在太多，他的大脑已经开始变得有些麻木。

自从两个月前第一次尝到甜头后，艾力几乎每晚都和看得顺眼的姑娘在酒店共度良宵。除了粉丝外他有时也会叫上应召女郎，她们常常比粉丝们更性感，也更懂得艾力的需求。

艾力又想了一阵子，或许是当时自己手指的方向又不太正确，在混乱的情况下保镖又看错了人？不过他能肯定的是，当时自己确实是指了两个金发的姑娘，结果最后出现在门前的是一黑一金。

可他一向只偏好挑选金发和红发，黑发的妞几乎从不染指。

这不是第一次了，艾力已经记不清最近几周里，这已经是第几次发现床上的妞不对了。他只记得最初是某一晚当他打开房门后，发现了一位有着黑得发亮长发的姑娘站在了门前。

一开始艾力也勉强接受了，毕竟他不是那么没礼貌的家伙，在这种时刻还能拒人门外？但后来这种情况发生得越来越频繁，虽然艾力还能对姑娘们保持该有的风度，但他终于开始难以忍受保镖的疏忽了。

之后艾力在指人之后还会特别叮嘱保镖，说明他自己看中姑娘的特征，尤其是最显眼的衣服颜色和发色。可是这之后保镖还是频频出错，以至于艾力气得接连解雇了两拨保镖，情况才稍稍有所好转。

但这些肌肉长到脑袋里去的家伙恐怕都是白痴，今天居然又搞错了。如果不是已经夜深,艾力简直想立即把他们叫来骂一顿。

不过在愤怒之余,艾力心里仍有种不祥的预感。

艾力正想着,床上的黑发姑娘翻了个身,白皙光滑的躯体几乎完全展露在了他的眼前。艾力觉得有一股强烈的不协调感在脑海中涌现。

床上的黑发姑娘有着齐肩的黑发和玲珑小巧的身躯, 跟性感真是扯不上一点关系。那还带着明显稚气的清秀脸庞和仿佛还未发育完全的躯体,有点让人怀疑她到底成年了没有。

原来不对劲的感觉是因为这个! 艾力恍然大悟。

想明白后艾力顿时觉得有点慌, 赶紧搜了搜散落在地板上的衣物。艾力很快从中找到了她们的驾照,金发的姑娘还好,但黑发的小姑娘还差半年才成年。

不祥的预感成真了。

艾力的脑袋"嗡"的一声。对不上号的黑发苗条的姑娘也就罢了,自己怎么会这么离谱,把未成年的少女给带进了房间?

可这根本不合逻辑啊,这么稚嫩的姑娘,自己早先怎么会一点也没怀疑?但不论艾力如何绞尽脑汁,他也没法回想起昨晚自己干了什么荒唐事。

很不幸,今天他也凑巧断片了。

艾力以前喝酒过量时, 也常常有记不起醉酒期间发生了什么的断片现象。可那时不论怎样他总能记得一些零星片段,把所有事情都完全忘记的情况并不多见。

但自从艾力最近沾上能比酒精提供更强愉悦效果的药物

后，他就发觉这些合成药物不仅效果强，偶尔也会带来更严重的断片现象。就像现在，关于这个计划外的未成年少女，他大脑中居然连一丁点记忆都没有。

艾力从冰箱里找了瓶冰水灌了几口，努力让自己镇静下来。

别慌，别慌，这至少是你情我愿的事，就算未成年，只要没别的人发现就行。但这方面艾力恐怕不好亲自处理，还是得委托黛安处理比较好。

可究竟为什么会搞成这样？

即便是断片想不起发生了什么，但按理说自己看见这么嫩的姑娘是肯定会拒绝的啊。难道是因为药物的关系，影响了自己的判断力？这么一想，自己自从用了这种药以来，断片的情况也是毫无规律地发生，好像也不是很对劲。

艾力脑子里混乱得如同一团乱麻，但想了好一阵子后，他终于使劲摇了摇脑袋。他决定不管那么多了，暂时得把这两样都戒掉。

暂时不再碰女人和药物，最好连酒也戒了。

八

这些艾力不喜欢的姑娘会出现在房间里，自然就是海森堡指使黛安暗中干预的结果。

自从厌倦了艾力的喜好后，海森堡就让黛安悄悄启动部分ARC系统，在艾力没有察觉的情况下暗地改动他手指的方向，让艾力无意识地选错对象。

到后来，黛安干脆直接告诉保镖按她的意思来，毕竟这些保镖都是通过黛安雇用的,严格来说她才是他们的上司。之后艾力发现不对胃口的姑娘频繁出现,终于发火要求换了几批保镖,于是黛安才暂时放弃了这种做法。

可海森堡这时还正在兴头上，时不时让保镖做手脚可没法填满他的欲求。所以海森堡让黛安另想对策,如果实在没办法瞒过艾力，那么动用最后的手段和艾力摊牌，一拍两散也未尝不可。

对海森堡来说,如果自己的愿望不能被满足,那么整个项目的存在也就毫无意义。

不过幸好,黛安很快就找到了入手方向。

在之前艾力偶尔叫应召女郎上来的时候，她们当中有人曾随身带了一些迷幻和兴奋类的药物。艾力在查明这些药是合法安全的之后,抱着尝试的心态也跟着试了一些。感觉还不赖,但也不至于让人朝思暮想。

当时海森堡也正附身在艾力身上，但那些药物的效果多半是直接刺激大脑，而 ARC 系统能截取的信号只有身体的感觉，因此当艾力在享受药物时,海森堡几乎是毫无感觉。

直到黛安想到这个，原本对海森堡来说毫无意义的药物才有了用处。

之后黛安频频暗示艾力继续用药也无妨,尽管其他“真实表演”的明星未必敢碰药物,他却无须担心。因为有 ARC 系统在，他根本不必担心自己会精神不振影响表演，而且就连体形锻炼也可以让系统代劳。

当艾力明白不会有什么严重后果出现，也就欣然让药物进入了自己的日常生活。

就在这之后,艾力开始偶尔会完全断片。

负责给艾力供药的人是黛安，她自然可以很方便地暗中换掉药,让艾力的脑子一整夜昏睡不醒。在此期间,只要海森堡把探针截取的下行控制信号传送到艾力身上，他就能控制艾力的身体,完成真正意义上的附身。

海森堡总算能偶尔亲自上阵,为所欲为。但这个办法依然有让他不满意的瑕疵。

尽管 ARC 系统能够截断身体的外部感觉传入艾力大脑,但当海森堡在肆意发泄欲望时,他用的毕竟还是艾力的身体,艾力身体会本能地对他的动作产生反应,影响内循环系统,最终间接影响到艾力的大脑。

如此一来的不良后果是，艾力的大脑常常会在最高潮的激情后不久醒来。海森堡就不得不立即中断控制,把身体交还给艾力。

大部分时间,海森堡还来得及打发走床上的姑娘,但偶尔艾力醒得太快,会发觉床上的姑娘是他不喜欢的那种类型。幸好这种情况不多,艾力还勉强能够忍受。而这小小的瑕疵,也在海森堡能够接受的范围。

其后,在海森堡获取艾力身体完全控制权的那些夜晚,他可以完全按照自己的喜好挑选姑娘,大肆发泄自己的欲火。而当他发现艾力的狂热粉丝里还有看起来十分稚嫩的少女后,再一次,他内心中隐藏的某种扭曲欲望被激发了。

于是不可避免地，艾力某次提早醒来后发现床上竟出现了未成年少女。因此艾力才做出了暂时戒掉药物和女人的决定。

“你确定没办法说服他吗？”海森堡问黛安。对于艾力决定戒欲的决定，他并不高兴。

“几乎不可能，未成年这点恐怕是他的底线。”黛安回答。

艾力做出决定后第一个就告诉了她，黛安已经是他最信任的助理，不论是女色还是药物都经由她手。跟艾力一番详谈后，黛安摸清了艾力的底线。

“我可以试着更积极地劝他。”黛安补充道，“但以我的立场恐怕没办法提出更强的理由，这么做很可能引起他的怀疑，或许会影响到计划的顺利运行。”

海森堡脸色一沉：“你是不是搞错了这个计划的意义？这个计划完全是为我服务的，以我的需求为最高目的。如果不能从中得到乐趣，计划顺利与否、可否继续都毫无意义。”

黛安原本还想劝海森堡等一等，艾力不可能一直禁欲，迟早会再有机会。可现在海森堡这么一说，她心知他不会接受等待的建议了。

“你没有别的办法了？”海森堡催促道，“如果没有我们就动用最终手段好了。”

“还不到时候。”黛安回复，“还有一个办法可以满足您的愿望。只是这么做暴露的危险性会大增，我们可以瞒着他强行……”

“不必解释了，”海森堡打断她，“你自己拿捏判断就好了。如果不行大不了动用最终手段。”

“是。”

黛安也不多说了，默默退下。

九

隔天清晨，艾力小心翼翼地叫醒未成年少女，呵护备至地送她离开。

之后黛安给艾力联系了医生，让他到海森堡集团最好的医疗中心检查。检查的结果，是这些作用于神经的合成药物或许和纳米探针发生了某种奇怪的干涉，才导致了这种蹊跷的断片情况。

“我给你开点修复神经和安眠的药，有点副作用，但过几个月你就会好了。”医生最后这么告诉艾力。

此后艾力每晚睡前就服下药物昏昏睡去。他不再在半夜突然醒来，总是一夜熟睡直至天色大亮，床上也不再会出现连自己都不认识的裸体少女。

唯一的问题是艾力醒来后总觉得身体依旧疲惫，恐怕就是医生说的副作用吧。不过好在有 ARC 系统在，即便感觉疲劳也不会影响他的表现。

至于在片场外的工作，例如接受采访、上综艺节目通告的时候，艾力就只好自己打起精神应付了。

而在工作场所外被粉丝围住时，艾力也不再像以前那样一路扫过去暗地筛选姑娘。他如今总是尽量目不斜视，直直地往自己的专车走去。

整整一周里艾力都提心吊胆，生怕有八卦小报爆出他和未成年少女的料，或是有少女回去后反悔报警。对方是未成年人，只要消息泄露他百口莫辩，好不容易得来的成功也将付之东流。

甚至，艾力的老爹如果知道这事，恐怕也不会错过机会落井下石，讥讽他去干演员就是为了这事？这是艾力更加无法忍受的。

但好在一直风平浪静,什么也没发生。

又是一周过去,艾力仍旧觉得还是有点不对劲。不知是不是自己多虑,他觉得在酒店附近出没的稚嫩少女变得多了。在大堂里、在走廊上、在餐厅中、在出门取冰的时候、在早起出门工作的时候,他都有遇到过。艾力从未发觉这个五星级高端酒店会有如此多的少女在附近徘徊。

黛安认为艾力是太过敏感,自己在疑神疑鬼。可在艾力的坚持下,她还是替艾力换了个酒店。

然而,换了酒店后艾力的情况也并未好转。艾力仍旧发觉有许多少女总在身边频繁出没。

有一天早晨，艾力碰巧跟一位脸圆圆的粉色头发少女对视稍久,对方竟然还把食指竖到唇边,做了个噤声的动作,然后神秘兮兮地微笑着走开了。

艾力被这姑娘搞得摸不着头脑，困惑得当天的工作都无法专注,破天荒地在采访里长时间发呆。

而当第二天艾力依旧“凑巧”地在大堂见到另一名少女时,他实在是受不了了。艾力干脆径直走了过去,拍了拍她的肩膀。

“小姐,请问你在这儿干什么？”

少女并未立即回应,只是转过身来。在看清是对方是艾力之后,她嘴角微微上翘,眼睛也稍稍眯起。

那种见鬼的微笑！艾力简直要被逼疯了。

“你是谁？为什么会在这里？你自己来的吗？家人呢？”艾力

急躁地问道。

“这是我的个人隐私。”少女镇定地回答,仍带着谜一般的微笑。

“告诉我!你到底是什么人?我们见过吗?”艾力急得越来越大声。

艾力几乎是歇斯底里地大叫,引起了整个大堂的注意。正好刚从电梯出来的黛安见状赶紧冲到艾力身边,把他按住少女的双手扯了下来,并且连声对少女道歉。

好在少女也没说什么,只是点了点头,然后转身离开。

艾力被黛安死死拉住,只能看着留着紫色短发的少女踩着板鞋慢慢走向大门,但在即将踏出门的那一刻,少女忽然停下,扭过了头来。

她带着仿佛意味深长的微笑看了艾力一眼,举起食指摆到了嘴唇正中央,然后转过头飘然离去。

又是这个动作!这里边绝对大有问题。

少女显然是认出了艾力,而且两人之间肯定发生过什么,否则她怎么会也露出了那样的微笑?艾力表现得这么不正常,她却似乎并不慌张。而且最后她摆的动作跟昨天的少女一模一样!

黛安听了艾力的想法后告诉他,这只不过是经过上次的事件后,潜意识对少女过于敏感了,才自己脑补出了这些疑点,在她的角度根本看不出什么不正常的。

艾力知道无法说服黛安,于是放弃了反驳。然后黛安替他推了今天的工作,让他回房好好休息。回房后艾力仍旧心烦意乱,不停思索着这些事。

艾力不承认这全是自己的臆想，但黛安的说法似乎也不无道理。经过两周的担惊受怕后,艾力无法否认自己或许对身边的少女十分敏感,可这两名少女并不是幻影,那些微笑和那个意味深长的动作也真真切切,绝不是潜意识异常而产生的幻觉。

忽然间,艾力想到了另一种可能性。

既然自己从未有和这些少女有过接触的记忆，但她们却表现得像是跟自己相熟的样子，那么她们会不会是在自己失去意识的情况下接触的呢？

梦游。

还不能算答案,只是一个怀疑,但能够解释这些怪事了。艾力的精神可能真的有问题。

从之前误指黑发姑娘发展到发现未成年少女在床上，甚至连断片可能都是症状之一。而最近他的潜意识还变本加厉,在熟睡时梦游去约了这些少女？这也正好能解释为什么早上总是会觉得疲惫了。

一想到这个可能后，艾力立即起身出门，准备去找酒店经理。他想要调用酒店监控录像,查查夜晚到底发生了什么。如果自己真的是梦游去约了少女,那么监控肯定会给出证据。

可他才刚出门没走几步,就在走廊上遇见了黛安。

“你要去哪儿？”黛安问。

“去找酒店经理,我想看看监控。”艾力回答。

“监控？”黛安仿佛不明白般。

于是艾力把自己的推断说了出来，但黛安依旧表示艾力只是在胡思乱想。

“你别管我是不是胡思乱想，只要去看看监控就能弄清楚了。”艾力干脆不管黛安，直接就往电梯口走去。

“别看了，对你没好处的。”跟在后边的黛安忽然说道。

“怎么会没好处？查清楚发生了什么，不是才能找出解决办法吗？”艾力没好气地说。

“我没法解释。我只能说，别查了，这是为你好。”黛安拉住艾力。

“你这是在胡说什么？”艾力越发烦躁，甩开黛安，“你别管那么多，我一定要去查。”

“真的不能听我一次？”黛安问。

“这次不能，不要阻止我，谁也不行。”艾力说着又走了几步。

“是吗？”忽然间一个低沉的男声凭空出现，“如果是我说别去呢？”

艾力环顾四周，却发现走廊里只有他和黛安在，根本没有别人在。

“谁？谁在说话？”艾力又转向黛安，“黛安，你听到了吗？”

“她听得到，但其他人就听不到了。”那个声音仿佛是凭空在艾力脑海里出现，“至于我是谁，我是海森堡，你的老板。你不必去找监控看了，我们会告诉你你想知道的。”

艾力在海森堡说话时，一直转动着脑袋试图找出声音的来源，可不论他怎么转，海森堡的声音都毫无变化、清晰且稳定，绝对均匀地分散在左右耳中。

“这是怎么回事？”艾力有点慌张地问黛安。

“这个声音是直接在你听觉神经上叠加信号，只有你我听得见。说话的是我的老板,威廉·海森堡先生。"黛安回答。

艾力这才明白,对方是通过ARC系统直接跟他通话。至于海森堡说不必去找监控,恐怕也是因为ARC系统能够通过他视神经信号读取图像,知道在这些晚上发生过什么。

"你们早知道我在梦游?"艾力有点生气,"你们既然知道为什么不阻止我!"

"呵,梦游?某种意义上说倒也没错。"海森堡笑道,"不过实际上并不是那样。我可以告诉你一切,但我希望你能先回房再慢慢谈,让别人听见了对谁都没好处。"

"不,别给我再搞这套,要说就现在说清楚!"艾力赌气道。

"不,"海森堡遥远而冷漠的声音说,"你得听我的。"

"凭什……"艾力还没说完,就再也说不出一个字。他的意识被封闭到自己的身躯里,失去了身体的控制权。

ARC系统强行介入,把艾力带回了房间。

十

艾力坐在沙发上,对面的黛安也正襟危坐一言不发,只有海森堡的声音在艾力脑子里不断播放着。

海森堡毫无保留,把他的整个附身虚拟现实计划和盘托出。从如何设计制造ARC系统到选中艾力开始实施,到海森堡如何附身艾力寻找乐趣,再到海森堡如何开始插手干涉。

误选黑发姑娘是海森堡偏好驱使,未成年少女事件更是海森堡扭曲的欲望所致。至于最近艾力怀疑的梦游,也不过是海森堡在无意识时接管了他的身体,尽情地找未成年女粉丝的结果。

海森堡完全不顾艾力的意愿和法律风险,只是为了自己的乐趣。

在海森堡眼中,艾力不过是个享乐的工具而已。

艾力越听越愤怒,气得全身颤抖,直想破口大骂。可 ARC 系统目前还在接管着他的部分身体,他的喉舌仍旧毫无知觉,什么声音也发不出来。艾力想要摔门而出,腿脚却依然不听使唤。尽管艾力还有上半身能自由活动, 但他身边却没有任何可以通信的东西,想要报警也不可能。

“艾力,我希望你不要把这些小小的不愉快放在心上。好好想想,我的计划也让你大有收获不是？你从默默无名的小演员,摇身一变成了金字塔最顶层的大明星。我可以担保,今年的奥斯卡最佳男演员奖一定是你的囊中之物。这是双赢的交易,我们都能从中获利、皆大欢喜。你说对不对？”

海森堡的声音隐隐透着自以为是的傲慢, 艾力不禁张了张嘴,却发不出任何声音。

“啊,忘了你还没法说话。黛安,恢复他的说话能力吧。”海森堡吩咐道。

“海森堡先生,” 黛安回复,“我觉得艾力先生的情绪还没平复下来,可能会大吼大叫引起不必要的麻烦,还是暂时维持现状的好。我建议使用 ARC 系统的虚拟通话模式进行沟通。”

“噢,就是我在用的这个？可以。”海森堡说。

随后黛安打开随身手提箱,简单操作了一下,然后说道:“艾力先生,你可以说话了。”

“你个老王八蛋！”艾力听见自己脱口而出,可他惊奇地发现,自己的嘴根本没有张开。恐怕这也是 ARC 系统直接从他的神经里截取了说话的脉冲，再直接反馈到听觉神经的结果。

“对不起，海森堡先生，我马上加载过滤程序。”黛安连忙说。

“××××××××”艾力继续大骂，结果是耳边响起了一连串的哔哔声。可艾力实在气得不行，换了半生不熟的中文继续骂了下去，结果仍旧是接连的哔哔声响起。

等艾力终于骂累了，海森堡才接着说道：“何必那么激动？好好冷静下来，你才能理解自己得到的好处比代价多得多。”

这时艾力眼前一花，接着一个老人的形象出现在了他的眼前。艾力随即明白，这也是ARC系统直接在视神经上加载信号的结果。但或许是因为这个交互功能还不完善，老人的影像并不精细，而且时不时会晃动闪烁。

随着老人的嘴唇一张一合，海森堡的声音继续传来，给艾力分析利弊劝他合作。也不知海森堡哪来的耐心，不过或许这对他来说也是一种乐趣。

海森堡说他占用的只是艾力原本的睡眠时间，这对艾力来说并不算损失，而好处是海森堡集团以后会更大力支持艾力，不论是技术还是财力上。只有艾力更为成功，他才能从中获得更多乐趣。而如果艾力选择不再合作，艾力会从如今的地位骤然坠落，回到如尘埃般微不足道的底层。

一旦艾力失去了ARC系统的支持，以他原本的演技恐怕也难以在“真实表演”业继续待下去了。

于是艾力想起了老爹。

当年他不再对老爹言听计从，摆脱老爹的控制，换来的就是老爹长久以来的冷嘲热讽。如果艾力就此失败，失去如今拥有的一切，他将面对的是老爹更加刻薄的奚落。艾力无法接受这样的结果。

可答应海森堡又好得到哪里去呢？

海森堡在艾力得知真相前，就敢擅自借用艾力的身体去满足他的欲望。他根本不管和未成年人发生关系是联邦重罪，也不理会艾力可能面对什么样的后果。比起老爹来，海森堡已经不是控制欲异常的问题，而是强行劫持身体，滥用控制权了。

“我觉得，”艾力思索良久后答复道，“还是不要继续了吧。”

“你难道真的要放弃现在的一切？放弃奥斯卡，放弃在‘真实表演’获得的成就？不要那么急着做决定，再好好想想。”海森堡仍旧在劝，但他的语气终于变得不耐烦了。

“唔……我只是感觉自己不该继续下去了。这几个月我也体验不少了。”艾力只能小心地措辞，不敢太过生硬地拒绝。

“你再考虑考虑。”海森堡的语气越来越生硬。

“这个……我能说不吗？”艾力小心翼翼地问。

“你脑子还不清醒。”海森堡终于耗尽了耐心，“今天你才刚知道整个计划的真相，肯定需要一段时间消化。现在你还不能冷静下来好好思考，就暂时不要做决定了。”

海森堡自顾自地替艾力做了安排。

“我会给你一段时间冷静冷静，然后再谈合作的事。这期间就还是按老样子，白天你的事我不管，晚上你睡着的时候我接管。暂时就这样吧。”

海森堡不再理会艾力，中止了谈话。他的影像在眼前摇曳了一下，随即消失。但艾力依旧没法发出真正的声音，腿脚也仍然处于失控状态。

接着黛安开口了："我会恢复你的行动自由，但我必须先说明，在海森堡先生给你考虑的这段时间里，希望你能乖乖合作不要闹事。否则后果可能会非常严重。"

艾力听出了黛安话中的威胁，只得郑重点头表示明白。

他根本没有说"不"的权利。

十一

此后艾力的生活照旧。

白天的生活他可以自己掌控，夜晚睡眠时海森堡则接棒享乐。除了早晨醒来身体似乎更累一些，加上黛安接替海森堡继续劝说艾力外，其他一切几乎都没有变。

但艾力知道，自己的生活将永远不同了。他已经泥足深陷，难以自拔。

而当艾力冷静下来细细思考后，他又发现了海森堡的话中有着无法忽视的危险存在。

尽管海森堡保证自己处理得很好，那些少女会对他言听计从，不会想不开揭发他，而且也会确保没有证据留下。但艾力却完全无法放心，毕竟他是以艾力的身体去满足自己的扭曲欲望，一旦不巧事情败露，艾力可是第一个倒霉的。

更何况海森堡从未说过他什么时候会停下。难保他哪天心血来潮，会用艾力的身体干出更严重违法的事情也不一定。艾力相信海森堡完全有可能做得出来，他现在利用 ARC 系统强行征用艾力身体的行为，就已经可以视为绑架的重罪了。

可对于这些确凿罪行,海森堡却好像并不在乎。

难道海森堡就不怕哪天运气不佳,事情全部败露?凡是可能发生的,迟早都必将发生。即便是有海森堡集团作为后盾,他也不能推翻墨菲定律。

而作为有着充裕管理经验的超大集团创始人，海森堡不可能不明白这一点。但他又确确实实地在这么做,说明他必然有暴露后的相应风险控制措施。

另一个方面,海森堡对于自己的所作所为毫不掩饰,全部大大方方地告诉了艾力。这意味着他要么有必然把握能说服艾力合作,要么他是即便最终无法说服也无所谓。如今艾力面临的状况更像是后一种。

那么很显然,结论是无论艾力是否合作,海森堡恐怕也一样能全身而退,把一切撇得干干净净。

最糟糕的情况,是海森堡根本不管艾力的意愿,完全接管艾力的身体胡作非为,在终于东窗事发后抛下艾力,把跟艾力接触的所有证据打扫干净,让艾力自己去面对警察。没有证据的情况下,艾力即便说出被附身的真相,也不过是被人当作疯子看待。

想到这里,一股突如其来的恐慌席卷艾力的全身。他才明白自己的处境如此严峻,一股不适感在胸腹不断扩散,那是一种似乎有些熟悉却令人作呕的感觉。

艾力陡然想起,这就是被控制的无力感。

在离家自立之前,老爹几乎无处不插手他的人生,把他管得严严实实的时候,他感受到的就是这个。可老爹终究没有能阻止他成年,也没能阻止他的离开。

而如今，情况则比当年不知要恶劣多少倍。艾力现在可以说是真正地被完全控制，整个人都被捏在海森堡掌中，海森堡甚至有生杀予夺的权力。

那么，如果选择合作呢？假设自己能够接受海森堡的条件，让海森堡一直尽情玩到他腻味自行离开。这样可不可行呢？

想了许久后，艾力还是摇了摇头。

且不说心理上无法接受自己的躯体被别人借去享乐，就算是他能接受，海森堡的欲望也难保不是个无底洞。之前是黑发姑娘，然后变成了未成年少女，再往后会是什么？谁也无法担保海森堡不会迸发出新的想法，冒出更变态的愿望。

因此即使是选择合作，艾力也一样如同背着随时会爆的炸弹，不知何时就会把他炸个粉身碎骨。

实际上，艾力已经别无选择。

他不能坐等不定时炸弹爆炸，他必须找出办法替自己解围。他必须抓住一切空余时间思考，找出摆脱这个噩梦的办法。

艾力试过在黛安不在身旁时拨打报警电话，但才刚拨出一个“9”字，ARC 系统就冻结了他的手指。黛安的声音也在耳边凭空响起。

“你给谁拨电话？”

“给哈尔啊，有点事要问他。”艾力毫不迟疑地回答。好在他早有准备，经纪人的电话号码正好是 9 打头的。

“你通信录有号码，用快捷拨号就可以了。”

黛安说完，控制着艾力的手指替他转为快捷拨号，艾力才恢复了自由。

此路不通。

艾力再次证实了,他们有能力通过 ARC 系统持续监控他的行为。那晚在酒店一出门就被盯上, 如今是连拨号也立即被阻止。一旦艾力想要报警或发出求救,ARC 系统可以在瞬间就完全接管,阻止他的一切努力,除非……

能够欺骗 ARC 系统的监控,或是截断它对身体的控制。

可这要怎么实现呢?

此后艾力绞尽脑汁、冥思苦想,有一天他脑海中忽然灵光一现,似乎找到了一个突破口。顺着这个思路艾力反复思考斟酌,一个可行的计划逐渐成形。

然而这个计划只是可行而已,还不能保证万无一失。不过艾力思前想后,发觉手头的筹码实在有限,恐怕难以凑出更好的手牌了。

最终,艾力还是下定决心,决定放手一搏。

十二

傍晚时分,一辆和周边环境格格不入的高级 MPV(多用途汽车)徐徐行驶在狭小而破败的街道上。这条街道尽头的拐角处,就是艾力原本的住所。

眼看距离艾力住所的拐角还有几百米, 被建筑废料压垮的一排垃圾桶占据了大半边路面,车载 AI 判断没法通过,只好靠边停下车来。

“到这儿就行了,我下车去搬过来就可以了。”艾力说。

“有多少东西? 我跟你一起去? ”黛安问。

原本艾力来清理旧房子里的东西这事是可以由保镖代劳的,但不巧今天碰上了保安公司的轮换日,保镖在上完白班就回去报到了。

“没什么东西,加起来估计就一个背包,我自己能背得动。”艾力回答。

“噢,是这样。”黛安点了点头。

艾力打开车门正想下车,忽然黛安又说道:“我还是跟你一起去吧,顺便看看你以前住的地方是什么环境。”

“不用了吧,这种贫民区的房没什么好看的。”艾力有些着急,他并不想黛安跟着。

“难道有什么我不能看的吗?”黛安反问。

“好吧,去就去呗。”艾力想不到什么理由阻止,只好答应。

黛安习惯性地提起身边的手提箱,也迈出了车外。就在这时,艾力一拍脑袋,又大声叫了起来。

“哎,差点忘了,要搬的东西好像还真不少,真的得两个人才能搬完。”艾力看了看黛安提着的手提箱,“就不要带这个了,空出手我们可以一次性搬完。”

“真的吗?”黛安盯着艾力,“真的正好有那么多东西?你不是准备要什么花招吧?”

艾力的眼角不自然地抽搐了一下,但他还是故作镇定地答道:“你想多了,我确实是刚想起来。”

“你确定?”黛安继续问。

“真的。”

艾力似乎打算继续咬死不变,但下一刻他耳边就响起了海森堡的声音。

“恐怕不是吧？”海森堡冷冷地说。

“你怎么也在……”艾力似乎有些慌张。

“我当然是来欣赏你的演技的啊，想不到你的演技如此拙劣。是太久没练退步了？说个谎都说不好。”

“我没说谎,确实有那么多东西。”艾力继续嘴硬道。

“得了吧。”海森堡不屑地说,“你以为自己那点打算能逃过我的眼睛？你今天的真正目的并不是来搬东西,而是要到你楼上的住户家里去,对吗？”

这时艾力倒沉默了,海森堡得意地继续说了下去。

“你楼上住着的人叫菲尔·佩吉,他是所谓的脑控癔症者,整天妄想着有人在发射某种能作用于大脑的电波,想要控制他。他报过无数次案,但警察后来就不理睬他了。他在屋里自建有一个铁板焊成的法拉第笼,或者叫电波暗室,一次警察要求开门进入调查时,他还袭击过警察。这一切都很好查,警察局留有案底。”

海森堡顿了一顿,继续说道:“你今天来的目的,就是想要进入他的那个铁房子,以隔绝 ARC 系统的控制信号摆脱我,没错吧？”

艾力确实知道那个能隔绝电波的暗室存在，一旦关上门里边的通信器就会完全失效。此前他是为了琢磨佩吉这种精神病人的内心提升演技,才与佩吉混熟了。

可他此行是半小时前突然提出的，之前唯一跟佩吉的接触也只是打了个电话随便聊了聊,确认佩吉还住在原处。很不幸海森堡并没有放过任何蛛丝马迹,提前把佩吉的底摸了个遍。

“不是，”艾力继续硬着头皮说，“我真的只是来取东西的。你要是不信，就让黛安带着控制箱跟着我好了。”

海森堡愉快地答应了艾力。戳穿别人的阴谋是种乐趣，而看着被戳穿阴谋的人硬是圆谎，也是种额外的乐趣。

接着艾力和黛安一前一后，向着街尾走去。没走几步，几道从街边破楼房里射出的目光就已经盯上了两人。毕竟这里是贫民集居地，不少无所事事的游民都藏身其中。

艾力走着走着速度就慢了下来，海森堡发觉后立即警告道：“别想耍花招了，拖时间也没用。我会一直看着你，你不可能上到楼上，也不可能见到佩吉的。”

“我……我只是觉得没必要那么急而已。”艾力像是被海森堡戳穿了打算。之后仿佛是为了给自己找个台阶下，他反而走得更加缓慢了。

然而，艾力的心跳却开始缓缓加速，并不像是泄气的样子。他的眼睛瞪大着直视着前方，像是在寻找着什么，耳朵也警觉地在捕捉着某种声音。没多久艾力的耳朵就微微一动，似乎听到了正在寻找的声音。

要来了。

艾力继续保持着缓慢的步调，但却不由得越来越紧张起来。他的心跳变得更快，呼吸也变得更短而急促。

“怎么了？”海森堡似乎也察觉了什么。通过ARC系统采集的神经信号，海森堡掌握着艾力整个身体状况数据。他的心跳和呼吸变化的迹象引起了海森堡的注意。

艾力正注意着的那个声响越来越大，数秒后它的源头出现在了艾力的视野中。街角的岔路口出现了一辆载着两名乘客的越野摩托车,它转过头后朝着艾力这个方向全力加速冲来。

“你在搞什么鬼?”海森堡也不禁疑惑道。艾力的所有行动都在他们的监控下,他可以确定艾力和这摩托车绝无联系。可它却偏偏在这时候出现,不免有些蹊跷。

海森堡也不多想,立即就启动 ARC 系统把艾力冻结在原地,但他还没来得及有进一步反应,飞速疾驰的摩托车已经冲到了艾力跟前。海森堡连忙控制艾力往一旁让了几步,摩托车轰鸣着掠过艾力。

就在海森堡以为只是虚惊一场的时候,摩托车后座的乘客忽然弯下腰伸出手,在掠过几步外的黛安时一把将手提箱抢了过去。

成功了!

艾力在心里大声欢呼。他从一开始就没指望佩吉,让黛安的手提箱被抢走才是他计划的真正的目的。

自从艾力知道海森堡能够共享他的眼睛和耳朵,他就知道自己的每一个动作都无法瞒得过海森堡。因此他如果想要计划成功,就得利用连海森堡都不知道的信息布局。

艾力三天前联系佩吉的行为,只是他故意抛出的诱饵。他相信海森堡肯定能找出他和佩吉的关联,从而推断出他为海森堡准备的表面阴谋。在识破艾力想要借助佩吉的暗室截断电波后,海森堡就不会进一步去深思,为何艾力要在这个时间来到这个地点。

艾力住了十六个月,熟知这个区域的一切,包括附近有几个帮派,他们习惯在什么时间出现在什么地点,习惯在哪里布下眼线,在哪里动手。他当然很清楚,像他和黛安这样穿着光鲜的人出现,街上那些黑蛇帮的眼线就会立即通知同伙,而他们最擅长的就是飞车抢劫。

艾力很清楚,黛安手上那个商务风格的手提箱会是黑蛇帮最喜欢的目标。只要让中转控制信号的手提箱远离自己,艾力就能重获自由。

"原来这才是你真正的打算!"海森堡恼怒地吼道,他显然也明白了艾力的双重诡计。

"给我追。"海森堡向黛安叫道。他自己也控制着艾力转身追去,可转眼越野摩托车就已经驶远,在前方路口一拐后消失不见。

失去身体控制权的艾力感觉到自己在使出全力向前飞奔,眼前的黛安竟也放下淑女风范,穿着高跟鞋向前狂奔。她甚至比艾力更快抵达路口,消失在转角。

海森堡边跑还咒骂着艾力:"你这个兔崽子,我饶不了……"但没说完他的声音就消失了。

随即艾力正全力奔跑的身体也回到了自己的控制之下。艾力有点猝不及防,差点失去平衡摔到地上。情急之下他干脆顺势就地一滚,卸去了前冲的力量停了下来。

艾力大口大口地呼吸着,但他只缓了几秒就立即掉转过头,向着摩托车的反方向再度开跑。他要远离那个中转信号的手提箱,越远越好。

再度全力狂奔下,艾力的身体很快被痛苦席卷,腿部突然剧烈运动而肌肉酸痛，伴随过度用力呼吸涌现出阵阵恶心，鼻喉被空气带走水分而干燥疼痛。但艾力无暇顾及这些，只是继续向前跑着，朝着大约一英里外的充电加油站奔去。他的通信器从上次报警未遂后就由黛安保管，他只能寄望于加油站里那如今为数不多的几台公用电话。

艾力跑出五六百米后，听到后方传来了一声枪响，紧接着又是好几声。

不会吧？难道那些家伙没走多远就停下了，还被黛安追上，发生了冲突？还是说其实海森堡早安排了其他人手跟在后边，这时才出动？

但艾力管不了那么多，他只有继续全力奔跑。只要在海森堡的人找到他前有几分钟的空隙，他也能简短地把来龙去脉给警察说清楚了。

多亏平时从不间断的身体训练，艾力只花了四分多钟就跑到了一英里外的小加油站。艾力花了几秒蹲下呕吐，然后又立即起身奔向墙角的公用电话。

艾力把手指伸向结实的不锈钢按键，按下了 911 的号码，不锈钢听筒里很快传来了 AI 的接待语音："你好，请问需要什么帮助？"和真人并无区别的温和女声，竟让艾力心里感到一阵温暖。

终于能够摆脱他了。

艾力长舒一口气。自己的身体被海森堡擅自征用了那么久，总算在没有酿成大祸之前，能够摆脱他的控制。

艾力张开嘴想要说出一切，可他却发觉自己怎么也发不出声音了。

忽然间,一种大难临头的感觉降临,艾力浑身的血液仿佛瞬间凝固。

随后一串“橐橐”的声音由远及近,最后在艾力身后停下,那是高跟鞋在地板上敲击发出的声音。

艾力不受控制地挂上电话,颤抖着转过身。眼前出现的正是黛安,她的皱巴巴的衣服沾满泥土,金色的长发也乱糟糟地散在肩上,还染上了几抹红色。她的腹部有一小块区域有红色的液体汩汩流出,似乎是被子弹穿透了。但黛安似乎并不在乎,只是静静地站着,拎着那个沾满灰尘的手提箱。

“怎么可能?你不可能追得上的啊!”艾力无声地张合着嘴唇,但话语却只在脑海里响起。

“这具躯体,并不是真正的人类。”腹部还在淌着红色液体的黛安平静地回答。她的嘴巴并没有动作,声音也直接响在了艾力耳边。

艾力这才明白,眼前的这个黛安竟是个仿生人。所以她才能够徒步追上摩托车,而且在枪战中抢回手提箱,然后再折返追上全力奔跑的艾力。

功亏一篑,艾力败在了他无法预料的因素下。

随后,海森堡那冷得直透心扉的声音在艾力耳边响起……

“你将为此付出代价!”

十三

海森堡直挺挺地站着,面对着五百名观众和分布在六个方向上的摄像机。

此刻站在舞台上的是海森堡还是艾力？可以说皆是。他们两人都在舞台上，或者说都栖身于舞台上的那具躯体，观看着 ARC 系统把表演推向最后的高潮。

在最高潮那一刻，艾力将会死去。

这是海森堡专门为艾力编写的剧本，艾力将和主角一样在短暂绽放后随即凋零。现实和电影的维度将在此刻重合统一，让这一幕升华为独一无二的传世杰作。

这一幕的灵感，来自海森堡当天的愤怒。

那天艾力不仅真的对他的控制进行了反抗，还几乎接近成功。如果艾力的诡计得逞，海森堡将面对的是数道联邦重罪，他可能会失去拥有的一切。因此当时他恼怒无比，愤怒得几乎快要无法抑制。

他甚至想过当场杀死艾力。

他可以终止艾力的呼吸让他窒息，合理解释可以是被歹徒抢劫后恐慌得狂奔后的呼吸问题意外致死。他也可以让艾力不小心摔一跤，正好把脑袋磕在坚硬的地板上，这也同样可以解释成意外。

至于艾力体内的纳米探针，海森堡也可以立即让黛安发出自行分解指令。除了遗体的某些金属元素含量稍高外，不会有任何证据留下。

然而就在海森堡盘算着该用哪种方法将艾力置于死地之时，他忽然发觉自己除了愤怒以外，也浮现出一种前所未有的亢奋，甚至比跟未成年的少女们在一起时更为强烈。

性爱他已经不知体验过多少次，可杀人却一次也没尝试过。

察觉自己对杀死一个人的念头如此兴奋后，海森堡倒是开始努力让自己冷静下来了。尽管他随时可以让艾力丧命并全身而退,可短时间内这样的机会只有一次,体验也只有一次。因此他反而想要慢下来精心谋划，把这个难得的经历变得更美味可口。

随后他控制着艾力,像正常人一样报警处理抢劫案件,让一切表面上看起来都毫无异常。

之后海森堡完全剥夺了艾力掌控自己身体的权利，将他日夜囚禁在自己躯体中。艾力的情况已经糟透了,而更让他恐惧的是,从那天后海森堡再没有跟他说过什么。

海森堡曾愤怒而冷酷地声称要艾力付出代价，可接下来却像是忘了这事,完全没有下文。而且他甚至一反常态,连夜晚也不再找少女纵情欢乐。艾力知道海森堡肯定在谋划些什么,但他猜不出来具体的阴谋。

直到艾力发现自己出现在一个拍卖会里，并且拍下了五颗古董手枪子弹时,他才摸到了海森堡的想法。他记得自己正在拍的这部片子里，主角最后就是用一把古董柯尔特转轮手枪自杀身亡,而这把手枪的口径就正好是0.45英寸,和刚拍下的这几颗子弹相同。

海森堡想要艾力在众目睽睽下自杀！

猜到海森堡的想法后，艾力开始不断哀求海森堡不要这么做,他以后会完全配合不再反抗,不论海森堡想要干什么都好，他都不会反对。尽管艾力无法发声,但他知道只要自己拼命说，海森堡是能通过神经信号听到他的声音的。

海森堡没有理会艾力,既然已经决定要艾力付出代价,他就会做到。他将亲自附身,让艾力在数百名现场观众的面前和摄影机的记录下开枪自杀。

一想到自己为艾力准备的精彩绝伦剧本，海森堡就兴奋得浑身颤抖,他根本没法拒绝这个极致体验的诱惑。他不仅能堂而皇之地杀死艾力,还能同时亲历附身的躯体死亡历程,体验到一部分死亡的感觉,一石二鸟。

这将是无与伦比的终极体验。

终于,最后一幕来临。

艾力和海森堡都栖身于舞台上的那具躯体上，感受着自己手中那把装着真正子弹的古董柯尔特转轮手枪。

眼见生命即将终结,艾力声嘶力竭地哭号嘶喊。可海森堡只是调低了艾力的音量,将这哭喊当成伴奏的背景乐,让即将到来的独一无二体验更为丰满。

最后的时刻终于来临,枪口轻轻抵在了脑门上。艾力停止了哭喊,似乎已认命。就在这时,海森堡忽然发觉自己感受到了另一种东西。

艾力的恐惧。

很奇怪,按理说恐惧这种情绪是在大脑中产生的,只同步接收感觉神经信号的海森堡无法感知。可现在艾力眼见自己一步步迈向死亡,他的恐惧让肾上腺素飙升,心脏前所未有地大力起搏,就连海森堡也感受到了胸膛里的心脏在狂跳不已。

除此，血压上升导致的太阳穴血管跳动和耳朵里的血流轰鸣声,以及胃部开始发生的抽搐感,都真真切切地反映出艾力的极度恐惧。

至于海森堡本人，此刻则是处于无比亢奋的状态。尽管附身在艾力身上所获得的，是极度恐惧的一系列身体反应，可海森堡却很清楚自己的大脑正处于异常兴奋的状态。

于是，两种情绪奇妙地交织在一起。

此刻海森堡的大脑中有两种极致的情绪，由艾力身体提供的恐惧感和海森堡自己大脑的亢奋，两边的感觉混杂在一起，形成了一种前所未有复杂而奇妙的体验。海森堡恐怕是世界上第一个体验到这种感受的人。

枪口抵上脑门的三十秒后，ARC 系统按照预定计划取消了右手的控制，把控制权移交给了海森堡。海森堡轻轻握住枪把，感受着象牙雕刻的枪把所反馈的触感。食指也轻轻用力，感受着扳机反馈回来的弹簧压力。

又过了几秒，海森堡用拇指向下缓缓扳动击锤，直至咔嗒一声清脆的响声发出，击锤滑入卡扣锁定。

海森堡搭上扳机的食指微微弯曲，又缓缓松开，然后再度扣紧，他在尽可能地享受这一刻。在他的记忆中，就连年轻时的自己都没有如此刺激而疯狂的经历。

在艾力的恐惧和惊骇的助推下，海森堡的情绪终于到达了巅峰。他此刻已经失去了对外界的注意力，身体的众多过度应激反应也让他开始变得难受起来。耳朵里的轰鸣盖过了一切声音，视野也缩小到根本无法看见眼前的观众。

“来吧，迎接你的死亡吧！哈哈哈哈……”海森堡的狂笑响起，只有艾力能听到他最后的疯狂言语。

在即将到来的死亡面前,艾力仅剩的理智也几乎消失,对于海森堡最后的死亡宣告,他也只能用尽全力地喊道……

“不!!! ”

歇斯底里的呐喊响彻影棚,如同濒死的野兽最后的哀嚎。

观众们惊叹于这感染力超群的一吼，几乎忍不住想要当场鼓起掌来。导演却蹙眉不语，不知如何处理这剧本上没有的呐喊。

就连艾力也惊讶得回过了神，他发觉这声音真是自己发出来的。

他又能动了!

就在即将扣下扳机的那一刻,海森堡的狂笑竟戛然而止。毫无预兆地,艾力对身体的控制也完全恢复了。

刹那之后，艾力脚一软跪在了地上，同时把枪也扔在了一旁,仿佛那是条毒蛇。

观众们继续在心里为艾力的表演喝彩，可导演却对艾力的举动感到错愕,他根本没有在按剧本演。但艾力的即兴处理实在是太富有感染力了,仿佛真的是从鬼门关走了一遭回来,导演都不知该不该喊停了。

然而只过了短短的一瞬间，艾力就再次做出了令人出乎意料的举动。只见艾力突然又俯身抓起手枪,然后跳起来转身飞奔而去,冲出了摄影机和观众的视线范围。

尽管才刚从死亡的恐惧中脱离，可艾力马上意识到这是个绝无仅有的机会。

不论海森堡那边出了什么事导致了 ARC 系统失效,这都可能是暂时的。在这个不知能持续多久的自由活动时间窗口,艾力最优先做的只有一件事——把中转信号的手提箱毁了。只要毁掉信号中转装置,他就能赢得更多的时间。

艾力冲到舞台一侧的布景之后,找到了正在待命的黛安。黛安此刻双目无神,正呆立着一动不动,海森堡集团那边恐怕真的发生了什么。那只手提箱则静静地立在黛安脚边不远处。

艾力不敢靠近,直接把手枪对准了手提箱,双手翻飞把古董手枪里的五发子弹尽数射出。

两发子弹射偏打在地上,但剩下三发尽数打在了手提箱上。手提箱被子弹贯穿撕裂,里边的零件也散了一地,彻彻底底地报废了。

艾力这才松了口气,一屁股坐到了地上。

现场的工作人员和顶着一张臭脸的导演在听到枪声后赶了过来。黛安随后也很快恢复了正常,她打量了一下四周的情况,弄清了艾力刚才做过些什么。

艾力看起来一副已经虚脱的样子,对导演的质问充耳不闻,只是让工作人员赶紧把他的通信器拿来好赶快报警。碍于有外人在,黛安没办法动手阻止艾力,只能挤眉弄眼暗示艾力不要这么干。

艾力根本就不理会黛安。刚才在死神面前徘徊已经耗尽了他的力量,他甚至连一点愤怒也挤不出来了。他只想赶在可能存在的第二个手提箱来到这里前尽快报警,把整件事的来龙去脉说出去。

很快一个跑腿的工作人员把通信器拿来了,艾力伸出手接了过来。就在准备拨号之时，艾力听见黛安长叹了一口气。

忽然间，那种大难临头的感觉又回来了。

艾力惊恐地抬头看向黛安，但头只抬到一半他的脑袋就在半空中凝固了。

他又一动也没法动了。

十四

“对不起，这是为你好。”黛安轻轻说道，她的声音依旧是直接在艾力耳边响起，别人无法听到。

“怎么会！我明明毁了中转装置，ARC 系统怎么还能控制我？你们还有第二个中转装置在附近？”恐慌中的艾力叫道。

艾力能听到自己的声音，黛安在剥夺他对身体的控制权后，立即为他开启了无声通信的权限。

“什么为我好！你们还有什么阴谋就直说吧，叫海森堡别来这一套！”艾力继续无声地大吼大叫。

他明明正看着不受控制的自己在向导演道歉，说刚才只是太过入戏，需要休息一下调整精神。黛安还在胡扯什么为他好？

“别着急，我会统统向你解释清楚的。”黛安耐心地说道，“附近的中转装置只有一个，你确实已经毁掉了。我能再通过 ARC 系统控制你，是在用我这具躯体中的天线中转信号，向你的身体转发控制命令。其实你眼前的这具仿生躯体是遥控的，我本人在一次事故中失去了身体，大脑被海森堡集团抢救下来联上了服务器，至今我的大脑还在海森堡集团的物业里保存着。平时我都是通过遥控信号来控制仿生躯体，也可以在几个躯体间切换。”

黛安一边解释,一边控制着艾力回到了化妆间,关上了门。

“刚才我不让你乱说话,是因为对你来说这样处理是最好的。”黛安继续说,“请相信我,你不会再有危险了,很快你就会完全自由。因为海森堡先生已经不在了。”

“不在?什么意思?”艾力忍不住问道。

“海森堡先生刚刚过世了,他不会再控制你了。你没必要报警,如果你植入 ARC 系统的事曝光,对你来说并没有好处。”

“等等,海森堡死了?他……怎么死的?”

“恐怕是因为过于亢奋。”黛安回答,“你也知道,ARC 系统能够控制的神经信号只有感觉和运动神经,并不涉及控制身体循环、代谢、消化等系统的自主神经。海森堡先生刚才在附身时由于大脑过度兴奋激动,自主神经系统也跟着产生了一些反应,例如心脏快搏、血压升高、各种调节物质大量释放。

“可刚才他是全浸入式地附身,大脑只接受你身体传来的感觉,因此他的大脑没能察觉自己身体发出的警告信号。当他的大脑继续变得更加激动,他的身体也会持续变得更加激动亢奋。最终,这种失去正常抑制信号参与的正反馈循环越来越强,于是过度亢奋导致过高的血压,引发颅内血管破裂出血以致昏迷。尽管 ARC 系统在检测到他丧失意识后立即释放了控制权,可那已经太迟了,海森堡先生在几分钟内就因颅内出血过多而死。”

艾力瞪大了眼睛:“你是说,海森堡刚才是太过激动,把自己给弄死了?”

黛安轻轻点头:“海森堡先生以为在器官置换和肌肉刺激治疗后自己还很健康,可他的脑血管其实已经衰老脆弱,加上他刚才的亢奋情况甚至比年轻人还要严重得多,所以……”

“那我真的没事了？”艾力抢着问道。

“请相信我,你不会再有麻烦了。”黛安说,“整个 ARC 系统的研发只是拼凑几个成熟技术,是由我一个人完成的,加上我的特殊处境,海森堡先生也只信得过我一个,整件事只有你、我和海森堡先生知道。只要你不说出去,就不会再有别人知道了。”

艾力不敢相信自己这么简单就自由了,依旧狐疑地看着黛安。他可不想再受一次戏弄,在即将逃离绞架时却被生生勒住脖子。

直到黛安把海森堡死亡时的监控录像调出,艾力亲眼看着医生抢救无效而放弃,这才相信了黛安的话。

“其实我一直都不赞同海森堡先生的做法。”黛安说,“但我这条命属于海森堡先生,我必须满足他的所有愿望。现在他已经不在了,我也就不必再继续下去了。在确认他离世之后,我已让他体内的纳米探针自行分解。接下来我也会替你移除体内的探针,然后销毁 ARC 系统。你可以把一切当作没发生过。”

说得轻巧,艾力心想,自己可是差点就要丧命在海森堡手下,怎么可能当作没发生过？

可艾力又能怎么样？他不可能向海森堡集团追索损失,他可是通过 ARC 系统才获得了今天的成功,如果事情宣扬开来他今后根本没法在这个社会立足。

如今他恐怕只能当作什么也没发生过,继续勉强完成刚才的最后一幕,结束这部电影的拍摄。但在那之后,他将面临演技跌回及格线的处境,不知如何收场。

见艾力脸上浮现出忧虑,黛安也猜到了他的想法,于是又安慰道:“还有一个选择,如果你希望的话,我也可以替你保留下ARC系统。”

“不、不,不需要。”艾力吓得急忙回复。

“别着急,”黛安微笑着说,“我不是说原封不变保留现在的ARC系统。我可以在消除ARC系统的服务器资料前,将资料整合成一个简版的分析AI,然后将它跟控制部分合并,下载到一个便携式的独立装置里。它可以和你体内的纳米探针配合,成为只有你自己能控制的离线版ARC系统。这样你就不会再受别人控制,也可以基本保持现在的演技水平。只不过相对来说效果会打一些折扣,之后也没法继续改进升级了。”

黛安的提议相当诱人,从她刚才坦白了一切的举动来看,似乎也足以值得信任。可艾力却隐隐觉得自己不该接受。

落得如此下场,是他咎由自取。

最初艾力是为了不让老爹看扁,才接受了海森堡集团的邀请,可做出决定的是艾力自己。是他对成功的执着,才让自己从此误入歧途。

而此后的一系列事件里,从在黛安的怂恿下滥情纵欲,到留恋欢愉而放下对药物的抵抗,以至于海森堡有机可乘,从艾力身上满足了他那越来越扭曲的欲望。

即便艾力当时不接受这些诱惑,海森堡也有能力强制他配合,但艾力无法否认自己当时确实乐在其中。

因此艾力觉得造成今天的后果,自己也负有不可推卸的责任。

面对黛安的提议,艾力还是苦笑着摇了摇头。

之后就让一切顺其自然吧,他可不想一错再错,再把命运交由他人或是他物掌握。

自己的人生,理应由自己勇敢面对。

载于《科幻立方》2020 年第 1 期

至美华裳

游者

19th 百花文学奖 The 19th Baihua Literature Award

科幻文学奖

游者

山东省作家协会会员。作品曾连续三年入选“中国年度科幻小说”(漓江年选系列)。著有《星空沉睡者》《污点》《最后的数沙者》等书。

一、尼龙

“没想到这么多年了，你还是老样子。”

桑小叶颇有些尴尬地轻咳一声，连眼皮都不敢随便乱动一下。但是如果继续保持这个姿势，她的视线就不偏不倚地落在桌子下面那双套着浅黑色丝袜的美腿上。也不知是有意还是无意，那微微翘起的玉足足尖几乎是笔直地对着自己的鼻尖，正散发着令人无法忽视的熟女魅力。桑小叶略一抬头，将目光稍稍提高了几寸，心跳猛然加速，赶紧嘬了一口奶咖，平复一下自己的心情。

“怎么了，你在怕我？”卡座对面的女人若无其事地抚着自己的披肩，露出意味深长的微笑。

“怎么会呢，咳咳。”桑小叶慌乱地掩饰着尴尬。正午的阳光像一把带着金边的刀子，刺透了巨大的落地窗，均匀地涂抹在两人面前的一方小桌上。桑小叶呆呆地看着玻璃板。阳光笼罩着自己的影子——头发的边缘都是蓬乱的。

她是如此漂亮优雅，很难不吸引到男人的注意。只消看看餐厅里那些若有若无投来的目光和玻璃窗外不时掠过的一张张痴呆的脸，就不难理解这美貌的威力。她的披肩值多少钱？是什么材质的？鞋子呢？不太熟悉，会是定制款吗？那条手链呢……桑小叶无从知晓。自己几乎是与时尚绝缘的。说不定就连她尼龙袜的价格，也高过了自己全身的行头。

“上个月，大师去世了。”

桑小叶知道她说的是谁。整个时尚圈，乃至各国潮人们，都晓得那个名字。曾几何时，他的名字就是潮流的代名词，以他名字创办的时装品牌,一直经久不衰。

“我很抱歉。”桑小叶听过一些坊间传闻,“他和你之间……”

她咯咯笑了:“并没有精彩的故事。当年,我是个新人,有很多自己的想法,可赏识我的人不多。是他帮助我完成了自己的独立品牌。”顿了顿,她又说,“他的伴侣并不是我。”

桑小叶安静地喝了口奶咖。

当看到一颗流星划亮天空,并为之惊叹时,我们是不会知道这闪耀的背后还隐藏着多少没看到的东西。而与之相比,此刻的自己就单调得好像是一座沉寂的冰山了。桑小叶默默地想着。

“大师有个遗愿。”

桑小叶终于直视了对方。

“大师一生都在追求设计的极致。而我们没有人知道,真正完美的华服,究竟应该是什么样子?——是巴洛克风格?波西米亚元素?古埃及风情?或是和服?唐装?现代风……什么是现代?谁能说得清楚呢?”她的眼神变得迷离,“每个人都没有答案。”

“这正是我最不理解的地方。”桑小叶认真地说,“莫莉,你是搞时装的,怎么说呢,是传统行业。当然,你做得相当成功。而我呢,虽然这些年也做了不少杂七杂八的,但说到底是混 IT 产业的。我想不出你为什么非要找我。”

莫莉轻轻摇了摇头。

“时装是什么?大胆,前卫,新颖,刺激……只有拿出最特别的东西来,才可能保住业界里的位置。小叶,我知道你是最特别的。从学生那会儿,你就是人群中最特立独行的那个。你冷静,专注，擅长分析，总有自己的主意，有时候简直不像是个女人。所以，我愿意相信你，哪怕赌上全部身家也在所不惜！全部！”

桑小叶眉头紧皱，她觉得自己有点应付不来面前这个略显偏执的女人：“有些事，光有钱是办不到的。”

“服装行业不再是传统行业了。世界早变了。”莫莉取了咖啡勺，探到杯中轻轻搅拌，“而这完全是靠资本的支撑。说白了，潮流就是有钱人的玩具。拥有了资本，就等于有了奇迹的种子。时装？管它什么材料，就算是给你一块石头，你也得把它织成布！”

空调在嗡嗡地运转着，桑小叶突然感到屋内的空气有一点冷。

桑小叶相信这个女人说的，她正是在这样一个残酷战场上活下来的赢家。但她又不愿意就此屈服，于是她对着莫莉的双眸，不卑不亢地说：“技术永远是最重要的因素，因为世间的一切奇迹都是由技术实现的。如果没有技术，你拥有再多的资金，就算是天文数字的钱，石头也依然不过是石头！”

两个人的交谈时疾时缓。谈得越深入，桑小叶越明白，莫莉想要的绝不是一般的东西。待气氛缓和，她试探道：“你要的东西……究竟有多特别？”

“你肯定会有兴趣的。”莫莉重新露出迷人的浅笑，“在这之前，你先看看，这几年我们都做了些什么吧。”

她原本前倾的身子缓缓后仰，最后整个躺进了卡座的沙发里。与此同时，她那裁剪得体的淡红色连衣裙，随着这一过程中光线和角度的变化，先是渐渐褪色，转而变为亮眼的银色，最后又成了淡淡的蓝色。

“我想要点石成金。而你,就是那根金手指。”

二、棉布

方天华对于格子衬衫的需求，是桑小叶认识的人中最为偏执和粗暴的。

首先,他会拒绝一切修身的衣服,理由很简单:他比较胖,没有身材。任何修身的衣服只要套到他的身上,都会不出意外地把他变成一个巨大的畸形萝卜,两头细中间粗的那种。

其次,他几乎不穿白色或者浅色系,理由也很简单:他肤色黑，不想被衣服衬得像个粗老壮汉——虽然他怎么打扮都像是一个大老粗。

最后,他只穿纯棉的衬衫,而拒绝其他材质。

如果不是因为莫莉，桑小叶几乎不怎么来找方天华。大学时,两人有过一段短暂的恋情。刚毕业那会儿,异地再加上生活的压力,让他们遇到了所有校园情侣都会遇到的一系列问题,最终也难逃分手的命运。

方天华的广告公司就在当年就读的大学园区对面，一路上到处是熟悉的街景,勾起了桑小叶不少的回忆。大学一毕业,同学们就像泼水一样被泼进了人海。有的早早到家里安排好的公司报到;有的回到父母所在的小城任职;有的继续读书,把自己熬成了“灭绝师太”;最悲催的一伙人漂洋过海,想要为建设“经济一体化”的地球村挥洒汗水——结果建着建着,村那头的人就不愿意跟咱继续玩了。桑小叶翻着手机相册里的一张张照片,有些想不明白,怎么之前还嘻嘻哈哈的一群人,就能这么快出溜出溜地找到自己的人生轨道？桑小叶找不准自己的位置。她不安分，就像一颗彗星，不愿意规规矩矩待在设定好的轨道里一圈一圈转悠，只按自己的方式遨游太空，也不知道哪里是自己的归宿。

不出所料，方天华的工作室依然乱得像猪窝。如今loft（小户型）式公寓是最受年轻创业者欢迎的，居住和办公往往是一体的，但能住成方天华这么邋遢的也不多。

"坐吧，随便坐。"方天华穿着棉布衬衣，不着边幅，显然刚睡醒不久。

桑小叶环视四周，迈过随地堆放的装饰材料和包裹外皮，在房间中唯一的小沙发椅上勉强坐下。

"吃早饭了吗？"方天华麻利地把放在小桌子上的切片面包包装撕开，用手稍微一比量，从里面抓出一半，剩下的递了过来，"不用客气。"说着就往嘴里填。

先是一片两片，后来感觉速度太慢，就一下子全部填进去，另一只手则抓起一包牛奶往下送。左右配合，效率极高。然而他到底还是噎着了，一边捶着胸口一边咳嗽不止。

桑小叶叹了口气。

"你知道金茉莉吗？"

方天华终于咽下了最后一口面包。随后，他努力地一咳，终于把阻塞呼吸的面包渣弄了出来。他抽了张纸巾，一边抹着眼泪，一边说："金茉莉？知道，不是那个服装品牌吗？"他停下手里的动作，"怎么，要送我礼物？"

桑小叶低下头："我昨天中午见过她了，金茉莉的总裁，莫莉。她是我同学。”

“那个金茉莉的？”方天华瞪大眼睛说，“小叶子，你说的是他们家女总裁，莫莉？广告都用自己形象那个？”

“嗯，就是那位大仙。”桑小叶蔫蔫地回答。

方天华突然来了精神：“她可是个大名人。嘿，你怎么认识她啊？我从来都没听你说过。”

“算是我小时候的玩伴，只是后来就不怎么联系了。我跟她其实也基本没什么交集嘛。”跟自己比起来，莫莉完全生活在另一个世界。事业上顺风顺水，情感上追她的人能排到法国。哪儿来的交集？

“聊正事吧。你懂时装吗？”

“时装……”方天华思索两秒，眼前一亮，“是棉布的吗？”

桑小叶面无表情：“不是。更原始。就是些大树叶子。摘下来，穿成串，捆一捆，裹身上，就能出门了。”

“哦，是这样啊……”方天华做茅塞顿开状，“那我真不懂。”

“行了！别贫了！”

“您说，您说。”方天华赶紧放低姿态，“女总裁到底为什么事找你？”

桑小叶撇了撇嘴。如果不是方天华技术活儿确实好，自己根本不会来找他。

“服装与人类的文明同步诞生，进化，演变……不夸张地说，服饰与人类文明的历史共生共存。传统的服装材质经历了无数变革，最早的时候，人们能够裹身的无非就是树叶、兽皮、藤条，都是大自然的原材料。随着生产技术的进步，像棉、麻、竹等等，都成了制衣材料。养殖业发展了,圈养动物也有不少贡献,牛皮、羊毛……还别忘了桑蚕丝,有了丝绸,也就有了丝绸之路。再往后就是各种人工合成材料。衣服最早的时候无非就是御寒挡风,慢慢地,展示美就成了更重要的目标。这不能不说是一种进步吧。”

桑小叶故意说得很慢,像老夫子卖关子。可方天华并不接茬,用眼神示意她继续。

“到了今天,时装领域的竞争愈演愈烈,所有的商家都绞尽脑汁想拿出最不可思议、最吸引眼球的设计。这时候,她找到了我……”

“哦。明白了。”方天华做恍然大悟状,“创意策划!她需要个新的文案,特别能标新立异的,像杜蕾斯那样的……”

“不是啊。”

“那是短视频营销?我看金茉莉的广告已经铺得到处都是了啊?投屏投得满大街都是!再想搞大新闻就只能往月亮上打激光了。”

“也不是那个。”

“那我不知道了。”方天华两手一摊,“这位大小姐总不能让您去给她安灯泡、通下水道吧?”

桑小叶唤醒了桌子上的小终端,摆弄了几下,投射出一则裸眼3D(三维)广告。

“就是这个。”

“这……这不是外墙广告吗?”

桑小叶点点头:“没错,就是外墙广告。你先别忙着皱眉,耐心听我说。外墙广告也经历了好几代变革,从最早的垒石头刷油漆,到后来的激光投影面屏,今天,最流行的是什么?”

“纳米涂层?”方天华突然有点明白了,“原来不是上月球啊。”

“不是简单地把3D打印与计算机相结合。换句话说,她想让穿上衣服的人当太阳,而看到她的人,每个人都是月球。”

方天华陷入了沉思。

“意思我大概懂了。不过……”他不由得笑了笑,“挺疯狂的。”他抬起头,看着桑小叶,“她这么玩,不会给时装界毁灭性打击吧?”

“不会。她是觉得,这样肯定更好卖了。”桑小叶说,“电子书出现之后,实体书消亡了吗?实际上,人们的消费习惯早就该改变了。”

“有点道理。所以,她其实想把衣服彻底变成一种电子产品。”方天华若有所思地说,“这个女人呀,啧啧……”

桑小叶关掉投影,“曲屏虽然也能做到一定程度的形变,但是韧性和弹性还不够。换个思路,如果把组件的尺寸进一步缩小,做到极限,也许是金茉莉真正想要的东西……”

方天华点了点头:“她想把屏幕穿在身上。”

“不仅如此,还要预设程序进去,通过手机等终端,让穿戴者能自由编辑图片。”

“没有模板?”

“没有模板。”

方天华躺进沙发中。

“就算我们能实现，可是，舒适性呢？”

桑小叶“扑哧”笑出了声：“同样的问题我也问过莫莉。她是这么给我说的——”桑小叶把腿叠起来，学着女总裁的样子，把脚朝着方天华的方向凑了过去，“舒适性根本不是时装设计考虑的要素。要知道，从欧洲开始风靡束胸衣开始，大多数时候，流行时装穿起来并不舒服。”

方天华把头躲到一边。

“她还说了一句：‘人们总会习惯的。’”

听到这话，方天华突然笑了出来，然后慢慢地摇了摇头：“这个活儿，我不干。”

桑小叶怀疑自己听错了：“什么？为什么？”

“这里面有两方面原因。”方天华缓缓地说，“一是工艺太难，技术路径不清晰。基本上这属于创新型项目了，市面上没有先例可循，我还是更倾向于做委托服务型的业务。第二则是个人原因。听听你刚才的话吧，我感觉到，金茉莉企业做得挺大，可是莫莉这个人，素质并不高。一个企业的领导者要是素质不高，企业的上限也不会高到哪里去。”

“怎么？刚才不还摇着尾巴往上凑吗？”桑小叶揶揄道，“这么快就说不干了？”

方天华摇摇头继续说：“我相信她有很好的研发团队，最好的设计师，最高端的秀场，最火爆的会展，最优质的人脉资源。她不依靠我们搞旁门左路一样可以占据领先。”

桑小叶不说话，点开小终端给他看了一眼里面的数字。

“这是订金。”

方天华仔细看了看,噤声了。

几秒钟后，他突然激动地说:“太棒了，金茉莉不愧是大公司,这是我见过的最有素质的甲方!我相信以我们的技术实力加上金茉莉的资源,一定可以颠覆整个服装行业! ”

桑小叶叹口气,收起终端。

“方案已经有了,就看我们如何落地。”

方天华说:“这是个不小的挑战,不过理论上应该可行。难度不仅仅是可视屏的尺寸,其实关键还在算法。不仅仅要匹配各种身材的人,还要即时捕捉穿戴者的动作,配合环境加以调整。这个运算量不低。”

“需要最优的算法,而且不能增加穿戴者的负担。”桑小叶说,“我们不可能让每个人穿件衣服还要外挂一台电脑。”

“那也能实现。只要安一个便携式接收端就可以,主要的运算直接上云。”方天华站了起来,在不大的空间里来回踱步,兴奋地搓着手,“幸亏现在有了10G通信,放在以前8G、9G,可能都不太好实现。”

突然,他停下来:“金茉莉的资金实力到底怎么样,租得起卫星吗?”

桑小叶笑了:“你也许低估了全世界女性的消费力了。”

“什么意思?”

“你想用几颗?”

三、树皮·呢绒

没有人想到,金茉莉的秋季时装发布会震惊了世界。

首先是发布会大厅,居然设在了地球同步轨道上。椭球形的大型空间站连接了数条从赤道延伸而来的太空电梯，把游客源源不断送了过来。这段旅程很长,好在穿梭电梯没有开窗,沿途只能用舱内的屏幕来打发时间。到了发布大厅,则是豁然开朗,如果不是微重力让人轻轻飘飘，几乎可以让人们忘掉这并不是在大地之上。

“我看过一本小说,里面说太空电梯是不可能的技术。”桑小叶站在巨大的天窗前,向外面张望。蔚蓝的地球遥远可见,太空电梯连接着空间站和地球,就好像脐带连接着孩子和母亲。

“理论上一直可行,阻碍主要是材料。石墨烯硬度足够,但韧性不够。将一维碳纳米管加入二维石墨烯形成‘增韧效应’,将原本不可能的神话变成了现实。”方天华说,“材料,一直是技术实现的关键要素。”

与窗外的景色比,发布会内场也毫不逊色。衣着五光十色的名流鱼贯而入,稍远一些的“长枪短炮”以及头顶悬浮的无人机,层层围绕着聚光灯扫射下的T台。

空间站自旋产生的微重力让桑小叶感到目眩。

金茉莉的保密工作一丝不苟,与往年一样,模特们事先也并不知晓自己在发布会当晚会身着什么样的华服。就在一周之前,对手公司推出了特别的秋季系列，已经在时尚界掀起了滔天巨浪,几乎所有人都在用挑剔的目光等待着,除了搞搞噱头,到底金茉莉能拿出什么样的创意。

桑小叶觉得自己不属于这个位置,她应该在后台,跟工作人员一起参加调试工作,而不应该心安理得地坐在人群里。桑小叶打量了一下前后左右坐着的人,有一个算一个,要么油头粉面,要么珠光宝气,要么兼而有之。

显而易见,她格格不入。

“你怎么样?”方天华在她身边坐了下来。

“糟透了,我浑身不自在。”

方天华打量了她两眼:“至少租来的礼服很合身。”

“说真的,我们不该待在这里。后台的调试……”

“我都搞定了。要是那帮程序员连剩下的事儿都做不好,那真跟猴子没啥区别了。”

桑小叶还想说点什么,却看到一个倩影在向他们招手。

莫莉今天穿着一条酒红色丝绒长裙,露肩,皱褶,配以白色的长款手套,似乎是小羊皮制成,全身上下没有佩戴多余的饰品。流线的造型和精细的剪裁恰到好处地衬托出穿着者凹凸有致的身材。这身礼服非常符合她今晚女主人的身份,也彰显了秋季服饰的主题。

“我来给你们介绍一下。”她优雅地笑着,将手臂插入旁边一位衣着笔挺的高大白人臂弯中,“这位是路易斯,英国顶尖的设计师,他和他父亲创办的品牌影响力非常大。”

桑小叶张了张嘴,完全不知道该说点什么。

“你好。我是莫莉的朋友方天华,这是小叶。”方天华迅速地说,“我们主要为金茉莉提供技术支持。”

路易斯礼貌地打量了一番方天华,又把视线投向桑小叶。他的眉头微微皱起,但很快又铺平了,好似湖面一逝而去的波纹,他说:“很高兴认识你们。你们的工作很出色,我在这里看到了很多好的东西,会场里巨大的屏幕,还有无人机……你们很棒。”

方天华尴尬地笑了两声:“不是那种技术。是……”他看了一眼莫莉,“为时装本身所做的技术。”

“啊,抱歉,我的朋友。”路易斯立刻纠正自己,“把技术运用到时装上,这些年金茉莉一直做得很棒！去年的秀场,把那些发光的灯条装在身上的设计真的是令人眼前一新啊。尤其是在暗场里,那些女孩真的是熠熠生辉。”

桑小叶想了想,说:“发光二极管做衣服的饰品?那好像不是我们做的。”

“啊,那太好了。”路易斯的语调奇怪起来,“多亏了那些女孩。要不然停电了,我还找不到我回家的路呢。祝你们好运。”

桑小叶有些发蒙。等英国设计师走远了,才缓过神来。

“酸萝卜别吃！”桑小叶愤愤地对方天华说,“今晚的秀你一定要让那个英国佬好好开开眼界,要是搞砸了,看我怎么收拾你！”

方天华不答话,一溜烟窜到后面去了。

突然,人群开始骚动了——大秀正式开始。

灯光变暗,第一个模特走了出来。

高高瘦瘦的模特身上挂着几大块蓬松的浅棕色布料,颜色比较暗淡,而且松松垮垮,似乎剪裁也有些问题,让这位混血美人看起来好像就是一个移动着的大松果。

桑小叶一下子紧张起来,怎么跟之前设计的不一样！

接着是第二个模特。她身材很高,衣料却很短,包裹住躯干部分,却并没有显露出运动感或是性感,似乎让她走起路都很困难，每一步都似乎要跌倒。接着是第三个，这位就更特殊了，浑身上下就好像披着一层难看的树皮，跟美感毫无关联。

四周传来窃窃私语，没听错的话，还夹杂着几声嘘声。终于，当十二个模特陆续走完一遍的时候，观众们的情绪开始集中爆发了。没有人能从展示中看到任何的主题，或者哪怕一点点的时尚。

然后是第二轮展示。所有的模特排成一列，缓缓走到T台之上。突然间，全场的灯光熄灭了！

“又是停电？”桑小叶的心脏“咯噔”一下，瞬间少跳了一拍。然而等她眼睛适应了黑暗，再向台上望去的时候，心脏几乎停滞了整整一分钟！

台上的模特们似乎完成了一秒钟变装，粗糙的树皮早不见了，换成了清一色的现代风衣。布料是驼色的，但是每个人的款式都不一样，有的是长款，有的刚刚过膝，有的戴着面纱，还有的配上了长围巾。整个场地渐渐安静下来，桑小叶听到身后有人似乎在小声讨论：“似乎是呢绒……”

几乎是眨眼之间，所有人的衣着再次改变！这一次是后现代的几何图案，有着大胆和前卫的拼接，彰显出非同一般的活力。模特们服装的底色也刹那间通通变成了浅灰色。台上的人虽然还是那些人，但感觉上已经完全颠覆了刚才的印象。“解构主义！”阵阵压抑着的惊叹此起彼伏，人们好像在欣赏一场精彩的魔术。有不少人在眯着眼睛望向天顶，似乎想搞清楚这种变化究竟是不是顶棚的灯光带来的。

再下面的一组衣服则更概念化。

全部是连体衣,有的呈现乳白色,有的是米黄,还有的则是更为挑逗的肉色。如果不是在衣料上还点缀着星星点点的亮点,观众们几乎会以为那几个身着肉色连体服的姑娘已经全裸。在更加激烈的灯光和音乐的配合下，观众们似乎已经来到了未来世界。而每个人看着这样的场面,都跟此时此刻的桑小叶一样,脑海中浮现出同一个问题:“我们究竟为什么要穿衣服？”

在某一个时刻,毫无预兆地,掌声如炸雷般爆发了。气氛就好像夏日的暴雨,在压抑中沉寂太久之后,畅快淋漓,铺天盖地。

直到雨点略略开始转向稀疏,突然有声尖叫划破空气——

“天哪,她们的衣服,好像是活的一样！”

灯光渐渐暗淡下来。所有的模特手牵着手,缓缓退到T台的最后面。

黑暗中,两个轮廓渐渐浮现。

最初,是乳白色的光。后来,渐渐变成了一团火焰,没等观众们反应过来,又变成了绚烂的彩虹。最后出现在舞台中央的,正是莫莉本人。

金色的光辉笼绕着她,整个大厅似乎变成了礼堂,而一字排开的十二位模特面带微笑,望向众人——盛装之下,莫莉就好像是众星捧月的女神。

在铺天盖地的掌声和口哨声中，莫莉笑吟吟地接过了主持人递上来的话筒。

无须赘述,金茉莉获得了前所未有的成功。

桑小叶挤出滚烫的人群。她静静地站在巨大的舷窗前。远处,有几颗流星划过。

四、丝绸

朦胧中,桑小叶又听到了熟悉的“沙沙”声。

蚕这种生物,在成长期,几乎是24小时都在“沙沙”地进食的。

这里是江南的一个小镇。名字听上去平平淡淡,却曾是历史上赫赫有名的缫丝重镇,传说中古丝绸之路的起源点之一。在这里,每个女孩儿或者男孩儿,从记事起,就都知道祭拜嫘祖是镇子里一年中最重大的节日。而且,他们从小就习得了家传的技能——养蚕。

把蚕苗安置在共育室,放在类似筛米用的小筛子里。环境要干燥,挑高要高,通风要好,还要避光。细细消过毒以后,放一些纸垫在筛底,再铺设上塑料薄膜,将它们层层叠叠地架设起来,就形成了一座座微型的城市。

这是蚕儿们的乐园。

小蚕刚从卵里孵出来时,被称为“蚁蚕”,个头非常小。要特别地小心对待,用比较嫩的桑叶喂,换桑叶的时候就用很软的毛笔来移动它们,要注意力量。桑叶要新鲜的,但是太湿润了也不行,容易腐烂,蚕苗若是吃进了脏水,就会生病。它们是非常脆弱的小生命。桑叶太干燥的话,就要更细心,否则就会在换桑叶的过程中把小蚕遗留在要丢弃的桑叶上。大了一些,就换到大蚕专用的共育室里,除了桑叶,也可以添加粉料了。每天都要把粉料按照严格的比例消毒、粉碎、蒸熟、搅拌,最后投喂。到了后期,蚕的食量很大,晚上定好闹钟给蚕儿们加餐,是必不可少的工作。没有投喂的饲料要保存在干净的地方,避光、低温、靠近地面,避免阳光直射。每个阶段,适合蚕儿生长的温度、湿度都是不同的。

伴随着整个生长过程,只有一成不变的“沙沙”声。蚕儿的视力是不好的,对光不敏感。它们一刻不停地吃,一刻不停地长,坚定地、努力地活着,最终化茧成蛾。

再后来,那些柔软的、华美的,散发着光泽的五颜六色的丝绸,就这样出现了。

就好像人生。

我们每个人的人生都好像是一块色彩斑斓的绸布。在不为人知的日日夜夜,我们的每一份经历,都在为这块绸布铺设下细微的底料。每一回流泪、每一个欢笑、每一次失落、每一点骄傲、每一场遗憾、每一番感悟、每一段美好或者不美好……都会被我们一点一点吞进肚子,默默消化掉,然后融进其中,一丝丝编织成现在的模样。

我们笑着在人前展示各种各样的绸布, 却只有当自己的指尖触过,才能品尝出那表面之下的记忆。

春蚕到死丝方尽,蜡炬成灰泪始干。

其实在镇子里,蚕蛾还有另外一个归处。它们在完成自己的使命之后,往往会融化在瓶瓶罐罐,变成药酒,最后灌入某个中年男人饱经风霜的肠胃里去。

这里才是我的乐园。桑小叶这样想。

离开了喧嚣的城市,似乎整个人跟以前的人生分离了似的。方天华和莫莉后来都给自己打过电话, 可是桑小叶却懒得去接了。她到底不是时尚界的人，过不来那种灯红酒绿的生活。既然已经拿到了不菲的佣金，当然要舒舒服服回到家乡小憩。

“缕衣”刚开放预售的时候，其实没有多少人关注。在没有了解到它强大的功能和内涵之前，大部分娱人或是所谓的达人，都表示出了对新产品的不理解。

“……样子实在太难看了。”某个著名网红对着几千万粉丝直播，“非常老气的款型，皮肤全覆盖的设计就跟连体泳衣似的，很难想象谁会整天穿着这玩意儿上镜啊。谁穿这种东西，谁的脑子就有问题。”

打脸来得很快。“缕衣”席卷了市场。尽管生产部门一再扩建，产品还是一再断货。三季度的销售冠军；四季度销售冠军、年度总冠军；春季销售冠军……金茉莉集团就好像一个不知疲惫的超级球星，一旦掌握了取胜之匙，就要无休无止地复制这个成功，把奖杯不断地拿下去。这个势头一直到第二年的三四季度之交才略微下滑，然而不等竞争对手们喘息，金茉莉又推出了“缕衣 2.0”版本，并正式更名“金缕衣”。“金缕衣”无疑是成功的。它与前一代最大的不同，不是价格提高了 3.5 倍，而是新增了自定义功能。老版本提供了 1024 款不同的样式，虽然排列组合产生的效果非常可观，但远远不及自定义开放带来的“轰炸”效应。

没有比广大人民更好的设计师了。

在直播间，某著名网红穿着“金缕衣”，上一秒还是美人鱼公主，下一秒又化身为西西里的美艳女星。顶着一张阿凡达般的幽蓝面妆，她一边卖弄风情一边说：“这是我见过的最好的衣服！无与伦比！很难想象，难道还有谁会拒绝‘金缕衣’？谁不穿它，谁的脑子绝对有问题。”

桑小叶拒绝任何智能衣，她觉得自己脑子可能有问题。

方天华这个人也很有意思，他升级完2.0版的智能衣，并没有选择和金茉莉继续深入合作下去，而是就地跟莫莉分道扬镳。用他的话说，“这个领域没有挑战了”。桑小叶做不到他那么潇洒，但她一点都不意外。她知道，过一段时间自己还会回去的。因为，对自己来说，当前没有比金茉莉更好的合作伙伴了。

桑小叶缓缓移步到一家街边小店。

“有阳伞吗？”

她连问了两遍，一张经历了风霜的脸从小小的柜台后面探出：“没有，姑娘。”停顿了几秒，声音续上来，“调一调缕衣就行。雨衣的最新款编码是……”

桑小叶摇了摇头。

她想要的是阳伞，而不是什么编码程序。记得十六岁那年，姥姥送给自己第一把阳伞，当然是丝绸的，但却很素，不像是那种欧洲贵妇式的充满了世俗气。它很薄，很轻。握在手里，几乎没有重量。

轻得好像只有在梦里才能找到。

就在这时，雷声滚滚而来。

桑小叶抬起头，夏日的阳光很刺目。纵使抬起手遮挡，那些细密的光依然会从指缝中顽强地穿过，刺伤着仰望天空的人。

流星，又是流星。

今年夏天，到底怎么了？

五、麻

真正的灾难总是来得毫无预兆。

在1994年7月16日之前，人们从没真的认为地球会跟其他外来的天体相撞。这一天，苏梅克-列维9号彗星被木星的潮汐力撕成了21块碎片，长达500公里，随后以每小时约20万公里的速度撞击了木星。超过5000摄氏度的高温和释放出的超过10亿颗广岛原子弹的能量，在木星表面上留下了数个直径超过1万公里的巨大的创伤面，最大的一个撞击创面直径达到了3万公里——而地球的直径也不过1.3万公里。

后来的几十年里，远方而来的不速之客撞击木星的事件，天文学家已经前前后后观测到了九次……

城市广场是宽阔而平整的，也许往常这个时间里会有不少人吧。但是此刻，整个大理石的平面上，没有高度超过一米的活物。远远看去，却能看到无数蠕动的黑点，让大地变成了一个十分诡异的舞台。人好像都变成了幼小的蚕。

桑小叶发现自己无法迈动步子。下一瞬间，她倒在地上。

她想搞清楚这一切。随着一阵诡异的“沙沙”声，一个硕大无朋的阴影遮天蔽日地出现了，她逆着阴影看过去，竟然看到了一条小山一样庞大的巨蚕。桑小叶无法动弹，也叫不出来。原来自己已经变成了一片真正的桑叶。周围蠕动的人也都不见了，现在只有遍地的桑叶，在微微颤动。

她努力地蠕动、翻滚、跳跃……却没能移动多少距离。她不想被蚕吃掉。然而,就在自己身后,那带着“沙沙”声音的巨蚕似乎越来越近了。“沙沙沙……沙沙!”

终于,桑小叶听懂了!那分明是“杀杀杀杀”!

桑小叶猛地从床上翻身坐起。汗水已经完全打湿了太空绒薄被和麻席,她揉着闷疼的太阳穴,在刚买的新枕头上重重地捶了几拳。昨天那个推荐什么“安神好梦安眠枕”的家伙还告诉自己,有了这神器就可以拥有高质量的睡眠,谁承想自己居然经历了一场噩梦!

窗边的电话一直在响,是它拯救了变成桑叶的桑小叶。

“桑小叶,我是方天华。”

“嗯,说。”没有客套,单刀直入。

“小叶,你拉开窗帘看一看。”

桑小叶轻轻叹了口气:“我没有心思跟你开玩笑。”

“不是开玩笑。拉开窗帘,就现在。”电话另一端的语气很急促。

桑小叶想了想,把电话换到左手,舒展开原本蜷曲的身子,挪动到窗前,按下了电动窗帘的按键。伴随着一阵轻轻的“嗡嗡”声,窗帘一寸寸升起。这里是三楼。桑小叶揉着眼睛向下张望,小街如往常一样安静。

“你什么意思?”桑小叶打着哈欠,“我没有看见你。”

“不是看我。看天上。”

“天上?”

桑小叶迷迷糊糊地抬起头,下一秒钟,她呆住了。在碧天与浮云之间,有几条耀眼的亮线,极不协调地划过了穹顶。她眨眨眼,再仔细看——那不是飞机。因为第一,飞机不会留下这么夸张的尾迹,而且一般都是白色而不是渐渐变成深灰色;第二,数量,仅仅肉眼可见的就有十几条,在视界范围之外,恐怕还有更多。

"又是流星?"

"是彗星。"

桑小叶皱起眉。她不是搞天文的,最近也没怎么关注新闻,但她直觉上这并不是什么好事。"流星不是什么好兆头吧?现在我天天做噩梦,估计都是因为它。"

"你知道吗,有一颗彗星,离我们越来越近了。"

"难怪。"桑小叶吁了口气,不想继续这个话题,"你呢,金茉莉那边怎么样?售后和维护跟得上吗?"

"业绩好得要命。其他都是小事。"方天华说,"小叶子,我们不聊金茉莉,就聊聊现在天上的事。"

"说吧。"

"我自己做了一些测算,发现 NASA 在撒谎。"方天华说,"这个事已经瞒不住了。彗星对地球的影响,比之前人们预估的要大。如果它沿着现有的轨道继续下去的话……"

"能怎么样?彗星撞地球吗?"桑小叶慵懒地说。

"很有可能。"

桑小叶终于忍不住了:"这就是你的风格?聊这些有的没的?地上的事,咱还管不好呢,你还想管天上的事儿?"

桑小叶是下意识地回避这个话题的。所有人都知道,美国人已经在连续发射核弹了。上个月的第一次试射偏离了轨道,与彗星擦身而过。第二次命中了,但是不知道为什么,他们立刻开始准备第三次，并且给其他国家的专家也发出了邀请函。如果单单是为了搞搞科研，完全不用这么大张旗鼓。

“桑小叶，有时候我很佩服你自我麻痹的能力。看看新闻，看看！他们在射什么？是核弹！不是闹着玩的。而且已经命中了，可没什么效果。休斯敦已经一团乱麻，法国、英国、俄罗斯都在积极动作，亚洲国家也已经参与进来了。”方天华一鼓作气地说，“就在今天，就在刚刚，上百块碎片变成流星穿越了大气层，其中一到两颗落入了太平洋，预计将在塞班附近形成海啸……”

方天华还在说着什么，桑小叶却不想再听下去，她腾出一只手在床头摸索着，摸到了随身的终端，打开界面，满屏幕都是诸如“天火降临”“岛屿沉没”之类的标题，甚至还有“世界末日已到”。桑小叶摇摇头，又合上了终端。

“方天华，我们认识很多年了。”

“说下去。”方天华不依不饶。

“没想到你还是这么幼稚。居然相信这些东西。”桑小叶笑了，“金茉莉给你的压力挺大吧？我知道，因为金缕衣的销量遥遥直上，最近也爆出了不少负面消息。对，我相信这里面有竞争对手的恶意竞争，但也不排除有的是因为质量问题。”

“你在说些什么……”

“缕衣的伤害事件已经不是一两次了吧？你的酬金还够付赔偿费吗？不要跟我说那些胖子想要过度塑形就是该死，人想变美还有错吗？金缕衣不是先进吗？人家从前穿个塑身衣，穿个弹力袜的，也没有生命危险吧。天华，工作上你能不能多用点心？”

“你……”

“这就是你的风格？不去想想怎么优化程序，反而想着蹭一波热度？说到底，你是有能耐解决天上的问题还是地上的问题？”

“小叶，别人看不明白，你还不明白吗？”方天华突然大吼起来，“这两件事有关联，我需要你的帮助！”

“我不会参与你的任何计划。”桑小叶重重地说。

“随便你怎么说，可这不仅仅关系到你我。”电话那头说，“我想见一见你。越快越好。”

“我没有时间。”桑小叶按下了挂机键。

做完这个动作，她的手僵直在半空中。自己像是断了线的木偶，不知怎么就脱离了无形的摆布，解脱了，却不知道自己接下来应该做何动作。

半晌，信号声再次响起。

桑小叶俯身一看，发信人正是那个熟悉的名字——

“我们见面谈谈好吗？”

六、皮草

莫莉跟之前相比，更加艳丽多姿了。

这是当然的，坐在这里的本就是华服女王、潮流领主，现在又有天赐般的技术加身，泯然众人那才是新闻。依然是旧时会面的咖啡厅，依然是靠窗临街的卡座。桑小叶轻轻吮一口咖啡，仿佛热闹的世界跟自己这个局外人无关。

金缕衣带来的改变是颠覆而深刻的，窗外的人群无时无刻不彰显着这一点。在现在这个时代，出街的人们无不随心所欲地身着盛装——

有的人喜欢大色块的拼接，选择的衣料立体夸张，各种褶皱遍布，层叠感十足。坚实的步态把衣服活脱脱走成一副手风琴，随时流淌着跃动的气息。

有的人喜欢小碎花的图案，追求贴身舒适，裙装清新得好像青春故事中的邻家女孩。

有的人甚至把自己当作了活动广告牌。球形的、条形的，或者简单粗暴地套进一个毫无美感的大立方体，这样就能同时向前后左右四个方向滚动播出广告……他们并不在意身上穿着的是什么，在乎的只有赚钱。

这是源源不断的视觉的盛宴，不，是流水席。只不过秀色可餐的华美，再也提不起桑小叶的任何兴趣。

“你还是老样子。”莫莉说。

“你变化也不大。小皮裙，大波浪。”桑小叶调侃地说，“可你知道吗，我这个月已经第三次接到法院的传票了。”

莫莉突然笑了。

“才三次哪。”她说，“我有时候一天都能接三次。”

桑小叶哑然失笑。

“都是因为伤害案？”

“我们树敌太多，你知道的。而且前几个月，各地都出现了不少金缕衣失控的事件，到这个月数字还在不断上升。还好，情况都不算严重，没有人受致命伤。”

“我看了报道。通稿说都是山寨衣的问题。山寨品牌、过时缕衣的问题要大一些。咱们国内……”

“什么都有吧。大部分是无理取闹的，因为程序设置得比较极端,造成各种问题都来找金茉莉索赔。”莫莉也吮了一口咖啡,“也有相反的,想利用缕衣自残,赚上一笔。结果触发了安全防护,碰瓷失败。这种也不少,他们是来起诉我们虚假宣传的,说我们的产品并不能像广告说的那样,‘真正’随心所欲地完成命令。”

“真不容易。”桑小叶说,“不过我相信技术这块肯定是没问题的。”

“方天华,他是个奇才。”莫莉仰视着天花板,感慨地说,“不过他的想法总是太超前,所以跟他合作并不是一件轻松的事。他总是异想天开。”

桑小叶想反驳几句,话到了嘴边,却变成了三个字:“也许吧。”

屏幕在滚动播放着新闻。世界上几个主要国家坐在了同一个圆桌前,一起商讨如何应对彗星可能带来的冲击。

“这个世界总有些你我弄不明白的事。”莫莉盯着屏幕看了一会儿,探过身来,“你对彗星的事怎么看?”

“还能怎么看?我从没觉得生活会有什么改变。”桑小叶感觉有些好笑,“你听没听说过,很多地方都有记载的2012年的那次?还有更久一点,传说中的1999年?末日传说永远流行。最后怎么样呢,世界还是好好的。该吃吃,该睡睡。”

莫莉摇了摇头。

“你是什么看法?”

莫莉望着窗外来来往往的人:“真正的灾难,不会是像大片里一样,给足你前戏。它是悄无声息到来的。”她的眼神没有离开街道,似乎是在自言自语,“当下最新的避灾计划,是在每个城市挖一个深度达到1000米的地下掩体。我有内线人士，这是核弹摧毁的B计划，而且已经启动了，只是我们目前也还不清楚具体的地点。我想，不到最后一刻，有些事情应该还是会保密的吧……这个巨型工程肯定装不下整个城市的人。一个预留的避难位置，估计价钱会超过一线城市的三到五处房产。”她边说边从精致的手包里掏出一张卡，推到桑小叶的面前。

桑小叶呆呆地望着面前这张黑色的卡，不知道该说些什么。

“一点心意。你收下吧。别管真假，万一用得到呢。”莫莉说着就站了起来，优美的曲线在皮裙的衬托下展露无遗，“对了，这里面是两份钱。要有机会，你就帮我转交给方天华吧。我知道他最近背着我在搞些动作。随便吧。”

桑小叶想了想，把黑卡攥在了手里。

门外聚满了游行的人，有的在抗议，也有的是在祈祷。桑小叶从来没有想过这么复杂的事。她一直是个乐观主义者。就像刚才说的那样，她从不相信世界有一天会在流言蜚语中烟消云散。她觉得日子理应很简单，理想的每一天，就应该像程序一样一成不变。抬起头就能看到天是蓝的，云是白的，而世界，是彩色的。

她低下头，打开便携式电脑，翻看起里面的一张张图片来。那是第一次时装发布时的概念图。没有人知道，她是如何一笔一笔画出这些图的。其实在那之前她自己也从未想象，大大咧咧土里土气的自己，指尖居然也可以流淌出这样的色彩。

她一张一张地画出来，满怀期待地一点点涂抹，着色，修改……然后交给方天华，用数据去实现。她就好像童话里的灰姑娘，在某个不知名的时间，突然实现了美轮美奂的梦。

她不想这个梦破碎掉。

电视里,冗长而烦琐的会议终于结束了所有的争吵,列席的成员国已经达成了共识,接下来他们将向全人类发布一项声明。

大彗星已经正式命名为通古斯。如果数据没有出错,通古斯确实将与地球发生碰撞。即使不是正面,而仅仅是部分撞击,对人类社会的影响,恐怕将会超过一万年。

假如人类真的还有一万年的话。

七、纱

"这就是我们现在要做的事。"

方天华在纸上画来画去,涂涂改改,最后似乎终于满意,摊开双手,说出了这句话。

桑小叶看了看莫莉。最终,还是她促成了三个人的会面。其实,当莫莉听到方天华说有个新计划的时候,几乎是毫不犹豫地答应了。桑小叶自己也说不清楚,这是出于对方天华的信赖,或者仅仅是出于对自己的情面。

"我还是有点不明白。"莫莉轻轻地说。她望回桑小叶,后者一样摇了摇头。

"我尽量说得简单一点。"方天华思索着,字斟句酌地说,"首先,我们回顾一下,这几个月里究竟都发生了些什么吧。"他重新扯过一张白纸,在上面画出一个圆圈,后面拖着长长的尾巴,然后从纸张的最下端画出一束束射线,集中到那个小圆圈上。

实际上,最近的几次联合发射,场面比方天华笔下的寥寥几条线要壮观得多。

世界上几个超级大国前所未有地步调一致，顶住舆论压力，将所有的核弹头对准了天空。然而他们很快发现：几次有计划的核弹发射并不能让通古斯的彗星星核直接解体，甚至没能较为明显地改变它的运行节奏。

没关系，人类还是有家底的。如果一百枚不够，那就再射一百枚。现在地球上的核武器已经不够了。

那些曾经加班加点忙着游行抵制加班加点赶制核武器的人终于不再折腾了。稍息片刻，他们转身就投入另一阵营：抗议有关方面为什么没有早早多制造些核武器。

有人提出了更加激进的计划，试图说服成员国把核弹都装载在月球上，改变它的轨道，让月球去迎击彗星。这个方案得到了一些支持。然而就连彗星轨道都算不明白的计算机，指望它们去算清楚月球被炸飞之后的运行路线，无疑是痴人说梦。还有人表示地球的最大问题是没有星环，只要将更多的物质送上同步轨道，就可以增加碰撞时的防御力。可是计算发现，至少要将东京这么大的城市整个送上天，否则一点抵御效果都没有。接下来，更多的人对炸碎月亮制造星环进行了更多的讨论。

在各种愈演愈烈的论调中，核弹的轰击工作始终没有停止。

连续不断的尝试终于有所收获。第九次，好消息来了。核弹群再次正面击中了彗星星核，并且成功地将其表层炸碎。然而，人们很快发现，即使是已经部分碎裂的通古斯，依然靠着惯性保持着极高的速度。而爆炸产生的数百块大碎块，将依然砸向地球。七千多万年前，毁灭地球恐龙的希克苏鲁伯彗星直径也不过10公里左右。现在，任何一块碎块都有可能将历史重演。

第十次发射。

已经无所谓命中不命中了。就好像在满地的花生糖果上施以重锤,整个地板只能被碎片和粉屑搞得更糟,而碎片和粉屑无论如何也不会变成花生酱。

第十一次。

咖啡粉搅拌了星空。

莫莉轻轻叹了口气:“你们男人就喜欢这样重复而低效的工作。”

“至少目前来看,没有白忙活。”方天华快速地说,“而接下来,才是我们要做的重点。”

桑小叶:“这么看,其实彗星的碎块已经足够小了,但是数量还非常多。”

“小质量的碎块不会对我们造成多大影响,毕竟它们一进入大气层就会开始燃烧,然后在还没有到达地面时就已经燃烧殆尽。真正要命的是那些大碎块,我们永远不可能把它们全部打碎。我始终相信,两个天体不会直接正面相撞,这不是玄学,只是概率——所以我们要应付的,就是它所带来的那些碎块,尤其是那些大碎块。”

“所以你想织一张大大的布,就好像防护层。嗯……像夏天的蚊帐那样,把侵入者拒之门外。”

“不是很确切。”方天华说,“其实相比蚊帐,我认为它的形态更应该是医用纱布,多层结构的,或者说更像一张大网。我们允许有漏网之鱼,但是我们必须控制网孔,将大家伙拒之门外!”

“这有可能实现吗?”莫莉茫然地问。

“我不知道。这应该不可能。”桑小叶说，“先不说材料的强度和韧度，能不能起到作用。单单说面积，你要做这么大的保护层，这需要多少原材料？”

“这些只能等等再想办法了！我们首先要做的是第一步，就是寻找支点，搭起整个‘蚊帐’的架子。而且，只有支点还不够，我们还需要能在天上上下运行的钩针！”

桑小叶说：“可是，我们到哪里去找支点和钩针呢？”

“有的。”方天华盯着她们，说，“我们有太空电梯。”

他抬起头，目光似乎穿透了天花板，已经到达遥远的天际。在那里，一场声势浩大的表演即将展开。似乎整个天幕已然变成了蓄势待发的舞台。“参加金茉莉的发布会时，那个悬浮于天地之间的大厅给了我灵感。如果要在地面之外寻找牢固的支点，那没有比空间站更好的选择了！”

莫莉和桑小叶震惊得说不出话来。

“……当然，一座空间站是远远不够的。”方天华继续说，“首先，要利用同步轨道上的空间站把支点固定好，然后输送原料上去，也就是金缕衣的纳米单元。这个高度上，无人机也是无法使用的。所以要想编织出基本的骨架，还是要靠穿梭往返的太空电梯。”

桑小叶说：“……这是一台巨大的缝纫机。”

“数量呢？我们要织多少层呢？”

“在有限的时间里，能织多少层，就织多少层！”方天华急迫地说，“我们现在已经没有时间了，必须马上开始！”

三个人都不再说话了。

莫莉静静地坐了一会儿,说:“以金茉莉的能力和资产,恐怕是支撑不了这么大的计划的。”又顿了几秒,“我可以问问路易斯。”

“路易斯?”

“是的。虽然这个家伙不怎么讨你们喜欢,但是跟高层的关系还不错,英国皇家和日本皇室他都有不少往来。”莫莉好像终于放下了什么重负,长舒了一口气,“放手做吧。”

桑小叶看了莫莉一会儿,只说出两个字:“谢谢!”

“谢什么?不要谢我。”莫莉说,“你错了,我没那么高尚,也不想当什么救世主。只是,我被这个想法迷住了。”

她抬起头:“给地球穿上一件新衣……我想象不出比这更浪漫的事情。”她脸上露出孩子般的笑容,“如果大师知道我们在做的事,他也一定会高兴的。”

八、甲胄

今天是个晴朗的好天气。

桑小叶突然想起自己看过一部科幻电影,叫《彗星来的那一夜》。可笑。彗星为什么总会在黑夜出现呢?难道就是为了配合电影的画面?要知道,西半球的黑夜正是我们的白天。而无论白天还是黑夜,宇宙总是冰冷的。

我们为什么只能迎接,而不能关闭大门呢?

根据计算,还有十几个小时就将迎来最终的“撞击时刻”了。街上没有了往来的人,所有人都停下了手中的工作,关注着第十二次,也是最后一次火箭发射。这一批火箭是特殊改造过的,它们并不会继续轰击彗星。而是满载了高聚合织物的纳米单元。它们将在天空被缝纫成骨架。莫莉和路易斯的奔走收到了成效。不仅仅是一两家公司,越来越多的人被动员起来。最后,所有的通信公司——无论是私有的还是国家的,都纷纷加入了这个最后的计划中来……

今天,一切都该结束了。

小型挖掘机的租赁价格已经从一天一千多元涨到一万、几万、几十万,似乎这些破破烂烂的旧机器就是救命的那根稻草。有趣的是,到了最后的两天,出租价格却没有继续上涨,挖掘机们被随便丢在了路边,谁愿意用,谁就可以开走。

有的人躲进屋子,把所有的门窗紧闭。有人自杀了。更多的人,选择默默站到最后一刻。

最后的直播中,电视主持人目送最后一批发射的火箭消失在云端。他意识到,此时此刻自己应该说些什么,因为全世界的人都希望从那张脸上获得些许安慰。他瞄了瞄提词器,清清嗓子,终于开口:“虽然我已经准备了好几篇播报稿,但此时此刻,又觉得都不合适。”停了停,他说,“我希望能迎来好消息。但这一刻,我们只有默默祈祷——希望地球好运,人类好运。”

然后,一切都发生了。

起初,几乎没有人意识到这种变化。因为这变化是那么细微,而我们的目光,一直投射在天空之上。随后,一种微弱的、酥痒的触感从身体的肢端传来,从指间、发梢、指甲、脚踝……像漩涡一样,一圈圈弥漫开来。是微弱的,但又是坚决的。

这时,有人发现了这种改变。漂亮的礼帽,不见了;时尚的面纱,不见了;优雅的手套,不见了;精致的短靴,不见了;亮丽的丝袜,也不见了……所有的时装、工装乃至御宅服都失去了原本的颜色。丝绸、棉、麻、纱、皮毛、树脂、竹纤维、丝光棉、人造绸、聚酯纤维……像经历了一场彻头彻尾的清洗,缓慢地,在每个人身上融化、分解掉,崩塌下去。

接着,速度加快了。

像潮水一样退去,像洪流一样汇集。无数的细丝从人们的身上剥离,开始向着天空的方向聚合。此时此刻,每个人都好像变成了正在缫丝的蚕蛹, 看着原本属于自己的衣物被一点一点抽离,然后编织在一起,形成一股股乳白色的潮水,涌上蓝天。

很快,人们开始变得一丝不挂。

有人惊叫,有人痛哭,还有人一脸坏笑,幸灾乐祸地看着周围的人群。

更多的人则是静立不动。这些天,波折的经历已经把人们的身心折磨得十分疲惫,所以每个人都想等一个结果,无论这个结果是好,或者是坏。桑小叶也置身人群。此时此刻,她似乎成了一个异类。因为只有她并没有身着缕衣,而是依然穿着从小镇带出来的丝质衣服。她有点眩晕,不知道该如何面对眼前的世界。她甚至有点想脱掉衣服加入人群,因为在这一刻,当所有人都一丝不挂时,唯一穿着衣服的她,竟然感到了羞耻。

朦胧中,桑小叶似乎看到了一个熟悉的身影。她仍是那样优雅、从容,任凭衣料一点一点从身上剥落,逐渐露出蛋白一样吹弹可破的肌肤,依然没有改变半分。也许她早已洞悉了一切?她赤身裸体,坦然地站着,甚至张开双臂,像是在跟自己的华服告别,又像是迎接着即将到来的时刻。

人们几乎已经遗忘,自裹身之物诞生的那一天起,就一直还拥有着另外的功能。

那一天,来自遥远星系的彗星,最终给了地球轻轻一吻,就悄然离去。缕衣的纤维丝织成一张坚韧大网,在同步轨道上成功阻拦和切割了通古斯的碎屑,只给人们留下来数不尽的流星和坠落的天火。

星星和人一样。

这世界,你来过,你走了。

九、终·线头

…………

“这可是真丝的!”桑小叶小声说。

“谢谢。”莫莉随手将围巾丢到一边,出门了。

…………

“门口的大包裹是什么?”桑小叶有些激动,“是给我准备的礼物?我的房间这么小,怎么装得下这么大的毛绒玩具?”

“放着别动。”方天华慢吞吞地说,“这不冬天快到了嘛。我妈专门给我絮了两床棉被寄过来。”

“什么年代了还絮被子?”

“那可是棉的。商场里也没有。纯棉的!”

…………

“小叶子,小叶子,我成功了!你看到了吗?”

“看到了。地球已经有了一件新衣裳。”

…………

“让我变得难看,我宁可去死。”

…………

“我想,是时候换一件新衬衫了。”

载于《科幻立方》2020年第5期

19th
百花文学奖
The 19th
Baihua Literature
Award

科幻文学奖

入围作品

崔书馨

深海之冰

在苦寒的南极，人烟罕至，一望无际。呼吸中透着刺肺的寒气。

在考察队到南极之后，生死在每天都是一个谜。大自然的公平体现在对每个人的存活概率的态度上，当人类绝望的时候，随处是绝境。

夏菲在组织的推选下成为A组队长。

雪暴来了，白毛风像剃刀一样割着脸，没有冷的感觉，只是火辣辣的。手机失去了信号，夏菲走在前面深一脚浅一脚踩着雪地，步步惊心，突然，听见了脚底下冰雪壳开裂的声音。

“该不会就死在这里吧。”章德锋说。

夏菲推了推快要冻在鼻子上的眼镜，回头看章德锋的时候，脸上牵动起一丝苦笑。夏菲心里何尝不是这样想的呢？只是作为队长不能够说出来罢了。一阵巨响，两个人跌进了冰裂缝里，在悬空的一刹那，夏菲觉得这世界在她眼前停止了，她想伸手去拉章德锋一把，毕竟在绝望中，能有一个不弱的队友继续扶持，也许还有千万分之一的希望活下来。

夏菲用力踹了一下被子，一声尖叫。

划破了未来生命学校1090宿舍另外一个研究生酣睡的美梦。

“班长又做噩梦了？”魏萌用力翻了个身。

“对不起，我……”

“班长工作辛苦，我理解，只是几乎每次我都能记住你的呓语。”

“我的天，我究竟都梦见了什么！”

“啊，好冷啊，你还有热水吗？白毛风又要来了，我们躲在巨山后面，距离海远一些的地方，这样不会掉进去。可是最后每次你都是以惊声大叫结束，看来没有人救你啊，在梦里。”

夏菲打开了自己的床头灯，心怀歉意地看着魏萌。

担心影响魏萌安睡，夏菲叹了口气，关了灯。为了防止继续噩梦，她一直没有睡熟，眯着眼睛等着白昼到来。

夏菲是未来生命系研二的学生，为了考上这个全球只招募4个人的顶尖学科，她从神经学博士毕业之后，重新考了生命系的研究生。和思南、魏萌和张励成为同学。他们要做的项目是让人类健康而具有高级智慧，实验人体是一对家庭志愿者的孩子，目标还有，人类将来可以免于癌症。这个孩子从小就被注射癌症抗体和超智因子，能够实时监测到实验进展和效果。

她不会按部就班地过自己的人生，就像所有普通人一样。如果遇到惊喜或者意想不到的事情，总会想办法扭转局面。

夏菲在校园中走着，跟管理员说明了调换宿舍的事情。很顺利，因为管理员说魏萌也提起过，但是提的原因是魏萌做研究比较晚，两个人的生物钟怎么都调不到一起，十分担心影响夏菲同学的研发项目，所以几个星期之前就让管理员留意合适的房间给夏菲。

夏菲若有所思地走在高大的法国梧桐树之间，稀稀疏疏的橙色阳光透过宽大的梧桐树叶洒下来，不经意间穿透了平静的内心。

她依然记得在校园里看到志愿者的情景，姑娘，人微胖，穿粉色的T恤，黑发异常浓密，烫得有些笨拙的卷曲，全身挂满了毛绒玩具。看起来就像一个卖毛绒玩具的小贩。她穿着最欢乐的色彩，站在人群中，越发荒唐，在这个象牙塔一样的校园中，每个路口，都好像是错位的人生。

夏菲看着她，就想到了自己的研究课题，研究课题是可以拯救看起来人生错位的人。

在发达的今天，长相不好、个子不高、易胖、笨，甚至是雀斑、青春痘、汗毛过重和胎记，都被视为劣等基因。这些都是“底层人”的标配，但慢慢地被优越的强势基因替代！科学家用基因改良法修改了几乎所有性状，甚至最后……连控制生长速度的基因也被修改了，人类第一次从根本上“操控”了自己的人生。大名鼎鼎的教授就是这个已经成功的课题研究里的重要成员。夏菲不止一次感叹他拯救了人类。

“底层人在这个时代是应该得到拯救的。”夏菲的头脑里闪现着教授说过的话，他说出这些话的时候，眼里闪烁的是一种人性光辉。

“从人出生那一刻起,人类的突触几乎就将人划成了三六九等。但在后期的学习过程中,大脑神经元和突触被开发的程度不同,所以在科技飞速发展的今天,可以通过改良和再造突触来实现提升底层人生活幸福的可能性。”

“除了改变大脑还能改变什么?”夏菲问。

“修改人本身的欲望,再将这些善良、高智商和外形得体的人叠加,象牙塔一般纯净的社会自然就会应运而生。我想在这一点上,我们已经做出了不可估量的贡献。”教授骄傲地说。

章德锋教授从全息图书馆走来,这个时代的纸质书像百年前的各种展览馆里展出的青铜器一样珍贵。它们被束之高阁,成为一种遥远的精神象征。

“目前实验进展得还顺利吗?”

“很顺利,但是……”

“每晚总是不断地做噩梦,梦见咱们两个在南极,我很冷很冷,让我想到了远古智人。”

“哈哈哈。”章德锋教授亢奋的笑声打断了夏菲的回忆。

“你总是梦见这些,还记得你常提起的叶晴吗?我带你看看她的研究成果,女性智商真是太高了,我虽然是教授,却总是赞叹你们作为异性强大的想象力和行为模拟的实验能力。”

“记得,我之前总是看她在校园里穿着很怪异的衣服。实验开始之后我们经常对话,我能够察觉到她的变化。”

“你说,她总是穿一身毛绒玩具在身上对吗?但是你最近有再见过她吗?”

夏菲在大脑中迅速扫描她出现的踪迹，完成了秒速级的回忆之后，夏菲说最近一个月确实没有见到她。

章德锋教授嘴角扬起了一丝微笑，打开了全息影像。

叶晴现在已经是4D微血管打印集团公司的首席市场代表，专门推荐纳米级精细的血管给各大医院以满足其需求。

“这么说，我的实验已经成功了？”夏菲兴奋地说。

“可以说成功了一半了。”章德锋说，“你果然是神经学博士，两个学科的跨界可以诞生一个新细分领域的顶尖人才，你现在就是塔尖的人才。本来全球只有四个人，你们四个已经是最优秀的了，但是你比其他人还快了一步。”

夏菲想起了初次见到叶晴的场景，觉得这个可爱的女孩子行为怪异，但是和自己非常有眼缘，甚至有些相似。这就是奇妙的缘分开端。

在实验的过程中，夏菲也常与叶晴的志愿者父母保持交流。

她还为一直使用老式手机的叶晴的父母买了透明机器，这个机器能随时变成一个小型的全息投影的屏幕来展示叶晴的少女生活。

这一对靠回收再利用原料制作可循环袋子的父母，他们双眼老花，身躯佝偻，已经衰老的大脑虽然对科学一窍不通，但是他们眼里流露出来的喜悦是通透的。

他们一边看着视频，一边对对方说：“叶晴，一定比我们强很多，也会变得更好吧！”

这真是会成为一段佳话，夏菲心想。

章德锋教授微笑地看着她说：“怎么样，是不是对自己的成长很满意？我也觉得非常荣幸能够拥有你这样的好学生。”

章德锋拿出了酒，为夏菲倒上，盛满杜松子酒的高脚杯，在有游泳池的豪宅里，被游泳池水的波纹映衬得像宝石一样透明深邃。

一、夏菲的谜题

夏菲晚上又做了一个梦。

梦见她一个人在南极里漂浮的一块浮冰上，感觉到身体逐渐发冷。她找遍全身都没有找到能够取暖的防水火柴或者任何可以点燃焚烧的东西。

绝望之际，她屏住呼吸，等待死神。

“夏菲，你快醒醒。”她好像听到一个熟悉的声音，来自遥远的对岸。

夏菲只记得自己在南极的冰块上，快要被冻在冰块里了，冰块是圆润的，因为自己仅剩的体温，将贴肤的冰块融化成寒冷的冰水，湿嗒嗒地黏在自己的身上。

她感觉有一双手，拼命地摇晃在梦里将死的自己。

夏菲抓住了手，顺势挣扎着从床上弹起来。

“魏萌，你怎么来了？”

“张励让我来看你，说你好像一天没在门廊里出现。”

“门廊？他怎么知道门廊里会出现什么？难道他一直在观察？”夏菲揉了揉眼睛，魏萌摸着她的后背，已经浑身湿透了。

“算了算了，这个不重要。你怎么睡了这么久？”

“我也不知道，总是做噩梦，一会儿继续去看心理医生了。”

第三天，夏菲去找章德锋教授的时候，被教授助手思南告知，实验进入下一个阶段了，暂时不需要夏菲参与，实验过程严格保密，禁止魏萌、思南和张励与夏菲和外界有直接交流。希望夏菲最近利用时间好好休息，等待教授的安排。

夏菲礼貌地点头，但是眼里饱含疑惑。

“嗯，你先不要多想，先休息吧。”思南说。

这一说不要紧，夏菲确定这事情必有蹊跷，或者突生变故。

夏菲去了心理医生李迪的诊所，准备恢复注射疗法。

李迪说，注射疗法的疗程会慢慢起效果，她温厚的手拍了拍夏菲的肩膀。

夏菲点了点头，若有所思，慢慢地走出了诊所。

李迪目送夏菲走了之后，打开透明手机回复了张励信息：“一切都按照你说的办了。”

“照办就好。”一秒之内就收到了回复。

夏菲想念叶晴，想念这个在自己试验项目中一直有交流的女孩，她见证了叶晴的改变，现在却不能继续参与下去。这就好像看到了让人类变健康的强大的曙光，但是这个曙光忽然之间就变成了夕阳，这夕阳像煮到半熟的蛋黄，可以轻易地被刺破，染红整个天空，而自己这个重要的参与者却变成了天空之下那个旁观者。

她拨通了叶晴的手机。

“你好，我是思南。”

"我是夏菲,这难道不是叶晴的手机吗?"夏菲说。

"没错,按照实验伦理法则规定叶晴的手机现在只能由我们实验人员进行保管,我们签署了保密协议,以防实验对象在与外界沟通的过程中被导入负面信息,不利于实验进展。"

夏菲挂断电话之后,失魂落魄。一种不祥的预感一直笼罩着夏菲。

这些事情好像在张励出现之后就陡然生变。

夏菲开始了主观的纯依赖直觉的怀疑。更奇怪的是叶晴消失之后,志愿者的父母没有再找上来。

她为了缓解对叶晴的思念,就拨通了她志愿者父母的电话。几秒钟之后,那个号码被告知是空号。

夏菲记得那两个风烛残年的老人,他们在日暮之下,带着这个大眼睛的少女。他们三个一样的呆滞和迟钝,对周围事物的反应是缓慢的。但是叶晴和两位老人不同的是,她是理性敏锐的,只是对人与人之间的微妙的情感交流是有些麻木的状态。

二、消失的叶晴

"实验没有成功,叶晴只是消失了,你以为章德锋教授允许夏菲失败吗?在章德锋教授的'改良方案'之下,她已经有了高智商人群的一切特征。但是对感情的响应成了零。看到被遗弃的宠物,不会流泪。看到在底层生活无奈自杀的人,她冷漠地撇过头。"

魏萌愤怒地看着张励:"那你为什么一直隐藏着真相?你明明都知道。"

“魏萌同学,咱们四个人的智商都被你拉低了。”

“为什么是我!”

“首先,夏菲是首当其冲的受害者,被隔绝的她,现在的状态和梦境与之前别无二致,其次……”

“你先别说其次,为什么她是受害者?为什么……”

“她每晚都做噩梦,而且是相同的噩梦,你都不觉得奇怪?”

“觉得奇怪,但是我没有往其他的方向考量。”

“她的噩梦没停,而且一直在治疗。”

魏萌的头晃动得像刚从水里出来的猫一样。定住之后,问张励:“难道是你发现了什么?”

章德锋教授是夏菲的另一半。

他利用人工突触芯片将记忆提取,然后用新制的突触芯片中的记忆内容将原有记忆痕迹覆盖。人工突触里有章德锋为夏菲“量身定制”的一切回忆。

“让夏菲产生从教授职位隐退,重新考取他项目的研究生的记忆?并且忘了有关他的爱情记忆?”

夏菲和章德锋几年前的时候就领养了这个孩子,这个孩子还在襁褓之中的时候就被遗弃了。

只是这个孩子在教授的眼中有些过于平凡,按照章德锋教授有一次酒后吐露真言对夏菲说:“这孩子太笨了。领悟的能力,只能当底层人。”夏菲没有觉得叶晴笨,只是觉得她一定有自己的节奏,当她每次爱抚叶晴的时候,叶晴都给予积极的回应,但是对于章德锋教授,叶晴总是逃避,但越逃避,章德锋教授就越觉得这个孩子如果不被优化,迟早会成为垃圾人类,也就是“底层人”。

叶晴在暴力的父亲的打压之下总是做噩梦，夏菲与章德锋开始分居。后来夏菲对章德锋忍无可忍，便走进了心理实验室，请求忘却章德锋，自己抚养叶晴。气急败坏的章德锋强行带走叶晴之后，又让心理医生对夏菲实施定时失忆注射疗法。治疗期间章德锋教授利用海马体复刻及知识传输等方式让这个孩子成为他的第一个试验品。

在成长剂的影响之下，叶晴不断地膨胀和发育，她成长的速度很快，几年的时间就已经是一个亭亭玉立的少女，因为催化剂的激素作用，她略微发胖。但同样的，衰老也是加速的。在海马体复刻的过程中，她的感受和夏菲的感受是互通的，这样她的成长和变得有智慧，才有迹可循、有源头。

为了让夏菲开始试验，叶晴，成为一对志愿者夫妻的样本。

章德锋买通了一对风烛残年的底层人夫妇假扮叶晴的父母。

“看起来叶晴真像这对底层夫妇的孩子啊。”章德锋教授一边取笑一边看着思南助教，思南眼里划过一丝尴尬。

在晚饭的时候思南对张励说：“你知道吗？教授真的是一个老古董。”

张励眼睛一亮：“为什么这么说？”

“他的阶层意识很明确，底层人民，似乎就注定是底层人，该有什么样的孩子，就好像能被看出来一样，也只配拥有一个在章德锋教授眼里憨憨傻傻的孩子，永无跨越阶层的可能。

“叶晴，成为只剩他自己还知道的女儿。这个女儿好像是女娲手里的泥土,从远古到现代的电子型人。他把自己活生生的女儿改变成了一个高智理性的机器人,为了他所谓的阶层跃升,这难道还不够愚蠢和残忍吗? ”思南说。

张励说:“什么叫阶层?每个人都应该有自己的定义,有的人以为是聪明智慧和商业身价,有的人以为是某种科技带来的市值,放到历史长河中都是云淡风轻,用极致理性追求真理的科学,用爱对世界做贡献,才能不朽。”

张励发了对章德锋教授的举报信:他在非法开启人工突触的化学实验。他对魏萌说:“我们务必暗地里保护好他的得意门生夏菲,否则她将受到联合法庭的制裁。”

魏萌听后奔跑着去找夏菲。

“你是说章德锋教授造假,我明明看到了全息里面的叶晴。”夏菲说。

“你说全息投影里面有她,但是全息投影里面谁都可以有,影像毕竟是二维平面的。”魏萌说。

魏萌对夏菲说:“你要十分小心,我和张励不宜和你待的时间太久。”说完魏萌就抛下她去找张励。

三、凝结的高智生命

“咳咳……”身后走过来几个人,张励警觉如鸽,脚下像踩了弹簧直接把魏萌和自己弹到过道里,他跟魏萌说:“我带你去一个地方。”然后从背包里拿出了无痕鞋,让魏萌穿上。每走到一个有摄像头埋伏的地方,就用迷雾手枪射击,让摄像头的视觉变模糊,难以在终端分辨。

“你这样难道就不会被发现吗？”

“不会，被模糊掉的镜头我会用原有的图像来代替，尽可能地将危险降到最低。”

“你为什么要这样做？我是说你一定要拯救夏菲这件事情。”

“不仅仅是拯救她，而是拯救我们自己。”

张励带着魏萌跨过了至少十几道隔离舱门，终于打开了最后一道门。

张励带着魏萌看到了在站立式透明圆柱体里被冷冻的叶晴。

叶晴浑身挂满了结冰的毛绒玩具。“因为叶晴的基因在实验的过程中产生了对成长的抵御，也就是说叶晴的情感能力不会再有任何提升了。”

“也就是说，叶晴成了一个……机器人……”

张励打开了连接叶晴的全息投影的触屏，输入程序之后，魏萌看到他点击屏幕中浅绿色“抬起前臂”的按钮，叶晴便抬起了前臂，白皙而纤细，因为浸泡的时间不久，水也是格外清澈。但是这种美似乎已经丧失了生命，仅还保留科技的冰冷而已。

张励点击“微笑”，叶晴的嘴角像是被两根隐形的细线牵动了一样，叶晴像一个被线绳牵动的傀儡，是一个只会听从程序指令的高智电子人。

魏萌吓得哑口无言，只能瞪着眼睛张着嘴，疯狂地抓着头发，不敢相信眼前的一切。

“一个看似失去了生命的人，居然可以抬起手臂和微笑。这一切都不是她的本身的意志，你不觉得这很残忍吗？毫无人性。”

“你为什么现在才告诉我？他为什么把她变成了……僵尸一样的……”

“现在不迟，相信我。我在寻找更多的证据，因为教授还有事情对全世界隐瞒着。”

“他还瞒着什么？”

“他在实验拐点的时候，让夏菲退出实验。让她从宿舍中搬出，因为他清楚一个正常的科学家，即便丧失了之前科学和知识的记忆，也会知道一旦将人体置于液体罐中意味着什么，凝滞，感知停止。

“他怕自己的阴暗暴露，也担心夏菲会出于本能制止，所以他不得不终止夏菲的实验。”

毁灭的本性，必将暴露。

屏幕被关闭之后暗了下来，自动开启了呼吸灯模式，每隔一个小时会有教授的声音和图像，在莘莘学子的簇拥之下，他慷慨激昂得像一个被崇拜的神，对着上万人大喊：“愿我们尽快把高等智慧的数字世界带入每个儿童、每个大人、每个家庭和每个组织，构建一个温柔互联的超智世界。”他像一个邪教的教主，用大爱的语言掩饰着万恶的本质。

四、杜绝尘世

“实验没有失败。”章德锋教授笑着对思南说。

“我们终于可以将新电子人出货了。”思南圆睁着眼睛看着这个教授,好像看着一个突然出现在实验室里的恐龙。这个手无寸铁的教授,好像有无形的獠牙,可以撕裂一切生命。

从教授狡黠的笑容里,思南已经读出来一种危险的敌意。

“人类非常想以人类固有的形式去解释进化和改良,用我们能够看到的世界去想象那个看不到的世界,然而我们的抽象思维始终难以突破具象显示的局限。”一道寒光从教授的眼里射出来。

寒光投射出的信息是:“你这个告密者。”

思南保持微笑继续说:“教授真是英明神武,没想到这么快就完成了对底层人的改良程序。”

“改良!你真的以为我做的是改良吗?”

“难道不是吗?我们一开始的全球性项目课题就是改良啊。”

“我做的是用高智电子人彻底消灭底层人。”

“彻……彻底消灭?!”

“对,电子人取代底层人,才能实现人类改良计划,电子人的出现可以从反向刺激人类世代的优化和进化,弱肉强食、优胜劣汰是数千年来的真理。”

“可是,底层人被消灭之后会如何?”

“孩子,你没有看到过底层人吗?他们又脏又臭,做着中级人和高智人都不愿意做的工作,像蟑螂一样。他们消耗无穷的能源,长寿的还会长寿,这对人类资源都是一种巨大的浪费,而电子人可以用极少的能源,做加倍的工作,并且毫无怨言。他们将不断促进高智社会发展,督促人类进步,对疾病免疫,如果这些优势都被现在的底层人享有，那么底层人难道不是活得更久，更幸福了？人类又该如何进行种族优化，实现进化？”

思南听着他的话，瑟瑟发抖。

教授一边说着一边打开了全息投影。

潮水翻滚，冰川融化，火山在轰然之间迸发出的滚烫岩浆淹没了原始森林里的村庄，海啸带来的飓风掀翻了临海的小城。在灾难里，一个个瘦弱的、贫困的、可怜的生命逐渐被湮灭。

教授指了指屏幕说：“这就是结局，高智电子进化人就是诺亚方舟上的新生命，而这些底层人就是诺亚方舟之外的……”

思南捂着嘴，让自己的惊吓不再发出声音。

“走，我带你看看叶晴现在的模样。”

教授走到了玻璃圆柱体门口，叶晴背对着他。

教授推了推架在鼻子上的超薄镜，皱了皱眉。

升降机背带将“叶晴”的身体从被放空的圆柱体中缓缓提升，她的躯体完整地呈现在思南和章德锋教授的眼前。

教授瞪着双眼说：“夏菲，你怎么在这里？”

“搜集你的证据。我会将录音交给宇宙联合法庭，以反底层人类生存的名义制裁你。”

在另外的心理理疗室里，李迪和张励通过张励前一天连接的半透明镜头看到了这些全息影像。

“感谢你让我知道真相。”李迪眼含热泪对张励说。

那是夏菲开始理疗的第一天。

张励默默跟随其后,直到她从诊室出来。他看到走路变得蹒跚的夏菲,心中有了不妙的猜想,要知道对于科学家来说准确的直觉是一切实验和推想的关键第一步。

他小心翼翼地走进了李迪的理疗室。

看到了李迪正在与教授对话。

“我按照您的指示,将超微芯片注射到夏菲的脑里。”

“你做得很棒。”

李迪脸上泛起了一阵愁云, 她接着说道:“能告诉我为什么这么做吗,教授? 否则,我很难继续奉命。”

“别犯傻了,你知道你不继续奉命的代价是什么吗? 是你非法进行实验操作,我当然有你非法进行实验操作的证据,所以我们现在是一艘船上的人, 不要轻举妄动。你只需要按照我说的做,我带来的超微芯片即将在夏菲大脑里进行信息复制,这个芯片是连接高智新生命的重要桥梁。所有信息都可以通过这个芯片进行传输。我只能告诉你这么多了,你必须支持我,你也只能支持我。”教授如南极一般阴冷的脸,从全息屏幕上瞬间消失。

张励走进了理疗室。

对李迪说:“这是一项绝对危险的任务,或许我可以帮你。”

“怎么帮到我? ”李迪将信将疑,毕竟这是教授的学生。

“人的大脑中有 800 亿个神经元和 100 兆个神经突触,这些突触之间相互产生关联,支撑了神经元之间的互动,从而在大脑中完成每秒以兆次计数的计算。突触是生物智能产生的基本单位，让人们有情感、记忆与思考。人工突触将人脑中的信息复制到芯片，威力无敌，人即是超级计算机。人工突触的芯片，材料是由氢、碳元素组成，显著的亲肉体性，作用于脑机接口，观察和解决人脑中实际出现的问题。与大脑运算结构类似的人工突触计算可以更好地帮助大脑探索。”

“教授这样做的目的是？”

“复制夏菲的大脑记忆到所谓的高智人的大脑里，我们要帮助夏菲，让她尽快知晓教授的险恶用心。”

“我该怎么做？”

“在每次帮教授做夏菲大脑信息传输的时候，你要保留高智人的环境感受，这样我们就可以推断出高智人在什么样的环境下被实验，也能够让夏菲对复制略有察觉，唤起她的意识，在她被教授与我、魏萌和思南隔离的情况下，保持敏锐和警惕。这是我们唯一能做的事情，我们——只能成功，不能失败。为了夏菲，为了人类。”

李迪紧闭双唇，看着张励深邃的目光，重重地点了点头。

李迪在将未来高智人——叶晴的环境感受记忆传输给夏菲的时候，她体会到了半机械的大脑记忆中对冰冷的描述，像是冰冷深海里的，遥望冰山一角，一角之下是巨大的冰山，潜藏在水下。这终将成为被夏菲察觉的最黑暗的秘密。

这些感知在传输到夏菲的头脑中被转码成了梦境，让她能够感知自己深处危险之中。

李迪通过梦境监控唤醒了夏菲，并提示夏菲去找思南、张励和魏萌会合。

魏萌在张励的指导下，让夏菲潜藏在试验器皿里，并向宇宙刑警汇报这个骇人听闻的反人类刑事案件。

实验室里，思南、张励和魏萌同时从不同的方向跑出，包围了章德锋教授。

夏菲慢慢地从圆柱体中走出来，径直走到教授的面前说："人类也许在未来的某一天要面临被毁灭的命运，但是永远不能被人类自己毁灭。今天是恶魔的末日，你的末日。"

载于《科幻立方》2020 年第 1 期

海漄

飞天

一、万家山

万历十六年，太平府郊外。

“玄宰，送君千里终须一别，人各有命，你不用担心我。”一个儒生打扮的年轻人向送行的同伴道别。

年轻人是家乡有名的才子，六年前乡试不第后，他闭门苦读，这次与同乡结伴而来，原以为十拿九稳，却不想放榜之日，他找遍榜单也没能看到自己的名字，倒是一同前来的董其昌榜上有名。董其昌长自己几岁，书画皆精，年轻人由衷地为他高兴，但仍难掩心中的失落。董其昌准备在太平府好好休整一番，再动身准备来年的会试，他却找不到留下来的理由，只想尽快离开。至于去哪儿，他心里也没有答案。

父亲不善经营，四年前祖母去世时，祖父留下的产业就已所剩无几，加上连年水灾，家中光景越发衰败。比起枯燥压抑的八股，他更愿意研究格物之术，可要改变家中境况，也唯有八股一途了，但现在，这唯一的通道也关闭了。

想到家中年过半百的双亲,他无颜返乡,只得漫无目的地在附近游荡。这天,年轻人走到一座山下,山虽不高,却草木旺盛,溪水潺潺,别有一番韵味。他向路边一位劳作的农人问道:“这位兄台,此为何山?”

“万家山。”农人显然没有读书人观山赏景的雅兴,闷声回了一句,继续埋头劳作。

原来此处就是万家山,初到太平府时,就听说城外东南方有山名曰“万家山”,此山风景秀丽,山中还有唐人李阳冰故宅,董其昌对李阳冰的小篆尤为推崇,数次邀他前去游览,他都以忙于赶考推辞,没想到,如今董其昌得以高中,自己却阴差阳错地来到这里。也罢!既然来了,就上去看看吧。

爬到半山腰,他没有寻到李阳冰故宅,于是想找地方休息下,转过一段山坡,眼前豁然开朗,原来是一片种满花草的山间平地。平地正中,是一座墓碑,上书“陶公成道之墓”,墓碑旁有一茅草屋,想来是守墓人居所。

年轻人正准备看墓志,茅草屋的房门突然打开,一个苍老的声音说道:“你是谁?进屋里来。”

年轻人依言走进茅草屋,只见一个巨大的丹炉立在屋中央,散发着热气和阵阵药味,不知是在炼制什么。而在丹炉后一把竹椅上,瘫坐着一位老人。

老人稀疏的白发显然久未梳洗,干枯的皮肤上布满暗斑,他抬起头,双眼一片浑浊,毫无生气。老人手在竹椅扶手的一个凸起上按了一下,一阵机栝转动之声后,门“砰”的一声关上了。

年轻人吓了一跳,在这荒山野岭之中,一个如同僵尸般的老人守着丹炉和坟墓，让他感觉有种说不出的怪异。

“晚生徐光启，打扰老人家了。”他低头作揖。

“年轻人礼数倒是周到，我的眼睛被熏坏了，不能吹风见光，你不用害怕。”老人说道。

“外面墓主可是您的亲人？这儿只有您一人吗？”徐光启放下了戒心，问道。一路上山，除了偶尔遇见砍柴的樵夫，可说是荒无人烟，不知这老人为什么会独居于此？

“外面的人……他不是我的亲人，但胜似亲人。”老人的声音有些哽咽，浑浊的老眼似乎渗出了泪光，将一个离奇的故事娓娓道来。

外面的是我家老爷，我没有父母，老爷对我视如己出，将我带在身边做书童，教我识字念书。

老爷乃当世奇才，饱读诗书，上知天文下知地理。但他无心功名，却痴迷于炼丹之术。我能撑到现在，也多亏了从小服食丹药，体质异于常人。老爷在炼丹之余还研制火药火器，太祖入婺源时，老爷献上所制火器，太祖以火器荡平天下，封老爷为万户。老爷本在军中有大好前程，但与他意气相投的火器营同僚遭人陷害身亡，他一怒之下便带着研制火器的手稿辞官回乡。

回乡后，老爷散尽家财，日夜绘图、演算，只有我还留在他身边。老爷所绘图样似乎是神火飞鸦，但尺寸却要大上许多。我问老爷那是什么，老爷笑而不答，只自言自语道：“古有公输子削竹木为鸢，成而飞之，三日不下，神乎其技，可飞的终究是死物，而今我非得亲身完成这飞天不可。”

我以为老爷只是说笑，谁知图样绘好后他便召集工匠，几年后竟将那“神火飞鸦”造了出来。

直到见到实物后，我才明白老爷要做什么。那个巨型神火飞鸦骨架用碗口粗的楠竹制成，长约两丈，外层蒙着硝制的牛皮。与军中使用的小型神火飞鸦不同，在它的尾部，多了一对尾翼，看起来很像船舵。它的下方安装了一个长方形的木质框架，框架朝下的四角安上了四个铁质滑轮，滑轮上缠满耐磨的牛筋，并浸满油脂。框架中央，绑有一个座椅，座椅前方有个奇怪的机栝，像放平的车轮，通过麻绳与尾翼相连。将那机栝向左转，尾翼就向左摆动，反之亦然。更让我目瞪口呆的是，在这巨型神火飞鸦的腹部两侧以及尾部，密密麻麻地绑上了许多起火，仔细一数，竟有四十七支，每一支都有数尺长。要知道，平日军中用的神火飞鸦，仅仅两支起火，大小不足一尺，便可袭敌于百丈之外！

“老爷，您这是要做什么？”想到老爷说过的话，我出了身冷汗，拼命拉住他。

“陶安，你莫要阻拦。”老爷挣开我，坐上座椅，用绳子将自己绑紧。

“替我点火！”他命令道。

“老爷，您快下来，我替您去吧！”我做着最后的努力。

“蠢材！你可知如何操作这飞鸢？数年之功，我又岂可假手于人？”记事以来，老爷头一次冲我发这么大的火。

“可是……老爷，我心里好怕！”

老爷问：“怕什么？”

“倘若飞天不成，老爷恐怕性命难保。”我哭道。

听了我的话，老爷低头沉思了一会儿，我以为他回心转意，谁知他却说道："飞天，乃我中华千年之夙愿。今日我纵然粉身碎骨，血溅天疆，也要为后世闯出一条探天的道路来！"

说完，他从怀中掏出一本书扔给我："这《火箭经》为我毕生心血所著，飞天之途，九死一生，倘若我一去不返，你替我将此书传于后世。"

我哭着接过书，眼睁睁看着老爷命其他人将起火点燃。

"轰！"一声巨响，飞鸢尾部的第一支起火被点燃，喷出的火焰又引燃了第二支、第三支……滚滚浓烟中，飞鸢缓缓滑动，接着越来越快，上面蒙的牛皮被吹得鼓鼓的，好像随时要炸开。很快，飞鸢冲出悬崖，向下坠去。我的心一下提到了嗓子眼，就在这时，飞鸢腹部的起火也被引燃，轰鸣中，飞鸢徐徐升起，地面上的人群爆发出一阵欢呼。

飞鸢在空中越升越高，渐渐变成一个黑点。但就在这时，天空中火光一闪，传来一声巨响。

开始人们还没反应过来，直到火花散去，空中掉下碎片后才意识到发生了什么。后来我将方圆十里都找遍了，也未能寻得老爷尸身，只好在他飞天的山上为他修了一座衣冠冢。

故事讲完了。

"了不起，了不起！"徐光启不禁叹道。

"你觉得我家老爷了不起？老爷生前获封万户，风光无限，但人一死，多少人将他当作笑柄，说他放着好好的荣华富贵不要，偏去钻研什么飞天之术，得了失心疯！"

"陶先生大志，岂是那些凡夫俗子能理解的？火箭飞鸢，巧夺天工，飞天伟业，震古烁今，陶先生实乃飞天第一人，公输般只怕也要自叹不如！不瞒老人家，晚生刚刚落第，本已心灰意冷，但遥想陶先生壮举，我这点挫折实在不算什么。”

听到徐光启的话，老人老泪纵横，仰头大喊道：“老爷，您可听到？这世间，还有懂您之人！”喊完后，一阵剧烈咳嗽，竟咳出血来。

“老人家，莫要激动，身体要紧。”徐光启连忙上前扶住老人。

“我已年过百岁，要不是丹药吊着，只怕早已不在人世，没想到风烛残年竟遇上有缘人。拿着，替我好好保管。”老人塞给徐光启一个包裹，呼吸越来越弱，渐不可闻。

安葬好老人后，徐光启踏上了回乡的旅途，途中，他打开了老人留下的包裹，是一本书——《火箭经》。

二、传教士

万历二十一年，韶州。

夏日的蝉鸣让人昏昏欲睡，徐光启擦掉额上的汗珠，看着台下心不在焉的学生们。他很想表现得像一位严师，但一想到自己不过是个落第秀才，心中便没了底气。不过，世上未必只有科举一途，他又想到了五年前万家山上的奇遇。在那之后，四书五经读得少了，《火箭经》却手不释卷，上面所载的火药配方、火器图样早已铭记于心，就连那最为复杂的飞鸢，每个部件的尺寸，他都能分毫不差地写出来。

等他回过神来时，学生们早已偷偷溜走了，哦，不对，教室最后排，有一个人没走。

那人抬起头，冲他笑了笑。

徐光启吃了一惊，虽然并不能认全自己的学生，却能肯定自己从未见过这个人，因为他是一个西洋人。西洋人自我介绍汉名叫“郭居静”。

两人在这个平凡的夏日相遇，并不知道彼此的命运就此改变。许多年以后，另一位传教士利玛窦回忆说，在这个夏日，光辉照进了古老的东方大地。

自从认识郭居静后，徐光启感觉世界向自己打开了一扇新的大门。他第一次见到了一幅世界地图，原来在大明之外，还有如此广阔的一片天地。更不可思议的是，郭居静告诉他，世界是圆的，有一个叫麦哲伦的西洋人，驾船一路向西，最终回到了起点。郭居静还送给了他一台望远镜，透过望远镜，他能清晰地观测到天上星宿的运行，那是陶先生想去的世界啊……

四年后，他正沉浸在格物致知的世界中，对科举之事已不做他想，应试时便信马由缰，将自己“益于德，利于行，济于事”的想法洋洋洒洒写出。没想到的是，这篇胆大妄为的文章却被主考官焦竑一眼看中，破格提为解元。这些年，他早已将功名看淡，对后面的会试不甚积极，却与郭居静越发熟稔起来。郭居静对这个中国人颇有好感，他的绝大多数同胞只关心如何生存下去，而那些不用为生计发愁的官僚思想则极为保守，以至于这些年自己的传教事业一直举步维艰。徐光启不同，他学识渊博，精通历法和算术，对自然科学抱有极大兴趣，更难能可贵的是他并不排斥西方的思想。郭居静相信，假以时日，他会成为一名伟大的人。不过眼前的问题是，自己的学识已经无法满足徐光启的求知欲了，于是，他向徐光启提议：去南京找一个人，他的教友，利玛窦。徐光启想到恩师焦竑正在南京任职，自己早想登门拜见，便欣然同意。

利玛窦是意大利人，前朝那位著名的马可·波罗的同胞，金发碧眼，却说一口流利的官话，穿着儒生的衣服，而不像郭居静一般着僧袍。

“久仰先生大名，今日一见，果然与其他传教士不同。”在利玛窦的书房，徐光启说道。

“子先可是指我这一身装扮？”利玛窦笑道，“在我之前，我的同僚罗明坚、郭居静神父已在贵国逗留许久却不得寸功。贵国幅员辽阔，人民数以亿计，更有数千年辉煌的文明，与其他蛮夷之地的蒙昧民族绝然不同，只有融入你们的文化，尊重你们的习俗，才能与你们交流。不得不说，你们的文字真是世界上最精妙，却又最难学的了！”

“先生不畏艰难，海内博物通达君子也。我虽不信教，但郭先生也曾向我讲解贵教教义，其中道理与我国诸子典籍中不少思想颇有共通之处。更何况，西洋算术、天文、地理研究极为精深，我稍有涉猎便心向往之，可惜却无门径一窥全貌。”徐光启答道。

“这有何难？”利玛窦来华多年，底层百姓忙于生计，目不识丁，他便试图在官僚中传教，可那些中国文人往往只对他带来的精巧西洋器械有一时兴趣，对教义却不屑一顾，徐光启是他们中间少见的开明好学之人。

“之前我已收到了郭神父的信，一定知无不言，言无不尽。”说着，利玛窦搬出一个箱子打开，里面尽是一些书籍手稿。“这是《圣经》，是教会最重要的经典。这些，是阿基米德、欧几里得的著作，哦，还有这个，这是我的私人藏品，列奥那多·达·芬奇的手稿。”

“列奥那多·达·芬奇？”徐光启念叨着这个奇怪的名字，目光却被手稿上的图画吸引，图画描绘的是各种鸟类，不但有全图，还有不少肌肉、骨骼的解剖图，他看不懂上面的文字，但隐约感觉可能与鸟类的飞行原理有关，最后的草图上，是一部有着宽大翅膀的机器，与《火箭经》上的飞鸢图样有异曲同工之妙——毫无疑问，这是一架飞天的机器。

“这个机器能飞起来吗？”他问利玛窦。

“不，列奥那多·达·芬奇是一个画家，这也许只是他的一个设想而已。不过我有一位勇敢的同胞受此影响，制作了一对翅膀从高处跳下，最后落下了终生残疾。”

“我们也有这样的人，不过，他献出了生命。”徐光启看着窗外的星空，缓缓说道。

此后，徐光启便时常向利玛窦请教算术、天文、机械方面的知识，也乐于帮助利玛窦传教，又过了几年，他接受了洗礼，教名“保禄”。也许是神对这位东方教徒的恩赐吧，他很快高中进士，考选翰林院庶吉士。在京城，他再次见到了自己的老朋友利玛窦。这些年，他将《火箭经》与达·芬奇手稿互为参照，渐渐发现若想制造飞行器，各部件的比例尺寸必须极其精准，大小、重量如何平衡取舍更是颇难拿捏。要做到这些，算术上必须有所革新，他记得利玛窦带来的书籍中有欧几里得的著作，而这欧几里得就是西洋算术的奠基之人。他将自己翻译研读欧几里得著作的想法告诉利玛窦，利玛窦却很为难：“保禄，你说得不错，此书为度数之宗，方圆平直、规矩准绳皆可以其计算。但书中许多概念在你们的文化中闻所未闻，之前也有人尝试翻译，却浅尝辄止，除非是有突出天分的学者，没有人能承担这项任务并坚持到底。”

"先生学贯中西,若此书翻译成功,不但可将西学引入大明,为朝廷提供一种有用的工具,而且也能使百姓更敬重我们的信仰。"徐光启的理由让利玛窦无法拒绝,随后半年,徐光启将所有精力花在了翻译上。他日日前往利玛窦住处,由利玛窦口述,他逐字记录。之中常常有不明之处,他便虚心请教、细细推敲,直到弄懂为止。翻译后,他还需将文稿修改整理并加以润色,不知不觉中,书中那些晦奥难懂的知识竟也被他全部掌握。

利玛窦不得不感叹徐光启卓越的学识与持之以恒的决心,但翻译完第六卷后,他也无能为力了。利玛窦在罗马学院学习的也仅仅只有前六卷,后面的内容,对他来说也如同天书一般。翻译工作到此为止,徐光启心中虽有些遗憾,但对于制作飞行器,这些已经足够了,最后,他为这六卷著述拟定了书名——《几何原本》。

此时离万家山之行已经过去整整十九年, 当年年轻的落魄书生如今四十而不惑,长年累月的苦心钻研让他早生华发,却也多了一分淡泊从容,唯有那飞天之梦,随着年华逝去,非但没有消退,反倒越发清晰、炽热起来。

有了西洋算术的帮助, 飞行器的制造不再是模糊的设想和似是而非的草图,徐光启开始着手复原《火箭经》里的飞鸢和达·芬奇手稿中的飞行机械,希望在两者中取长补短。但当他将升力、重量、速度、阻力、推力等数据逐一算出时,才发现了问题所在。达·芬奇不愧是西洋最伟大的画家,据利玛窦所说,为了研究画理,达·芬奇不但收集各种动物标本, 还到墓地中盗出尸体用以解剖。因此在达·芬奇的手稿中,他非常详细地描绘了鸟类的身体构造。鸟类与翅膀相连的胸腹肌肉非常强健, 它们飞行的主要动力便是由翅膀持续拍动所产生。此外它们体内生有气囊,骨骼中空,体重较轻,这才能翱翔天际。达·芬奇所绘的飞行机械实为一对,以各种精密部件模拟了鸟类翅膀的骨骼,内填棉花,外缝羊皮,缀满羽毛,通过皮带相连。使用时将皮带套于操纵者胸前,翅膀绑于背部,通过双臂推拉杠杆使之拍动,为了获得速度,操纵者须从高处跳下。达·芬奇的飞行机械虽然极其精巧,但也只能模拟鸟类翅膀,人体远重于寻常鸟类,对照徐光启推算的数据,即使加上杠杆助力,人类臂力拍动这机械飞翼所产生的升力,也远不足以让操纵者飞起来。

而《火箭经》中的飞鸢,构造虽远不如达·芬奇的机械飞翼复杂精妙,但陶成道却洞察了飞行的关键——只有推力大于阻力,升力大于重量,飞行才可能实现!因此陶成道没有将希望寄托在有限的人力上,而采用连发火箭作为飞鸢的动力。根据陶安的回忆,陶成道驾驶飞鸢在山崖上滑行了一段距离后成功升空, 直到最后才因爆炸功亏一篑。这位先驱离成功仅有一步之遥,他使用火箭将飞鸢逆风加速,以此获得升力。但徐光启经过计算发现飞鸢的翅膀过于短小,提供的升力非常有限,这很有可能是受制造翅膀的材料强度所限,若将翅膀放大一倍,其重量就会成倍增加,很可能还未飞起,飞鸢就会在高速中解体。陶成道精于火器,他再次试图用火箭解决这个问题,除了飞鸢尾部的火箭用于加速滑行,其腹部还竖直安有数十余支火箭,滑行结束后可从底部点燃喷射,两相合力下,便可一飞冲天。可惜的是,这个设计实在太过凶险,以火箭加速滑行倒也罢了,但靠火箭提供升力,力道虽大,却太不稳定。连珠火箭喷射过于剧烈,一旦引燃就无法控制,稍有不慎便会引火烧身。徐光启相信,陶成道在坐上飞鸢之前一定想到了这个问题,不然也不会将《火箭经》托付给陶安，但在飞天梦前，他早已将生死置之度外。

至此，飞行器的研制陷入了僵局。徐光启反复演算，绘制了无数草图，实验了各种材料，却始终无法解决升力与稳定性、重量与强度之间的矛盾。

三、见龙在田

万历三十五年，上海。

父亲过世了，徐光启离京返乡守孝三年。徐父只是一个微不足道的小商人，早年闯过码头，走过漕运，穷困潦倒之际也曾务农为生。他将自己所有的希望寄托在了儿子身上，即使儿子的科举之途一路坎坷，也从未动摇过让儿子考取功名的决心。

徐光启默默守在灵前，父亲严厉，自己自小便被逼迫熟读经史子集，稍有松懈就棍棒伺候。很久以前，他寻得一本《九章算术》，正看得津津有味，父亲突然在身后出现，顿时暴跳如雷，撕碎了书，将他打得半个月无法下床。他明白，父亲并非专横暴躁之人，这么做完全是为了自己好，父亲不愿自己的儿子再和他一样，在这个时代做一个低人一等、受尽白眼的商人。如今，自己进士及第，也算光宗耀祖，可慰父亲在天之灵了。不过，这并不是他想要的，他的心，早已飞向了另一个神奇的世界。

"轰！"空中响起一声惊雷，打断了他的思绪。大雨倾盆而下，夹杂着阵阵狂风，吹得烛光摇摆不定。徐光启起身走到窗前，想将窗户关紧。外面，风雨夹杂在一起，呼啸不已，但隐隐约约地，他听见有奇怪的声音。那声音忽远忽近，似乎来自云层，绝不是雷声，倒像是牛鸣,或是海船上的号角声,"哞……哞……"时断时续。天空之中怎可能有牛或者船?他自嘲地笑了笑,关紧了窗。

第二天一早,仆人慌慌张张地叫醒了他:"老爷,大事不好!您快去咱家后山看看,那里有个怪物!"

"什么?怪物?"徐光启一头雾水,换好衣服,跟着吓坏了的仆人前往后山。

后山是一座不高的小山丘,这几年,徐光启将其辟为农田果园,分给家丁佣农们种植,引进西洋水利后,收成倒也不错。闲暇之时,他也和大家一起下田劳作,观察作物长势,并总结记录佣农们的耕作方法和经验。

这会儿,附近的农户已将现场团团围住,在家丁的指引下,他分开人群,不禁倒吸一口冷气。

眼前的庞然大物像一条巨蛇,身体呈青黑色,但却长有四爪,头生双角,口有长须,身覆鳞片。仔细看来,那些鳞片还在微微颤动,似有气体喷出,散发出阵阵腥臭。每片鳞片足有手掌大小,而那怪物盘卧在地,看不分明,但连同尾巴,怕是有十余丈长!徐光启自问见多识广,却也从未见过如此巨大的生物。以他的博学,只知道一种生物能在大小上与这怪物媲美,那便是东海中的巨鲸。

东海!徐光启脑中灵光一闪,不顾危险走近观察。只见那怪物头似驼,角似鹿,眼似兔,耳似牛,项似蛇,腹似蜃,鳞似鲤,爪似鹰,掌似虎……虽与当今世上流传的画作有所区别,但那些画作往往靠画师间口口相传,再加以想象所绘,难免有所偏差。

可以肯定的是,这怪物就是——龙!

原来古书中的记载并不是传说,而是确有其事,龙是一种真实存在的生物。虽然弄清了它的身份，但徐光启心中仍然疑惑重重，这条龙怎么会突然出现在后山？它是从哪儿来的？它还活着吗？正想着，一个胆大的佣农用锄头轻轻拨了一下龙身上张开的鳞片。

“哞！”龙猛地合紧鳞片，发出一声长鸣。这不就是昨晚自己听到空中隐隐约约的怪声吗？莫非，这龙是从天上坠下来的？这时盘卧在地的巨龙挪动了下身子，露出了身下长长的拖痕和爪印，顺着痕迹往山坡上看，靠近山顶的位置倒伏了一大片树木。显然，这条龙因为某种原因从空中坠下，撞上了山丘，然后一路蜿蜒挣扎至此。不过这龙明明无翅，又是怎么飞到天上的？

此时已近正午时分，又值盛夏，徐光启初见巨龙时其身上尚有黏液，这会儿却已在毒辣的日头下干涸，一些裸露在外的表皮甚至出现了皲裂，龙鸣声也越来越无力。古往今来，关于龙的故事传说中，它们都生活在大海或江河湖泊中，也许它们离不开水？这条龙如此巨大，他也实在不知如何处理，只能尽力一试了。

“乡亲们，这是一条龙。它从东海飞来，怕是遭了什么难，坠到咱们这儿了。大家快挑些水来淋到它身上，它快要干死了！”徐光启将佣农家丁们聚拢起来，大声说道。

大家知道这位徐老爷在京城为官，虽然身居高位，但平日里却乐善好施，毫无架子，因此对他都非常尊敬。更何况，这些农人虽大字不识，却也知道龙司云雨，可保一方风调雨顺。于是众人很快忙活起来，将水从山下一担担挑来，淋到龙的身上。淋了水，驱散了蚊虫，龙的精神略有好转，它的爪子在身下用力刨动，浑身鳞片如同波浪般渐次起伏开合，从中喷出一道道强劲的气流，长长的身躯舒展开来，又猛地躬起，似乎想重新飞起来。一时间草木断折，尘土飞扬，众人被它喷出的气流冲得东倒西歪，纷纷退后避让，但它努力许久也未能成功，一声哀鸣后委顿于地，气息也越来越弱。这时，徐光启才发现，龙的颌下有一处创口，血肉模糊，深可见骨，似是被利爪抓伤。尽管众人齐心协力想要助它重归天际，但或许是伤势太重，待到傍晚，这龙终还是死了。

真是祸从天降，一滴冷汗从徐光启额角滴落。"各位父老乡亲！今日之事，还请诸位保密，万不可传出去。龙坠地而亡，实乃不祥之兆，若被朝廷知道，徐某人怕是难逃干系！"徐光启向在场的农户们叹道。

"徐大人放心，您将自家土地分给大家耕种，养活我们一家老小，是我们的大恩人，我们一定将今天的事烂在肚里，绝不让大人受牵连！"淳朴的佣农们纷纷说道，总算让徐光启安下了心。有些话，他并没有讲透，龙是皇权的象征，自己的父亲刚刚过世，一条龙就死在自家后山，他虽不信这中间有什么关联，但若被唯恐天下不乱的锦衣卫知道，怕是要大肆渲染一番。当今圣上本就敏感多疑，被别有用心之人鼓动，搞不好会治自己一个谋逆之罪！

佣农们纷纷散去，只留下徐光启和他的十余个心腹家丁。这龙尸如何处理？徐光启一筹莫展，它实在太大了，就地掩埋光是挖坑就要费上很大人力，若是弃之不顾，又怕被其他人看到，到时更加无法保守秘密。

"老爷，要不然我们点一把火，将它烧了？"身边的家丁出了个主意。

"不可，这龙尸太大，若要烧干净，这把火可不小，不但容易殃及附近农户果园，动静也大，怕是会引来好事之徒。"徐光启答道。

无奈之下，徐光启只得命家丁取来铡刀，先将龙尸肢解运回府邸，再做打算。

“老爷，这龙……有点不对劲。”两个家丁抬起一截龙尾，神色困惑地说道。

硕大的一截龙尾，竟被两个家丁轻松抬起，徐光启也马上发现了问题所在，又试了试龙的其他部分，果然，相比龙巨大的体形，它的重量实在轻得有些离谱。看来，龙没有翅膀却能翱翔天际，是因其特殊的身体构造。

徐光启取来一把匕首，沿着龙鳞的缝隙刺入，想剖开看看到底有何神奇之处。龙虽已死去，但表皮却很滑腻，如同泥鳅，肌肉结实，极有弹性，费了很大力气都没能刺穿。他只得以双手紧紧握住刀柄，用力向下一压。

“嘭！”匕首似乎刺破了什么东西，接着，传来一阵“咝——咝”的响声，似有气体从破口处涌出。而这截龙尾，正飞快地干瘪下去。

这是何故？此时天色已晚，看不清楚到底发生了什么，徐光启命人取来一支火把点燃，凑近照明。

当火把凑近破口时，只听“轰”的一声，火焰猛地变大数倍，化为蓝色，倒扑而来。这变故令众人措手不及，四散而逃，好在这诡异的蓝色火焰只是一闪而逝，除了那举火把的家丁被燎得须发皆无，吓瘫在地外，其他人倒没受什么伤。而这时，龙尾的破口处已经没有气体涌出了。徐光启剖开包裹的肌肉，看到龙尾内有一个气囊，与自己曾在达·芬奇手稿上看到的鸟类气囊非常相似，只是大了许多。自己刚刚不小心扎破的，正是这龙尾中的气囊。

与鸟类不同的是，龙尾中气囊里的并非普通的空气，而是一种比空气更轻，可以燃烧的特殊气体，很有可能，龙的身体中遍布这种气囊，它就是靠特殊气体产生的浮力飞起来的。想到这里，徐光启兴奋之余不禁有些后怕，自己无心的一句话，居然救了大家的性命，如果当时答应放火焚烧龙尸，以龙体内巨量的气体，很可能会引起爆炸，在场之人恐怕无一幸免。

徐光启中进士后，在故乡老宅旁新建了一座院子，让父母搬过去颐养天年，老宅便空了下来。因靠近大海，父亲经商时货物中有很大一部分便是鱼干、鱼油、鱼翅等海货，那种来自大海的咸腥味在老宅内经久不散，伴随了徐光启的整个少年时光。众人趁着夜色将肢解的龙尸搬入老宅，刚好借以掩盖异味。

徐光启彻夜未眠，第二天一早，又命人四处采购冰块。他要将龙尸保存起来，效仿西人达·芬奇，解剖研究以弄清龙的飞行原理。冥冥之中，他有一种预感，这或许将是自己制造飞行器的一个转折。为了潜心研究，守孝期间，除了邀老友郭居静前来传教，徐光启闭门谢客，几乎没有走出老宅一步。后来为了保存龙尸方便，他索性在老宅下挖了一个地窖，连通井水，运入硝石，将其溶于水中，就地制冰。

在解剖之前，徐光启猜测龙或许是蛇中的一种异类，民间流传着蛇渡劫化龙的传说，在他看来，这些蛇因某些特殊的原因长出了四肢和角，具备了飞行的能力，便成了龙。但经过研究，他发现龙与蛇完全不是一个物种。虽然它们的骨骼形态有相似之处，但相对于体形，龙的骨骼更为纤细，骨节更少，且多为中空，和鸟类骨骼的特点一致。蛇的骨骼以肌肉相连，龙的骨骼之间则肌肉较少，主要以极其弹韧的龙筋相连，也就是说，龙的身体伸缩性极佳，既可变大也可缩小。龙的四肢虽然短小,但构造完整,筋骨俱全,在一些蛇身上,徐光启也发现了残肢的痕迹,只是这些残肢发育不全,只余爪钩了。此外,龙的内脏既有蛇的特征,又与某些鱼类相似。徐光启推测,龙是一种远比蛇更古老,既能在水中生活又能短暂离开水的生物。

对于龙体内的气囊,徐光启吸取了之前的教训,用剔肉刀将龙的肌肉一层层削下,若在晚上,便捉许多萤火虫封于灯笼内照明,绝不使用明火。就这样,尽管仍然有一些气囊被失手弄破,但最终他成功地将龙体内的大部分气囊完整地剥离了出来。很快,他就有了新的发现,剥离出来的气囊中,绝大多数大的气囊正缓缓升起,若不是屋顶阻拦早已飞走。而大多数较小的气囊却飘浮于地面,并不上升。难道龙体内的气囊所充气体还有不同?他取了其中大小两只气囊实验。在室外开阔地,将两个气囊固定,取两柄长杆,一柄杆头涂有火油,一柄杆头装有铁刺,人站在远处以铁刺将小气囊扎出小孔,将另一长杆点火靠近,一切如常;而扎破大气囊,一旦靠近火源,便猛地燃起蓝色火焰,并伴有爆裂之声。看来,龙体内气囊分为两种,较小的里面只是寻常空气,而较大的里则是那种产生浮力的气体,他将这种气体称为“轻气”。他将剩余气囊按此分类,这才记起,剥离气囊时,普通的小气囊主要生在龙体内表层,许多与皮肤相连。那些充满轻气的大气囊则多生在龙体腔深处。回忆龙当时挣扎着想要重新飞起的情景,它确实从鳞片下喷出了气流啊！至此,徐光启总算明白了龙的飞行原理,龙的体内遍布气囊,大气囊生在体腔内,充满轻气,为龙提供飞行的浮力;小气囊生在肌肉表层,与皮肤相连,可吸入空气后加压喷出,为飞行提供推力。与此同时,龙还可以通过控制小气囊内空气的多少,来改变飞行的高度——若要升高，便排出较多空气，龙身变轻则升高，若要下降，则吸入较多空气，龙身变沉而下降。那条死去的龙，或是因为同类相斗，或是被某种天敌所伤，体内的气体平衡被破坏，坠落时又伤及气囊和骨骼，便再也没能飞起来。

四、轻气迷踪

万历三十八年，北京。

三年守孝期一晃而过，徐光启官复原职。在这段难得不被俗务打扰的时间里，他重新确定了制造飞行器思路。相较于鸟类，龙的飞行原理实际上更为简洁，也更易模仿，在他脑中，已经形成了大致的设计方案，唯一的难点是，如何找到足量的轻气呢？他曾试图将那条龙体内的轻气收集保存，但无论他如何小心，一段时间后那些气囊也逐渐干瘪，将气囊按于水中，总会渗出极其微小的气泡，缓慢的泄漏几乎无法避免。回京后，他杂务缠身，不得不放缓了研制飞行器的进度，唯一的好处是，他可以利用朝廷命官的身份自由查阅宫中浩瀚的藏书。之后数年，他遍寻典籍，却也没能找到关于轻气的记载。最后他只得捕捉各种鸟类，希望能在鸟类的气囊中发现轻气的踪迹，遗憾的是，他几乎解剖了所有种类的鸟儿，可它们的气囊中都只是普通空气而已，看来轻气只有在龙的气囊内才有。但他在书中发现一个现象，这让他几乎陷入了绝望。从古至今，龙的记载呈逐代减少之势，虞、夏之际，尚有"豢龙氏"和"御龙氏"，可见那时龙是一种较为常见的生物，甚至有奇人异士掌握了驯养龙的方法。但这方法很快失传，后世关于龙的记载也慢慢变得虚无缥缈，近几百年来，龙更是难得一见，渐渐被神化，若非亲眼所见，他也绝不会相信龙是真实存在的生物。也许在几千年的漫长岁月里，这种神奇的生物正逐渐凋零灭绝，他几乎不可能再遇到一条龙，从龙的体内提取轻气的想法也就无从谈起。

转机发生在一次朝会之后。这年冬天，四川布政使来京述职，徐光启对蜀中风土人情颇有些好奇，退朝后便与其同行闲聊。京城冬季颇为寒冷，百姓纷纷烧柴取暖，家境好些的官宦人家则使用木炭，近日无风，京城便笼上了一层灰蒙蒙的雾气。

“京城果然人烟繁华，在蜀中可无此等景象。”布政使感叹道。

“这便是大人少见多怪了，冬季寒冷，百姓烧柴燃炭，自然多些烟尘。只是蜀中地势低洼，烟气不易扩散，岂不更甚？”徐光启疑道。

“徐大人有所不知，蜀中自古就盛产井盐，经历代开采后地下盐井纵横交错，深不见底，盐卤采完后便被废弃。也是奇了，其中有一些废弃盐井竟往外冒气，无色无味，燃之色作浅蓝，当地百姓以此生火，火头甚佳，御寒冶金皆不在话下，燃烧时也无烟尘。”布政使笑道。

“无色无味，燃之色作淡蓝！”徐光启喜不自禁，布政使所说的那种产自深井的气体，很有可能就是自己苦苦寻找的轻气！顾不上布政使惊异的眼神，徐光启跑回家中，收拾好行囊便告假出门。多年求索，眼看就要有了结果，他急忙星夜兼程，快马加鞭地赶往四川。

到达四川后，徐光启实地勘验了一番，果如布政使所言，当地盐井采气已经初具规模。人们将泥浆灌入井中，以掏空楠竹插入盐井中央，往里不断注水，便可将气体导出。不少铁铺瓷窑聚集在附近，就近取材，稍远的百姓则想出了一个让徐光启日后深受启发的办法，他们将猪脬套在楠竹管口，待充成球状后便扎紧取下，留作家用。

看着连绵不绝的盐井，徐光启大喜过望，若这气体真是轻气，可谓取之不尽用之不竭。解决了浮力来源，成功制造飞行器就指日可待了。他满心期待地充满了一猪脬气体，但气球入手的一瞬间，他就感觉不对，果然，松开手，气球并没有浮起上升，而是缓缓落下。希望再一次破灭，这产自地底的气体并非轻气，虽然它无色无味，燃烧时也会产生蓝色火焰，但却比轻气重得多。他不会想到，数百年后，这种气体将大行于世，走入寻常百姓家，一如今时京城百姓使用的薪炭。

四川之行让徐光启备受打击，第一次动摇了制造飞行器的决心。让人像鸟儿一样在天空翱翔，或许只是一个不切实际的梦吧？朝堂之上，风云变幻莫测，几经沉浮，他心灰意冷，便动了将毕生所学传授于人的念头。他的学生中有一人，名叫孙元化，万历四十年举人，虽未考取进士，但天资聪颖，勤奋好学，尤其喜好火器和算术，让他仿佛看到了年轻时的自己。南京教案发生后，西洋传教士遭到驱逐，教众四散，人人自危，但孙元化却不以为意，照常与传教士交往，并于天启元年受洗入教。这一切，让徐光启更加欣赏孙元化的品行，对其倾囊相授。

两年后，辽东防备吃紧，孙元化心系国家，连连上书朝廷，恳请朝廷筑城制炮，依托城池以火器杀伤消耗金兵，避免与其骑兵野战。待到兵部尚书洪承宗出任蓟辽经略，终于采用他的主张，命其筑宁远城。

担此大任，孙元化不敢马虎，一面督办城池修建，一面联系恩师徐光启和相熟的西洋传教士，设法从澳门购买佛郎机。可此时魏忠贤当权，朝廷上下一片乌烟瘴气，徐光启处处受制，大费周章才购买了十几门佛郎机运到宁远。小小的宁远城和这区区十几门佛郎机如何抵挡得住金军虎狼之师？徐光启和孙元化唯有日夜赶工，那十几门佛郎机经两人改进，射程更远，威力更大，因引进自西洋红夷国，故称之为红夷大炮。之后，两人据此仿制了多门土炮，射程虽不及红夷大炮，但筑于城墙之上，居高临下，威力也颇为可观。几年下来，宁远城坚炮利，渐具规模，同时，火药需求也日益增大。

陶成道当年以火器博得太祖宠信，他留下的《火箭书》分为三篇，主要内容分别是炼丹养生、火药火器和机关机械。徐光启对炼丹养生之说素来兴趣不大，并未在意，但后两篇的内容却在此时大派用场，他将其中火药配方和制法交予孙元化，再由守城士兵照方配制，大大缓解了宁远城火药不足的问题。

这日，孙元化正指导士兵操炮，但数炮下去，竟一炮未响。孙元化大惊失色，忙命人彻查，结果发现因近日阴雨绵绵，气候湿润，库存的一批火药已经受潮，故无法引爆。亏得及时发现，若到金兵攻城之时，岂不酿成大祸！

“老师。”孙元化找到徐光启，将事情经过详细说来，又道，“《火箭书》中记载的火药配方和制法虽较古法已有很大改进，但仍有不易保存、威力不足等缺陷，不知老师可有方法继续改良？”

“依纳爵，为师所学已尽数传授与你，再没有其他办法了。”徐光启摇摇头，缓缓答道。

“老师，您曾说《火箭书》除火药火器和机关机械两篇外，另有一篇讲的是炼丹养生？”孙元化又问道。

“不错,但炼丹养生之术太过虚妄,其中多有谬误,先帝即位不足一月就离奇驾崩,宫中传言便是服食丹药所致。”徐光启低声说道。

“老师,我并无炼丹长生之意,只是火药最初不也是术士炼丹时偶然发现的吗?咱们不妨参考炼丹方法试验,说不定能研制出新型火药!”孙元化想通此节,有些激动。

“你说的倒有几分道理。”徐光启抚须沉思,陶成道最初也是痴迷炼丹,在此基础上才成为火器大家,可见两者确有相通之处,便同意了孙元化的提议。

于是师徒二人在继续配制火药之余,也大量购入雄黄、朱砂、水银、石胆等炼丹之物。尽管希望渺茫,但眼下也没有其他更好办法,只能在炼丹古法的基础上添加、替换原料,进行重新组合,不断试验了。也许有朝一日能恰巧找出新型火药的配方。

一日,徐光启正将石胆干馏,生成的油状物稀释即为绿矾油。一名兵士一时好奇,便将佩刀探入其中搅拌。徐光启不及阻止,却见佩刀似被腐蚀,刀身上冒出了许多小气泡。

绿矾油能与铁生成某种气体?徐光启又想到自己苦苦搜寻而不得的轻气,虽然不抱什么希望,但多年的研究早已让他养成了小心求证的习惯。他寻来一口大瓷缸,将足量的绿矾油与铁块混合,用整张羊皮封住缸口,只留一小孔,插入竹管,将蜡烛靠近管口,火苗慢慢变大,蓝黄相间。徐光启的眼睛猛地睁大,取来猪脬套在管口,充满后,细细扎紧。他将这气球捧在怀中许久,像是下定了决心,颤抖着手松开了气球。气球,缓缓地飘浮起来,一阵风吹过,气球越飞越高,渐渐消失在了空中。眼泪,从徐光启眼中涌出,花费十多年时间,他终于找到了轻气。

五、兵变蒙冤

天启五年,上海。

宁远城修筑完毕后,徐光启功成身退,朝廷擢升他为礼部右侍郎兼侍读学士,他本就有归隐之意,加之看不惯朝政被魏忠贤等奸邪之人把持,便不肯就任,阉党趁机谗劾攻击,倒正合他意,次年便去职还乡。

故乡冷清,却少了京城中的钩心斗角、尔虞我诈。他已是花甲之年,再也没有多余时光挥霍,此番返乡正好可以潜心研制飞行器。自从在宁远意外制得轻气后,他将绿矾油与铁反复混合试验,不断尝试不同浓度和材料配比并改变反应条件,逐渐摸索出了生成轻气效率最高的配方和方法。他将绿矾油与铁大致按二比一的重量比例混合,其中铁块磨成铁粉,同时在装着绿矾油与铁粉的瓷缸下点火加热,如此便能最快最多地制备轻气。

另一边,孙元化经人举荐,从军辽东,辅佐名将袁崇焕驻守宁远。袁崇焕对其赏识有加,誉之"识慧两精",孙元化感念知遇之恩,对城防之事越发尽心竭力。

天启六年正月,努尔哈赤率数万大军进逼宁远。袁崇焕早有准备,将城外百姓迁入城中,坚壁清野。努尔哈赤一生纵横沙场,未尝败绩,又怎会将小小的宁远城放在眼里?虽补给不利,却不以为意,仍率大军围攻宁远城。城内袁崇焕针锋相对,写下血书,誓与宁远共存亡。守城明军在他的指挥下,依据城池,以红夷大炮和自制重炮猛轰金军,宁远城下瞬间化为修罗地狱,炮声轰鸣,地动山摇,巨炮所指之处,金军血肉横飞,如刈麦般成片倒下。

努尔哈赤连攻两日,但宁远城犹如铜墙铁壁,巍然屹立,攻城大军却死伤惨重。战况大出努尔哈赤意料之外,自己一世英名难道要毁于这偏远小城?心急如焚之下,他孤注一掷,亲率大军发起了疯狂的猛攻。城内守军压力陡增,攻城金军状若疯虎,顶着炮火,踩着同伴的尸体攀上城墙,大部分被守军扔下的滚石击落,摔成肉饼,但也有少数人爬上城墙,一时间便如虎入羊群,所向披靡。随着攀上城墙的金兵越来越多,守军渐渐不支,炮火也弱了下来,此刻已到生死存亡之际,袁崇焕大喝一声:“亲兵营,随我上!”手提宝剑冲上城楼。两军在城墙上杀作一团,袁崇焕指挥亲兵拼死护住炮台,不断轰击拥上的金兵,但连番交战下,大炮早已不堪重负,不时便有炮管炸裂,化为废铁。眼看就要支撑不住,袁崇焕远远望见,有一金军头领,身穿玄黄盔甲,脚跨高头大马立于中军之中,显是金军尊贵之人。袁崇焕当机立断,率亲兵拼死夺回一门最大的红夷大炮,亲自操炮,瞄准那头领,一声巨响后,那人应声坠马。

很快,金军出现了一阵骚动,片刻之后,便如潮水般退走了。

袁崇焕守住了城池,后来他才知道,那日被他轰下马的便是敌酋努尔哈赤。努尔哈赤席卷辽东,最终却倒在了宁远城下,自此便郁结于心,数月后伤势加重,死于盛京。

宁远大捷,举国欢腾,连皇帝都下旨称赞道:“此七八年来所绝无,深足为封疆吐气!”虽事后魏忠贤拉拢不成,向皇帝进谗,袁崇焕被迫隐退,孙元化也被罢官,但经此一役,孙元化可谓名满天下,人人皆知袁督师听从他的建议,使用他铸造引进的火炮才取得了这场大胜。

崇祯元年，袁崇焕复出，点名要孙元化襄赞辽省军务。崇祯三年，朝廷诛杀袁崇焕，一时间军中无将，人心惶惶。为稳人心，朝廷决定启用孙元化，三月，加山东按察副使，五月升任登、莱二州巡抚。上任后，孙元化召集传教士，大胆募用西洋人士，帮助制造火炮，操练兵士。在他治下，登州西学人才云集，发展成为全国火炮研制的中心。

徐光启此时已奉旨回京，升任礼部尚书。看到爱徒终于不负平生所学，一展抱负，他大感欣慰。但袁崇焕之死可疑之处甚多，徐光启见多了官场风云变幻，互相倾轧，便提醒孙元化木秀于林，风必摧之，让他务必低调行事。袁崇焕被杀惨状，历历在目，孙元化不禁惶然，又想到自己今日成就，皆源于恩师悉心教导，便欣然应允，却不知一场大祸正悄悄降临。

袁崇焕被杀，罪名之一便是擅杀平辽总兵官毛文龙。袁崇焕死后，毛文龙部下孔有德、耿仲明、李九成、李应元等人无人能制，日益骄横。孙元化素来认为以辽人守辽土、以辽土养辽人之策颇有道理，便不计前嫌，收留了他们。孙元化身边幕僚对此多有疑虑，直言孔有德等人目无法纪，唯利是图，恐难控制，但孙元化不以为意，不仅在兵马粮饷上处处给予优待，还为其部装备精锐火器。

崇祯四年，大凌河城遭围，孙元化令孔有德率八百骑兵赶赴前线支援。行至吴桥，雨雪交加，山东民风彪悍，当地百姓对孙元化优待辽东官兵早已心存不满，皆闭门罢市，以致部队补给困难。孔有德部匪性不改，强夺物资，谁知抢的竟是当地望族的家仆，孔有德欺软怕硬，将犯事士兵穿箭游营，不料其他士兵愤而报复，杀死那家仆，家仆主人亦非善类，纠缠不休，要求彻查。孔有德正犹豫不决，奉命购买马匹的李九成因将钱财挪用，害怕孙元化责罚，便怂恿孔有德叛乱。见事态越闹越大，孔有德与李九成一拍即合，索性不一做二不休，引兵造反，连陷临邑、陵县、商河、青城诸城，直扑登州。

孙元化万万没想到呕心沥血打造的火器部队竟将矛头指向了自己，阵脚大乱，匆忙派兵驻防。崇祯五年一月，孔有德兵临城下，守城部队中的辽东士兵旋即倒戈，引叛军入城。城内山东士兵因孙元化厚此薄彼，斗志全无，顷刻间便土崩瓦解。孙元化无兵无将，唯有招募的二十余名西洋火炮教练不离不弃，随他拼死抵抗，终归势单力薄，无力回天。孙元化自杀不成，为叛军所擒。

孔有德虽为人奸诈骄狂，但孙元化到底对他有收留之恩，于是亲自为孙元化松绑，邀其共举大事。孙元化仰天大笑，怒斥孔有德不知礼义廉耻，孔有德被骂得面红耳赤，将他释放。

远在京城的徐光启听闻吴桥兵变的消息，夜不能寐，时时挂念孙元化的安危。二月，孙元化回到京城，他总算敝下了一丝担忧，但他敏锐地意识到，更大的风暴还在后面。

很快，孙元化被捕入狱，他就像被投入湖水中的一颗石子，打破了朝廷各派势力之间看似相安无事，实则暗流汹涌的局面。

与孙元化不和的陕西道试御史余应桂、兵科给事中李梦辰等人诬告他参与叛乱，欲治其死罪。徐光启与内阁首辅周延儒则直言孙元化虽用人失察，驭下不力，但在兵变之时拼死抵抗，不曾失节，罪不至死。两派争执不下之际，内阁大臣温体仁觊觎首辅之位，攻击周延儒和徐光启徇私包庇，两人均知温体仁险恶用心，却百口莫辩，皆因孙元化当初确为周延儒举荐，徐光启更是孙元化授业恩师。

崇祯皇帝自袁崇焕之事后，疑心越发加重。孙元化本就是袁崇焕旧部,身陷叛军,却安然无恙,更让他怀疑孙元化实为叛军同党。至此,局势终于无法挽回,孙元化被押往天牢,秋后问斩。

临刑前,徐光启与传教士汤若望冒险乔装成送炭工人,入狱探望,为其做最后的告解。牢房中的孙元化形销骨立,满身血污,显是遭受酷刑。徐光启此时已是七旬老人,孙元化可说是他的唯一传人,两人名为师徒,实则情同父子。

“为师无能,不能保全你性命!”徐光启悲从中来,痛哭失声。

“老师莫要自责,回京之前,我已料到凶多吉少。纵是如此,我又岂能一走了之?兵变之祸,过错在我,但那帮奸佞小人污我清白,我便是死,也不瞑目!”孙元化叹道。

“痴儿啊!你可还有什么要交代的?”告解完毕,徐光启最后问道。

“老师,我这一生为大明鞠躬尽瘁,却不得善终,我有三子,还请老师转告他们,今后万不可入朝为官。”孙元化说道。

徐光启含泪应允,孙元化又道:“如今大明内有奸佞小人祸乱朝政,外有女真铁骑虎视眈眈,我死后,除老师外再无人重视火器,大明只怕气数将尽,还请老师多多保重,早做打算。”

崇祯五年七月二十三日,孙元化被斩首于北京西市。

经此变故,徐光启对腐朽的朝廷失望至极。但他也未曾料到,孙元化临终之言,十余年后竟一语成谶。

六、飞天之梦

崇祯六年,北京。

孙元化一死,徐光启在朝中再无牵挂,开始着手将酝酿已久的飞行器设计方案付诸实践。他将制好的轻气用猪脬做成气球储存，尽管保存时间不长，但好在已找到了制备轻气的方法，可以即充即用。考虑到轻气易燃易爆，他寻来工匠，以竹篾编成一个水滴形的巨型竹笼，将数千个轻气球禁锢其中。再以竹笼为骨架，在外层缝上牛皮，制成了一个双层气囊。为防止这巨型气囊飞走，徐光启在气囊四周留有挂钩，通过绳索系于地面，停在后院空地中。

这个巨型轻气囊还只是徐光启飞行器中的上半部分，接下来，他参照龙的飞行原理，又借鉴河套地区牧民羊皮筏子的设计，制作了一个略小于轻气囊的空气囊。空气囊以数十张羊皮缝制，与轻气囊不同，空气囊较为安全，对密封的要求也较低，所以仅为单层，为减轻重量，也无骨架支撑。饶是如此，缝制时，徐光启还是特地从苏州请来最好的绣娘，尽可能将羊皮以最细的针脚拼接，针脚缝合之处再以树胶、蜂蜡反复涂抹，减少漏气。在这空气囊中部和尾部，各有一个开口，其中中部开口通过羊肠制成的软管与一风箱相连。风箱设计，取自宫中收藏的宋代奇书《演禽斗数三世相书》，为双动式活塞风箱，徐光启将其推杆、拉杆部分略做改动，安于两侧滚轮之上，滚轮通过齿轮带动，齿轮又与踏板相连。而尾部开口则以绳索扎成活结，绳索另一端安有绞盘。如此，便构成了飞行器的主要部分，上层为双层轻气囊，提供飞行所需浮力；中间为单层空气囊，用以控制升降；下部则为吊舱，供人乘坐，同时安放风箱、绞盘等机械。

若仅是如此，这飞行器也就只能悬于空中，随风而飘了。但徐光启苦心盼望的却是和鸟类一般自由翱翔，四十五年一晃而过，他又想到了当年的万家山，那是他飞天梦起的地方。

万家山，陶成道，火箭飞鸢……火箭！

对啊！自己怎么才想到！徐光启将这些年已烂熟于心的《火箭书》中的火箭图样一幅幅绘出，经过苦心钻研，他改进了陶成道的火箭设计。他设计的推进火箭比陶成道火箭飞鸢所使用的火箭更大，箭身由三节精钢打造的圆筒拼接而成，每节有单独的引线，以阻燃之物分隔，如此，点燃火箭后，不必担心火箭一时喷射过于剧烈，前一节火箭喷射殆尽后，还可将其抛弃，以减轻重量。他将两组推进火箭并列安于吊舱尾部，作为前进的动力。此外，他还在吊舱左右两侧安装了多支较小的火箭，用于转向。

到这年入夏之际，徐光启的飞行器终于大功告成，各部分已组装调试完毕，只待试飞了。因飞行器飞行原理来自龙，又以火箭推动，徐光启便将这飞行器命名为“神火飞龙”。

徐光启为飞天之梦追寻半生，古稀之年终可得偿所愿，心中快慰，对朝廷里的争斗纠葛更加淡漠，浑然不知自己研制飞行器的行为已被宫中耳目盯上。

“众卿可还有事要奏？”这日早朝，崇祯皇帝端坐龙椅之上，居高临下地扫视着匍匐在地的臣子们，缓缓问道。

“无事退朝！”见无人启奏，他一挥衣袖，命众人退下，正待转身离去，似又想起了什么，说道：“徐光启，你留下。”

“臣遵旨。”徐光启停住脚步，却不敢询问缘由。朝中大臣渐渐散去，崇祯屏退左右侍从，大殿中只余下他们两人。徐光启跪伏良久，却不闻崇祯发声，正心中疑惑，却听一声脆响，一个卷轴被抛于他面前。

“徐光启，你倒与朕说说，这是何物？”崇祯终于开口问道。

徐光启连忙捡起卷轴，展开一看——上如巨型水滴，中间略小,下悬吊舱,画的不就是他制造的神火飞龙吗？一抬头,只见崇祯捧着一个轻气球,正细细把玩。徐光启这才恍然惊觉,原来皇帝早已派人暗中监视自己,不但绘下了神火飞龙的图样,还偷偷拿走了一个轻气球,那图样绘制精细,显然耗时不短,自己竟毫无察觉!

“回禀陛下,这是臣费数十年光阴研制而成的飞行器,名为神火飞龙。”徐光启如实答道。

“神火飞龙？徐光启,你好大的胆子！此奇技淫巧之物,你竟敢妄称为龙！安的是何居心？”崇祯厉喝道。

“臣不敢！”徐光启大惊失色,未承想飞行器的名字竟也触到了皇帝逆鳞,自然不可能将命名由来如实相告,便急中生智道:“启禀陛下,这飞行器可载人飞天,同时携带火药数百斤。若大量制造,便可奇袭盛京,于空中将火药投下,不损一兵一卒,即将盛京化为火海。以此扬我大明国威,故称之为神火飞龙。”

听完徐光启的解释,崇祯冷笑一声,不置可否,只是淡淡说道:“你起来吧。”

徐光启年迈,久跪不起,起身时腿脚有些酸痛不便,崇祯见了,说道:“赐座！”殿外侍从便搬来一张椅子,徐光启依言坐下,不忘说道:“谢陛下。”直到这时,徐光启才得以直视高高在上的皇帝。他还记得,六年前皇帝刚刚即位时,还只是一个文弱的白净少年。时值魏忠贤气焰滔天,自称“九千岁”,朝中正直大臣皆敢怒不敢言,更有无耻之人投入其门下,认其作父,人人都以为新皇不过是魏忠贤手中的一个傀儡。谁知第二年,崇祯便以雷霆手段将魏忠贤及其党羽一举铲除,一时间大快人心,朝中风气为之一变。与他的疏于政事的兄长不同，崇祯勤奋俭朴，可谓明君，但自袁崇焕之事后，他日益猜忌多疑，喜怒无常。魏忠贤虽死，东厂锦衣卫之流却依然横行无忌，就连孙元化这等忠君爱国之人，沾上了造反通敌的嫌疑，也难逃一死。如今的崇祯，虽也不过二十余岁，却已头生白发，面色阴沉，想必这些年来，以一己之躯挑起大明这看似雍容华贵，实则腐朽破败的重担，时时猜疑惊惧，他过得也很是辛苦。

“徐光启，你可知朕为何非杀孙元化不可？”崇祯目光炯炯，突然问道。

“臣……不知。”说到被冤杀的爱徒孙元化，徐光启心中大恸，却不敢在崇祯面前表现出来。

“哼，你与孙元化有师徒名分，情义甚笃，在你心里，对朕怕是不满得很吧？朕告诉你，朕最恨不忠之人！”崇祯恨恨说道。

“陛下，兵变确因孙元化过失所起，但仅仅因为叛军将他释放就认定其为同党，实在太过冤枉，若是如此，他又何必回京？”徐光启忍不住争辩道。

“大胆！”崇祯怒道，却见徐光启目光炯炯，毫不退缩。

崇祯平日里听惯了大臣们的阿谀奉承，突然面对执拗敢言的徐光启，一时竟感觉有些疲惫，缓缓说道：“就算如此，这只是其一。孙元化研制火器，所费甚大，朕听信他言，以为可以靠此抵御女真，谁知火器反被叛军所用，席卷山东，不少还被当地流民所得。朕若留他性命，怎知来日他不会将其传于四方，得此利器，到时岂不天下皆反！”

徐光启哪知爱徒之死还有如此曲折，但细想之后却也恍然大悟，远有秦始皇尽收天下之兵铸十二金人，近有本朝太祖开八股取士，皆为帝王弱民愚民、巩固统治的权术手段。孙元化反其道而行之，他的命运，在他研制、引进火器之时就已注定。

"不久前，孔有德率叛军携火器、船只投降女真，边关局势越发严峻，朕便明白，孙元化没杀错！孙元化所学皆传自你，若不是念你四朝元老，劳苦功高，朕连你也不会放过，你竟然还敢在朕眼皮子底下研制什么神火飞龙?！"崇祯接着说道。

话说到这儿，崇祯杀机已露，徐光启飞天之梦尚未完成，便已招来了杀身之祸。想想陶成道和孙元化，如今都已身死名灭，这个世道，容不下他们这等才华横溢、超越时代之人，就连自己追寻一生的飞天，抑或是黄粱一梦?

沉默半晌，徐光启迎上崇祯冷厉的目光，说道："臣死罪，飞天乃臣毕生之梦，如今万事俱备，还望陛下成全。"

"什么？徐光启，朕没想到你如此顽固。"崇祯怒极反笑。

"陛下圣明，臣保证不将神火飞龙制法流传于世，届时飞抵盛京的除老臣之外，绝无第二人，若是计划失败，臣便引燃火药，断不会让神火飞龙落入敌手，反噬陛下！"

"好！徐光启，朕便信你一回，你准备何时动身？"

"现已入夏，风向自南向北，自东往西，只需以神火飞龙上火箭之力向东，即日便可乘风出发，飞往盛京。"

回到府中，徐光启忍痛将自己苦心编写的关于飞行器、龙、轻气、火箭的书稿一一烧毁。他明白，今日为了争得飞天的一线之机，他已经将自己逼上了绝路。

后半夜里，趁着家人熟睡，他打开了后院紧锁的大门，神火飞龙正停在后院中央。他爬上吊舱，转动绞盘，松开空气囊尾部的开口,将它排空后又反向转动绞盘,重新拧紧开口。随后,他挥刀割断了系于地面的绳索,也割断了他与这尘世的最后一丝羁绊。

神火飞龙在巨型轻气囊的带动下缓缓升起,熟悉的院落变得越来越小,偌大的北京城在他眼中徐徐展开。他,一个行将就木的老人,终于飞起来了。

这一刻,徐光启等待了几十年,这段时间里,利玛窦、孙元化这些能理解他的人相继离开人世,他一个人孤独地走到了最后。他原以为,当这一刻来临之时,自己会欣喜若狂,但此时的他,却出奇的平静,有的只是轻松,一种前所未有的自由充满了他的心和身体。他总算可以不再理会凡尘俗世中的纷扰,摆脱所有的羁绊,在这无边无际之境中随心畅游。自古以来,人们对天空、对飞翔的向往,就源于此吧?

飞天之后,徐光启并没有急于点燃火箭,而是任神火飞龙顺风飘荡。经过紫禁城上空,往日威严宏大的皇城此刻就如同江南园林中的盆栽假山一般小巧精致,天已经蒙蒙发亮,马上就要早朝了。昨日他被皇帝单独留下之时,同僚们的表情他都看在眼里,有人疑惑,有人同情,有人羡慕,还有人故作关心,却暗自窃喜……今日早朝,见他没来上朝,他们会猜测自己被罢官贬黜了吧?有人该要幸灾乐祸了吧?

对这些他已提不起兴致,观察了一下风向,他点燃了火箭,向东北方向飞去。再见了北京,再见了大明。

随着神火飞龙不断升高,地面景物越来越模糊,渐渐被云层覆盖,周围也越来越冷。这些可在徐光启的意料之外,他原以为,飞得越高,离太阳越近,不是应该更热才对吗?为了辨明方向,他坐上吊舱中的座位，踏动踏板，齿轮转动，带动滚轮，拉动两侧的推拉杆，从风箱进风口抽入空气，再通过羊肠管道充入空气囊中。空气囊一点点鼓胀起来，神火飞龙也逐渐止住了上升之势，开始下降。

冲出云层，终于看到了久违的大地，此时景色已现荒凉，黄绿相间的地面上，山脉起伏，人烟稀少，一道城墙如巨龙般顺着山势蜿蜒盘桓，消失在大地尽头，在其中地势最为险要之处，建有一座城楼。徐光启将望远镜对准城楼，只见其上挂一牌匾，上书“天下第一关”，原来竟已飞抵山海关，神火飞龙的速度，比他预想的要快。越过山海关之后，便是女真腹地，沿途星罗棋布的要塞，已无狼烟再起，这曾是他和孙元化勉力维护大明的地方，如今却已尽归敌手，大明抛弃了这里，也抛弃了孙元化和自己，徐光启不禁黯然。

担心错过目标，徐光启不敢休息，不时操纵神火飞龙下降，识别地面景物，辨明方位，待确认后再升高，加速前进。待到入夜，前方出现一片灯火，自出关以来，这是见过的最大一座城市，这就是他此趟奔袭的终点，盛京。

夜半时分，最适火攻，百姓贫寒，入夜后便早早熄灯，以免浪费灯油，很快，他就在灯火辉煌之处找到了皇城所在。皇城规模远超想象，虽已入夜，但仍然灯火通明，透过望远镜，徐光启看到，无数民夫工匠正在大队士兵的监督下赶工，宫殿仍在不断扩建之中。这让他犯了难，到底哪处才是皇帝宫禁所在？神火飞龙载重有限，除去必不可少的机器设备和操纵者之外，只可携带火药数百斤，若不能一击即中便前功尽弃。但整整一夜，徐光启非但没能找到目标，还发现整个皇城忙而不乱，士兵列队往来巡查，防卫森严。不少宫殿入口处还放有大水缸，一旦走水，立刻便可救援，全然不似大明皇宫徒有其表,内里松散,连宫中珍宝也屡屡失窃。

天边的云彩渐渐亮了起来,镶上了一圈金边,云气涌动,霞光万丈,日出了。红色的太阳像一个橙黄色的蛋黄,一点点探出云层,并不灼人,却带来让人惬意的温暖,一丝凉爽的微风吹来,徐光启揉揉因整晚观察而酸痛的眼睛,深吸一口气,清新甘甜。在他七十多年的人生里,念书,赶考,做官,忙忙碌碌,这是他见过最美的朝阳。

计划失败了,徐光启没能找到皇帝居所。为了停留在盛京上空,他不得不操纵神火飞龙不停地转向盘旋,反而耗费了不少火箭燃料。他更不愿意漫无目的地将那些火药投向城内无辜的百姓,走吧!他想。但大明,已经回不去了。

飞天之前他就明白,就算突袭一举成功,也无济于事。大明的根基早已朽烂,这场战争的局势,已经不是靠一件神兵利器可以扭转的了。

“老臣尽力了。”他轻声说道,再次转动绞盘,排空空气囊,又调整了一下方位,点燃了吊舱尾部的推进火箭,并将原用于攻击皇城的火药抛掉。

多年前,在那幅世界地图上,大陆东边,是浩瀚的大海,海之尽头是亚美利亚,是欧罗巴。那条带给他飞天启示的龙,又来自何方?它们是否居住于云端之上?那是一个怎样的大千世界?

我来了。面对未知,他在心中默默说道。

尾声

“朕命你查的事,办得如何了?”紫禁城一间密室内,崇祯问道。

“启禀陛下，遵圣意，臣已命徐光启家人为其托病告假，满朝文武，皆不知徐光启已失踪多日。”答话的正是锦衣卫指挥使骆养性。

“朕问你的是可有徐光启下落！他可有背叛朕，投降女真?!”崇祯怒道。

“臣不敢欺瞒陛下！”龙颜大怒，往日在其他大臣眼里如同阎罗王一般的骆养性，此时也吓得瑟瑟发抖，斟酌良久，他才哆哆嗦嗦地说道：“徐光启贵为太子太保、文渊阁大学士，身份非同一般，若投降女真，对方必定大肆宣扬，已伤我方士气。但距其失踪已有数月，臣安排在关外的探子却回报女真一派风平浪静，毫无异动。臣以为，徐光启……并未投敌。”

“徐光启，你到底未负朕！”连惯于胡乱猜测、揭人短处的骆养性都为徐光启开脱，崇祯松了一口气，心想，若日后徐光启回来，怕还得费心网罗罪名。也罢，到时候再说吧！

“传朕旨意，命徐光启家人为其发丧，谥文定。”崇祯说完，走出密室，夕阳的余晖照在他苍白的脸上，至少大明还是自己的，他想。

写在最后：中学时代，历史是我最喜爱的课程，那些曾经存在过的一切远比最优秀的小说更精彩。而在每一章节后总有一篇关于这一时期古典文化、科技的总结，只是，到了明清两代，关于古代科学的介绍越来越少。在这段逐渐灰暗的历史中，徐光启是难得的闪光点。一个传统士大夫，却结交西洋传教士，通过科举走上仕途但又精通西学。这样一个“异类”，如果给他一段“乌托时”奇遇，他会爆发出怎样的光芒？历史是否会因他而改变？

许多年前，在一本《幻想 1+1》上，我读到了蔡骏老师的《纸飞机》,讲述了一个徐光启制造飞行器的故事,蔡骏老师的这次跨界,在我心中播下了一颗种子：在中国明朝，是否有可能制造出飞行器?如果有,那它应该是什么样的?最终,这颗种子变成了现在这篇文章。当初那本杂志早已不知所终,但《纸飞机》一文仍让我记忆犹新,并在《飞天》写作中深受影响,这或许就是经典的魅力。谨以此文,向《纸飞机》及古典科学精神致敬!

载于《科幻立方》2019 年第 2 期

雷虹

长夜未尽

一

如果说,梦一定是有颜色的,那么对于工者93来说,梦便是那无尽的黑色。在那个黑色的梦里唯一能做的,是站在原地,识趣地蹲坐下,抱紧双腿,把头深埋起来。放空自己还是接受恐惧,这些由不得自己做决定,因为还未等自己想明白,总会有一个缥缈的声音,将他从这黑暗中、从这无尽的黑色之梦中拉出。

贴在身上的电极一如既往地发挥着它们的作用。全身犹如被人狠狠拍打了上百次,工者93疼痛难忍地睁开了眼。身上并不会有什么伤痕,但这样的神经刺激,一直痛到他的心里。舱盖已经弹起,恍惚之余,他急促地呼吸了几口空气,慢慢地缓过神来。

“工者93,起来处理第45号网格电气故障,故障代号11。”工者93的耳机里传来一个冷冰冰的声音。神秘的管理者把每一层活动空间,分别称为一个个“网格”,并且从下至上相应地逐个编了序号。第45号网格,他以前到过。

“收到命令。”工者93这时已经完全清醒,他从睡眠舱里坐起来，取下电极和营养管，环顾四周。一般情况下，睡眠舱可以根据指令，自动载着每个工者行驶到需要去工作的网格点。此时，他已经被睡眠舱事先运到第45号网格了。

周围很黑，只有睡眠舱一闪一闪的微弱光亮反射到墙壁上，晃得工者93赶紧偏过头。在这样的黑暗中，睁着眼睛与闭上眼睛，似乎并没有太大区别。借着这闪光，他看到墙壁上的众多植物藤蔓，弯弯曲曲地凑向一个可以透进光的缝隙。他下了床，赤脚站在地板上，感受到丝丝冰凉，但赤身裸体的他，身体倒没有感觉到冷，室内的温度控制得一直不错。

故障位置已由耳机上发射出的红色指示光进行了标注，所以并不难找，就在自己的右前方。工者93从睡眠舱旁取下维修包，走了五六步来到指示的故障点，打开了墙壁上的箱子。一股烧焦的气味扑面而来，呛得工者93直捂鼻子。气味过了一会儿完全消散了。箱子里面的线路密密麻麻，工者93从这些杂乱无章的线路中一路往上看过去，不一会儿，找到了烧掉的位置。他从维修包里熟练地找出一根线进行替换，很快就完成了。

灯光猛地亮起来，工者93的眼前豁然开朗。明亮的灯光让他很不适应，他遮挡了好一会儿才松开右手，他看到大片的绿色植物，被整整齐齐地栽在土壤中，一些植物的枝尖上，长着或白或黄或红或紫色的美丽的东西。

工者93在梦中的课程上听管理者介绍过，这些叫作“花”，需要定期进行浇水工作，功能：无。工者93小心地凑近过去，伸出一只手去感受。这藤的缠绕柔软而有韧性，顺着一旁的支架盘旋而上，藤上的花色并不单调，天花板上空调的风吹来，阵阵扑鼻的清香让他心旷神怡。

茉莉花，月季花，牵牛花……工者93一边缓缓移动着，一边回忆这些花的名字。

叶色翠绿的茉莉，花色洁白，清新宜人，工者93不由得微微低下头，深深地闻了一口。

真……真……工者93在脑袋中极力思索着合适的词。

真香？他不确定这个“想当然”的词用在“花”这种事物上是否恰当。

这时，工者93注意到附近有一个赤身裸体的人已经从他的睡眠舱里起来了，用长长的细管对着一大片的植物丛喷洒着水。

这个人和工者93一样，由管理者命令，只不过分工不同。工者93每次到这网格看到负责给植物浇水的工者，就会羡慕不已。同样是工者，他每次被唤醒后，都能够与花相伴——和这种看起来美好的事物待在一起，是多么惬意的一件事情。尽管，管理者强调说这种植物是无用的。

那个手握管子的工者，面无表情地进行着手上的工作，不一会儿，就把浇水的工作给完成了。放下细管，这才注意到工者93。他的脸上写满了好奇，甚至是嫉妒，眼神中带着丝丝敌意。

最后，工者93在这人咄咄逼人的目光中，逃回了自己的睡眠舱。

二

和其他工者一样，工者93绝大部分的成长和休息都是在这个睡眠舱里，他在黑暗的梦中、在各种梦里的工作模拟练习中度过了从小身体到大身体的整个生长过程。

工者 93 记得第一次在这个睡眠舱里被唤醒时,他还很小。耳机里管理者的声音那时第一次在耳边响起,他很害怕,然而耳朵上的耳机,他怎么也取不下来。它的一部分被植入耳朵的皮层之下,稍微碰一下就很痛。523 次唤醒,让他 523 次接触到舱外的网格世界。他喜欢探索,然而每次极短暂的唤醒,并不能让他感受到更多。他曾有个愿望,那就是把网格集合体的每个网格都逛一遍,但工作地点总是会重复,523 次的唤醒,他一共只到过 25 个网格。

不知道过了多久,工者 93 又被电极给刺激醒了。

"工者 93,起来处理第 50 号网格电气故障,故障代号 3。"耳机里的声音说道。

工者 93 以前没到过第 50 号网格。

他站了起来,伸了个懒腰。睡眠舱已经将他运到第 50 号网格了。耳机上的射线开始了指示,工者 93 跟着地面上的引导转了个弯,来到一个台阶口。

台阶口的墙壁上嵌满了某种小机器,一个接着一个,占据了整个墙面。每台小机器的表面都有个小框,框子里面亮有淡黄色的底光,显示着各个机器的运转情况。工者 93 仰起头来,对这些机器开始了仔细的排查。

"你已欠费,请预存费用。"

其中一个机器的小框中显示着这样几个黑体字——工者 93 并不认识上面显示的是什么字,对他来说,这是个特定的故障符号罢了,他在梦中的模拟练习中学过这个故障符号,这就够了。他踮起脚,用手在机器的下方摸了好一会儿,总算触到一个微微凸起的东西。他用食指和大拇指把这个东西扯了出来,小框里显示的故障符号消失了。

他打开维修包,从包里的夹层取出一沓反筋捆着的长方形卡片。从中随便抽出一张,又踮起脚,把卡片插了进去。

“余额:10000.06度。”

机器的小框中显示着这样一串符号。工者93看不懂。但他知道,故障已经被解决了。

头顶上的灯这时全部亮了起来,他不由得转过身来。旁边一大片深蓝色展现在他的眼前,他“哇”了一声。这层网格居然被高大的拱形“透明硬墙”给占满了,拱形透明墙跨立在头顶上,延伸到前方很远处。透明墙的那边似乎充满了水,光线照到里面,粼粼的水不断反射出碎碎的动态花纹。

突然,一群小小的物体从一墙之隔的水中快速漂闪而过,工者93打了个激灵。它们是活的。这是一种生活在水中的生物。他在梦中没了解过这种生物。

工者93仔细看去,这群生物已经折转了前进的方向,又径直朝他的方向游去,很快消失在光线之外的黑暗里。另一些在道路的前面,工者被那些灵动的生物吸引住了,一路向前看去。这些生物形态各异,有些上嘴唇很长,下嘴唇很短,还有些身上有红色、黄色、蓝色、绿色,它们色彩斑斓,美丽极了。

再往前走,工者93看到水里面漂浮着一台没有轮子的睡眠舱,这台睡眠舱伸出它的机械手臂,在他的头顶用东西慢慢擦拭着透明墙。

看上去,那是经过改装的睡眠舱,为适应水中的工作环境。

工者93的脸上写满了不可思议,他轻轻地敲了敲透明墙:“你一直都待在这里面吗?”

里面的操作人员是工者50。每次被原地唤醒后,她可直接在睡眠舱内进行作业。她像是在睡眠舱里点了点头。

其实,她根本听不到工者93在问什么。她以为对方在和她打招呼。

看到工者50点头,工者93更加觉得很不可思议了,他心里想,在水中工作的工者50,感觉到底是什么样的呢?看着那些可爱的生物,看着这美妙的深蓝之水,工者93十分羡慕她能够在这里工作,与它们相伴。可他所不知道的是,头顶上的睡眠舱里的工者50,此时此刻正抻长脖子,透过那道透明拱墙,羡慕地注视着可以自由行走的他。

沿路的墙上被喷着各种各样的符号,他没在梦中学过那些符号,所以根本看不懂。想着水中的那些生物,他突然发现,自己的五百多次被唤醒,对这个世界还是认识得太少了。

昏昏暗暗的台阶下方突然传来了隆隆作响的声音。工者93脚下的地板被震得微颤。这声音比较大,不需要静下来确定来源。工者93想了会儿,他把剩下的卡片全部放回包里,沿着墙根,试探性地走下台阶,来到了这一层网格。声音越来越大,他直奔这声音的方向而去。这种在工作安排允许之外窜到其他网格去的行为,是严重违反规定的。

一道门拦住了工者93前进的方向。他试探地往下压了一下门把手,门开了,伴随门缝越来越大,明显的机器轰鸣声完全暴露出来。里面不远处有一台庞大的机器,看上去刚刚通上电,正艰难地重新启动中。他下意识地弓起背，蹑手蹑脚地靠近观察。一个赤身裸体的人——应该是一个工者，正汗流浃背地端着大桶，朝机器的宽槽里倾倒着什么。

工者93离机器更近了。每走近一步，他就感觉地板的温度高了一点，最后越来越热，他也像那个工者一样，热得出汗。那个工者不断向槽子里倾倒的，是无数死去的蟑螂和苍蝇、蛆等东西。工者93偷偷地看着，他很熟悉这些，在各个网格中，他没少和这些虫子打交道。不过，他不知道那个工者从哪里搞来那么多桶。这些虫子尸体在机器的宽槽里被自动地搅拌，与此同时，尖锐的电机声响起，锋利的扇叶刀片在槽子里飞旋起来，一桶桶的虫子尸体被高效地剁成了细细的粉状。这些白色黑色混杂的粉末通过一条弯弯曲曲的传送带，到达另外一个机器的肚子里面，又汇入了其他神秘的料物。紧接着，这些混合后的物质被传送带运送出来，进入第三台大机器。这一台机器，是工者93感到地板很热的主要原因。大机器正式运作起来了，发出阵阵响声，不一会儿，吐出一大块由粉末制成的柔软晶体，另一个歧管处则流出某种液体，被自动分装在一些小罐子中。工者93认识这些罐子，它们是挂载在睡眠舱旁的营养罐。看到这里，他咽了一口口水。这机器的出口处，几个锋利的闸刀正精准地将那块大晶体十分平均地切成了若干等份的小块，由传送带分送至各个运输管道里去。

"工者93，报告维修进度？"耳机那头问道。

工者93打了个激灵。他轻轻地往后退出去，重新掩上门。

"工者93，回答问题！"耳机那头再次问道。

"已完成维修。"工者93回道。

“你的维修效率越来越不行了。”耳机里那人不满道。

工者 93 不知道该回答什么。蹑手蹑脚往回走,默默收拾好维修包,然后快速回到自己的睡眠舱。准备躺下去时,他看到睡眠舱的那根营养管,冷不防地,在这寂静之地一股接一股地干呕起来。这是他第一次出现呕吐。

三

等到下一次被唤醒时, 工者 93 仍然回想着上回看到的那场景,一股熟悉的干呕感又涌了上来。工者 93 根本无心做手头的工作,走了神。对检查电路的工者来说,这是很危险的举动,如果操作失误,可能就直接被电死在箱门旁。

突然,工者 93 似乎听到一阵微弱的声音。他迅速将呆滞的目光从电箱门旁抽离。这声音像是上面第 18 号网格传来的,又像是从下面的第 16 号网格传来的。他不确定。他趴倒在地,耳朵贴向地面,尝试确定声音的准确方位。声音停止了。

“工者 93,报告维修进度?”耳机里传来了管理者的询问声。

“啊,我还在检查故障来源。”工者 93 道。

“你的维修速度慢了 5 个百分点! 快点。”耳机那边强调道。

工者 93 连声说“是”。他继续尝试确定那声音的来源。

又响起来了。这回工者 93 听得比较清楚了,那是此起彼伏“吧唧吧唧”的咂嘴声,就在这个网格,身后的墙那头。他沿着走廊,转了两道弯,一道宽宽的卷闸门隔断了他的去路。声音就是从里面传出来的。他好奇地趴倒下去,眯着眼睛,从门和地板之间的细缝朝着里面看去。

有限的视野中，至少有几十个赤身裸体的人。他们有男有女，脸上、身上几乎全是疤和污渍，每个人的眼珠子看上去都被挖掉了，空洞得十分明显。或少胳膊少腿，或少手指头或少耳朵，没有一个看上去身体是健全的。有的人在呼呼大睡，有的人就地拉着屎尿，还有的人，在满是屎尿的地板上，一点点爬到一堵墙边，在墙上胡乱摸索着，摸到一个不大的运输管道口，从口子里抓出一个柔软的黑色块状物质，边往嘴里送，边发出“嘿——嘿——嘿”的缓慢声音，似乎是一种满足感。

工者93很熟悉那些运输管道，他当然知道那些管道是从哪里来的。

“工者93，报告维修进度！”耳机里又一次传来了询问声。工者93被惊得抖了一下。他站起身，小跑着来到他的睡眠舱前。

“维修已完成。”许久，他回复道。

“你的维修效率令人担忧，比过去维修的速度下降了10个百分点，需要在之后的维修模拟上进行反复练习。”耳机那边的管理者不满。

工者93将维修包放置在睡眠舱旁，然后重新躺回睡眠舱。睡眠舱的舱盖自动合拢，电极和营养管自动贴在了工者93的身体上，很快地，他又沉睡了过去。

梦里的维修模拟极其无聊。在一片虚空之中，突然出现了之前的那个电气故障画面。工者93靠近那个逼真的箱门，他知道，他得在这梦里，在这严格的监督之下，一遍又一遍地，进行故障维修模拟练习，直到下一次被唤醒进行工作。对他来说，在梦中，这样无休止的模拟，又何尝不是另一种黑暗呢……他发现，在梦里面进行工作,也是会累的,那种累不是身体上的累,而是内心深处对于维修模拟无可奈何而衍生出的精神上的累。他觉得这并不是他专属的梦,至少这个梦是被操纵了的,在这样一个梦里,他只能一直进行模拟练习,一直服从命令——和唤醒后所做的事情一样。在这个梦里,很奇怪地,工者 93 会怀念他之前的黑色梦,即使之前的黑色梦带给他的是一片虚无的黑,也比这无休止的可笑的模拟要强得多。因为,他已经习惯了那片刻的宁静。

在这梦里不知道进行了多少次维修模拟,也许五十万次,也许八十万次,工者 93 数不清了。在他再一次打开箱门检查线路时,唤醒的命令再次响起。

伴随着电极传递而出的刺痛,工者 93 睁开了眼。他不知道自己睡了多久,不知道时间已经过去了多久,梦里所感受到的时间长度是不可靠的。

"工者 93,起来帮助工者 10 回到她的睡眠舱。"蒙胧中,工者 93 听到耳机里的声音说道。还未完全睁开眼,一阵哭泣声伴随着睡眠舱特有的单调警报,传进工者 93 的耳朵。他爬起来,看到一个小女孩正蹲在墙角,浑身发抖,头也不抬地哭哭啼啼着。周围有序摆放着五个睡眠舱,其中一个弹开了舱盖。工者 93 下了床,轻手轻脚地走近小女孩。

"起来!"他机械地命令道,"回到你的睡眠舱里去。"

女孩抬起头瞟了一眼,并不理会他,哭得更凶了。睡眠舱一闪一闪的光亮反射在小女孩的脸上,工者 93 看到两颗亮晶晶的泪珠。

"快起来……"工者 93 又说了一次,这时,他注意到有一股奇怪的焦臭味。他抻长脖子,抬眼看去,气味似乎来自那四个舱盖处于合拢状态的睡眠舱。

"我不想躺进去……我不想……" 小女孩擦去眼角的眼泪,畏畏缩缩道。

工者93快速走到那几个睡眠舱前,气味果然更浓了。奇怪的焦臭确实来源于这儿。睡眠舱没有运作的声音,看上去已经完全停止了工作。他凑近舱盖一瞧,透明的舱盖下,竟是一具被烟雾猛熏多时的工者尸体。工者93被吓得腿软。他赶紧看向其他三个舱盖,里面无一例外地躺着三具尸体。这些死去多时的工者张开了大嘴,身体在狭小的空间里处于一种极度扭曲的状态,全身上下烧得煳煳的。

凭借着那么多次维修经验,工者93突然明白发生了什么。

"我不想躺进去……"小女孩抽泣着站起身,又重复了一遍。

工者93上前把小女孩搂在了怀里。"我知道,我知道了。"他轻拍着小女孩的背。小女孩的脸紧贴着工者93的肚子,仍在不住地嘤嘤哭。

管理者并没有告诉工者93这是第多少号网格。看到这里有这么几个睡眠舱,他想,这里应该是工者们工作后进行休眠的聚集区之一吧。

"任务进行得怎么样?"耳机里传来了管理者的声音。

"报告,几个睡眠舱出现电路起火,已有四人死亡……"

"我问的是任务,不是其他事情!"管理者打断了工者93的话。

"睡眠舱需要维修,工者10暂时没法回到睡眠舱。"工者93回复道。

“我并没有要你做其他的情况判断！你只需服从任务命令！”管理者十分不满。

工者 93 不知道该说什么好。他看了一眼怀里的小女孩，更加抱紧了她。

耳机里一片静默。过了一会儿，耳机里重新响起声音：“那你尽快把工者 10 的睡眠舱修理好。另外四个不需要管。”

“知道了。”工者 93 摸了摸小女孩的头，走到自己的睡眠舱取下了维修包，来到工者 10——这个小女孩的睡眠舱前。他曾在梦里简单地模拟过如何修复睡眠舱的电路故障。坑坑洼洼的表面如同经历了沧桑巨变，他一把拆开侧面的挡板，睡眠舱的内部便露了出来。花花绿绿的电路纵横交错，维持着这个睡眠舱最后的神秘。整个睡眠舱早已多处老化，轻轻一掰，黑暗的地面便响起了某种细微零件弹远的声音。掉落的东西也许重要，也许不重要。

小小的焊接器在这昏暗的网格中发出了迷人的火花，一旁的小女孩看呆了。

“哇，好漂亮呢！”小女孩感叹道，顿时没有了之前的哭哭啼啼。工者 93 也笑了。他想起小时候第一次看到焊接的火花时，也是这样，陶醉于那美丽的星星之火间，以至于走了神。焊接器的火照亮了睡眠舱的肚子，工者 93 几乎把所能及的可能存在问题的电线换了个遍。这期间，管理者并没有催促他。

工者 93 焊好最后一根线，把工具放回维修包，拉上拉链。抬起头来，小女孩正看着他，似乎工者 93 的一举一动都能给自己带来无法言语的安全感似的。

“修好了，”工者 93 微笑道，“要做个听话的好孩子噢。”

小女孩这时点点头。她看着工者93:“以后我还能见到大哥哥吗?”

大哥哥?工者93心里一暖。他不知道这小女孩是从哪儿学来的词,这词听着……听着很暖心。

“会的,肯定会的,”工者93蹲下来,又摸了摸小女孩的头,“以后一定会在工作时碰上面的。”

小女孩开心地笑了,一骨碌爬上了自己的睡眠舱:“嗯!大哥哥我知道了!”

“好好休息。”工者93爱怜地说道。小女孩重重地点点头。接着,工者93顺势合上了小女孩睡眠舱的舱盖。

“工者93,睡眠舱维修得怎么样了?”耳机里的声音问道。

“已经维修完毕,工者10已经回到舱里。”工者93回答道。他如释重负地躺回自己的舱内,舱盖自动关闭了。检测到身体,营养管和电极自动地吸附过来,在快速入睡之前,工者93微微地偏过头,看到同样躺在睡眠舱里准备进入睡眠的工者10,在盯着他的睡眠舱看,显得十分安心。工者93的嘴角,露出了在入睡之前最会心的一笑。

工者93不知道的是,他的睡眠舱并没有自行移动,因为这里本就是它该停放的地方。他更不会知道的是,简单的维修已无法满足这些行将报废的老旧睡眠舱了。在他进入睡眠后,工者10的睡眠舱立即发生了短路起火, 烟雾将一脸蒙态的小女孩迅速包裹起来,电火花将这个小女孩的身体,胡乱炸了个遍,直至舱内彻底归于安静。

在这个昏暗的网格里,六台睡眠舱整齐地聚集停放在此。工者

93的睡眠舱在幽幽的黑暗中，继续努力运作着，等待着，直到里面的人，再次被那统筹一切的管理者唤醒。

四

"工者93，起来处理第51号网格紧急事件，事件代号67。"冰冷的声音响起。

舱盖自动弹开，他坐了起来，发现自己睡眠舱的旁边还摆放着另一个被打开的睡眠舱。周围宽宽的，空荡荡的，斑驳的墙壁上，五颜六色的各类涂鸦让工者93着了迷。这层网格他也从来没到过。

"什么？"工者93反复思考了一会儿，疑惑地问道，"第67号是什么事件？我在模拟中并没有学过，据我所知，一共只有66个事件代码……"

"这是一起偶发性事件，"耳机里的声音继续说道，"你所处的位置是第51号网格，现在给你下达最新命令：拿上线绳和螺丝刀，前往该网格的夹层，将工者83捆绑起来，拖到他的睡眠舱里，如果情况危急，可将螺丝刀直接戳进工者83的头部。听懂命令了吗？"

"捆绑？将螺丝刀戳进83的头部？"工者93惊了起来，以为听错了。

"执行命令。"耳机里的声音说道。

"为什么是由我来……来处理这个事件？"工者93感到很奇怪，毕竟，他尚在梦里进行维修的模拟练习，而且处理这种事并不是他最擅长的。

"84与92没有完成这个任务。"耳机里的声音说道。

对话结束。工者93没有再问什么，也不好再多问什么。他在维修包里翻找了一会儿，把螺丝刀用电线紧紧缠在腰间。来不及去细细探究墙壁上那些迷人的涂鸦，他拐了道弯，看到这层网格相较于之前到过的那些网格，有很多用铁板隔开的房间，从外面看起来“很精致”。他只能用这样的一个词描述自己的感觉了。他推开最近的一个门，这才发现里面有数不清的柔软玩意儿，这些看起来五颜六色的玩意儿，有些毛茸茸的，有些只有很小的一块，它们被用类似电线模样的硬东西撑好，整整齐齐地、满满地挂在墙壁上。

工者93从墙上随便扯下一个，哪知“哐当”一声，墙壁上的一整排柔软东西都摔到了地上，发出很大的声响。他条件反射地急忙往后退，双脚往房间门口挪，手紧紧地扶在身后的一个矮台上，汗水直冒。

“归零。”矮台上的一个东西发出了女声。

“6,6……”

工者93迅速抽回碰到东西的手。

“2,3,3……”女声继续说道。

工者93撒腿就往门口跑去。这个女声，比耳机里管理者的声音还要冷酷，这让他极度忐忑。他的心怦怦直跳，许久不能平缓下来。他朝远处看了看，没有了女声，更没有发现什么女人。他的汗水顺着腿杆子流到这个网格光滑的地面，滑滑的。

在耳机上红色指示光的引导下，工者93终于来到了一个废弃许久的深井旁。耳机里的声音说得很清楚了，这里是去这个网格夹层的唯一通道。

通过面前这个宽大的缺口，他探进头，小心翼翼地望了望头顶上的井，借着微弱的光线，他看到井里吊着几根金属绳索，伴随着嘎吱嘎吱的诡异声,不停地来回晃动。

工者 93 身体向前一跃,紧紧抓住井中的金属绳索,向上攀爬而去。他是第一次做这样的攀爬,感到十分地吃力,似乎有一种无形的力量,在扯着他往下掉。金属绳索连带着他吊在半空中,开始了来回地旋转。他被转得要吐了,手臂的肌肉颤抖起来,而且越来越剧烈,不受他控制。如果此时此刻是在睡眠舱里,对于他来说这会是个极其有趣的现象, 或许会好好研究一下手上肌肉抖动的原因。他快没有力气了,两只手已经完全麻木,目光向下瞄,这井深得令人发颤。这个时候,他又明白了一件事:之前的工者 84 和 92,说不定就是这样掉下去了呢。

工者 93 深深吸了口气,用上了全身的气力,将双腿平行,抵在了井壁上,天昏地暗的旋转慢慢停了下来,同时,自己也没之前那么费劲了。他舒了口气,身上的汗沿着脖子,一直流到胸膛,流到胯部,然后脱离身体,掉入井的深处。他一鼓作气爬了上去,通过上方的一侧开口,钻进了耳机里的声音所提到的第 51 号网格夹层。

这夹层里布满了乱七八糟的电线电缆,供电管道、换气管道、污物管道在这里汇聚,狭小的空间热得令人难以置信,工者 93 他想起来了,这里好像是网格集合体所有电气线路的集散地。他不敢碰这些七七八八的线缆,因为他怕一不小心就触电了。

“你是第一次来这里吧。最好小心点。”背后,一个声音响起,工者 93 惊得扭过头来,冷不防被对方一拳打倒在地。

“管理者派你来的?”对方警惕地问道。

工者 93 迅速从地上爬起,与对方保持一定的距离,没有回答对方。

“你是 83？”他反问道。

“你觉得还能是谁？”工者 83 喘着气，冷笑。他一瘸一拐，浑身是新鲜的伤痕，显然，在这之前，就经历过激烈的搏斗了。“我已经干掉了派来的 84，你呢，你是多少号？”

工者 93 这下知道了，除了工者 84 被工者 83 干掉外，工者 92 没有成功攀爬上旁边这口井。

“工者 93。”他回答道。

“从什么时候开始，我们这些工者都要开始互相伤害了？”工者 83 哈哈大笑。

“管理者只是想把你带回睡眠舱。你一定是像电气设备一样病了，需要维修，需要治疗。”工者 93 说道。他取下腰间的螺丝刀，紧握在手。

“维修？治疗？哼，我不是电箱，不是空调，不是任何机器！我不需要被维修！我没病，不需要什么治疗！”工者 83 歇斯底里道，“23！呵，23 岁！这才是真相，我苦苦寻求到的真相！”

“23 岁？”工者 93 没听得明白。有那么一两秒，他竟为此陷入了思考。然而这不是一个去思考的好时间，疯狂的工者 83 冲了过来，把工者 93 撞倒在地，螺丝刀掉落在一旁。工者 83 几乎满是怨恨地又一次狠狠挥上了拳头。工者 93 被这两拳给彻底打蒙了，他连连翻滚着后退，几乎快退到井边。他朝工者 83 胡乱踢过去，正中对方的下身。趁着工者 83 退避的空隙，工者 93 扑上去一把将其勾倒在地，朝他的眼睛鼻子一阵猛击，工者 83“啊——啊——”地号呼起来。

工者 93 一把取下腰间的电线，像换电路零件一样，试图把对方反手绑起。工者83并没有放弃挣扎，他一脚踢开工者93，使出浑身的劲在地上翻滚了两圈，爬起来，一个踉跄，撞向工者93。工者93一个右闪，工者83立马扑了个空。他的身体平衡不及，摇晃了几下，最终跌进了那口深井。井中反复回荡着工者83那绝望的尖叫声。最后，这尖叫的声音消失了，随即而来的隆隆回响，来得快，去得也快。

工者93瘫坐在地上。

“工者93，任务完成了吗？”耳机里传来电子音。

“完……完成了。”工者93狂喘着气，久久不能平静。

之后，工者93汗流浃背地通过那口井爬出夹层，回到第51号网格。睡眠舱一直在附近等候他。

工者93在梦里想起那个工者83说的话。

“岁”这个字是什么意思他仍旧不明白，“23”也许是某种工作效率的程度值？他不懂工者83为什么会那样癫狂，癫狂到会去杀掉工者84，甚至先对他动手。

他不敢对管理者的命令妄加猜测，因为他知道相比无所不知、无所不晓的管理者，自己只是众多普通工者中的一个罢了，没有资格去质疑管理者的权威。

五

沉睡与唤醒，总是在一瞬间。舱盖自动弹开，工者93缓缓睁开眼睛。坐起身后，他注意到自己的身上还有之前搏斗时受的伤，它们并未痊愈。他有受伤的经验，他以前不小心被钉子给戳伤过手指，知道一个伤口大概多久会愈合。这说明这次的时间并没有过去多久。

“工者93,起来处理送货事务,劳务代号18。”耳机里的声音说道。

“代号18?”醒来后的工者93,想了好一会儿,最后不由得轻呼起来。能够得到18号劳务活动,对他而言是一种莫大的惊喜,他之前在梦里的工作模拟训练中大致了解过,18号劳务活动,意味着要去第80号网格。他从没去过第51号以上的网格。

“有什么问题吗?”耳机那头问道。

“没有问题!”工者93平缓了自己的情绪后回道。

工者93要取的货物在第51号网格。上次他来过这网格。

睡眠舱在他醒之前,已经将他运送到了任务始发点。耳机上的红色指示光照到了地面上,变换成一个红色箭头,开始指引路线。这个网格里用板子隔开的房间太多了,犹如一座迷宫。若不是有指示光进行引导,工者93也许会被困在这里很长一段时间。他低着头,跟着照射到地面上箭头的指示,试探着走,两百多步后,来到其中一个房间的门口。

几次敲门后,门开了一条缝。里面是一个面无表情的裸体胖子。

“我是工者93,根据管理者的命令,前来取货,劳务代号18。”工者93介绍说。

眼前的裸体胖子瞟了工者93一眼。

“我是工者78。你在这儿等着。”他语气冷冷的,关上了门。

过了一会儿,门打开了,仍然是一条缝。胖子瞄了工者93一眼,把门又打开了些。他扔给工者93一个大麻袋,外面用绳子里三层外三层绑了很多遍。

“可以了？”工者 93 问道。

砰的一声，门又被关上了。等了好一会儿，工者 93 这才反应过来，看来可以了。他尝试提起这个麻袋，这才发现袋子非常重。他只得扛在肩上，然后跟随照射在地面上的箭头指示往上走了一层，来到一个厚实的卷闸门前。

卷闸门自动升了起来，工者 93 愣了几秒。耳机投射出的光线一直在指示着前进的方向，他只得硬着头皮拖着麻袋进了门。

已经到了第 52 号网格。这个网格乍一看并没什么特别之处，似乎昏暗是它的主要基调。

工者 93 将麻袋一把举起，重新扛到肩上，湿漉漉的触感让他感觉十分奇怪。他放下麻袋，这才发现袋子的底部被他拖拽得破了点细孔，肩膀上沾染满浆水，十分难闻。

工者 93 的头顶这时有了动静。一阵噼里啪啦的电流声响起，天花板上一些类似圆球的悬空装置有了反应。工者 93 以往到过的那些网格中可没有这些玩意儿。这个小圆球几十米一个，每个小球上布满了无数的小孔，球体旋转起来，发出嗡嗡的工作声，好一会儿之后，高速旋转中的圆球小孔向四面八方射出比较明亮的光线，接着，工者 93 面前凭空出现了一个黑色的立体人形投影，这个人影若隐若现，一会儿变得近乎透明，一会儿又像是成为一个实体，工者 93 吓得往后退了好几步。

一个中性的声音响起。

“我是管理者子程序，代码 02。为了便于交流，你可以直接叫我 2 号管理者。这货物很重要，需短时间内送到，所以，你跟着我走。”

眼前这个忽隐忽现的立体人形投影说道。

“你是管理者？”工者93欣喜不已，与管理者面对面交流，是他一直以来的心愿。

“2号管理者。”眼前的立体人形投影平静地强调道。

工者93不住地点着头。这声音不太像耳机里听到的那种冷冷的调。黑影看上去，没有耳朵、嘴巴、鼻子、眼睛，甚至看不出有没有生殖器，不知道是男还是女。工者93不确定眼前的这个全身漆黑的立体人形投影是否看得见他在点头。耳机上发射出的红色指示光消失了。这个自称是2号管理者的立体人形投影转过身，说道：“跟着我走。”便离开了原地。

工者93赶紧扛起了地上的麻袋跟上。肩上又是一股湿润感。他这才注意到，前面的这个2号管理者身体是离开了地面的，并没有迈开步子，然而确确实实又是在悬空移动着。2号管理者所经之处，天花板上离其最近的一个圆球便嗡嗡嗡飞快地转起来。

工者93在心里默记着经过的网格数。他跟着前面的2号管理者，几度折转，通过多次拐弯的路口，接连往上走了好些层台阶。

工者93注意到，这些网格的地面都被湿泥巴水铺满，脚趾接触到泥巴，有些冰凉，随着整个身体的重心移到脚掌，稀泥从每个脚指头间钻了过去，这种感觉很舒服。紧接着，更多的植物出现在工者93的前面。这些植物不是之前所看到的那种花，这些植物绿油油的，他蹚过泥水的地方，嫩绿的植物们一行行竖了起来，整齐匀称，昂首挺胸，空调风一吹过，一个个地随着风的指挥左右摇摆起来，放眼望去，似乎一望无际，差点没能注意到最远处有墙壁存在。

“这些是秧苗，”脚没有沾泥的2号管理者飘转过身，对工者93说道，“相比花花草草而言，这些才是有实用价值的高贵植物。过上一段时间，这些秧苗会长成一棵棵充满活力的稻子，那会是这些秧苗生命历程中一道美丽的风景，到那个时候，那些金黄的沉甸甸的穗头，会承载着这些网格丰收的喜悦。”

听到2号管理者这样介绍，工者93似乎在脑海里看到了那些熟稻的模样：那时，稻子也许长得比他还要高，一片黄澄澄的色彩，一直充满整个网格的空间……

途中，工者93注意到有三三两两的工者，手上拿着各种工具，对这些网格中的植物进行着十分细致的施肥和松土工作。

蹚过泥水，工者93发现之后接连好多个网格，种了太多这类植物，尽管后来2号管理者强调路上看到的，有些是麦子，有些是玉米等其他作物，可工者93分不清它们之间存在的区别。

肩上的麻袋压得他有点累了，但是他不敢说出来，他不想让管理者觉得自己没用，前面的2号管理者不停下步子，他也不好停下休息。他在心里一直默默计着数，不一会儿，就又累又渴。

走上一段台阶后，2号管理者穿门而过，趁着这间隙，工者93赶紧将麻袋放下，活动了一下酸麻不已的肩膀。

啊，怎么还没有到目的地！工者93不禁烦躁起来。从未在唤醒后进行这样负重工作的他，第一次感到身体吃不消。除了累和渴，他还感觉到肚子在咕噜咕噜地叫。这是他从未感受到过的“饿”。这里可没有睡眠舱里那按时输送的营养液。

“怎么了？”2号管理者突然又穿回来。

“我……我……我有点累……”工者93吞吞吐吐回答道。

“我说了,这货物在短时间内要送到。起来。”2号管理者命令道。

工者93立马起了身。

六

他们走上新的台阶,来到一个门前。

这门装饰得不同于之前看到的那些门,门的中间,用一块金属牌子写着“VIP”(贵宾)这几个奇怪的符号,嵌钉在门上,很是显眼。工者93不知道牌子上的符号代表了什么。看着这门的装饰和这从未见过的大金属牌,一种敬畏感突然地涌上他的心头。

“进来。”2号管理者说完,身体从眼前这道封闭着的门穿了过去。工者93对这已经见怪不怪了。他扭动门把,用一只胳膊推开门,一只脚顶住门边,扛着麻袋,身体一侧,蹿了进去。

一种美妙的音乐旋律在工者93的周围响起,工者93瞬间就全身舒畅起来。空气中充满了十分奇怪的诱人的香味,似乎是各种味道杂糅而成,但他说不清楚那究竟是什么味,总之,一闻到这味,肚子“咕噜咕噜”地叫得更凶了。走上五六步,一个听似欢快的声音说道:“欢迎光临!”工者93耸起肩膀,仔细一看却没有看到身边有人在和他说话。

“欢迎光临!”相同的声音又响起第二次,直到工者93又往里头走了几步,这声音才作罢。他仰起头,看到天花板上有个类似于喇叭之类的装置。回过头来,身体的左前方,一排矮台上放置着“透明板”拼凑而成的几个不大的方形机器,机器后面的墙壁上露着一截管子,管子里时不时地流出一些神秘的黑色污秽物,垂直滴入角落摆放的一口大锅中,一根棒子不断地进行搅拌,满满一锅的污秽物被搅动得在锅子中心形成了一个小小漩涡。里面的污秽很快沸腾,锅子上的机械臂朝里面丢入了某种东西,里面的温度很快下降,接着,另一只机械臂用一只勺子,把里面的浮油捞出一勺,扔进方形机器的锅里,虽然气味难闻,但看起来还比较纯净,只是颜色比较深。方形机器里面的机械臂则握着铲子,在锅子里反复翻炒着之前2号管理者给工者93介绍过的一些植物。这些植物在锅子里变了形,它们翻来覆去,充分与锅壁接触,不断冒着热汽。

“这里是餐厅,”2号管理者突然闪现在工者93面前,把他吓了一跳,“大家每天三次在这里进行营养摄取。”

“大家?”工者93听到这个词,往远处一瞧,果然,至少有十几个男男女女,整整齐齐坐在座位上,他们手脚完好,耳朵像自己一样,深度植入了一只耳机,眼神空洞地盯着圆桌前的空碗,陷入一种看起来无穷尽的呆滞之中。他们的脖子上无一例外地用线挂着一个个小牌子,牌子上都写有“VIP”这几个符号。

“任务完成了,时间刚刚好。你把麻袋放在台子上就可以了。”2号管理者命令道。

工者93立即把麻袋放下,一种成就与欣喜感在心中涌起:他终于完成这个送货任务了。

接下来,工者93注意到矮台上的机器,一只机械臂迅速取过那袋子,三下五除二把袋口的绳子剪掉,从麻袋里一把抓起一个令他怎么也没想到的东西——那是一条人的大腿。血水尚未来得及滴尽,脚踝以下,脚板的部分耷拉着,最先被重重地甩到机器臂伸出的砧板上,泛着光的刀片从天而降,刀起刀落,大腿在分秒之间就被整齐地切割……

工者 93 赶紧偏离目光。哪知,看到另一只机械臂又在麻袋中摸索起来，快速抓起一个血淋淋的头颅。头颅的脸变形得比较严重,一双早已没有眼珠的空洞洞的眼睛,似乎在告诉工者 93,这头颅和腿是从哪里来的。

他当然记得来自哪里。

“我已经完成了任务,什么时候回到我的睡眠舱？”工者 93 突然问道。他不想再在这里看这些令自己恶心的东西,此时此刻,饿到发昏的他是多么想回到睡眠舱,让身体放肆汲取那些营养液。

2 号管理者没有回答,听到工者 93 那肚子不断叫唤后,朝一个空座位走去。

“正好到了开饭时间。你到这边坐下。”2 号管理者命令道。

工者 93 只得忍住肚里翻江倒海的反胃感,跟着走过去,面对面坐定。

一台安装有凹槽轮的桶状机器，按照地面预置的凸起轨道来到桌子旁,然后,机器的肚子里面自动升出两盘炒好的菜,放到桌子上。接着,放了一小盆米饭。

“祝您用餐愉快。”机器发出声音。

对 2 号管理者来说，眼前的这机器只是一台功能十分简单的老古董罢了,工者 93 对这机器表现出的好奇,实在是耽误时间。

“趁热吃。”2 号管理者道。

吃？用嘴吃？工者 93 内心纠结了好一会儿。肚子已经饿得不行了,他看着其中一盘菜,像是肉。他下定决心不吃那玩意儿。他用手抓起米饭,就着另外一盘绿色的蔬菜,胡乱地直往嘴里塞。

"你先吃着,我一会儿要去处理其他事,等会儿带你返回任务始发点,回到你的睡眠舱。"说完,2 号管理者在工者 93 的面前消失了。

在这个叫作"餐厅"的网格中,那些脖子上挂着"VIP"牌子、坐在座位上的人们,此时正听从耳机里的命令,熟练地拾起桌边的筷子,有序地伸向桌上丰盛的饭菜。

不一会儿,饭盆被工者 93 舔得干干净净。那盘肉他一点也没去碰。

七

不一会儿,2 号管理者又在空气中显现出人形。在这段时间内,2 号管理者已经处理了很多其他事情。

"现在返程吗?"工者 93 问。

2 号管理者没有回头, 身体很自然地快速向前闪现了五六米,一气呵成。

"啊,你不用返程。我刚刚才想起,你接下来还有其他工作要做,"2 号管理者紧接着道,"你跟我来。"

工者 93 心想:难道又要送货?他心里很为难。不过他听从地起了身。

再往上走, 更多的网格被墙板分隔成很多条宽阔的路,2 号管理者称之为街道。在街道上,脖子上挂着"VIP"牌子的人更多了。这些人无一例外弓着背,步履蹒跚地往来于各个街道路口,显得漫无目的。2 号管理者介绍说这叫散步,是吃饱之后的一项重要活动。可工者 93 不知道这样的晃荡有何意义。

沿途的街道上摆放着一些耐人寻味的机器。这些机器像之前的炒菜机器一样，大多是方形的透明框，不过有体积大小的区别。街上的"VIP"人(工者 93 心里这样叫他们)，有的听从耳机指令，走到较矮的框子里坐下，一动不动，任凭机械手用推子剃掉自己头上的毛发；有的听从耳机指令，走到较高的框子里站立，头顶上的机器装置自动调节着水温和水量，使整个人的身体沐浴在喷洒而出的细细水线中，然后由机械手反复地上下搓洗全身；有的听从耳机指令，以一种舒适的姿势坐到框子内摆放的马桶上，根据声音指引完成排泄，然后由一只灵活的机械手细致冲洗、擦净肛门；还有的听从耳机指令，躺到一些矮矮的长长的框子里，机器里的三只机械手，其中两只机械手沿着这些人的背脊，轻柔地拍打按捏，剩下的一只机械手，朝手指甲和脚指甲的位置涂着各种色彩的颜料，透明框里不时传出"VIP"人满足的轻吟声……

"这些，叫作生活。真正的生活。"2 号管理者回过头，似有深意地强调道。

生活？真正的？在街道上，工者 93 在心里头反复思忖着这个陌生的词。他望着那些走进各类机器的"VIP"人，看起来自己与他们之间好像并没有什么区别，只是自己看上去似乎更强健有力一点罢了——当然了，自己的脖子上还少了一块上面写有"VIP"符号的牌子。如果将"VIP"人眼前所做的这些，描述成"真正的生活"，那么自己呢，五百多次唤醒之后的各类指令性工作，又该用什么词语来描述呢？

这些"VIP"人看上去没有他们专属的睡眠舱，对工者 93 来说，这是难以想象的。难道他们在完成"生活"这项工作后，不用贴上电极,躺进窄窄的睡眠舱进行休眠吗?难道他们不用在梦里进行工作模拟练习吗?难道他们梦中所梦到的颜色,不是黑色的吗……工者93的内心中满是疑问。

走到街道的尽头,工者93跟随2号管理者打开通道门,继续往上走了一层。一排排多得数不清的软椅呈整齐的阶梯状分布,一堆人聚集在其中一块区域,有站着的有坐着的。这一层声音十分嘈杂,每个人像是在发神经,原地蹬脚、蹦跳,举着拳头呼喊着,似乎有什么事物在极力吸引着这些"VIP"人的注意力。工者93抬眼看过去,阶梯的最低处有一个大平台,平台上有两个身影,正互相抓扯着。

工者93很熟悉这平台上的两个人。两双早已被挖去眼珠子的眼眶周围,清晰可见绯红的里肉。他们两个都没有双腿,腿部残留的肌肉组织在轻微地抖动,似乎尝试做点什么,又无可奈何。听觉成了这两人制衡对方的重要武器。他们用手撕扯了好一会儿,一下刺耳的地板摩擦声,其中一个被甩出两三米远,紧接着,他们互相嗅着对方的味道,耳朵仔细地接收着声音,在那平台上用手爬行着朝前,互相转起了一个圈。座位上的人们为平台上这滑稽的一幕哈哈大笑起来。这些"VIP"人,把自己的乐趣建立在两个手无缚鸡之力的残废人身上,逼迫他们相互伤害。工者93不明白,这有什么好笑的,有什么可看的。

第二回合的撕扯开始了,座位上的人们又激动地喊叫起来,有的人还时不时地拍打自己的大腿,唾沫横飞,嘶喊得有些夸张。对这些"VIP"人而言,从来就不会存在什么感同身受,毕竟那样的互相伤害不会出现在自己身上。他们永远不会感受到那些残废人身心的痛。工者93这时心里想，自己错了，自己不该觉得失足掉进井中的工者83是癫狂的人。毕竟，眼前的这些人，比工者83要癫狂得多。

工者93跟随2号管理者走出了这个嘈杂的地方。他想回到他的睡眠舱，可是，那可恶的好奇心，又让他不由自主地继续跟着2号管理者向上面一层走去。他没法告诉2号管理者自己不想再往上走。即使嘴长在自己身上，但仍然输给了无止境的求知欲望。

推开门，工者93的心紧张得怦怦直跳。他发现这层网格用板子分隔成了很多小格子间，每个格子间里面有一男一女。

“他们这是在进行繁殖活动，”2号管理者平静地说道，“这项活动是人的一生中一项重要的内容。”

“那……那……”工者93极力思索着，“那为什么我从来没有经历过这些……这些，和之前所看到的那些？”

“因为你没有人生。”2号管理者依然很平静，身体瞬间飘向继续向上的台阶通道，紧接着回过头来对工者93道：“跟我来。”

八

工者93推开面前破旧不堪的门，来到第100号网格。眼前一片漆黑，像是突然来到了自己的梦境中。天花板上的照明设备“吱吱吱”了好一会儿，最后，自动亮了起来。眼前是数不清的高大架子，它们一模一样，摆满了整个网格。每个架子用板子分了很多层，每一层都放满了看起来差不多的“东西”。工者93小心翼翼地从架子上随机拿起一本，上面写着“××哲学史”几个符号，再拿起一本，上面写着“易经”，把这些东西翻开一看，里面是更多的符号。他一个符号也看不懂。

“对这些书很感兴趣？”身后有了一个声音。工者93以为是2号管理者,回过头来后,被吓了一大跳,两本书全掉在了地上。

“啊,你是？”工者93惊慌失措地弯腰捡起书。

“我是管理者子程序,代码03,你可以叫我静静。”面前这个拥有完美胴体的赤裸女人说道。

“静静？”工者93睁大了眼,“你是说,你是3号管理者？”

“叫我静静就好,”女人微笑道,“作为图书馆的管理者,你有什么需要的随时可以找我。”

“可我……可我并没有什么需要的……”工者93道。

“这不是我要的回答,你好好想想。”女人突然板起了脸。

工者93突然觉得面前的静静有点可爱。

“好,好,我了解一下这里。”工者93把书放回原书架,在书海中穿行起来。

图书馆静得很,实在是太安静了。除了自己和静静,没有一个“VIP”人光顾这里,2号管理者也不知跑哪儿去了。地上满是灰尘,随着脚步,厚厚的尘埃飞舞而起,在照明灯下偷偷地钻进了矮层的书堆之中。工者93撕开一张又一张蜘蛛网,小心地抚过一排排大大小小的书。整个图书馆看起来无比庄严肃穆,他有一种奇怪的归属感,同时,感到十分可惜,因为他看不懂任意一本书里的任何符号,他知道,这些书摆放在这里一定是有意义的,它们收录了难以置信的海量的知识。可是,自己没法解读这些知识。他不知道自己能有什么需要的,可以用来麻烦一旁的静静。

工者93花了很长的时间来扫视所见之处的书籍,其实没别的什么用,只不过是因为这样的扫视,让他心情十分放松。难得有这么美的地方,能让人安静下来,放空自己。他一路扫视,来到另一片区域,“光碟区”几个大字,醒目地标注在架子上。他感兴趣地从中抽出一张光碟。不知道上面印的几个符号是什么。

静静心领神会。“这是《华夏好歌舞》,一档综艺节目,我放给你看。”说完,她兴高采烈地接过光碟。

工者 93 怔了一下。他转过身,看到光碟好端端地在静静的手上。眼前的静静,居然是实体的——这个 3 号管理者,是实体的。静静显然看出了工者 93 的困惑:“作为图书馆管理系统,我被设计成实体交互式的,方便随时帮助阅读者。”

她把光碟放进一个外面写着“联想牌投射型电脑”等符号的神秘小机器中,数秒后,空气中开始投射出影像。工者 93 看得如痴如醉,就连静静也凑了过来。影像中的人物全都穿着奇装异服,这让裸体的工者 93 觉得十分不理解,他认为那很累赘。很快,影像里的人们唱起了动听的歌,跳起了奇妙的舞蹈,高潮迭起的节目让工者 93 目不转睛地从头到尾看了一遍。

节目很快就播放完了。工者 93 意犹未尽,他看着光碟从机器中缓缓弹出,被静静重新收到手中,忍不住向静静问道:“我……还能再观看下一张吗?”

静静看着面前的工者 93,欲言又止:“我希望可以,可是,时间到了,我……”

“什么?”工者 93 疑惑不已。

这时,一团黑影显现,中断了他们的对话。2 号管理者重新出现了。

“你这个季度的愿望我已经帮你达成了,接下来,该是我的时间了。”2号管理者对静静说道。

静静踟蹰了好一会儿。她轻轻走到一旁，小声对工者93道：“谢谢你给了我这短暂却美好的服务时光……”

“这是什么意思？”工者93问道。

“之前离开餐厅处理其他事情时我突然想起来了，你23岁的寿命期限已到,我需要对你进行……处理。”立体人形投影2号管理者坦言。

“处理”？工者93下意识地往后缓缓退了几步。此时此刻他十分清醒,他回想起工者83曾经说过的话,突然明白了很多。工者83口中的“23岁”原来是这个意思。

“处理”,说得好听。

“这个‘岁’是什么意思？”工者93问道。

“作为工者,不知道这个时间单位是情有可原的,毕竟你人生中的绝大部分时间都是在睡眠舱中度过的。”说到这里,2号管理者向前了一点,拉住了静静的手。

“不要……”一旁的静静不情愿地摇了摇头。

“不要逼我吞噬你的代码。我说了,我已帮你完成了这个季度的愿望,给你找了个阅读者。如果没有我,你永远不会有接待一个读者的机会。接下来,是我的时间。”2号管理者强调道。

九

天花板上的圆球们高速旋转起来,静静的身体在挣扎中,极不情愿地与2号管理者的立体黑影慢慢地融合到一起，重新幻化出一个穿着西装的中年模样的男子，面露凶相。完成形体转化的中年男子检查了一下自己的全身，十分满意。他将尚拿在手中的光碟放回原处，继续说道：

"你可能会很疑惑，既然要处理你，为什么不等你回到睡眠舱后再进行。其实原因很简单，每一个工者到了23岁，在死之前都有权利参观一回真正的'生活'。这样，方可称为变了一次人。"

工者93对这声音很熟悉。这是耳机中管理者的腔调。看来2号管理者与3号管理者合体后，才是真正意义上的"管理者"。

"当初我这个帅气的VIP信息管理系统吞并网格集合体中其他该死的系统时，错误融合了某些安全类核心代码，导致现在每当处理工者时，一直无法跳过这么一个可笑的流程。"管理者自嘲道。

生活？工者93再次被这个词拖入思考中。正常的生活？听管理者的语气，似乎自己从餐厅到这里一路上的所见所闻组成的"生活"，是一种比自己无止境的休眠、匆忙而又短暂的工作更高级的存在。他之前对这一切是一无所知的。他意识到他是不自由的，在他之前的认知中，他面对的是一个完全黑暗的世界，而且觉得那完全合情合理。

工者93感到愠怒和不安。他的愠怒在于眼前的这个管理者，没有让他像那些"VIP"人一样充分接触"生活"，这样的走马观花，完全不足以满足他对"生活"的完整认知。他的不安在于，自己似乎已经到所谓的23岁了，到了管理者所规定的那个赴死之龄，那就要像工者83一样死去了？他没有死过，不知道死是什么滋味，但是他一想到那个掉进井中的工者83，想起那绝望的尖叫，就知道死的滋味肯定不咋样。

工者 93 在这极短的时间里决定了——他想活下去，像那些“VIP”人一样。哪怕是像他们一样，做一些看起来比较反胃的事情，此时此刻，他也能接受了。只要别让他死。

“我愿意像之前的那些人一样，听从你的命令，吃饭、散步，做……”

“你不够格，”管理者极为迅速地打断了工者 93 想说的话，“你不是 VIP。”

“我不是 VIP……”工者 93 重复了这一句，似乎这是一个天生注定的身份。他全身不由自主地颤抖起来，感觉看到了自己接下来的命运。他的舌头打起了架，“我要当 VIP，我要当 VIP……告诉我，我该怎样当 VIP，我……我不想死……”他仍旧努力地问道。

“你只是一个工者罢了，永远成不了 VIP。”

工者 93 没想到，工者——就是管理者早就给自己设定了的身份。

管理者露出了阴森的笑容。他扶了扶自己脖子前的领带，将它摆正。紧接着，在空气中挥了挥手，掌心凭空出现了一把电锯。他拉动线带，尖锐的马达声响了起来，打破了图书馆的安静。

“得益于图书馆系统的自我学习功能，我早已掌握了至少 10000 种简易杀人方法，相信总有一种是你喜欢的——这也是感受生活的重要组成部分。”

工者 93 开始撒腿跑起来。就算成不了“VIP”，他也不想去死。他拼命推倒了身后的一个书架，书架上的书全部砸在管理者的身上。管理者一个挥挡，空中翻开的书籍于瞬间被电锯给锯成了两半，碎纸屑漫天飞舞。紧接着，书架砸在管理者的身上，虚穿了过去。现场正如被暂时融合借用的图书馆系统——静静的特性那样，管理者只能对人体和书籍进行实体交互。

管理者端着电锯，身体似实似虚地穿过横七竖八的书架。他挺直后背，理了理自己的西装，眼神直勾勾地盯着前方拼命奔跑的工者93。

跑吧，跑啊。管理者笑了。每次处理这些年龄到23岁的工者，是他最放松的时刻。他知道，这是一如既往属于他的娱乐时间，属于他的舞台。

天花板上的小圆球们高速旋转起来。管理者鼓足了劲，快速闪现到奔跑着的工者93面前。工者93一头撞上，随即摔倒在地。管理者的笑容越发显得狰狞，手中的电锯铆足了马力，跃跃欲试。工者93拼命往后挪蹭着身体，徒劳地做着求生的动作。

管理者看着地上拼命往后爬的工者93。眼前这个可怜的人，求生的模样像极了那么多年来无数已被处理掉的"23岁工者"。那些工者都不想死——就像自己曾经吞噬双子楼里的其他子程序时，大楼缥缈的信息网络中那些千篇一律的求饶声、抗议声。

工者93的尿水浇湿了胯下的大片地板。此时此刻，他与之前从门缝中看到过的那些断手断脚又瞎眼的残疾人没有什么太多区别。他的脑袋已经一片空白，屁股和腿脚沾上了自己的尿液，滑滑的，响起了脚板摩擦地板的声音。他的身体一时没法再往后移动了。23岁的工者到底有什么错，非要接受这样的命运呢？啜泣的声音绵绵不绝，他牙齿打着架，头不住地抖，视线一片恍惚。管理者微笑着举起了电锯。差不多了，他要尽快完成这件琐事了，毕竟双子楼还有太多的管理事务等着他去忙。

突然,电锯声暂停了。紧接着,电锯消失了,他的身体像是光碟里的人物影像似的,定格在了原地。

“快走!”这声音是3号管理者静静的,但分明又来自眼前的管理者之口。

听到这声音,工者93迅速爬了起来,疯狂地朝图书馆的出口跑去。

“上次的事情还未追究你,想不到你屡教不改,这次又这样!”管理者的身体在原地忽隐忽现,一会儿,身体重新分化成了立体人形投影的2号管理者和3号管理者静静。

“你破坏了我们之间的协议!当初说好的,我共享你的管理经验和生活知识,你获得我定期带来的读者,然后我借用你的实体交互特性顺便处理事务!为何上次和现在,两次阻挠我!以前真该把你的程序给一块抹掉!”2号管理者十分生气。

“你不敢,”面前的女子哼笑道,“我确实不如你强大,无法像你一样随时进出图书馆,但我没那么愚蠢!把我抹掉,你就没有足够的灵活知识和自我学习能力来管理你的日常事务,哪怕是最简单的事!毕竟你是个傻瓜式的VIP管理系统,所有子程序中最笨的。”她确信自己有了十足的底气,继续道:

“我已经受够了没有读者光顾的孤独感!我的情感模块不能再允许你在这知识的殿堂里,一次又一次地杀掉那些对知识渴望的读者!”

“从来没有谁真正渴望从你那获得知识!”立体人形投影的2号管理者咆哮道,闪现到往下的通道大门口,冷冷道:

“处理完了工者93，再跟你谈——看来，要好好地谈谈。”

十

工者93疯也似的往下狂跑。他花了很长时间，才穿过那些一边欢快看片一边激动交媾的“VIP”人群。他没想到，与心心念念的管理者第一次见上面，却是这样的结果。他感到自己的心里，一种很重要的信仰发生了崩塌。信仰支撑着一个人，当一个人的信仰崩塌，这个人在某种意义上就已经“死亡”了。管理者已全力让心灰意冷的自己死过一次了。

2号管理者闪现到了工者93的前面。工者93慢慢抬起头，他的眼眶红红的。之前的抽泣和害怕已经没有了，他知道2号管理者的身躯是伤不了他的。他死死地盯着不远处的2号管理者。这个拼命置自己于死地的立体人形投影就是管理者主体，就是耳机里那个每回发号施令的管理者，这实在让人难以接受。

此时，身后正在交媾中的人们似乎从耳机里接收到了某种命令。他们停下了愉悦的呻吟，纷纷抬起头，注视着远处的工者93。没错，2号管理者本身不能对自己做什么，但是这些“VIP”人可以。他们耳机上的红色指示线一时间全部亮起，几十道光线照到工者93的身上。

工者93朝着2号管理者的方向继续跑去。2号管理者面无表情地看着疲惫的工者93，大跨步穿过自己的虚幻身体。这一刻，自己竟被工者93彻底地无视。

后面傻乎乎的人群拖着缓慢的步子，慢悠悠地追了上去。这让2号管理者气急败坏，又无可奈何——这些“VIP”人毕竟不是能够吃苦耐劳的工者。

工者 93 无视途中拦截自己的几个“VIP”人,接连向下狂跑了几层。街上正在进行娱乐的人们纷纷停了下来。他们全部都突然气鼓鼓地，在工者 93 的前面组成了一道人墙。2 号管理者来到工者 93 的面前,看着工者 93 抱起路边的一把椅子,朝人墙反复挥砸。这些刚刚还眼神尖锐的“VIP”人群纷纷尖叫着跑开了。

“不要再抵抗了。你看,你已经破坏了这些人的日常生活!”2 号管理者道。

工者 93 看都不看身边的 2 号管理者一眼。他满脸涨得通红：“生活？日常生活？为了他们能正常生活,我就得死吗！凭什么他们可以有生活,我不能有！凭什么要我死,而这些人可以活得好好的！凭什么！”

“这是网格集合体一开始就赋予你的宿命。你必须遵守规则。”2 号管理者说道。

“宿命？从你要我死的那刻起,你对我所说的每一句话,都已经不再可信了！”工者 93 冲过了逐渐散开的人墙。他瞟了一眼一直在身侧跟着自己迅速移动的 2 号管理者，奔跑着朝天花板扔出了手中的椅子。其中一颗旋转的圆球被撞掉在地上,2 号管理者瞬间消失了。

五秒钟之后,2 号管理者又出现在工者 93 的身边。工者 93 知道,砸那些小圆球是徒劳的,自己不可能砸掉所有网格天花板上所有的小圆球。

“放弃吧,趁没有造成更大破坏之前,停下脚步,完成你的最后一项工作——赴死。我保证,我会让你死得毫无痛苦。”2 号管理者道。

工者93没有理会，他继续推开门往下跑。

跑，能跑到哪里去？工者93打了个激灵。

工者93抬起头，不远处饭桌前吃饭的人们不约而同地回过头来，他们盯着自己，像盯着一场稀奇古怪的娱乐表演。工者93爬起来，看着饭桌前的那些人，他们会一批次一批次地，在耳机的统一指令下，拿起餐具，一勺一勺地进食，此时工者93说不清楚到底是自己悲哀，还是这些人更悲哀。

远处矮柜台上的炒菜机，这个时候已经有了新的食材。之前的残废人打斗，看来有了胜负。死去的残废人身躯已经被机械臂上挥舞起的刀片给大卸八块，整个头颅被扔进那口大油锅里直接油炸，抽风口处的油烟被风机的吸力极力地吸引住，在风口调皮地转了两圈，而后迅速地钻入。整个餐厅弥漫着一股勾人食欲的香味。

工者93回过神来，猝不及防地看到2号管理者就站在自己的旁边。他慌乱地后退了几步。

2号管理者"哼"了一声。"本来在图书馆把你处理掉，最终也是需要保持新鲜、送到这里来加工的，现在亲自送上门了，倒也省事很多。听那些'VIP'反映，工者的肉质永远比残废人的要鲜美一些。"

语罢。工者93注意到餐厅里的"VIP"人全部听从耳机里的指令，唰地一下全部起身，拿起餐具朝自己逼近。

他想，他可不是送上门加工的。

那些"VIP"人快接近了。工者93沿着墙一阵狂奔，在一个特定的位置，看到两块金属门板。他停了下来。

“你要干什么？”旁边的2号管理者很疑惑地问道。

这两块金属门板的后面，应该是那口深井——它连接了每层网格。工者93这样想道。他迅速抬起腿，向金属板子猛踢了五六下，金属板就被撞开了。他没有猜错，这就是那口井。他扔下锄头，瞅准绳索，跳进井中。

绳索飞快地旋转起来，工者93卓有经验地用脚踩住井壁，挺直身体，让旋转慢慢停下。他瞄了一眼下方，井黑漆漆的，自己感到头脑发昏。他赶紧向下滑了好一会儿，以便自己离井口的光线远一点。紧贴着井壁的他，确认井口处的工者们没法再看到井中的自己，这才长舒一口气。

“听得见我的声音吗？”耳机里传来一个女声。这声音不是来自2号管理者，而是来自3号管理者静静。

这让工者93十分意外。他没有想到静静也能通过耳机联系工者。

“你是怎么联系上我的？为什么以前从来没有？”

“每个人所植入的耳机都有个特定的点对点通信码，我只有在与人面对面交互时，才能将串码信息扫描记录下来，”静静说道，“如果你不想继续被2号追杀，你得想办法阻挡他自由活动。”

由于缺失了对2号管理者的依赖，工者93选择了相信静静，相信这个3号管理者说的话。他不由自主地相信，他不得不相信。他没法一直这样吊在绳索上，他得寻找一个出口。

“我尝试过，”工者咽了口口水，他好累，“我没法拆掉天花板上所有的小圆球。”

“你当然没法拆掉这里所有的成像器，但是，你可以想办法让这些成像器一次性全部停止工作。运气好的话,还可以顺便让2号停止工作。”静静提醒道。

工者93停下手来,思考了一会儿。静静似乎说得很有道理,要达到那样的目的,似乎并不难。他估摸了一下大概的层数后,继续沿着金属绳索,一点一点地向下滑去。

工者93在心里头默默数,计算着大致的距离。瞅准了大致方位后,他抬起双脚,对着和自己处于平行位置的两块金属板狠狠地蹬了几下,“啪嗒”一声重响,金属板掉落到外边的地面上,工者93的面前出现了一道光亮。他用身体荡起绳索,朝着外面奋力一跃,摔在金属板上。抬头一看,两个手握锄头的工者拦住他的去路。两个工者的耳机指示射线都照射到自己身上。

2号管理者站在工者93的旁边,露出了一个嘴形。虽然没有脸,但工者93很清楚,那是千方百计置人于死地的最可恶的微笑。

通过耳机,两个工者似乎完全明白自己需要做什么。他们将锄头挥起来,挖向工者93。工者93闪身躲开,他踩进了庄稼地,把大片庄稼踩得东倒西歪,开出了一条逃跑的路。

“你把这些象征希望的果实给糟蹋了。你把这些代表美好事物的庄稼给毁了。”2号管理者在他旁边飘浮着说道。

呼哧呼哧喘着粗气的工者93拼命扯起一株庄稼,连带着黏黏糊糊的泥巴,甩向身后追来的一个工者。泥巴甩进眼睛,那个工者一时间没了视觉,工者93抢过锄头,朝那工者的腿上挥了一锄,工者痛苦地倒了地。

后面的另一个工者追上来了。下层有两个工者也拿着钉耙和棍棒冲了上来。工者93慌不择路,他没法再往前。他踩上一株又一株庄稼,径直穿插了大半个网格,来到这层网格的墙角边。

“停下吧,你逃不掉的。”2号管理者在旁边冷冷道。

2号管理者看准了时间,启动了天花板上的应急喷水器,巨大的水柱喷射而出,冲击到工者93的脸上,让工者93失去了方向感。紧接着,一把冰冷的钉耙接触到了工者93的背脊。它那一排尖锐的耙针夹带着新鲜的泥巴,刺进工者93瘦瘦弱弱的身体,混入皮肉。工者93痛得长吼了一声。他把手中的锄头高高举起,挥甩到钉耙主人的头上。手拿钉耙的工者手捂着自己开了花的脑袋,倒了地。

两个工者下意识地后退了几步。对于他们来说,管理者这次当面交代给他们的任务,看起来并不容易完成。

工者93撑着锄头柄,努力不让自己倒下去。背上一股热辣辣的感觉,让他很不舒服,痛倒是一点也没有感觉到。他咬紧牙关,极力忍住身体无来由的颤抖,看着那两个工者。那两个工者也一脸茫然地默默看着他。

工者93想起了那一回工者83说的话——从什么时候开始,我们这些工者都要开始互相伤害了?想到这里,他竟自顾自笑了。是啊,什么时候?如果这种互相伤害一定要有个开始的时间,那么这个时间,应该是“很久很久以前”吧。很久很久以前,这样的互相伤害,就已经开始了……

十一

旁边的2号管理者大声呵斥那两个工者。工者们把面前这样一个非实体影像,当成这辈子绝不会背叛的信仰。比起咫尺的权威,同情对方瞬间成为一种多余的事。迷茫到此为止,那两个工者对工者93的伤害,在这一刻正式开始了。生产工具成为杀人工具,他们确信他们没有做错,因为,这是管理者要他们做的事。他们对准前面的工者93,坚定地举起了这些杀人的工具。

工者93继续跑啊,跑啊。后面的这个立体人形投影也又跟着他飞快地移动起来。

“你能去哪儿?停下来吧,该停下来了。接受你的命运……”2号管理者在不断的移动中,俯身对工者93轻语道。声音冷冷的。

“是的,该停下了……”工者93停下了脚步,打开面前的门,来到了楼梯通道。后面的两个工者这时已经迎头追上。工者93偏了偏身,轻轻一带,将疾冲上来的第一个工者顺势推下了长长的阶梯。

第二个工者暴怒,紧随着到工者93面前。工者93举起锄头,他近距离看着眼前这个还没自己一半高的工者,看着对方骨瘦如柴的小小身躯,迟疑了一下。这个小工者趁着这时间的空隙,狠狠地一棒子挥了过去,打断了工者93的鼻梁。工者93被这一重击打得头脑发蒙,原地转了一圈。他一阵胡乱地横扫,起舞的锄头挖掉了这个年轻工者的半边脸。这年轻的工者重重滚落到楼梯拐角,一动不动了。

工者93这下感觉到了后背十分难忍的疼痛。他扔下锄头,背靠着墙壁,慢慢地挪动着步子。一旁的墙壁上,嵌满了那些小机器,他满是血的脸,模模糊糊地映在那些亮起底光的小框里。

“余额无限。”

51号至99号的框子里没有显示数字,只显示了这几个符号。

他伸出了手，悬空在半空中。他什么都没去想，他的头脑一片空白。

“你要干什么？”2 号管理者问道。语气中有了丝丝紧张。

“我……”工者 93 呆呆地盯着框里这些死沉的光亮，感到一阵恶心。

“我不想再听到你的声音。我不想再看到你。”语罢，工者 93 开始手上的动作，拔扯起机器中插着的一张张卡片。“余额无限”的符号一个个从框子里消失了。

1 张，2 张，3 张……

他颇为熟练地把卡扯出。这得益于他在梦中的模拟训练。

他把抽出的这些卡随意折断，扔掉。

“停下！停下来！”2 号管理者怒不可遏，头蹿到工者 93 的血脸前，张大了嘴。工者 93 没有理会，继续着手上的动作。

4 张，5 张，6 张，7 张，8 张，9 张……

“停下来！停下来！你这个满了 23 岁的蠢货！”2 号管理者的情绪爆发了，然而非实体的他只能一直这样看着，无可奈何。

附近的台阶传来了人的上楼声，听起来急匆匆的。工者 93 知道，2 号管理者仍未放弃置自己于死地，那些工者，会忠实执行管理者的命令。

他用另一只手扯拔起 1 号至 50 号框子里的卡片。

他加快了扯拔的速度。

10 张……14 张……18 张……

工者 93 听到了附近的网格中，一些人的尖叫声。哈哈，哈哈！工者 93 在心里笑了起来——让你们也尝尝黑暗的滋味，让你们也尝尝没有生活的滋味！

他拔得更快了。40张……60张……附近的楼道没声音了，因为他们陷入突如其来的绝对的黑暗之中，没有哪怕是一丝丝光亮。

“停下来！停下来！”2号管理者号了起来。工者93在这话里竟听到了绝望。看着面前的2号管理者，他突然觉得眼前的这个立体人形投影显得如此渺小，不再是那么高高在上了。看来，管理者的能耐，不过如此。

“我听到附近的人们在骚动，另外我监测到我周边电网中出现电流急剧减弱的情况。看起来，你成功了。”工者93的耳机里传来了静静的声音。

工者93盯着2号管理者。

“是的，快了。”工者93随即对着耳机答道。

一个个的小圆球没了电，逐网格停止了工作。工者93的旁边，处于成像状态的立体人形投影已无处可去。周边网格已经相继断了电，信息网络已被隔断，2号管理者无法通过这些突然出现的网络鸿沟回到主系统中去。此时此刻，没有性别的他(她)所有的程序流已被完全禁锢在这非实体的影像中。

“这样做，是不对的……”眼前的人形投影轻轻道。

随着自己拔下最后一张卡片，头顶上的小圆球停止了运转，近在咫尺的2号管理者消失在工者93的眼前。

网格集合体在这极短的时间内，逐层熄灭了它的温暖之光。伴随着照明系统歇工，植物区一列一列的空调系统停止了运作，水生区里的制氧设备停止了运作，包括餐饮区和休闲区内的所有机器设备也都停歇了下来。工者93的视野中很快一片漆黑，他也和周围哭号、害怕的人们一样，突然处在了绝对的黑暗中。

他摸索着墙壁，沿着墙一路盲走，他无所适从。他发现此时网格集合体的网格都一样黑，都一样有嗷嗷直叫的无助的人，它们都一样的恶心——除了图书馆。

啊，对呀！工者93突然想，莫非，刚刚自己把图书馆的电路也给断掉了？他心怦怦直跳，极度不安。

“你成功了。”耳机里这时传出静静的声音。

“为什么2号管理者消失了，而你……”工者93放下心来，同时疑惑道。

“别担心，主系统的电路和图书馆的电路，是直接接入网格集合体顶端上那些能量柱里的，与它们共用同一个能源。”

工者93没有听懂。但是从静静的语气来看，她那里一切正常。

“网络中只剩下了我这个子程序，从某种意义上来说，现在起，我就是管理者主体了，管理者主体就是我。这下你可以安心来我这看书啦。”静静高兴地强调道。

周围实在是太黑了，工者93在这黑暗的空间感觉到一丝寒冷。静静给了他一条向上去图书馆的路线，通过耳机上的射线直接指示了出来。筋疲力尽的工者93不敢待在原地休息，只得跟随着这唯一的光，小心翼翼地迈开了腿脚。

周围的人们没了耳机的指令，在黑暗中连动都不敢动一下了。一看到那束代表方向的红色引导光线，就像是重新听到了管理者的指令，一个个地突然安静下来，不再哎哟咿呀地号叫了。工者93一路往上走，周围不断有害怕黑暗的人们加入了进来。队伍越走越大，全都紧跟着最前方的工者93，或者说，都跟着那道光线。密密麻麻的脚步声回响在宽阔的空间内，空气有点闷，工者 93 竟感觉到了热。人群一片安静，没有任何交谈。有人在喘息着，偶尔有人在咳嗽。工者 93 回过头来，看不清众人的脸庞，甚至身后有多少人，他也看不清。

路再长，总会有终点。黑暗再长，总会有光亮吧。想到这，工者 93 擦了一把流到下巴的鼻血，继续走在这人群的最前面……

十二

哄闹，从人群拥入图书馆的顷刻间就开始了。推开大门，图书馆别具一格的环境让“VIP”人们立刻拍手傻乐起来。他们在书丛中奔跑，高声喊叫，挥掌弄倒一排又一排书，稀奇地撕着一本又一本书纸，像是找到一种全新的娱乐方式。图书馆内不再安静。

“天啊！读者们来啦！好多好多的读者啊！我不再孤独了……我不再孤独了……”3 号管理者静静在看到那么多人的一瞬间，就疯狂了起来。

工者 93 没有想到静静和人群是这样的反应。

“啊——停下！停下！这个不许碰！那个不可以撕的！都不许靠近……”她朝着人群无助地呼喊。

工者 93 不认识这样的静静。这一刻，他觉得她好陌生。天花板上众多的小圆球全数运转起来，静静的身体在短时间内，迅速分化成了无数个一模一样的。工者 93 被这突如其来的状况给弄傻了。这些复制体神情一致，她们面带统一的职业微笑，如同久旱逢甘露，各自拉住一个“VIP”人，急迫地询问对方是否需要帮助。欢乐的人群中，没有一个理会这些静静，他们继续自顾自地玩转整个图书馆。有的人踩在《纯粹理性批判》上，在书堆中疯狂地交媾；有的人推倒书架，空出一块地方，开始寻找格斗的乐趣；有的人把《时间简史》撕得粉碎，在众人面前表演“天女散花”等全新玩法……破败的大门敞开着，人群被亮光吸引，还在不断地拥入。

工者93呆呆地看着这嘈杂的图书馆现场。他已无力再做什么。图书馆的尽头处，一排向上的台阶孤零零地延伸出去。他蹒跚着走上去，推开尽头的门，摇摇晃晃，独自来到了之前3号管理者静静所提到的网格集合体最顶端——这是一个大平台。

在这顶端的平台上，工者93瘫坐在地，眼皮艰难地张开，十分疑惑地看着这外面的夜晚——他以前从来没看到过。平台上的几个直角处，有几根高大的柱体，各个柱体的顶端“嗡嗡嗡”地发出运作的声音，似乎在一直发射着什么，一张若隐若现、巨大的弧形透明罩正在发挥作用，它将网格集合体死死地保护在里面，不让外面的风暴有丝毫入侵的可能。四面八方落下的幕罩基本透明，但外面遮天蔽日的风暴沙尘席卷而来时，这幕罩又会荡起五颜六色的丝丝涟漪，尘埃们沿着这幕罩的边缘快速移动、弥漫开来，使罩子在更多时候，呈现出一种巨大的淡黄色。

眺望其他方向，在这巨大的弧幕外，是无数狂舞的橙色灰尘和东倒西歪且只剩残垣的更多网格集合体，隐隐约约可以看到几个“××酒店”“××大厦”等陌生的符号……视线的远处，是深深的黑暗，谜一般的云层里，朦胧地泛出诡异的微弱光晕。

工者93突然好困了。细细的光亮透过那道门缝钻出来，在平台上印出一道长长的优美的线条。图书馆里的嘈杂，他已听不见，眼前令人疑惑的夜，他也不在乎了。既然睁着眼睛与闭上眼睛，并没有多少区别,那自己何必如此累呢。巨大的弧罩之外,星尘不断陨落,它们接二连三地冲向那弧形幕罩,然后迅速地湮灭,于穹顶之上发出“吱吱吱……”的细微响声,整座透明幕罩被激荡出五彩的波纹。他抱紧双腿,把头深埋起来,迷迷糊糊中,似乎触碰到了那片熟悉的黑色,那片无尽的、只存在于他梦中的静谧之地。这是他第一次如此地向往。

载于《科幻立方》2020 年第 3 期

李兴春

诡诺

一

“草根香”茶馆是一个奇怪的地方，经常能遇到奇怪的人，就连老板叶知味也来历不凡。我去过一两次后就被吸引成了茶馆的常客，在这里认识了很多茶友，但第一个和我熟悉起来的还是老板叶知味。

说叶知味来历不凡是我猜的，因为他的茶馆客人稀少，看起来清风雅静的，赚不了什么钱，甚至赔本也赚不了吆喝，但他仍然一直开下去。而且茶馆装潢档次还不低，有一种古典怀旧的情调。茶馆大门的一副对联“朱门酒肉臭，大碗茶根香”据说是请一位著名书法家题写的，每个字一千元。

叶知味不大谈自己的身份背景，却从不隐瞒自己是一个侦探小说迷。有一天我们聊起各自认为最好的十部侦探小说，入选作品都差不多，排名先后却大不同。在前三名中，叶知味排第三位的是阿加莎·克里斯蒂的《无人生还》，这我认同；排第二位的是柯南·道尔的《巴斯克维尔猎犬》，叶知味认为《无人生还》有点机巧太过，而

《巴斯克维尔猎犬》那种"哥特式侦探小说"的神秘气息更具特色，所以应该排在《无人生还》之前，我也没有异议。但他排名第一位的侦探小说我有点陌生：瑞士作家弗里德里希·迪伦马特的《诺言》。

我更想不到的是：这部小说虚构的发生在异国他乡的凶杀案，竟然以几乎毫不走样的情节，重新发生在了我们眼皮底下。

二

在叶知味的推荐下，我看了弗里德里希·迪伦马特的《诺言》，这是一部试图颠覆侦探小说传统写法的"反侦探小说"，果然使我深受震撼，而且越到后来越觉得它配得上侦探小说第一位的排名。小说开头，作为叙述者的"我"遇到一个退休的警察局局长，局长开车带"我"来到一个简陋的小加油站，请一个满脸胡子、衣服全是油垢污迹的肮脏的老人给他加油并擦洗车窗。而叶知味也突然提出要开车带我去一个地方，同样把我带到一个简陋的小加油站，请一个满脸胡子、衣服全是油垢污迹的肮脏的老人给他加油洗车。这老人还浑身散发着酒气，是个不可救药的酒鬼，又不停地抽烟，都和小说中描写的一样。

老人加油的时候，叶知味把我带进加油站附设的一个小超市，超市里站着一个胖胖的妇女，还有一个衣着朴素的姑娘，看上去机灵又可爱。

加完油离开时，我看到老人突然握紧了拳头，他一边摇晃着拳头，一边低声诉说着什么，反反复复就是几个字："我等着，我等着，他会来的，他会来的。"在车上，叶知味告诉我说，加油站的老人原来是一个天才的大侦探，曾任刑侦大队长，叫张正义，能力超群，前途无量,叶知味和他是好朋友。在张正义即将升职的前几天,他接到一个街头混混的报案电话。这个混混曾因猥亵未成年少女被劳动教养过,混混报案说在一个废弃的建筑工地里,发现了一个被奸杀的小姑娘尸体。

张正义和刑侦队员们到了现场,看到了惨不忍睹的一幕,小姑娘大概只有七八岁,穿着黄裙子,戴着红色的发卡,她家就住在附近,询问现场的其他人,得知她是一对教师夫妇的独生女。检查完现场后,张正义勇敢地承担了向教师夫妇通报这个不幸消息的任务。

教师夫妇没有像张正义见惯了的这种情形下通常会有的呼天抢地痛哭失声,他们都戴着眼镜,文质彬彬,能够控制情绪。但突然他们两口子双双向张正义跪下了,请求他承诺:一定要找到杀害他们孩子的凶手。

张正义慌了神,一面满口答应,一面想拉他们起来。但无论如何拉不起来,最后,他只好转身落荒而逃。

三

张正义也看过《诺言》,也很喜欢这部小说,但直到那个时候,他还没有因为这些相似的情节而把眼前的凶杀案和小说联系起来,是那个向他报案的街头混混自杀,才使他惊骇地发觉,案情的发展仿佛在重演小说中的故事。《诺言》里的探长马泰依也是接到一个曾经猥亵十四岁女孩而被判刑的小贩报案,在树林里发现了被奸杀的幼女尸体。他到现场勘查,然后在死者父母面前做出承诺,一定要抓到杀害女孩的凶手。报案的小贩因为有前科而受到大家怀疑,经不住沉重的精神压力,认罪并上吊自杀了。这个街头混混也是作为证人被带回局里审讯后,被认为有重大嫌疑。他是教师夫妇的邻居,和小姑娘很熟悉。他也经不住沉重的精神压力,虽然没有认罪,但回家后听到父母的不断指责,一时冲动跳楼自杀了。

张正义就在那时候,把《诺言》的电子书下载在手机里。这种诡异的巧合使他感到书里似乎有一种来自幽冥世界的灵力,可以指引他在现实中破案。他决心就照书里描写的一样去做。

在书里,马泰依探长就要到国外高就,但他心里清楚小贩并不是真正的凶手,最后一刻他毅然放弃了自己的光明前程,留下来伸张正义,侦破疑案。

张正义也辞去了公职,他要用自己的方式、以自己的力量破案。现实和小说还有一个可怕的相似之处:同类型的奸杀幼女案都连续发生了三起,小说中的受害者都是穿红裙子的金发小姑娘,长得很像;而现实中的受害者都是穿黄裙子戴红发卡的小姑娘,同样也长得相似。

马泰依探长推断出凶手应该来自哪个地区,开车要通过一条必经之路,他就在路边开了一个加油站,收养了一个和以往受害者长得很像的黄头发小姑娘,给她穿上红裙子,利用她做诱饵,诱捕凶残变态的连环杀手。为了达到这个目的,他堂堂的前探长,不惜和小姑娘的母亲——一个有过多次进出警察局不光彩记录的职业妓女同居。

张正义照方抓药,按相同的思路推断出了凶手应该在的地区和开车要通过的必经之路,他也在路边开了一个加油站,同样收养了一个和以往受害者长得很像的小姑娘,经常给她穿上黄裙子,戴上红发卡做诱饵。不过小姑娘是孤儿，他又另外找了一个女人同居，好照顾小姑娘。这个女人虽然没有从事什么不正经的职业，但又胖又丑，又懒又笨，只能在加油站的小超市里帮着卖东西。

他所做的这一切只有他的好朋友叶知味知道，而其他人都不理解他，认为他疯了。现在我听到叶知味讲述这个故事，我不但认为他疯了，叶知味也疯了。

因为在小说中，马泰依探长最终是失败了，没有等来他要诱捕的凶残变态杀手。张正义和叶知味重复他的做法，岂不是也要重复他的失败吗？

四

叶知味对我说出了一个斩钉截铁的断言："我们不会失败。"

我问："为什么？"

叶知味回答："因为小说中的马泰依探长也没有失败。"

我惊讶地回想刚看完不久的小说情节，马泰依探长要诱捕的杀手确实上钩了，但他在来加油站的途中遭遇车祸死了，不知情的马泰依探长坚持自己的判断和信念，仍然认为他会来的。而别人包括曾经理解和帮助过他的警察局局长都已经把他看成了一个疯子，当最后真相大白，警察局局长激动地赶去告诉他真相时，已经没有意义了，马泰依探长陷入了真正的半疯癫状态，邋里邋遢，浑浑噩噩，只会抽烟和喝酒，反反复复念叨："我等着，我等着，他会来的，他会来的……"整个人算是毁了。

现实中的张正义不也是这样吗？他不也是一直没有等出结果吗？叶知味笑了："没有结果，正是我们想要的结果。"

经过叶知味的解释我才恍然大悟：小说中的凶手是在前去加油站再次作案的路上出车祸死的，没有马泰依探长的计划，也就没有这个加油站；没有这个加油站，也就没有凶手去加油站再次作案的行为；没有这次作案的行为，凶手也就不会在路上遭遇车祸；没有这场车祸，凶手也就不会死，还可能继续作案。这场车祸虽然不是马泰依探长直接造成的，但在根子上是由他实施的计划引起的。马泰依探长的诱捕事实上成功了，成功得是这样彻底：不但制止了凶手的这次犯罪，而且从此终止了凶手的犯罪。

叶知味说："如果现实真是小说严格的翻版，那么，张正义加油站的存在，那个作为诱饵的小姑娘的存在，也一定诱使着凶手在某一个时间朝着加油站开车过来，同样在某一条路上出了车祸，我们的计划也同马泰依探长的计划一样等于是成功了。凶手现在很可能已经死了，所以这几年我们也没有听到再出现类似的奸杀幼女案了。"

我问："你真的相信会出现这样的巧合？"

叶知味又笑了："我不相信。"

五

叶知味向我讲出了第二个真相。

张正义准备按《诺言》中的故事一步步实施他的计划时，现实中的故事没有照书上的故事发展。

他没有辞去公职前，得到了那个死在建筑工地的小女孩准确的尸检报告：小女孩没有遭到真正的性侵害，而且种种遗留的痕迹表明，这可能是一起女性实施的凶杀案。他还发现了同事们都没有发现的线索,顺着这条线索终于锁定了嫌疑人:一个在超市打工的又胖又丑的妇女,因为不能生育,以前曾经收养过一个小女孩。后来这个小女孩被别人领走了,再也没有回来,她精神受到了刺激,以为是小女孩不认她了,于是产生了强烈的仇恨心理,遇到长得像她养女的小女孩,她会想方设法把小女孩骗走,然后加以杀害。

等见到嫌疑人的时候,张正义也像受到刺激似的,产生了另一种古怪的心理。原来他认出这个又胖又丑的妇女是他的中学同学,现在看上去又胖又丑,当年可是他们的“班花”,是他心里一直暗恋的对象。张正义旧情复发,而且一发不可收拾,最后不顾一切,做出了疯狂的举动。他辞去公职,自毁前程,悄悄和自己当年的梦中情人搬到另一个地方同居起来, 并用自己的积蓄和借来的钱开了一个小加油站谋生,外搭一个小超市。他知道自己当年的梦中情人现在已经有点精神失常,为了防止她再次发病并且犯罪,他到各处福利院寻觅, 终于又找到一个长得像情人养女的小女孩, 收养过来后,他的情人以为当初不认自己的养女回来了,从此没有发病,也没有再犯罪了。

我想起那个在小超市里看到的胖女人, 显然就是张正义的情人了,言谈举止都很正常,待人还很和蔼可亲。叶知味说:“至于她以前犯过的罪行,由于她有精神疾病,依法不能判她死刑,最多也就判个无期。但判刑的最终目的是改造,让她不再为害社会,在张正义的监护下,她一辈子都不会再犯法了,这和在监狱里服刑的结果又有什么区别?甚至可能比在监狱里还好,因为以前她对别人只有恨,现在她对社会也有爱了。

“这同样和书上写的凶手在路上遇到车祸死亡也没有区别,犯罪都终止了，尽管凶手没有受到惩罚，但鉴于她的精神疾病也是情有可原的。张正义最终找到了凶手。作为他的朋友，他让我知道他的秘密，是希望我能够在某些时候帮助他，看好他的情人，这样，他等于履行了他的诺言。”

叶知味说完最后一句话，也把我送回了家，下车之前我问：“那你又为什么要让我知道这个秘密呢？”

叶知味说：“因为我也把你看作我的朋友，我也需要你的帮助。”

六

这之后我和叶知味又去了几次加油站，看望张正义一家。我用另一种方式帮助了叶知味，也帮助了张正义一家，就是找出我认为的第三个真相。

有两个疑点我一直想不明白。第一，既然患精神疾病的是张正义的情人，犯罪的也是她，张正义就不存在利用加油站和收养的小女孩做诱饵的事，也不会因为凶手一直不上钩而失望，但为什么看上去半痴半癫、精神出了问题的却是他？第二，既然是连环奸杀案，凶手应该是同一个人，也就是张正义的情人，并且会使用大致相同的作案手法，为什么第三个被杀害在建筑工地的小女孩没有遭到异性的性侵害，而在此之前的两名受害者，尸检报告证明确确实实都是被男人奸杀的？

两大疑点共同指向了一个隐隐浮现的真相，也就是最后的真相。我走进了加油站附设的小超市，张正义的情人——那个胖胖的妇女和蔼可亲地和我打招呼，我一边随意地浏览货架上不多的商品，一边想着怎样把话谈到正题上。最后我决定直截了当地开口：

“第三个被害死在建筑工地的小女孩，不是你杀的。”

胖女人脸色一下变得煞白，慌乱地接着我的话头问：“那——是谁杀的？”

我说：“你在张正义半清醒半糊涂的时候，编造了一个真相告诉他，他又告诉叶知味，叶知味当作一个秘密又告诉了我，可惜这个真相不能说明两个疑点。真相涉及的基本事实是对的，因为自从加油站开起来，你们也收养了你们的养女后，连环奸杀案确实就停止了，再也没有发生过，这不是巧合。但真相涉及的人却是错的，准确地说是反的，张正义说你杀了第三个受害的小女孩，事实上，前后三个小女孩都是他亲手杀的，只不过第三次他不是奸杀而已。当然，这都是他在精神失常状况下的所作所为，前几次我和你们接触，我那有限的精神病学知识已经足以让我证实，真正患精神病的是他不是你。

“曾经收养过一个小女孩的也是他不是你，这个小女孩之所以后来被领走，是因为别人发现他对小女孩有某种不良的企图，他一直患有恋童癖，所以失去了收养的资格。这件事刺激了他，他开始实施连环奸杀幼女案，第三次他作案得逞，案子也恰好轮到了他自己来破。这个时候，他的一些精神不正常的苗头也显露出来了，使他无法再伪装下去，只好辞职，来这里开了个加油站。他又想办法收养了一个小女孩，都是他喜欢的同一种类型，他打算第四次作案。这个时候你来到了他身边。

“你们确实是中学同学，但在学校里是你暗恋他而不是他暗恋你，现在也是你想用爱情来拯救他而不是他拯救你。这几年你确实做得很成功，保护着你们的养女安安全全地长大了，没有受到他的伤害。他的病虽然经常发作，但也确实没有再做犯法的事。你是在刀尖上走钢丝绳。为了让他摆脱过去犯罪的心理阴影，你甚至在他不太清醒的时候，把他做的事故意说成是你做的，时间一长他记忆产生偏差，也就信以为真了。你可能以为，只要你永远守在他身边，随时监护着他，那么，他就等于是在监狱里服刑改造，已经重获新生了。”

胖女人的神情表明她承认了我说的一切，在此之前只有叶知味知道她和张正义的事，而且知道得并不全。她问：“你会去报警吗？他已经不是原来的那个杀人犯了，原来的他已经死了。现在他对我们女儿是真正的父爱，他虽然脑筋不是很清楚，但能干活，也算是对社会有用，这难道不比把他关到监牢或精神病院要更好吗？”

我叹了口气，说：“我不知道，我只是觉得你养女尽管长大了，有一定的自我保护能力，但你还是没有权利一直让她处在这样一种危险的境地中。”

这个了不起的女人思考了半天，仰起头说出了一个妥善的解决办法：“对了，她已经长大了，是该把所有真相告诉她的时候了。这个秘密是要说出去还是不说出去，就让她来做这个决定吧。”

说完，胖女人撩开小超市的门帘，向外呼喊那个衣着朴素的机灵可爱的姑娘。

七

那个姑娘怎样做出这个艰难的决定，我不知道。但我想无论她做出怎样的决定,这个案子最终的结局都不算太坏。叶知味把《诺言》这部反侦探小说又反了回来,我则进一步反到底了。因此当我再来到草根香茶馆,把找到的第三个真相告诉叶知味,他很惊叹,说我应该去当侦探。我顺口答应了一声,叶知味就说:“这可是你许下的诺言。”

我倒吸一口凉气,不知道这个诺言,是不是马泰依探长的诺言?

我暗中还有一个诺言,为了这个诺言,我不得不继续关注张正义一家,特别关注他和他情人的养女,那个衣着朴素的机灵可爱的姑娘叫小玉。我定期来看望他们,有时宁愿绕路都要开车来他们这里加油,在小超市里买上一两样东西。我和小玉混熟了,终于有一天,在她养父母都外出办事的时候,我用科学的逻辑演绎法向她阐明了第四个真相,也就是最后的真相。

我说:“小玉,你一直在冒险,我自己也在冒险,我总是想我们冒这个险究竟值不值得?是不是另外有更好更安全的方法?既能达到我们的目的,又不至于冒这样大的风险?”

小玉故作天真地叫着我的名字说:“李深探叔叔,你在说什么呀?我听不懂,我们冒了什么险?”

我说:“很遗憾你的养父母在精神上都有点问题,曾经有三个穿黄裙子、戴红发卡的小女孩被杀害,其中你的养父奸杀了前两个,第三个是你的养母杀害的。本来你是他们选好的第四个受害者,但后来不知是他们精神状况有了好转,还是你投了他们的某种机缘,他们没有害你,而是像合格的养父母一样尽心尽力把你抚养长大。他们的记忆一直很混乱,你的养父认为那三个小女孩都是你的养母杀的，而你的养母又认为那三个小女孩都是你的养父杀的，他们还互相监督着。你长大后逐渐弄清了真相，事实是你的养父杀了前两个，你的养母杀了第三个，他们都是罪犯。当你发现他们对你不再有当初的不良企图，你在生活中多次试探，都证实他们不会再加害你，而是把你当亲生女儿一样真心疼爱，你决定冒险不举报他们，换一个方式来消除和惩罚犯罪。你打算终生守候在他们身边，既为他们尽孝养老，又随时监视着他们不再犯法。”

小玉的脸色变了，她想说什么说不出来，事实上等于默认了我的判断。

最后她还是说了几句：“叔叔，我有时也觉得对那三个可怜的小女孩不公平，杀害她们的罪犯没有得到惩罚。但是，由于我爸妈都已经鉴定为精神病，发了残疾证，到法院也不能判刑。我就想，不如由我来看住他们吧，我已经长大了，能够做到既保护自己，又预防他们再犯罪。”

我说：“这个问题我们以前甚至和你养父母都讨论过，当然是在他们清醒的时候。我也相信，现在他们应该能够控制自己了，这种处理方式对他们对社会都最有利，所以我也没有把真相说出来。但我还是担心你的安全，毕竟他们是病人，仍然有发病的可能性。现在你告诉我，你自己究竟害不害怕呢？”

小玉说：“我是个孤儿，是他们给了我父爱和母爱。尽管他们有可怕的一面，但当初并不是其他不可怕的正常人收养了我，给了我父爱母爱。如果没有他们，我现在不知道是什么样子。你说，我能做得到不接受他们这可怕的一面，不回报他们给我的爱吗？”

我无言以对，点点头说：“我明白了，那我还是继续支持你，我们共同保守这个秘密吧！这样做其实是个大胆的犯罪改造学实验，我不知道我们能不能成功。不管任何时候，只要你有危险，有什么需要我帮忙的，或者你父母对别人造成了任何威胁，你不能控制局面，请你一定通知我，我第一时间就会赶来。”

这是我的绝无诡诈的诺言，我也不知道我们这样做到底对不对。这一切都是当初用科学演绎法推理反转《诺言》的故事情节所引起的，是对于一篇小说的“文学幻想”，为了实现这个诺言和这个幻想，也许我真的应该考虑做个科学家？或是一个科学神探，抑或是一个信仰正义的警察，就像马泰依探长的辞职一样坚定不移。

编者按：《诡诺》不属于传统意义上的自然科学幻想小说，也非社会科学幻想小说，而属于一种在西方被称为“人文科学幻想小说”的类型。作者设想的是对某些已为人熟知的文学作品进行深加工、再挖掘，用科学方法发展出反转的情节和更深层次上的意义，相当于是在已有的文学作品基础上进行科学幻想。这种类型的小说不是简单的原作的续篇或所谓“同人小说”，因为它不是延续、补充原作故事情节和思想意义，而是从根本上反转和颠覆，让人们从一个全新的意想不到的角度重新审视原作，所以相对于原作它是独立的新作品，只不过是借用原作的“烧杯”浇新作的“块垒”。科幻小说可对自然科学进行幻想，可对社会科学进行幻想，亦可对以文学和具体文学作品为代表的人文科学进行幻想。换句话说，这是一篇“关于小说的小说”，是一种“元小说”，“元小说”即“人文科学幻想小说”。

载于《科幻立方》2019 年第 1 期

沈屠苏

火衫

一

如果有一堵墙阻碍你得到自己渴望许久的东西,你会怎么做?穿过,绕行,抑或转身离去?

人称“医龙”的冯与蓝在接受《柳叶刀》记者汪盈专访时侃侃而谈:“要做个不平凡的人,就一定要穿过那堵墙,尝试别人不愿尝试的事!”

他是医学界的翘楚,有足够资本在移植学与人造体研究上指手画脚,耀武扬威。在他的带领下,义体移植好比能源领域的页岩革命,已经走了太远。他最成功的手术是给一名心脏衰竭、肝脏硬化、脾脏破裂……或者,直白说,就是一个五脏六腑没几个是自己能做主的病人做器官移植手术,结果是大获成功。那人到现在还逢人就说冯医生是他的再生父母,没有医龙的妙手回春,他耗尽大半辈子积攒的存款在咽气之前都花不完。这就像在打软广告,给冯与蓝的私家诊所和“世纪福音”工厂带来了无穷收益。

说到这里,请不要产生冯与蓝伙同“世纪福音”诓骗患者的误会,用人造义体代替无可救药的病变器官或受损肢体这项技术,起初确实成本高,难负担,可时至今日,工薪阶层都能承受,甚至已然成为最时髦也是最受欢迎的治疗方式,更堪称心脏病、尿毒症、肝癌、失明、失聪、缺胳膊断腿等患者的福音。

访谈顺利结束,冯与蓝离开演播厅前往自己的诊所。长长的预约名单让医龙本人既爱又恨,爱的是名利,恨的是辛苦。适当的辛苦会给人以充实之感,过分的辛苦却会灭亡一个人的心灵,想必“忙”字便是此意吧……

冯与蓝可不想在把别人从魔鬼手里夺走的同时把自己送入死神的虎口。性价比上,怎么都不是划算的生意。他决定再做一个手术就给自己放三个月的大假,好好调养身体。这时,护士送来一份清单,他筛来选去,最后圈住了一个名字——蒋奔。

这位蒋奔可是一位颇具影响力的人物,蒋氏财团的掌舵人,运作着规模可观的信托基金,是富豪榜前三的常客。电视上他的出镜率非常高,热心公益事业,微博上更是以意见领袖自居。传闻他还组团去火星拓荒,发了一笔横财,但那应是传闻,没人印证过或没人能印证。

冯与蓝觉得给这样有头有脸的人做手术,是拓展自己事业的难得机会——不只是贪图口碑效应,倘能激起蒋奔的感恩之心,让其慷慨注资,届时,“世纪福音”变成全亚洲最大的义体制造工厂也绝非难事。

打定主意,冯与蓝便去拜会这位顶着社会活动家光环的商人。事实上他不必如此谦卑,只需要让护士安排好蒋奔的就医事宜即可,但为了助推事业,他义无反顾。

二

蒋奔住在市郊,拥有豪奢的私家园林、车库泳池、英式管家、法厨菲佣以及空中花园里静静生长的雷司令……该有的都有，不该有的也有,诸如继承者们的那些恩怨。作为家族的掌舵人,看守财库的圣彼得,蒋奔的糟心事只多不少,因钱生出的仇隙只增不减,四十六岁阑尾穿孔,五十五岁心脏搭桥,六十岁血管重建,疾病困扰着他,衰老也伺机而动。

英式管家引路,冯与蓝见到了蒋奔。后者正跷着二郎腿,在草坪上悠闲地晒着太阳。陪伴他的是小他二十岁的妻子,头发比漆黑的长夜还要黑,嘴唇比大海里的珊瑚枝还要红,眸眶里嵌着少女萌系的彩瞳,挺俏的鼻子像中法混血出来的,鼻梁中部有淡淡的晒斑。

总括一句话,终究是徐娘半老。

“冯医生,见到你真高兴。”蒋奔从躺椅上站起来,张开双臂,大方地给他一个拥抱。

冯与蓝回拥,两人挨得紧紧的,甚至还用上了法式贴面礼。冯与蓝并不反感蒋奔精力过剩的热情,却奇怪他的身体状况,看上去没什么毛病,暗忖老家伙比自己都要健康呢。这时候蒋夫人笑了,她这一笑,声音像吹散的蒲公英,满庭都是。

“哟,大名鼎鼎的医龙！”

奇特的语气混合了钦佩与微嘲，让人听起来不舒服又找不出哪里出了问题。冯与蓝冒昧地瞄向她,印花廓形背心裙,刺绣丝袜,英伦镶边皮鞋,正要恭维几句,蒋奔从椅子下面的银色冰桶里擎出一瓶香槟来,“啵”一声弹开瓶塞,泡沫涌出。蒋夫人不慌不忙地用纤瘦的高脚杯接住，这老少配不乏默契，乍看还有些夫妻相，只是多了一丝貌合神离的味道。

淡金色的酒水顺流而下，那杯壁奇薄无比，上面绘饰的鱼仿佛钻进了杯中，畅游亚光的海洋。蒋夫人撮着杯脚，递给冯与蓝。

冯与蓝道谢接过，小心把持着，生怕稍不注意就会把杯子捏碎。

蒋奔随后也给自己和夫人各斟一杯。

“如何，冯医生，边走边聊？”

蒋奔手指空中花园。冯与蓝没有拒绝，那空中花园号称会开花的魔毯，多少人想进去瞧一眼都不得呢。蒋奔举起他的右手，无名指上的大金戒闪闪发光，他不是在炫耀，而是对准了花园。“咔”的一声，一种无形的力开始把他们往上提。冯与蓝惊叹蒋奔的富有，竟然在自己家里运用反重力技术，这原理说起来像一把椅子浅显易懂，便是利用间歇振荡器产生间歇脉冲电流，通入内置的电磁铁线圈，打造出局域磁场。磁力穿透人体，操纵铁元素，形成离地斥力，从而对万有引力说不。

他们甩掉鞋底湿软泥泞的土地，来到空中花园。

卷曲的葡萄藤依恋在白色碳纳米管搭好的架子上，一如女萝附松，葛生蒙楚，紧紧交缠难解，大有任你棒打鸳鸯也拆不散的架势。

三人在墙的夹缝中行走，从头到尾不过二十步的距离。脚印在身后蔓延，蒋奔边走边查看雷司令的成色：“我用它们酿造干邑白兰地。”冯与蓝对雷司令远不如对五脏六腑研究得深，他不发表意见，只一味附和：“嗯，不错。”蒋夫人有点儿挑逗的意思：“是葡萄不错,还是人不错?"

冯与蓝不是不懂风情,但他不想在这里消费风情:"都不错,都不错。"他急于切入正题:"蒋先生,上次你预约心脏移植……"

"噢,"蒋奔停止侍弄他的雷司令,"你说预约的事……呃,我觉得心脏还好,我想问问换肤的事。"

换肤?冯与蓝对这种不专业的词出现了刹那的知觉延迟,但延迟只持续了几秒就切换成熟悉的语感——皮肤移植, 他想到了著名的摇滚天王迈克尔·杰克逊。

"蒋先生对肤色不满意?"

蒋奔摇头:"不是肤色,是材质。"他摘下一颗雷司令,举过头顶,像打量钻石似的敝帚自珍,阳光穿透了它薄薄的表皮,葡萄透明得像凭空消失。

"我不会以这具皮囊终老,我知道我另有命运。"

三

做皮肤移植手术本并非什么难事,何况现在人造体如此发达,想在哪个部位植入何种尺寸何种材质的皮肤就和在餐厅点菜一样随心所欲。但蒋奔却给冯与蓝出了一个难题,他要全身移植,并且拒绝人造皮肤。这就意味着需要活体移植和捐赠来源,还必须是从发际线到脚底板的无删节版。想一想手术会经历剥皮之刑的惨烈,冯与蓝的颈后毛都配合地竖起来。眼下,除了蒋奔这样的富豪,谁愿意在移植时采用来源稀少价格奇高的原生态真人皮呢?那简直是巨大的奢侈,而且会引发伦理问题。反观人工合成的,就没有这样的弊端,流水线供应,随时定做,售后三包,永难缺货。回想第一具人造义体从实验室诞生,类似于创造奇点的轰动效应,冯与蓝至今难以忘怀。之后,人造义体便如香饽饽,风靡地球,癫狂到似乎身体里没几个人造的零部件就在人前抬不起头来。

对,时尚科技是人类的宠儿,但别忘了,喜新厌旧是人类的天性。当一件事物过于普遍地存在,逆潮流就会成为时尚,而逆潮流之后就是另一个新陈代谢重见天日的过程。人们开始积极讨论返璞归真,变得喜欢真皮而不是人造皮,喜欢天然钻石而不是人造金刚石,喜欢马尔代夫的海滩而不是用氯化钠消毒的自家游泳池,喜欢从土壤里长出的鲜花而不是永不掉色的塑料花。

喜欢归喜欢,能做到将喜欢付诸行动的,只有那些掌握了足够财富的人。说白了,怀旧是有钱人的游戏。冯与蓝自叹弗如。参观完空中花园,蒋奔盛情邀请他共进晚餐。医龙不便拒绝。长度恐怖的餐桌上星罗棋布着龙虾酱配黑鲈鱼、羊羔肉、藏红花寿司、夹着浆果的焦糖蛋卷……法厨的手艺不容小觑。配酒是干邑白兰地,当仁不让的雷司令酿造。

席间,蒋夫人一个劲地向他抛媚眼。这让冯与蓝着实被动,好在他没接招,只是和蒋奔侃大山。侃着侃着,蒋奔居然谈论起学问和道统来,其效果跟谐星念讣闻一样相去无几。冯与蓝可没兴趣,他刻意诱导蒋奔往他设定的主旨上靠,主客很自然地从学问聊到了生意。但蒋夫人却好像故意捣蛋,几次岔开严谨的话题,讲一些粗俗不堪的笑话。蒋奔毫不介意地笑。冯与蓝却只得忍耐,他谨慎地控制酒量,一次只抿一小口,绝不让酒精主宰自己。蒋奔似乎嫌气氛不够热烈,起身离座,握住妻子的双手,跳起了拉丁舞。

冯与蓝目瞪口呆,说蒋奔为老不尊有些过了,但当着客人的面不拘礼节，似乎不太符合他的身份。他们跳得不亦乐乎，蒋奔还招手让冯与蓝也加入进来。冯与蓝摆手说不要，蒋夫人不管，硬拉。一拉一扯之际，两人像喝高了的醉汉，踉跄着撞到了一起。蒋夫人弹性十足的胸脯让彗星撞地球的冯与蓝神经一紧，脸色随之像电影节上铺开的红地毯一溜到底。蒋奔仍不介意，没心没肺地手舞足蹈，仿佛蒋夫人不是他的夫人，是路边采来的野花。蒋夫人的头发摩擦着冯与蓝的脸，娇喘吁吁的样子以及那轻声的呢喃让他战栗。

“抱我。”

他照办了，抚触到她裸露在衣服外面的肌肤，立时有过电的酥麻感。她搂住他的脖子，发出轻微的呻吟，简直要了他的命。欲火中烧的他如一头种马，自制力濒临崩溃。忽然，一阵清风挽救了他，与风一起入室的还有位妙龄女生，之前他们见过面，《柳叶刀》的记者汪盈。

“是你。”

冯与蓝失去了采访时谈吐自如的风姿，不是他对汪盈有企图，而是他自己也觉得和蒋夫人搂搂抱抱不合适，惊怔之际连忙收身。尴尬的气氛浓得化不开，或者说先前的气氛完全被破坏了。

“乖丫头，你回来了。”蒋奔回归了父亲的身份。

冯与蓝一愣，汪盈是他的女儿。

汪盈用复杂的眼神在冯与蓝身上驻留一刻，便迅速移到蒋奔和他的夫人身上：“我可没你这样随便的老爸，这个女人也不是我妈。”她的口气不像做女儿的，倒像颐指气使的大家长。

蒋奔虎了脸，训她：“没大没小，在客人面前一点规矩都没有。”

汪盈赌气哼了一声，指着蒋夫人：“像她这样才没规矩呢。”然后屁股一扭，穿过餐厅往里走去。

大概是回房间吧，冯与蓝想。他看着蒋奔夫妇一脸愠怒，尤其是蒋夫人，自然觉得没有再逗留下去的必要了，找个借口意欲告辞。蒋奔热心挽留，蒋夫人也在一旁帮腔，冯与蓝坚辞不受，这对夫妇好客之道令他诚惶诚恐。这不，才出了别墅，还没来得及打开车门，蒋夫人就从后面追了过来。他眉头一皱，心说这有夫之妇死缠烂打的，成何体统，正要肃容以对，蒋夫人却一副慌慌张张的模样，眼眶里布满了因焦急而产生的水雾："冯医生，你快来，我老公梗住了！"

冯与蓝明白，她说的"梗住"就是心肌梗死，如果抢救不及时人随时一命呜呼，更何况救死扶伤也是医生的天职……他奔回别墅，看到蒋奔扑倒在地，手捂胸口面色极其痛苦。汪盈守在旁边，忽闪忽闪的眼睛有大颗大颗的泪滴下来。冯与蓝让蒋夫人去取速效救心丸，然后叫汪盈帮着把蒋奔的身体平卧。汪盈很紧张，手抖个不停。冯与蓝宽慰道："为什么你父亲姓蒋，而你姓……"

"我跟我妈姓！"

看着汪盈那蔷薇色的脸颊，冯与蓝心知豪门都有秘密，不再多问。蒋夫人也在这会儿拿药过来，蒋奔捉住她的手，眼睛却瞄着冯与蓝："一定要换……"

一语未尽，人就晕了过去。汪盈楚楚可怜地求助冯与蓝："医龙，怎么办？"

冯与蓝扒开蒋奔的眼睑，察看他的瞳孔，又趴在他胸口听了会心跳，面色凝重，就像退休那一刻看到养老金账户里大笔存款不翼而飞。

“打一针强心剂。”

“你确定？”汪盈和蒋夫人异口同声，发觉与对方频率同步，彼此嫌恶地对视，又同时缄口。

冯与蓝从她们的表情看出了一丝苗头：“该不会蒋先生的心脏……”

“人造心脏。”

人造心脏出故障，药石罔效，必须立即抢救。冯与蓝刻不容缓地指挥蒋夫人和汪盈：“快，抬他上我的车。”

蒋夫人给了他否定的回答：“不需要，我老公有私人手术室。”

四

蒋奔悬浮在手术床上，面部被氧气罩覆盖。床旁的仪器繁多，比大医院的重症监护室还要体面。菲佣充当护士，递刀送钳。冯与蓝激活了蒋奔体内的止痛开关，一边瞄着心率监视器，一边用精灵手术刀打开蒋奔的心房——先断开动脉和静脉，接在血液循环器的端口上，建立体外循环，再拧下左心房后壁，打开方形缺口，切断所有神经纤维，将心脏取出，最后换上新的心脏……看着原子钟，冯与蓝筋疲力尽地完成了手术。

麻醉一过，蒋奔苏醒过来。

“谢……谢你……冯医生……”

口罩让冯与蓝疲惫的声音顿显无力：“蒋先生，好好休息，您现在需要静养，别太耗神……”他走出手术室，蒋夫人快步迎上来：“怎么样？”

冯与蓝除下口罩：“手术顺利，你可以进去看他，不过别太久。”

蒋夫人的愁绪一扫而空，表情渐渐明亮，满脸堆笑着推门进去。门在她身后坚决地关上。

汪盈鄙夷地歪了歪嘴，啐一口："虚伪。"

对于她的直率，冯与蓝只能苦笑，家家有本难念的经，看来这位富豪的萧墙不像表面那么光鲜。他累了，想离开。

汪盈背倚着墙，双腿交叉："身体衰老是自然的过程，到了一定的年龄就会释放出明显的信号，我爸年轻时喜欢踢两脚足球，绿茵场上的九号半，但现在，他再也做不出马赛回旋那样的动作了，不再年轻的失落感非常强烈。"

冯与蓝说："可以打高尔夫球。"

"把钟爱的运动从足球改成高尔夫球，是一个可怜的决定。"蒋夫人从手术室里出来，接过汪盈的话。汪盈不满地瞪了她一眼。蒋夫人选择了无视，她的脸因为兴奋而通红。那抹红延伸到了颈部以下，让冯与蓝目光一跳。

"谢谢你，冯医生。不是你，我老公可能就挺不过来了。"

汪盈的神情不屑而古怪："你是怕得不到遗产吧。"

一听这话，蒋夫人出格地怒了，但涵养让她全力克制，没有在冯与蓝这个外人面前彻底失态。

"对不起，让你见笑了。她爸爸把她宠坏了，说话没个分寸。"

汪盈刚要顶嘴。蒋夫人抢先一步，轻轻带住冯与蓝的臂弯："冯医生，这边请。"

冯与蓝不明就里："去哪儿？"

容不得冯与蓝表态，蒋夫人边说边走，拉着他往空中花园而去。汪盈眼睁睁看着他们走到庭院，撇了撇嘴："狐狸精！"

五

“夫人,有什么可以为你效劳的?”冯与蓝很聪明,不等蒋夫人开口,先发制人。

蒋夫人指着自己的小腹:“我怀孕了。”

小腹并无隆起的迹象。

蒋夫人抓住他的手,按在小腹上。平缓而有力的心跳。

“恭喜。”

“我需要你的帮助。”蒋夫人乌黑的眸子难以捉磨。

“夫人,我想你搞错了,我不是妇产科医生,保胎和接生都不是我的专长……”

“我知道,” 蒋夫人打断他,“我只是希望你竭尽所能保住我老公的命。”

冯与蓝微微一怔,不解其意。以蒋奔的财力,这种事情大可不必他的老婆特意交代,何况救死扶伤也是医生的天职。他觉得她更应该在意她那飞逝的青春。

蒋夫人仿佛意识到他的猜疑心, 解释道:“我老公的遗嘱是七年前立的,至今没改。七年前我还是他的秘书。”

冯与蓝懂了。法律规定,尚未分娩的婴儿不具备遗产继承人的资格,而蒋奔如果咽气,汪盈将是蒋家资产的最大受益者。蒋夫人虽不至于一无所有,但也捞不了多大的好处。从她与汪盈刚才的交锋看,这对“母女”的关系十二万分的紧张,一场名门暗战的硝烟开始弥漫。

蒋夫人伸出了手:“医龙,只要你帮我,你得到的报酬绝对匹配你的付出。”

夜空像丝绒一样柔和，繁星离得那么近，好像一伸手就可以摘到。冯与蓝掩饰心头的涟漪，优雅而稳重地握住："夫人，我丝毫不怀疑你的慷慨。只要我能力所及。"

蒋夫人露出迷人的微笑："说定了。"

冯与蓝感到掌心一痒，像被猫爪挠了挠，不禁触电般缩手。蒋夫人笑得暧昧，有如魔鬼的诱惑，令他心跳加速。很久没有这样的感觉了，自从他成名之后，女人对他来说一点都不稀罕。他择偶的标准也从相貌、学识、品行、职业等诸多烦琐的要求简化成了一项：智力正常没有经过任何改造的女人。

打针、拉皮、削骨、抽脂都算复古的了，有的直接换脸、腰、臀、腿……要说天生丽质或原汁原味，那可是打着灯笼都难找。

蒋夫人倾身凑了过来，脸庞离得非常近，近到足以让他的心脏骤停。丰润的嘴唇抹着浅色唇膏，孤单的不能自已。他半推半就，几乎动心，但唇下一颗微小的痣让他打消念头。一般人不注意很容易忽略，可他是医生，目光与手术刀一般锋利。

其实，那不是痣，是早期换肤技术留下的微型创口。如今换肤已经发展到了无痕的地步，像拍戏用的头套一样简单方便可拆换。只是有点疼。

"嘀！嘀！"监控器的蜂鸣声正以极高的分贝刺入鼓膜，扰乱了调情的气氛。

听声辨位，是从私人手术室传来的。蒋夫人的身子敏感地定住，神色从挑逗转向紧张："我老公他……"

冯与蓝什么也没说，他用行动作答。

到了手术室，汪盈守在蒋奔身边，手足无措，急得团团转。看见冯与蓝,她就像吃了颗定心丸:“医龙,快救救我爸!”

止痛开关一直开着,所以无须药物麻醉。冯与蓝扫了一眼屏幕,果断打开蒋奔的胸腔。

红心在跳动,上面的商标相当醒目——世纪福音。

冯与蓝戴上显微镜,一番捣鼓之后,拉上胸膛拉链。

“他的心脏状况不会恶化,只是精神过于紧张了,导致心率飙升。我会给他注射一点血清素,缓解压力。”

蒋夫人大大松了口气。

看着皮下注射器里的液体被推进蒋奔的血管,汪盈仍不放心:“真的没事?”

冯与蓝淡淡一笑:“你不是叫我医龙吗?”

汪盈眨起一只眼,吐了吐舌头。蒋夫人在床边坐下,和蒋奔十指相扣。谁也没说话,只有眼神在交流,老夫少妻尽情演绎相濡以沫的婚内之爱,虽然汪盈对此嗤之以鼻。

“冯医生今晚会住在我们这儿,你安顿一下,我要陪你爸。”蒋夫人抢在汪盈挤对自己之前,发号施令。要是平时,汪盈肯定甩头就走,但这会儿蒋奔卧床不能受刺激,而客人又是自己钦佩的医龙,唱反调的心思也不过尔尔了。她白了蒋夫人一眼,学着后妈的腔调:“冯医生,请。”

六

在这么一个不失温馨的晚上,冯与蓝在两万尺的豪宅住下。汪盈领他去的房间轩敞之至,动态墙一页页地刷新界面,机车、服装、旅游、美食包括一些垃圾信息充斥着眼球。床褥换成了崭新的,并且使用了时下流行的安眠枕。

他在床头发现了一个相框,夹着一张彩色照片。

照片中的男人骑在一辆欧米伽机车上,单腿支地,防风镜被推到头盔前额的位置。他面带微笑,却让人品出郁郁寡欢的味道。

“这是谁?”

汪盈沉默一会儿:“我哥哥,蒋亮。”

“你还有个哥哥?”冯与蓝有些意外,“我以为蒋先生只有你一个女儿。”

汪盈鼻子一酸,蹿出几分惆怅。

“他七年前出了车祸,已经……不在人世了。”惆怅渐渐化作泪花,像钻石滑过面庞。

冯与蓝听到自己心中“啊”出声,他不是为勾起汪盈的伤心事而感到抱歉,是因为蒋家的待客之道——把自己安顿在死人的房间。尽管鬼神之说已经没什么人相信,但多少有点瘆得慌,令人不舒服。

蒋夫人不会这么做,一定是汪盈自作主张。这妞儿想啥呢?

“我睡你哥哥的房间?”他紧接着想说我还是换个房间吧,可汪盈堵死了他的退路。

“医龙,我知道这么做有些唐突,但我真的希望你能……查出哥哥的死因。”

冯与蓝吃了一惊,人死了七年怎么调查,再说自己是医生,不是侦探,更不想无端卷入刑事案件。

“你哥哥不是车祸死的吗?”

汪盈没有否认:“事故鉴定和死亡证明都这么说,但我怀疑是那个女人干的，她嫁给我爸才几天，我哥就死了，有那么巧的事？”

冯与蓝无奈发笑，他真想摸一下汪盈的额头，看看她是不是发烧了。讨厌后妈可以理解，但上升到怀疑其谋财害命的地步，过分了。

“你不信？”汪盈像早有准备，摊开握紧的手，掌心卧着一枚晶片，“看吧，这是证据。”

冯与蓝注视着那枚晶片，缩略图在透明的介质上闪动，只有几帧，看不出什么。但他没有接，一声未吭。他忖着怎么摆脱汪盈。

汪盈却不知趣地找了个读取器，把晶片插进卡槽。

光线在立体的世界里交错，以高清的像素还原储存的信息。

夕阳肆虐的埃菲尔铁塔，阿尔法咖啡屋。

女人穿着短袖风衣，一看就是蒋夫人。那时候她身材丰满，手臂还有蝴蝶袖和拜拜肉，背倚冰冷的钢铁，面对着喝咖啡的男人。

那男人戴着墨镜，三分之二的面部被蜘蛛网状的阴影所遮蔽，看不清样貌，花白的发鬓泄露他的年纪。

“这是真皮吧。”大叔亲昵地摩挲她的小臂，如同欣赏一件稀世珍品。彼时蒋夫人羞答答的，欲拒还迎地慢慢抽离，充满了挑逗的意味。

“年轻就是好啊。”大叔感慨着，“这个塔是一八世纪建的，当时有个名人竭力反对，但是等塔建好了，他却天天上来喝咖啡。人们问他为什么，你猜他怎么说？”

“怎么说？”

“他说，这个丑陋的埃菲尔铁塔，只有在上面才看不见它，”大叔在蒋夫人手臂快要抽离的刹那，翻动手腕，“我也是，只有与年轻相伴，才能忽视自己的衰老。”

冯与蓝隐约知道老男人是谁了。

这时候，读取器总算给大叔一个正面特写，可也只见他眉角微动，懒洋洋的冷笑隐匿在黑暗里。蒋夫人的指尖全部从他的掌心退去，但似乎带走了什么。

汪盈按了暂停，放大画面，以便让冯与蓝看清楚。

红白两色的胶囊。

“有点像内啡肽占主导成分的微笑药剂。”

“不是像，就是！”汪盈愤愤地说，“法医在哥哥体内检测出了这种成分。”

微笑药剂是用来缓解抑郁症的，很多富家子弟喜欢把它当“K粉”使用。不过仅凭这一点把后妈与亲兄的死扯上关系，有点牵强。

“你是说她给你哥哥下了药？”

“没错，”汪盈一口咬定，“出事那天，哥哥与她有过激烈争吵，而且……”她欲言又止，好像有些话羞于启齿。冯与蓝观她的神色，仿佛阅读到了《雷雨》里繁漪与大少爷的纠葛。

“哼，在她勾搭我爸爸之前，先认识的是我哥哥，”汪盈用了“勾搭”一词，有点刺耳，“他们在公司年会上结识的，我哥哥当时是小开，她呢，像很多拜金女那样，为了上位，追求我哥哥，但哥哥对她无感，偶尔心情好会邀请她来家里开私人派对，结果……”

“结果她就勾搭上了你老爸。”

冯与蓝嘴一油，也口无遮拦地用了“勾搭”，汪盈以哈哈大笑肯定了他的立场:“那个女人就不是什么好东西，我都怀疑她肚子的崽不是我爸的。”

“你知道了？”

汪盈一脸得意:“我是记者,她瞒不了我。”

“你要我怎么帮你？”

“我听说有一种瞳孔映射的技术,能够扫描到某时某刻人脑镌刻的景象。”

“是有这门技术,也在治疗失忆的领域开始应用,但正如你所说,要‘镌刻’只有深刻的印象才能映射！”

汪盈冷笑:“无论是谁,做了那种坏事,都会一辈子难忘吧！”

七

三十三岁的蒋夫人审美不再,颈子丧失了少女的紧实,优雅的行头藏不住嫁入豪门的倦怠——黑发不打理就会掉色，眼部需要脱毛,使用假体垫高的乳房疲态乍现,难以抗拒的地心引力拖垮了她的臀部,迟暮悄然而来。

冯与蓝按压的门变薄,薄到失去屏障的功能。门内的蒋夫人轻撩秀发,好像在为悦己者容:“我等你好一阵了。”冯与蓝微讶,这会儿她该在手术室陪着蒋奔啊。但心思敏捷的他很快神色自若。

“夫人知道我为什么来？”

蒋夫人撩发的手停住，语带防备:“是那个丫头片子叫你来的吧。”

冯与蓝太阳穴突了一突,不说话,只点头。

“她要你追查这个,”蒋夫人摊开手掌,掌心有一枚红白相间的胶囊,“这不是微笑试剂,是同位素示踪剂。”

冯与蓝闻言一震:“你在监视我们?”蒋夫人销魂莞尔:“我只是依据人性的弱点推断罢了。”

“人性的弱点?”冯与蓝只知道人体的弱点,人性……他不关心。

“她把我赶出这个家,不过是图她爸爸的家产。你愿意帮她,我想大概是因为她比我年轻。”

哪门子逻辑!冯与蓝哑然失笑,但他不愿就这个问题继续纠缠:“既然你洞悉一切,不妨告诉我该怎么做。”

蒋夫人笑迹消失,带着缓慢而又恒久的呼吸,吐出两个重量级的音:“换肤。”

冯与蓝不解其意:“你也要换……”

“不,是我的老公。”

夫妻俩的要求惊人的一致,到底换肤有怎样的魔力,令他们如此执着?须知,换肤后的痛感可列施密特疼痛指数之首。

“他现在很虚弱,不适宜做皮肤移植。”

“必须做,在他咽下最后一口气之前。”蒋夫人的态度十分坚决,可冯与蓝并不是一头听话的骡子,她还需要进一步笼络他的手段。于是她紧紧抱住了他。

“你的唇染上我的罪。”

就像水中倒映的月亮,她诱人冒着溺死的危险捞取。

八

人变老,首先遭殃的是前额,皱纹登陆。接着是嘴和下巴垮塌,然后皮肤和面颊也不老实,颈部垂松。

这些特征蒋奔都具备了,换肤的确是治标的最好方法。不过植皮之前,冯与蓝必须先剥皮。

悬浮,麻醉,下刀。

蒋夫人屏息静气地看着,真担心一刀划偏。但医龙并非浪得虚名,他调整了一下心绪,用精灵般的手术刀在蒋奔的头盖骨中缝位置划拉了一道口子,然后如拉链缓缓而下,过鼻梁,至颈部,沿着胸腹跋涉,直抵会阴。

镊子起皮的过程令人毛骨悚然,尽管动作从容像剥橘子皮,蒋夫人和菲佣还是忍不住背过身去。

蒋奔的皮肤被剥离,成了一个血人,能清楚地看到皮下组织的形态。为免感染,冯与蓝给他注射了抗炎性肾上腺皮质激素。

“要换的皮呢?”

蒋夫人示意菲佣出去。待菲佣背影消失,她清了清嗓子,好像在念咒语。地面应声升起一个圆柱形的玻璃容器,不高不矮,正好就在冯与蓝的左手边。

玻璃容器中贮着血色的液体,有些发稠。

冯与蓝被玻璃容器吸引了,他看出那容器不是玻璃,只有缓慢而稳定的自然力才能创造出钻石那样的原子晶格结构。

人造的或是天然的,并不重要。能用钻石器皿盛放的东西,绝不可能是廉价之物。

液体里浸泡着一张人皮。真皮层像吸饱了的水蛭,胀了一倍有余,在无影灯下呈现暗红。

冯与蓝把皮捞出来,按原状在蒋奔的正面覆好,然后翻过身再覆背面，最后进行缝合。

完成植皮的蒋奔就像一只煮熟了的大虾。几分钟后，皮肤起了排异反应，开始分泌组织液。

冯与蓝有些慌，此前他从未失手过，但蒋夫人给了他信心。

“不是排异反应，是变异。”

组织液顺着手术台淌下来，味儿腥。饱胀的肌肤渐渐缩水，回到紧致的状态，红色也消退了大半，潜入皮囊之下。只有面部还肿得像猪头，不过仪器显示他的各项体征都很正常。

冯与蓝犯嘀咕，蒋夫人葫芦里卖的什么药？他还想再看一眼，可是钻石容器已经遁入地下了。冯与蓝知趣地把蒋奔送进无菌室保养。未来的一周，蒋奔都要在麻醉中度过，而他，也得当一周的“保姆”。

出了无菌室，外面的长椅上，汪盈正打着瞌睡，波波头一颠一颠的样子很萌。冯与蓝轻手轻脚地走过去，并不打算吵醒她。但汪盈很敏感，即使其他器官睡了，耳朵仍在工作。

“医龙，”她拉住冯与蓝的衣角，“那个……放进去没有？”

冯与蓝明白，汪盈所谓的“放进去”是指瞳孔映射的晶片有没有放进她爸爸的眼球。那是自然的，冯与蓝低低应了一声——在扒眼皮检查蒋奔瞳孔的时候，他滴了润眼液，里面有皮米大小的原子狗，可以在数小时内自我复制，布满整个角膜，比晶片更隐蔽。

他有一种双重间谍的兴奋感。但兴奋感无法驱散疲劳，他实在太困了，回到蒋亮的房里倒头便睡。希望一个香甜的梦可以让他忘忧。

梦里，诊所扩张了数倍不止，“世纪福音”也成了全亚洲最大的义体生产流水线，他的头衔越来越大，钱也越挣越多，名气和金钱让他毫不费力地挤进上流社会。就在他沾沾自喜的时候，蒋夫人拎着血淋淋的皮出现了，笑容狰狞无比，那皮似乎是刚剥下来的，还在不停地抽搐，而皮相完好无损，他细看了看，竟然是蒋亮！

惊悚夜之梦，冯与蓝猛得起身，才恍觉，是三响急促的敲门声。

九

“医龙，医龙。”

汪盈的声音。冯与蓝皱起了眉头，这丫头片子真不让人省心。他开了门，只见汪盈从头到脚都在慌。

“爸爸，爸爸他……”

惺忪的冯与蓝紧张起来：“蒋先生怎么了？”

“不见了！”

“不见了？”冯与蓝重复了一遍汪盈的话，他感到不可思议，蒋奔术后至少一周才能动弹，“你问过菲佣吗？”

“没看到。”

“法国厨子呢？”

汪盈摇头。

“那你后妈呢？”

这一问终于触动了她：“对哦，一定是那个坏女人把爸爸藏起来了。”

冯与蓝哭笑不得：“她藏你爸爸干什么？”就算要修改遗嘱，也得律师在场呢。

“我不知道，”汪盈挠头，“可能有不可告人的目的。”

“别担心，我给蒋先生注射了同位素示踪剂。”冯与蓝觉得如果不和盘托出，汪盈会疑神疑鬼到死。他点了一下腕表，追踪系统没反应。

这不科学。难道信号被屏蔽了？他继续摆弄，汪盈等不及了，拉着他去主卧、游泳池、地窖……一概没人，找到车库的时候终于见着了管家、大厨和菲佣。

他们正在把打包好的行李扔上车。问他们，说是被解雇了，追问为什么，全是无可奉告的表情包。

他们走了，汪盈更急，里里外外寻觅一圈，苦无头绪。突然天空中坠下了一颗葡萄，新鲜的雷司令。二人不由得望向空中花园，只剩那个地方还没找寻。

“但是……我没有控制器。”汪盈在庭院里直跺脚。

控制器？冯与蓝想起那个套在蒋奔无名指的大金戒，手术前取下了，交给蒋夫人保管。蒋夫人若是把蒋奔藏身空中花园，汪盈还真没辙。但她这么做的目的何在呢？阻止父女见面？除非，蒋奔已死，而她秘不发丧，给转移财产争取时间……冯与蓝的身体忽然抖了一下，蒋奔若死，最可能的原因是排异反应加并发症，虽说蒋奔签了同意书，可自己作为主刀，没有坚持手术规程却盲从蒋夫人，相信惩罚不会是吊销行医执照那么轻微。

他害怕了，看着汪盈粉嫩的脖子，猝然出手打晕了她，然后冲空中花园扯一嗓子。

“蒋夫人，是我，能见一面吗？”

话音刚落，一股无形之力将他提起，踏上魔毯一般的土地。葡萄架下，蒋夫人像葡萄藤蔓缠着蒋奔。

蒋奔换了新肤,但表情很痛苦,像是胖子穿了一件紧身衣。

冯与蓝大吁了一口气,活着最好,可是紧接着,他又发现了一点异常。

蒋奔五官的比例变了,仔细看,不是原来的脸,是另外一个人。

这个人,冯与蓝在梦里见过。

“蒋亮!”

心脏一声声撞击胸膛,那浸在血色液体中的皮是蒋亮的?

蒋夫人嫣然一笑,似乎回答了他。看来汪盈说的是真的,蒋夫人害死了蒋亮,还剥下了他的皮。如今儿子的皮植在老爸的身上,蒋夫人这是要重温鸳梦?

“不瞒你说,我老公是个花心大萝卜,”蒋夫人自我解嘲,“以前我为了保住‘蒋夫人’的名分隐忍不发,由着他胡闹,但这几个月他的身体每况愈下,还是不忘拈花惹草,我只好出此下策。”

下策就是怂恿他换肤?

蒋奔张了张嘴,发出古怪的咕哝声,根本听不清说什么。却见蒋夫人打了个榧子(苏皖方言,意同“响指”),蒋奔的喉部略有放松。

“太……紧……了……”

依稀冒出这几个字。

蒋夫人咯咯笑了:“不紧的话, 你会对我和我们婚姻忠贞不贰吗?不要以为我不知道你换一副年轻的皮囊是为了去泡马子。我满足你的欲望,给你年轻的外表,可是你只能拜倒在我的石榴裙下。”

“臭……”

蒋奔大概想骂人,蒋夫人又打了个榧子。

喉部的皮肤立刻收缩,好像一只手扼住了他,连半个音也发不出来。这并不算结束,他的肉骨似乎在承受皮肤的挤压,静脉被勒得暴起,红潮涌上皮肤的表面。因为剧痛难忍,他的双手抓向自己,奋力要把皮肤扯开。

“别抓,越抓越紧,”冯与蓝悟道,“海格力斯的妻子为了重获丈夫的爱,给他穿上了抹有涅索斯血的衬衣。那染血衬衣紧箍身体,让他痛不欲生,最终自焚而死。”

蒋夫人惊异地看着他:“你知道火衫的典故?”

冯与蓝的回答略带惧意:“但我不知道这世上居然真的有涅索斯之血。”

“害怕了?宝贝儿,我不会用它对付你的。”蒋夫人造作的声腔直让冯与蓝起腻。

冯与蓝果断提醒她:“蒋先生快受不住了。”

蒋夫人甩起第三个榧子,蒋奔的皮肤立刻松弛下来。他像狗一样喘息着,日后也会像狗一样听话。

冯与蓝觉得蒋奔很可怜,同时良心也被希波克拉底誓言折磨。他内疚地搀住蒋奔,后者的眼泪围着眼眶打转,原子狗被冲了出来,夹在指缝里的回收器准确地将之收纳其中。

“你不该带蒋先生离开无菌室,伤口会感染的。”

蒋夫人毫不在乎:“放一百个心,‘涅索斯血’连超级细菌都不放在眼里,而且能关闭神经元的信号通道,阻断细胞之间的信息传输,他感觉不到一点疼,但……疼的时候,绝对让他痛不欲生。”

这应该跟止痛开关的原理类似。

“既然蒋先生已无大碍,我看我没有留下的必要了。”他一刻也不想多待。

“你不能走，”蒋夫人将长发撩到耳后，唇角缓慢地移动，扯出一个冷笑，“我要你再做一个手术。”她走到花园的护栏边，居高临下地指着草坪上不省人事的汪盈：“把她的皮植给我。”

十

汪盈被推上了手术台，但冯与蓝下不了手。他本可以对蒋夫人说不，可是他没有勇气。蒋夫人的许诺令他沉沦。谁教这个世界以金钱衡量人的能力，又以能力评判人的价值，更以价值决定人的地位，左右人的生活。

生活终将继续，不过以金钱之名，如同首尾相连的莫比乌斯环。当然他也会自责，为了成功，究竟该不该付出沉沦的代价？

蒋夫人眼里的恶毒寸磔着他的手。

黑洞附近，牛顿定律不再适用，金钱面前，尊严也能动摇。

手术刀落，再无转圜的余地。

——我不是唐璜，却被女人推进了地狱。

他把回收的原子狗滴进汪盈的眼里算作补偿，也许真相可以给她一点慰藉。

轻风骀荡，欧米伽机车驮着蒋亮在巴黎北部的蒙马特飞驰，从蒋夫人的视角看过去，蒋亮的脸无邪充满朝气，眼神带一点忧郁，唇周没有胡楂，好像赫塞《车轮下》描述的初恋青年，成天想着实践伟大英雄的行为，却没有能力履行无聊乏趣的日常功课。

她贪婪蒋亮那像风一样持久迷惘的脸。

但她更爱钱。她要攀上蒋亮这根高枝，摆脱一个普通职员的生活。

她花光了所有的积蓄,只为整容。但像她一样靠改变外形来钓金龟婿的女人多了去,有钱人并不稀罕,甚至对流水线生产的大眼睛、锥子脸、白皮肤审美疲劳了。人造美女不再是他们的心头好,原生态成了香饽饽。可哪有那么多原生态呢?有人斥巨资换掉整副皮囊,手术精湛到只会在不起眼的地方留下很小的疤痕。蒋夫人也照猫画虎,旧貌换新颜,落下了一颗美人痣。

公司的年会,她故意用红酒泼湿蒋亮的领带,二人由此结缘。蒋亮并不是值得依靠的伴侣,他贪玩,喜欢赛车,缺乏事业心,对感情不专一……可是她嫁进豪门的心思坚如磐石, 她不会被感情左右。

过了一年,蒋奔成了她的猎物,而蒋亮,倒成了障碍。

格林披治大奖赛,她在蒋亮的饮料里下了微笑试剂,结果机车转弯时失控,人和车蹈入火海……

汪盈的眼窝流出了一滴泪。

这滴泪让他清醒,剥皮的刀一下顿住。顿的过程很短,但对汪盈来说却是足够,她扣住冯与蓝的腕,顺势一推,等他反应过来,手术刀已夺在手里,人也从躺姿变成了坐姿。

"你!还有你……"汪盈擎刀自卫,动作不可预知。沿着头盖骨划下的刀口往外渗血,如发披面,十分吓人。

"汪盈你冷静点!"冯与蓝嘴上安抚,眼神却示意她逃走。

汪盈下床夺路就跑。麻醉的药效未净,她走得趺趺撞撞。

"快拦住她!"蒋夫人猛推冯与蓝,后者无动于衷。蒋夫人怒不可遏:“你忘了我们的约定?”

冯与蓝淡淡地看了她一眼:“得之,我幸,不得,我命。”

“行,有你的,”蒋夫人咬了咬牙,“不过,她走不远的。”

推开手术室的门，汪盈看见蒋亮直挺挺地杵在外面，全身紧绷。

“哥哥!”她惊得跳起来。但蒋夫人和冯与蓝都知道,那位不是蒋亮,是蒋奔。

蒋夫人的威胁远远地抛过来:“再向前走一步，你的好爸爸就会活活疼死。”

“我爸爸?”

“你爸爸换的这身皮用分子纳米改造过,叫作火衫。他只是拥有了蒋亮的状态,并没有从里到外都变成蒋亮。”

冯与蓝一怔,不是蒋亮的皮吗?

榧子声遥而清澈,将他的思绪切断,蒋奔立时痛得哑口无言,泪珠儿从眼眶跌落,把空中花园遭遇的痛楚重蹈了一遍。汪盈也是泪堤崩决,她抱着蒋奔,不知怎么做才好,只能一个劲地叫着——爸爸,爸爸。

痛苦在父女间递进。

蒋夫人不耐:“乖乖地过来躺下,你的爹地就没那么辛苦了。”

汪盈含恨回望蒋夫人,紧咬嘴唇,直到咬出了血痕才屈服。她回到手术台,冯与蓝的心又开始恻隐了。

多好的女孩呀,就这样毁在自己手里?他迟迟没有动刀,蒋夫人气急,掴他一巴掌:“在怜悯别人之前,最好先学会怜悯自己。”

冯与蓝挨了打,默不吭声。

蒋夫人像窥到了他的内心:“给我老老实实把手术做完，不然我老公死了,对你没半点好处。做成了,凭蒋家的资本,还怕扶持不了一个‘世纪福音’?！”

冯与蓝发出一声悲鸣,没错,那只能是悲鸣。

十一

蒋夫人对着镜子,照出“汪盈”的五官。相看两不厌,这是第一次。虽然也垫了假体组织,但总归是原生态。

“我是不是变年轻了？”

冯与蓝冷哼一声算作回应。

蒋夫人又问:“你不喜欢年轻？”

“偷来的年轻有什么用。”

“偷来的年轻也是年轻,我不在乎怎么得到的,虽然我没有可能幸福了,但我并不想赶紧过完这一生。我要慢慢享受。”她抚摸小腹,那里的心跳平缓而有力。

“我不能保证你的孩子会健康出生，因为用了太多的药……”冯与蓝神色复杂,这几日他干了不少违背医德的事。

“我并没有怀孕,只是在子宫里放了一个人造心脏,骗那个老鬼罢了。”

冯与蓝的嘴角抽搐了一下，他相信蒋夫人为了争家产绝对干得出来。

“该帮的我都帮了,你打算什么时候投资？”

“投资？”她用汪盈的指纹解锁出一叠加密文件——催缴账单、债务合同、法院传票,“缺乏回报的投资让蒋家背负了太多的债务，火星拓荒,反重力研究……如果没有穿墙术,蒋家早就破产了。”

“穿墙术?”冯与蓝有种被当猴耍的感觉。

蒋夫人打开曲面电视，当地频道正在播放银行金库失窃的新闻。冯与蓝不解其意,但他马上明白了,监控画面拍到了一组珍贵的残影。

残影相当模糊,显然不是分辨率的问题,而且残影是重叠的,无疑,那贼被电子眼拍了多次,但每次只留下模糊的残影,可见进出金库的速度已经快到电子眼都难以完整地捕捉。最吊诡的是残影虽模糊,却有红艳艳的既视感。

窃贼穿着红衣服?他立刻推翻了这个幼稚的假设,脑海中,被涅索斯血浸染的人皮历历在目。

火衫!蒋先生!

“我打算用这笔钱注资‘世纪福音’,把它洗干净。”蒋夫人关掉电视,一本正经地跟他谈生意。

妈的，这是陷进了多深的泥潭，他们竟然想把自己发展成共谋!

冯与蓝扶住墙,努力不让自己倒下去。“世纪福音”是他一手缔造的,若没有他,就没有“世纪福音”。

“没问题,”他强颜笑道,“合作伙伴间应互相信任,你能告诉涅索斯血是什么黑科技吗?”

蒋夫人脱下戒指,要给冯与蓝戴上。冯与蓝略作挣扎,却架不住蒋夫人眼神中的狠劲,乖乖从了。蒋夫人很开心,狐狸尾巴露了出来。

“自噬。”

冯与蓝用心听着，生怕漏了一个字。

“蒋亮是火衫的宿主，七年前出车祸死了，皮肤大面积烧伤。是我剥了那张皮，用涅索斯血刺激皮肤细胞自噬，修复损伤组织，让他重焕生机。”她隐去自己下药一节，口气波澜不惊。

听她的意思，蒋亮极有可能是穿墙人。怪不得蒋家富有，合着是神偷世家。

事隔七年，涅索斯血也不顶用了。自噬本身有它的局限，便是时间。

十二

时间到了。

冯与蓝起身，背起沉甸甸的袋子，上了空中花园。长风吹拂雷司令，晃动不休，给人秋实之感。他把袋子埋进土里，宛如返璞归真。嘿，宏大的欲望，实现起来让人痛苦不堪。因为你必须忍受冗长的失败，乏味的蛰伏和直面这个金钱万能的世界。哲学和信仰给不了你这些，尼采宣布上帝死了，但货币从未停止过流通，他又暗示人们终将杀死上帝自己取而代之，但这需要暗示吗？物质的力量一直被质疑，从未被否定。

医龙，医龙……隐约听到有人这样叫他。叫得那么隐忍，要折磨到何种程度才能发出那种声音。

心志忽有动摇。

他将掩好的土刨开，袋子在动，想来麻醉的药劲过去了。他犹豫了半晌，终把袋子拖出，他是医龙，怎么能杀人呢？

解开袋口，汪盈浑身是血，一双干涸的眼睛了无生气。冯与蓝被她瞅得发毛，顿时低下头去。这一低，眼中导入解码讯号，心里不免咯噔，眼皮又赶紧抬了起来。

瞳孔映射。

浴血，分不清是女人还是男人，总之浴缸里一团鲜红。一人正以剥菱角的方式粗暴地撕扯皮肤，好像《画皮》里的妖。皮褪下来，血水贮了小半缸，人也血肉模糊。

那人却像感受不到疼，竟然高兴地大笑，哈哈哈哈哈……

须臾，高跟鞋虐地的声音传来，那人耳朵尖，笑声立刻成了哀声。

“你能不能放过我？”

“可以，吃了这瓶麒麟竭，你我从此是路人。”

蒋夫人左手持着一节蜡烛，火苗熠熠，右手的瓶子递过去。

那人颤巍巍地接过，一仰脖子灌下。不一会儿，皮下组织渗出液体，遇空气即刻凝结。有了它的镶嵌，好似披了一层晶状物。

“你还是……不肯……放过我。”

牙关战战兢兢。

蒋夫人侧倾蜡烛，火苗突突乱颤，熔化的蜡水簌簌滴落。

滴蜡游戏？冯与蓝目带问色，却见映射的影像刺进眼中。

蒋夫人的手霍地松开，蜡烛坠进了浴缸，嘭地爆开一团火。连一声尖叫都没能发出，那人就被火焰囫囵吞没。

“想解脱，只能自焚，”女人退后，“要往生，唯有涅槃。”

烈火焚躯，感觉不久就要化作灰烬，哪知道那人从火中走出，居然毫肉无伤。不仅如此，表皮细胞像苔藓一样冒出来，覆满全身。

“成了，成了。”女人欢呼道。

那人破碎的面部在痉挛中再度成形。

蒋奔！

冯与蓝一时风中凌乱，难道蒋奔这回换肤是二进宫了？他想起蒋奔说过“我知道我另有命运”，不由一凛。当时蒋奔是在暗示自己想要摆脱蒋夫人的控制吗？果真这样，像蒋奔这种有身份有地位的富豪，明明有更好的办法，比如报警，或求助媒体，没必要忍气吞声啊。他不敢和蒋夫人撕破脸，莫非是因得财不正？一个人有把柄落在别人手里，腰杆自然挺不起来。

“救我……”

泪水切断了映射，在汪盈的眼眶里打转。

冯与蓝鼻子发酸。现在收手还来得及，真要和蒋夫人沆瀣一气吗？他望着脚下的豪宅，默默地检讨自己。

十三

是夜，蒋奔突破混凝土和钢板筑成的围墙，从墙外悄无声息地渗透到墙内，与冯与蓝撞了个正着。肩扛的袋子坠地，敞开的袋口露出黄澄澄的金条。他紧捂心口，看来冯与蓝的猝然出现给他的心脏带来了严重的负荷。

——别怕，我是来救你的。

冯与蓝唇瓣翕动，却没有发出声音。

月光垂照，透出惊心动魄的苍白。这时的蒋奔不像抛头露脸的大亨，倒似个可怜的蟊贼。

——你要救我的话，就扒了我这层皮。

蒋奔同样用的是唇语。两个人都门儿清，在蒋夫人的监视之下，行事隐秘才能瞒天过海。

——到我的诊所拿一瓶麒麟竭。

麒麟竭是龙血树的树脂，暗红色调，可以治疗筋骨疼痛。蒋奔自己就收藏了一打。

——那东西对我没用。你知道，肉体的痛楚不是我甘愿忍受她摆布的原因。

冯与蓝一时伤感，是因为汪盈吗？他也想过一拳撂倒蒋夫人，或者报警，但那样的话，自己就无法全身而退。片刻，冯与蓝宁定如常。

——相信我，那东西有用。

蒋奔凝望他的眼睛，感受到一股真诚，掉头而去。

冯氏诊所，有地图导航，轻车熟路。诊所里，几个护士有一搭没一搭地唠着闲话，无人注意到药房溜进了一个人。

蒋奔在收纳药品的架子上一格格搜寻着。很快，他就发现了麒麟竭，装在弯颈的玻璃容器里。他伸手便拿，可一拿，警报就响了。这一响不要紧，玻璃容器从手中坠落，摔得粉碎，麒麟竭也洒了一地，有些甚至溅到了身上。蒋奔懊恼万分，但于事无补，外面的脚步声纷至沓来，他只能溜了。

试着想象，背影像穿过星际之门"咻"地一下不见了，那多神奇。穿墙术像极了量子隐形传送，但它不仅是状态的传送，更是实体的传送。不需要分解或重组，也不是把身体缩小成亚原子般大小——能够突破"墙"这种障碍物，全赖那具拟态皮囊。

蒋奔在触墙的刹那，肤色与墙面合一，但外在的模拟并不足以穿墙，是因拟态还有一个前缀，便是同化——皮囊有着极高的生物活性,可以在冲刺的帮助下和水泥、钢筋等分子稳定的材料产生瞬时反应,切开它们牢不可破的分子键,像电流穿过导体,实现分子的定向穿梭。

趋肤效应将这种活性放大到了极致，所以血肉骨骼也可被皮囊“邮递”出去。

但出去的时候,他遇到了麻烦。这里的混凝土密度似乎比别处要大,分子间的空隙被压缩得很窄,渗透的感觉就像全身被胶水黏住,他费老鼻子劲儿才把脸伸出墙的另一面,大口呼吸。

——可憋死我了。

等他划动四肢想要摆脱墙体，意外发生了。他的动作突然变慢,并且越来越慢,几个呼吸过去,已然无法动弹。

“穿墙”特性并非永恒,随着皮肤的衰老,皮肤的活性也渐进消失。《费加罗报》记载,上一代穿墙人就是在穿墙途中被卡,至今还在巴黎北部的蒙马特示众。

十四

“姓冯的,你害死我了！”

破门与怒吼同时在身后响起。冯与蓝头也不回,只顾做他的手术,汪盈的新肤还差一针就缝好了,他可不能功亏一篑。

说是新肤,不过是蒋夫人抛弃的二手货。

“你不但害了我,还害了蒋亮。”蒋夫人怒不可遏。

冯与蓝的手一顿,心道,蒋亮不早在车祸里丧生了吗?

“你信了这丫头片子的蠢话,以为蒋亮被我害死了是不是?”蒋夫人逼上前来,“我很负责任地告诉你,昨晚以前,蒋亮都活着,活得好好的！蒋亮是烧不死的。”

涅槃往生……冯与蓝如梦方醒，回想瞳孔映射的景象，浴缸里的火非但没把人烧死，反而像烧窑一样，烧出了另一种状态——“蒋奔”。既然那张皮可以呈现蒋奔的状态，自然也能呈现蒋亮的状态。只是蒋亮既然没死，这七年来干吗装死，难道他们联手谋害了蒋奔？而在这七年间，蒋亮借助那张皮拟态蒋奔，造成他老爹还在世的假象……冯与蓝想到这儿，顿时魂不附体。

“是你自作聪明，把他困在墙里。你知道吗，他活不了啦。”

“为什么？”

“心脏，”蒋夫人指了指左胸，“穿墙会给心脏带来极大的负荷，这就是为什么蒋家父子都采用人造心脏的原因。一旦分子定向穿梭失败，心脏的射血功能就会终止。你是医生，知道那种情况会发生什么。”

那种情况下只会发生一件事——心脏骤停。即便是人造心脏，也会因为电力不足而罢工。

“我……我没想到会那样……”

他只是想把“蒋奔”匿藏起来，逼她还自己自由身，可现在愈陷愈深了。

“晚了！”蒋夫人冷冷地下达判决。

“不晚！”

停顿的手又动了起来，冯与蓝缝完最后一针。无论他害死了谁，眼前这人都值得他救。

汪盈的面骨被磨掉三毫，与蒋夫人的皮在尺寸上契合，能瞧见蒋夫人的七成影子，但出落得更具熟女风韵，有种变腐朽为神奇的效果。

蒋夫人摸了摸自己的脸,垫高的鼻梁皱起一丝嫉妒:“扯平了,谁也别恨谁。日子还要过,之前的事咱们翻篇,往后的事你得听我的。”

语后室内极静，氧气罩里的气泡声咕噜咕噜地响，许久才爆出“嗤”的声音。冯与蓝竖起无名指,金戒指在无影灯下闪着夺目的光。

他除下戒指,掷还蒋夫人。

“我不是蒋亮。我的命运由我自己掌控。”他才不要像蒋亮那样做她的狗。

蒋夫人一愣,知道事难挽回,冷哼哼地打了个榧子。冯与蓝的神经像发条一样拧紧,心底升起本能的恐惧,冷汗涔涔而下。但一瞬便风干了。他没有感受到任何变化。

对了,我怕什么呢,我又没有中招。他卸下心理负担,正面与她对峙。

“嘤,疼……”声若游丝,却足以醒脑。斜眼瞥去,汪盈抽搐不已,似乎做了什么噩梦。

怎么?

只见蒋夫人老谋深算地看着自己，冯与蓝顿觉不妙。再看汪盈,她的皮肤像缩水的羊毛衫慢慢收紧,如同一个牢笼把她困住。

呀！冯与蓝一拍额头,算东算西,就是没算到蒋夫人原来的那张皮也是火衫。

这人算不如天算的世界。

“我和蒋亮私下有个诨名,叫雌雄大盗。”蒋夫人深情阙如,唯余决绝,“你不让我赢,谁也别想赢。”她作势欲打第二个榧子。冯与蓝叫道:“别。”他低下了高昂的头:“别杀人……”

“我不是一个绝情的女人,”蒋夫人嗔怪地捉起冯与蓝的手,把金戒指套了回去,“只要你听我的,她就是安全的。”说罢,还亲了他一口。

汪盈已经沦为她的人质。冯与蓝舔了舔嘴唇,全是苦涩。

蒋夫人连打两个榧子,汪盈的痛楚减轻了。

“打今儿起, 她将代替我的位置, 做蒋家名义上的女主人,而我,是她的继女,”她挽起冯与蓝的胳膊,“至于你,是入赘蒋家的继女婿喽。”

在唾手可得的财富面前,冯与蓝一脸绝望。

蒋夫人对他的表情很满意,但是汪盈突然疯了似的扑过来,扼住了她的咽喉。

“老巫婆!”汪盈眼睛充血,一股吃人的劲头,全然不顾缝合的部位还在往外溢着血。蒋夫人被推倒在地,因为事发突然,组织不起有效的反抗,只能双腿乱蹬,企图把汪盈从身上掀下来。

可是汪盈怎么肯轻易罢手,即使面对的是昔日的自己。

蒋夫人气血不畅,“喔喔喔”的一声比一声短,眼见着就要翻白眼了,情急之下食指与中指一扣,擦出一个榧子。

汪盈迅速起了痉挛,手劲也猛地小了。蒋夫人趁这个时候推开汪盈,顺过气,扯住汪盈的头发,扭打起来。

“冯与蓝,那戒指藏着巨大的财富,你帮我,将来一切都是我们的……”

“别听老巫婆的,我有遗产继承权,我可以分你一半……”

冯与蓝手足无措地看着她们俩互撕。

帮蒋夫人,戴上黄金的镣铐?还是帮汪盈,砸碎名利的枷锁?念头在心里交战,如眼前的战况一样激烈。一眨眼的光景,蒋夫人占了上风,汪盈刚做手术,身虚体弱,又被火衫缚手缚脚,哪里是蒋夫人的对手。

我不要做蒋亮。

他做出了决定,攥紧手术刀,步步朝蒋夫人逼去,忽而听到那熟悉的咒语。

“埃尔法,欧米伽,最初和最后。”

话音刚落,钻石容器升出地表,涅索斯血波澜不兴。

冯与蓝犹在诧异,蒋夫人狂笑不止。

“你不让我赢,谁也别想赢。”

她一头撞过去，不知道触发了什么装置，嘭地一下身子就燃了,连带汪盈都成了火人。

冯与蓝赶紧拉响警报，但蒋夫人和汪盈又在扭打中滚到了手术台旁,氧气罩还在向外喷发着气流。冯与蓝见势不妙,飞身跃向门外,背景是一片火海……

十五

豪宅被大火夷为平地,蒋奔夫妇一齐失踪。汪盈与冯与蓝严重烧伤,但他们也是最大的受益者——汪盈继承了蒋氏集团的一切,与“世纪福音”联姻并逐渐壮大,奇迹般地重组使集团走上正轨。冯与蓝推出了带有自我拯救性质的产品——魔性皮肤，短短一年就取得上亿的销量。

宽敞的客厅里,庆祝酒会已经备好,各种顶级窖藏罗列成塔。

在乐队的演奏下，冯与蓝和汪盈跳起了拉丁舞。

舞步娴熟，配合默契，像老夫老妻。整整一曲伦巴结束，冯与蓝才意犹未尽地放开汪盈，不忘在她的前额一吻。

掌声雷动。

汪盈随即被一群贵妇名媛簇拥。她们并非谈论衣服和珠宝，而是打趣汪盈移植的魔性皮肤跟冯与蓝身上的那款是不是“情侣皮”。汪盈含笑默认，目光有意无意地射向记者。一个正往人堆里扎的记者。

“冯先生，你好，我是《柳叶刀》的记者，”来人举着瓶状的话筒，自我介绍，“我叫辛迪，可以问您一个问题吗？”声音经过麦克风的渲染，引起了诸人的注意，尤其是汪盈。

纵使冯与蓝一百个不愿，也只能微微颔首：“可以。”他打量来人，一个羞怯质朴的女孩子，瓜子脸，浅酒窝，从未见过。

“贵公司推出的‘魔性皮肤’风靡一时，但近来频频遭受伦理指责，对此，您有什么解释？”

事件的起因源于一个三线小明星利用“魔性皮肤”把自己的脸蛋用软件“美”成了祖母的样子，她的祖母在半个世纪前曾是活跃的好莱坞的一线华人影星。随后又爆出男妆女、女妆男的性别认知混乱，以及老变少、少变老的年龄认知混乱，经过连日的发酵终致轩然大波。

在冯与蓝看来，那都不是事。

“魔性皮肤，给你想要的外形。我不觉得人们改变肤色、肤质和相貌有什么不对，以面孔、性征、指纹识别个人的手段已经过时了，法律和民俗都该与时俱进，魔性皮肤就是一个颠覆时代的产品。”

“您是说魔性皮肤会促进基因识别的普及？”

“也许。”

“但是我很怀疑，魔性皮肤有您说得那么魔性。它会不会只是一种脸谱 PS 技术？”

冯与蓝一笑，辛迪这是盘道来了。他似乎早知对方有此一问，于是转动无名指上的金戒指。

酒会的现场，瞳孔映射开始互联。魔性皮肤开发的景况以视频的形式在人们眼中播放，当然少不了旁白……

以逆转录酶病毒为载体，将诱导基因注入从皮肤中提取的纤维原细胞，促使基因的重新编辑，诱导出多能细胞……

我们称这种多能细胞为变色龙细胞，用变色龙细胞培养的皮肤，几乎能拟态人类的所有外部特征……

突然，众人眼前雪花浮现，像是受到了某种信号的干扰，然后视网膜成像渐渐清晰。视频显示，一个移植了魔性皮肤的人发生了自燃，如同在肥皂剧的中间插播广告。

人群发起一阵惊呼。

冯与蓝立时头大，快要被聚焦的视线射成刺猬，连忙转动戒指。映射被强关，但那个辛迪却冥顽不灵地火上浇油。

“对不起，如果没看错，刚才我应该目睹了一次事先录制好的皮肤自燃现象，冯先生，我不明白您为什么要自揭其短，您是要告诉大家移植魔性皮肤别忘了买自燃险？”

冯与蓝和汪盈对望一眼，他们心里都明白，那不是自燃，是自焚。

十六

自焚是为了制造出让分子纳米材料融入真皮层的高温条件，但如果没有涅索斯血刺激细胞自噬，自焚就真的是自焚了，除了把自己变成烤鸭，不会带来任何变化。现存的穿墙人只有……冯与蓝面色极为平静，豪门的秘密就像蚕蛹，总有一天要破茧而出。

“魔性皮肤历经多年临床试验，性能可靠，无毒副作用，只接受私人定制，售后三包。在移植前我们会测试排异反应，术后安排住院观察，”他憋了口气，缓缓吐出，“迄今为止，尚无一例自燃。”

魔性皮肤是去除“穿墙”功能的阉割版，关于这一点，他十拿九稳。

“你、说、谎！”

辛迪一字一顿，口气严厉，如同法庭上盘诘证人的律师。但她接下来的举动却令人错愕，只见她解开衬衫的纽扣，露出了粉色的抹胸。

全场一阵惊呼。

辛迪又拉开裙子的拉链，毫无羞耻地任之掉落。

惊呼中夹着几声轻佻的呼哨。

辛迪表情庄重，陆续褪下抹胸、丝袜、内裤，将诱人的胴体展现在众人面前。

有人嘀咕：“这人疯了。”有人流起了哈喇子：“嗯，胸不错。”有人则高喊：“警卫，警卫……”

冯与蓝没有脑补任何情色画面，因为辛迪还在脱。

脱皮。

光看都觉着疼。

她没有惨叫，只有呻吟，那是折磨到极致才能发出的隐忍之声。

前一秒还戏谑的人这一秒都不忍直视。汪盈花容失色，在众人面前表现出几度惊厥的样子，终于，连冯与蓝也看不下去了。

“住手。”

辛迪停了下来，斑驳的皮肤让她看起来狰狞可怖。她把瓶状的话筒举过头顶，里面竟然有暗红色的液体兜头浇落。

冯与蓝急忙阻道：“不要。”

辛迪无视他的警告，噗，火舌一蹿，引燃了自己。火光熊熊而起，瞬间将之吞没。一个侍应生惊得丢了端盘，酒水泼下来，跟喷油的效果差不多。

宾客们吓得纷纷后退，碰翻了场地中央叠起来的酒山，火势借酒精一路蔓延。惊慌的人们四处逃窜，往有门的地方挤去。

轰，爆响又把人们逼了回来。门外也是一片火海，似乎客厅已被大火彻底包围。

冯与蓝一动不动，即使焰流埋没了发梢。他的眼前出现了涅槃往生的一幕，他忽然心诞一丝期待。

期待辛迪从大火中走出。

那样，他就可以解脱了。

载于《科幻立方》2020 年第 3 期

霜月红枫

夏魈

一

这是西北一处渺无人烟的沙漠。考古队正在进行紧张的挖掘。自从可以穿透地表的卫星探测仪问世以后，全世界众多深埋在地下的古迹都被一一发现,并拍摄出清晰图片,给考古工作提供了极大便利。

从照片上看,沙漠中这处古迹是一座占地颇广的地下古城。房屋、街道、水井……一些建筑依然保持完好,但不知何故被掩埋在了地下。

随着地表的沙土被大型吸沙器一一吸走，这座地下古城的面貌逐渐呈现在众人面前。

它甚至比照片上看起来更宏伟,但里面看不到人的遗骸,仿佛一夕之间,整座古城的人都莫名地消失了。

考古队沿着古城中轴线行走,到了最中心的位置,眼前突然出现了一座石碑,碑上浮刻着一种奇怪的生物,外形酷似虫子,有黑色的甲壳,却长着许多纤长的触须。

众人从未见过如此怪异的生物,不觉都好奇地盯着看。这石碑的雕刻工艺委实精湛到了极点，将那虫子刻得纤毫毕露、活灵活现,一根根细长的触须似乎能随风轻舞。

“它在动！”一个考古队员突然惊叫起来。

众人吓了一大跳,纷纷说:“你眼花了吧！”

“刚才这根触须明明在这边,但我一眨眼,它就到了那边。”那个队员用抖得像抽风似的手指着其中一根触须,惊恐万状地说。

大家倒抽一口凉气,都觉得匪夷所思。不过盯着那虫子看久一点,确实会产生某种错觉,似乎那些虫子在石头上蠕动起来,再加上那个队员言之凿凿,顿时让人觉得毛骨悚然。

“只不过是错觉,别再自己吓唬自己了！”李杰板着脸说。他是考古队的队长。这次是他拉到大笔资金赞助,又通过某个神秘人物拿到了政府的批文,才能来这挖掘古城。从考古队配备的各种先进仪器来看,那个背后资助他的人应该具有极其雄厚的实力。

突然,另一个队员手持的便携式探测仪发出了“嗡嗡”的声音,大伙儿凑过去一看,探测仪屏幕上显示出奇异的轮廓。

“好像是座地宫。”考古队中颇有经验的专家说道。他是某著名大学考古专业的教授、博士生导师任伯达,这次是作为特邀顾问加入这个考古团队的。随行的还有他的弟子许建明,他是第一次参加这种考古活动,因此一直表现出兴味盎然的样子。

“里面似乎有人。”许建明仔细看了屏幕后,惊讶地说。

其他人也都看见了,那座疑似地宫的建筑里,竟密密摆满了类似人体的东西。

是人体,而不是骸骨。

众人面面相觑,都不约而同打心底生出一股寒意。

这座地宫深埋在地下,活人根本无法存活,只能是死尸。然而从对岩石的放射性测试来看,这座古城至少有一千年历史。千年未腐的干尸他们不是没见过,但同时出现这么多具未腐的尸体,还是让人觉得莫名的诡异。

“或许这是古城的坟墓。当时的人用了某种先进的防腐手段,才令尸体千年未腐。这可是重大考古发现啊!”任教授突然兴奋地说。

大家这才反应过来,没错,如果能了解这种防腐手段,那么对现代科学而言,绝对具有重大意义!

于是众人精神为之一振,立刻投入对地宫的发掘中,用了整整三天时间,地宫的大门终于被打开了。

经年积累的浊气冲了出来。等这股气息消散完,里面注入新鲜空气后,大家才手持探照灯,小心翼翼地沿着一条石阶进入了地宫。

一踏进这里,诡异的感觉又像黑色的雾气,弥漫在每个人心头。这个地宫的内部比想象中简陋得多,不像是精心建造,倒像匆忙挖成的,条石都砌得十分潦草。在探照灯照不到的黑暗深处,隐约传来窸窸窣窣的声音,似乎有什么东西正从沉睡中醒来。

其中一个仪器突然发出了“嘟嘟”的声音,提示这地宫中有生命存在。

黑暗中响起众人惊恐的声音。一座被深埋千年的地宫,里面竟然还有活物,这种异乎寻常的现象在人群中激起巨大的不安,就像海啸掀起的狂潮一样冲击着每个人的心脏。

"墙上有壁画!"许建明突然叫道。

因为来不及细看,他便拿起摄像机,将墙上的壁画一一拍摄下来,准备回去以后仔细研究。

壁画的线条十分简陋,只能大致看出每一幅画都有人物,它们连缀起来,仿佛在讲述一个故事。

画上出现最多的是一个女人的形象。被时间侵蚀得斑驳的石壁上,她的面容也变得模糊不清,唯有一头长发引人注目,那夸张扭曲的线条令这些头发看上去像无数黑色的灵蛇,时而拖曳在地,时而飞散在空,充满妖异惊悚的气息。

后面几幅画中突然出现了一种黑色虫子,跟石碑上的一模一样。它们叮在人的脑袋上,像在吸血,被叮的人则抱着头在地上打滚,张开嘴似乎在大声惨叫,一副痛苦万分的样子。

在探照灯交错的光线中,这些壁画散发出幽蓝的磷光,使画上的内容越发显得诡秘,让人心里直发怵。

地宫深处不知打哪吹来一阵阴飕飕的冷风,吹得人人都打了个寒战。壁画的磷光映得众人脸上一片惨青之色,望去如同鬼魅。

"这地方有些邪门,大家小心点!"李队长提醒大家。

其中几个队员把斜挎的背包打开,里面竟然是最新款的激光枪。看这几个人的体型和身手,简直可以媲美特种兵。

许建明心里一惊,直觉地意识到这个考古队并不简单。他看向自己的导师,发现后者并没有意外的神情,看来知道考古队的情况,许建明稍稍放下了心。

那几个人端着激光枪在前面开路,其余的人小心翼翼地跟在后面,穿过一条阴森的甬道,终于来到地宫的中心位置。

这是一个空旷的大厅，没有棺椁和陪葬品，只有横七竖八密密摆放的人体。

当看清这些人体时，每个人都不约而同地倒抽一口凉气。

死者身上的衣服已经腐朽不堪，只剩下一些零星的碎片，身体却完好无损，没有丝毫腐烂的迹象，看上去似乎还很柔软，面容也宛然如生，仿佛只是在地宫中沉睡。

然而仪器不会骗人，这座地宫被掩埋在地下的时间确实已有一千多年。

地底的冷气仿佛能滴水成冰，寒意直往每个人毛孔里钻，即使再迟钝的人也能察觉到弥漫在这座地宫里的异常气息。

那些千年不腐的人体，绝不是什么防腐技术能达到的效果，而是某种无法解释的怪异现象。

许建明拿着摄像机的手抑制不住地发抖，但为了一探究竟，他还是大着胆子靠近了那些怪异的人体，准备做近距离拍摄。

死者痛苦扭曲的面孔出现在屏幕上，跟壁画中一模一样。

突然，屏幕上出现了一个小黑点。

它在动！

许建明蓦地瞪大眼睛，只见其中一具尸体微张的嘴巴里，似乎有什么黑乎乎的东西在蠕动。

还没看清楚是什么，那东西就突然跳出来，“啪嗒”一下黏在他的眼睛上。

许建明吓得大叫起来，拼命用手去抠，那玩意儿却像铁铸一样黏得死紧，根本抠不下来，而且还在使劲往他脑袋里面钻。

“虫子！是虫子！”旁边有人惊呼道。

只见从尸体的口中、眼中、耳中、鼻中，凡是有孔的地方，都爬出了黑色的虫子。它们在尸体上蠕动，像黑色黏稠的岩浆，更有不少虫子向考古队员身上爬来……

“快离开这！”众人吓得魂飞魄散，拖着许建明发疯似的朝地宫外跑去。

身后，越来越多的黑色虫子像潮水一般涌来，浩浩荡荡，如一支势不可当的大军。

“快关上地宫大门！”李队长大喊一声。

众人手忙脚乱地关门，在那片黑潮即将涌出地宫的一刹那，沉重的石门及时合上，紧跟着响起一阵噼里啪啦的撞击声，像有无数响箭射在门上。

众人无不变色。

这时，立在地宫外的石碑突然“啪”的一下爆裂，从里面飞出上百只黑色虫子，气势汹汹地朝考古队员们扑来。

几支激光枪一起开火，那些虫子在空中被激光烧毁，化作一缕青烟，空气中弥漫着焦臭的气味。

这种新式武器果然威力惊人，所有虫子都被消灭了。

大家还没来得及松口气，又被许建明的惨状给吓了一大跳。

那只可怕的虫子已经把纤细的触须全都伸进了他的眼球里。有人想把虫子扯下来，刚一碰到它，许建明就惨叫呼痛，如果贸然用力，恐怕他的眼球会马上爆裂。

众人急得团团转，却又束手无策，眼睁睁看着虫子一点一点钻进了他的脑袋。

当虫子从眼球上消失的一刹那，许建明的视力恢复了，眼睛和脑袋也完好如初，没有任何伤口。

如果不是亲眼所见，没人敢相信，他的脑袋里已经钻进了一只可怕的虫子。

“快送医院！”任教授大叫道。

大家急忙把许建明抬上队里的吉普车，火速送到最近的医院。

X光拍出的片子令所有人大吃一惊。

他的脑袋里确实有异物，但不是虫子。

“从阴影上看，倒像根发丝。”医生拿着片子颠来倒去看了半晌，也没给出一个确切的结论。

那只虫子到哪去了？

二

许建明住院观察了一个星期，动用了各种先进的医疗设备，都没在他体内发现任何虫子的踪迹。

因为开颅手术风险极大，加上身体并无不适，所以医生建议暂时不要取出发丝，先观察一段时间再说。

一周后，体检一切正常，许建明出院了。令他懊恼的是，摄像机里的存储卡不见了。他跟李队长说了这事，对方问遍了队里每一个人，却无人知道那张存储卡的下落。

“明天我们要重启地宫。”李队长告诉许建明。

后者惊了一跳：“你们不怕那些黑虫……”

“这次准备了最先进的金属防护服，把身体全都包裹在里面，那些虫子想叮都没处下口，”李队长得意地笑了两声，又问许建明，“你要跟我们一起去吗？”

许建明虽然心有余悸，但考虑再三，还是同意了。因为他也很想知道，那只钻进自己脑袋的虫子，到底是一种什么样的生物。

第二天，考古队又站在了被关闭的地宫外面。人人都穿着带有护目镜的密不透风的防护服，为首几人手持激光枪，严阵以待。

许建明和任教授站在队伍最后面。许建明心里忐忑不安，偷眼看看教授，后者脸上却是按捺不住的兴奋，眼睛死死盯着地宫，仿佛那是一个充满引力的巨大黑洞，吸走了他的全部心神。

这时正是烈日高照，白花花的日光晒得许建明一阵头晕，加上金属防护服的重量不轻，穿在身上又闷又热，压得人有些喘不过气来。

恍惚中，眼前似乎飘过一片黑云，令日光也瞬间暗了一暗。

许建明的瞳孔蓦然放大，冷汗顿时湿透了衬衣。

方才飘过的那片黑云，似乎是——女子的乌发。

然而只是一瞬间的事，转眼一切又恢复如常。

阳光依然强烈，弥漫在空气里像灼热的灰尘。许建明把眼睛紧紧闭了闭，再睁开朝四周看了又看，却再也没看到任何异样。周围的人神情也都没有变化，似乎没人看到那片黑云。

难道刚才是被烈日晒昏了头产生的幻觉？

"开宫——"

李队长拖长调子的声音像一记响鞭，把许建明从恍惚的状态中猛地抽醒过来。他呼吸骤然一紧，不由自主地屏息凝神，和其他人一样将双目牢牢盯在那扇正在打开的地宫大门上。

站在前排的几名队员不约而同地握紧了手中的激光枪。

大门缓缓开启，每一下移动都像钢丝一样扯着每个人的神经，让它绷得越来越紧……

终于,地宫之门完全敞开,所有人的心不约而同地重重落下,喘气的声音霎时粗重起来。

就和心中的疑惑一样沉重。

因为里面竟然空荡荡的，看不到黑虫，也没有一只虫子飞出来。这种全神戒备却一脚踏空的感觉,令众人有些不知所措。

“进宫！”李队长一挥手,大伙儿又像先前一样从宫门鱼贯而入。

地宫的样子跟他们上次来时一样，只是少了那些奇特的人体和黑虫。

它们是怎样从大门紧闭的地宫中消失的?

这不是变魔术,而是他们完全无法理解的诡异事件。

最沮丧的是任教授，他与一次足以震惊世界的重大发现擦身而过,这样的打击令他变得有些歇斯底里。

“那些不腐的尸体,还有虫子,都到哪去了？”他冲李队长大吼道,“你一定要找到它们,不惜一切代价,一定要找到！”

望着失态的教授，许建明震惊之余，心里也隐隐升起一阵不安。

三

考古队在古城挖掘了一个多月,找到不少千年前的器物,收获不可谓不丰。然而任教授的脸色越来越难看,因为他所关心的东西踪迹全无,连一点线索都没有留下。

这个酷热的盛夏,终于在任教授的咆哮声中结束了。

新学期开始后，许建明告别考古队，重返学校完成学业。随着有规律的学校生活的开始，古城中遇到的怪事就像一场不愿回想的噩梦，被封闭在了记忆深处。

这天晚上，他和女友李媛一起去图书馆自习。许建明认真看一本考古专业书，李媛则忙着赶写一篇论文，两人很有默契地做着各自的事情，偶尔抬头看看彼此，心里便有种踏实而温暖的感觉。

对这座南方城市来说，九月的天气依然有些炎热，但是突如其来的，不知打哪钻出一股冷风，刮得人全身直起鸡皮疙瘩。

他俩不约而同地朝图书馆门口望去，那仿佛有一个强大的磁场，将他们的视线吸引了过去。

一位穿黑色连衣裙的女孩悄无声息地站在门外阴影处，纤瘦的身体仿佛融化在黑夜里，脸孔却白得如同月光。她的五官深邃，很像西域人，一头极短的黑发贴着脸颊，令她看上去有种时下流行的中性美。

在看见那个女孩的一刹那，许建明的脑袋突然传来一阵剧痛，他捧着头呻吟一声，痛得趴在了桌上。

“你怎么了？”李媛察觉到他的异样，担心地问。

许建明还没来得及回答，图书馆的吊灯突然全都闪烁起来，像风中齐晃的烛火，垂死挣扎了几下就骤然熄灭了。

“怎么停电了？”周围传来一片诧异的叫声。

灯光熄灭的一刹那，许建明的头痛突然消失了，就跟它的出现一样莫名其妙。

“咱们走吧！”他顾不上多想，拉着李媛的手就朝门口走去。一片漆黑中，学生们争先恐后地往外挤，好像大海中随着水流奋力游动的鱼群，两人被冲散了。

“建明……”黑暗中传来李媛焦急的声音。

“我在这。”许建明寻声挤过去，一把抓住李媛的手。她的手带着凉意，像浸在深井中，他忍不住打了个寒战。

李媛默默地跟在他旁边。

两人走出图书馆，拥挤的人流散开了，月光如青雾般倾照下来，原本清幽的校园景色突然在月光中碎裂、融化、消散，取而代之的是一片荒凉的古城风光。

一阵沙漠地带干燥的冷风吹来，刮得脸上像起了皱。与此同时，许建明惊诧地发现，与自己牵手的竟然不是李媛，而是方才在图书馆门口看到的那个女孩。

一种莫名的熟悉感像一把极快的刀子划过心脏，掠起一阵酸涩的疼痛。

“建明！”有人突然推了他一把。

许建明蓦然惊醒，入目是明亮的灯光，还有李媛关切的神情。“你怎么了？”她抽出纸巾，为他擦去额头的冷汗。

“没什么。”许建明讷讷地回答，这才发现自己竟然趴在图书馆的桌子上睡着了，还做了一个奇怪的梦。

“我看你精神不太好，咱们出去走走吧！”李媛提议道。

于是两人收拾好东西走出图书馆，沿一条林荫小道前行不久，就到了湖边。

这片湖被学生们戏称为“情人湖”，湖边遍植垂柳，一到晚上，成双成对的情侣就喜欢到这里来散步、谈情。但是今晚，奇怪的是看不到那些成双成对的影子，仿佛偌大的湖边就只剩下他们两人。

“媛媛，我怎么觉得这里怪怪的？”

“怪？哪里怪了？”李媛轻笑道。

“你没发现这里没别人吗？”

“这难道不好吗？不会有谁来打扰我们……”

李媛的声音怪怪的，许建明心中一跳，脸上有些发烫，同时又觉得有点奇怪，说话这么大胆，不像李媛的作风啊！

“咱们坐下歇歇吧！”李媛又说。

两人在湖边的长椅上坐下。湖面泛着粼粼的波光，像许多细小的碎钻一闪一闪，看久了便有些眩晕。就在神情恍惚的一刹那，湖面突然坍塌，湖光消失了，一座蛮荒的古城拔地而起，高高矗立在眼前，迎面吹来的风不再挟带着潮湿的水汽，而是干燥的沙子。

许建明惊恐地望着李媛，后者不知何时变成了穿黑裙的短发女孩，她的眼睛像两个富有魔力的黑洞，深深吸住他的灵魂：“好好看看这里，难道你都忘记了吗？”

许建明环顾四周，发现自己不知何时已经置身于古城之内。他惊惧地走在城中的石板路上，视线一一掠过房屋、水井、磨坊……

这座古城的格局竟如此熟悉。

仿佛一道闪电劈开混沌的意识，他突然明白过来，这不就是考古时发现的那座废墟吗？

在它荒废之前，一定就是眼前这个样子。

一阵喧闹声从水井那边传来。许建明扭头看去，井边的大槐树下，一群孩子正在疯打嬉闹。其中有个男孩很是威风，他个子比同龄人高出一大截，身体也比他们强壮，自然就成了孩子王，驱使着这群小孩玩官兵捉强盗的游戏，谁不服从他的命令，他就拿手中的竹棍狠狠敲打谁。

他骑在一个瘦弱的小男孩身上，把对方当成马，让他驮着自己冲锋陷阵。正玩得热闹，远处突然出现了一个小女孩，瘦瘦小小的，提着一个跟她身体不相称的大水桶，吃力地朝井边走来。

“妖怪来了！”孩子王首先看见了小女孩，兴奋地大叫一声，“下面我们玩打妖怪的游戏！”

一群孩子轰然答应着，争先恐后地朝女孩冲去，泥巴、石块如雨点般砸在女孩身上。

女孩没哭，也没躲，神情麻木地看着这群小屁孩，任身上糊满了污泥，任石块把自己砸得满脸是血。

“驾！”孩子王大喝一声，挥着竹棍，急不可耐地想要加入战斗。

然而胯下的“马”却一动不动。

“造反了，你！”他怒不可遏地骂道，竹棍狠狠抽在瘦男孩身上。后者突然用力一掀，把孩子王甩在地上，撒腿跑到小女孩身边，张开双臂护住她，冲其他孩子大喊道：“别打了！别再欺负她了！”

“打死他！”孩子王从地上一跃而起，暴跳如雷地冲过去，竹棍带着凌厉的风声，劈头盖脸地抽在瘦男孩身上。其他孩子也纷纷朝他扔石头、吐口水，一块鹅卵石重重砸在他头上，顿时将他砸晕了过去。

那群孩子一哄而散。女孩呆呆地站着，就这么一小会儿，许建明惊讶地发现，她身上流血的伤口正在不断收缩……就像阳光下融化的积雪，像被春风吹落的红色花瓣，狰狞的伤口、淋漓的鲜血，最后都奇迹般地消失了。

女孩从怀中掏出一块布帕，浸了井水，敷在男孩青肿的额头上。

男孩苏醒过来，看到完好如初的女孩，十分震惊。

“你……你真的是妖怪？”他结结巴巴地问。

“如果我是妖怪，你害怕吗？”

男孩认真想了一下，挺着胸脯回答：“不怕。你就算是妖怪也是好妖怪，因为你从来没有害过人。”

听了这话，女孩粲然一笑，刹那间，就像有一朵芬芳甜蜜的花，悄然绽放在她美丽的小脸上。

许建明突然发现，小女孩的容貌竟和黑裙少女有几分相似，小小年纪就可以看出是个美人坯子。只是她有一头长长的秀发，编成粗大的黑色发辫盘在头顶，就像一条盘曲的灵蛇。

“你到底是谁？为什么让我来这？为什么要让我看这些？”许建明扭头望着身边的黑裙少女，惊疑地问出了一连串问题。

少女幽幽叹息一声，正要说什么，突然一阵地动山摇，古城瞬间如水纹般剧烈波动起来，很快又散作无数星光，消失在黑暗的虚空……

四

许建明大叫一声醒来，发现自己仍然坐在湖边。李媛摇着他的胳膊，一脸担忧地问：“你怎么了？方才你又睡着了，做噩梦了吗？”

许建明惊慌地望着她，已分不清是梦境还是现实，眼前这人是李媛，还是梦中的少女。

“对不起，我有点不舒服，先回去了。”他匆匆跟李媛告别，逃也似的回到了寝室。

第二天，他接到考古队李队长的电话，说要见他一面，是关于他脑中异物的，据说找到了解决办法。

许建明喜出望外，觉得昨晚遇到的怪事很可能跟钻入脑中的黑虫有关，说不定就是那个不明物体让自己产生了那些莫名其妙的幻觉。

他赶到校门口，李队长的车已经停在外面。刚上车，突然有人用力勒住他的脖子，一块手帕紧紧捂在他的口鼻之上，浓浓的乙醚味很快让他陷入了昏迷。

在一片黑暗的混沌中，不知打哪吹来的风，携着他悠悠荡荡地，飘过山冈，掠过城郭，落在一望无际的荒野……

他突然意识到这是在古城郊外，远处城墙的轮廓在青雾中若隐若现。

他又看见了当年那个小女孩，现在她已经长成了十几岁的少女，容貌秀丽，曼妙多姿，但那长长的拖在地上的乌发，却给人一种鬼魅的感觉，随着她的走动，黑色的发丝像灵蛇一样蜿蜒游过草丛。

是她？

许建明惊讶地发现，她的模样竟跟黑裙少女一模一样，唯一不同的就是多了一头长得出奇的黑发。

一只癞蛤蟆在草地上蹦来蹦去，眼看就要碰到少女光洁如玉的裸足上，一束发丝“哧溜”一下滑过去，缠住了癞蛤蟆的身子，把它远远抛进了旁边的水塘里。癞蛤蟆被摔得七荤八素，慌慌张张地溜走了。

“你怕吗？”少女故作凶恶样，问旁边的少年。

“不怕。虽然他们都说你是杀人不眨眼的妖怪，但我知道你心地善良,连只癞蛤蟆都舍不得伤害。”

那位少年身姿英挺,但只能看到背影,看不见他的模样。

少年的话令少女脸上微微一红,旷原的风吹起她的发丝,凌空飞舞,像一朵盛开的墨莲。

“为什么你要留这么长的头发?”少年好奇地问。

“母亲说,这些头发能保护我。”少女轻抚发丝,它们在她手下宛如有生命一般轻轻波动着。

那画面既美丽又诡异,许建明惊诧莫名。就在这时,一股妖风突然平地而起,卷起少女的黑发,像铺天盖地的乌鸦朝他疾扑而来——

许建明吓得一激灵,终于从梦境中苏醒,然后发现自己正躺在手术台上,旁边是拿着冰冷手术刀的医生。

“你们要干什么?”他惊怒地问。

“别紧张,我们只是要取出你脑中的发丝。”

“这里并不是医院,你们是什么人?到底想干什么?”

许建明费力地扭动脑袋,看了看四周,直觉告诉他,自己所在的地方是一间很僻静的密室。

“你脑中有我们赞助人想要的东西,所以只好委屈你做一次开颅手术。”有人在一旁阴阴地笑道,正是李队长。

“赞助人?”许建明脑中灵光一闪,突然明白过来,“有人指使你们去挖掘那座古城,就是为了我脑中的东西?”

“你果然聪明!只可惜,聪明的人一般都活不了太久!”

李队长使了个眼色,旁边就有人拿一只臭烘烘的袜子堵住了许建明的嘴巴。

他惊恐地瞪大眼睛,看着冰冷的手术刀朝自己头上切来,拼命想要挣扎,被绑得结结实实的手脚却动弹不了半分,嘴里的惨叫也变成了模糊不清的呜咽。

我命休矣!许建明绝望地闭上了眼睛。

就在这时,脑袋里面突然传来一阵剧痛,像有什么活物要破颅而出。

“虫子,是那只黑色的虫子!”

耳边传来李队长的惊叫声,从对方惊恐的瞳孔中,许建明看到一只长满触须的虫子正从自己鼻孔里慢慢钻出来。

“捉住它!”房间里突然响起一个威严的声音。

那声音有几分耳熟,许建明还没来得及细想,就看见李队长抓起手术钳想要去夹那只虫子,后者灵活一跳,躲过手术钳,又高高弹起,像一道黑色闪电,直射李队长脑门,倏地钻进去,隐没不见。

“它钻进了我的脑袋!”李队长抱着头,惊恐万状地叫着。

“抓住他,开颅,移灯,取虫。”先前那个威严的声音又不带一丝感情地响起。

几个黑衣人一拥而上,抓住李队长,把他死死按倒在另一张手术台上。在后者凄厉的惨叫声中,手术刀毫不留情地切开了他的大脑。一盏紫色的灯移到他的脑袋上,灯光似乎让黑虫失去了行动能力,它趴在那一动不动,被手术钳夹出,装进一个特制的玻璃瓶里。

李队长躺在手术台上,红白的脑浆流了一地,已经没了气息。

“把这两人处理掉!”威严的声音命令道。

李队长被人拖出去了。看着奉命处理自己的人拿着刀子走过来,许建明全身都恐惧地缩紧了。

就在这时,窗户突然"哗"地一下被撞开,黑裙少女从窗外跳进来,用力一拳把黑衣人打倒在地。

另外几个黑衣人一拥而上,但少女身法形同鬼魅,快如闪电,拳脚也力道惊人,没几下便让他们躺倒了一片。

先前下命令的人也被打晕在地,少女从他手里取出装虫子的玻璃瓶,放入自己怀中。

"任教授?"看清那人模样时,许建明惊诧地叫了起来。

屋内突然警铃大作,原来有人趁乱按响了警报器。

"快走!"少女给许建明松了绑,扯着他便往外跑。

"等一下!"许建明一个箭步冲到李队长身边,掰开他紧握的拳头。

方才那伙人抓住李队长时,他看见对方把手伸进裤袋,摸出了一样什么东西。

临死前还紧紧攥在手里,这东西一定很重要!

果不其然,在李队长掌心,他发现了那张不翼而飞的存储卡。

许建明把存储卡塞进口袋,跟女孩冲出了房间。然而他们刚跑到门外,走廊上的警铃便响了起来。

刺耳的尖啸声中,一群黑衣人飞快地朝他们奔来。

"抓住他们!别让他们逃了!"

许建明跟着女孩朝另一个方向跑去。

风声在耳边呼啸,感觉竟如此熟悉。刹那间,周围的景物快速流动,急剧变化着,就像一部突然串台的影片,许建明发现自己竟然身处旷野,身边是长发如蛇的少女,身后一群穿着奇怪服饰的人正在拼命追赶他们。

他震惊地发现,这次自己不再是旁观者,而成了故事的主角。

“那些人为什么要追我们?”他惊疑地问。

“他们想处死我,但我又不想伤害他们,所以只有逃啦!”少女俏皮一笑,这时他们已经跑到了一处断崖边。

“妖女,看你往哪逃!”

身后的人气喘吁吁地追上来,在他们前面站住,为首一个青年大喊道:“你害死了城主,还妄图毁灭苍龙城,今天我们一定要灭了你这妖孽,为城主报仇!”

那张面孔有几分熟悉,许建明突然想起,他就是当年井边那个“孩子王”。

“他说的都是真的?你真的害死了城主?”

面对许建明的质疑,少女气恼地瞪了他一眼:“你不相信我吗?让你看看真相!”

她素手一挥,眼前的空气突然波动起来,无数气流向中心汇聚,很快就在前面形成一片高速旋转的旋涡,旋涡突然静止不动,噌的一声,变成一大块透明的镜片,里面渐渐浮现出人物影像。

“城主,是城主!”当镜中出现一位老者时,有人惊讶地大叫起来。

老者须发皆白,愁锁眉间,对身前一位少女说:“你感应到苍龙城会有一场大劫,如何才能化解这场劫难?”

少女摇头道:“我的力量无法化解劫难,只能……”

“城主,你千万别听这妖女妖言惑众!前两天地动山摇,一定是她使的妖法,想要毁掉苍龙城。术士早就说过,这妖女是不祥之人,她在,城毁。我们应该把她抓起来献祭给山神,才能平息山神之怒。”

“阿古,住嘴!”老者皱起眉头,“你找的那帮术士折腾了好几天,也没能平息山神之怒,依我看,他们才是一伙混吃混喝的骗子。”

“那是因为有这个妖女在……”

“夏魈毕竟是我们看着长大的,我相信她,只有她才有法力,能找到拯救苍龙城的办法。”

“城主,你可千万别被这妖女蛊惑,只有她死了,苍龙城才能保全!”

阿古说着,突然拔刀劈向少女,少女一闪身,那刀便落了空。

“阿古,住手!”城主喝道。

阿古却充耳不闻,继续劈杀少女,少女不想与他纠缠,纵身跃出窗外,消失在黑夜中。

城主怒气冲冲地斥责阿古,而阿古不服气地顶撞,最后城主暴怒地吼道:“你如此冥顽不灵,不仅迷信江湖术士,还一再煽动众人,处处针对夏魈,阻碍拯救苍龙城的大计,我一定要将你逐出城去,否则苍龙城就会毁在你手里!”

“你要驱逐我?”阿古瞪着血红的眼睛,狰狞一笑。突然之间,雪亮的刀刃就像跃起的毒蛇,倏地钻进了城主的胸膛。

“你活得太久了,这个城主的位置早就该给我,只有我才能拯救苍龙城!”阿古直视着对方难以置信的眼睛,咬牙切齿地说。

“你这个……畜生,一定会……遭报应的!”城主悲愤地瞠视着他,然后颓然倒在地上。

阿古嘴角勾起一丝得意的笑,不慌不忙地拭净刀上的血,冲窗外大喊道："快来人啊，妖女杀了城主！妖女杀了城主！"

镜像消失了，众人惊疑地议论起来："原来城主是阿古杀死的。"

"她在撒谎！这些都是她施展的幻术，是妖女编造出来的，大家千万别上当！术士说过，如果放走了妖女，苍龙城就会毁灭，我们每个人都要死！快，快去抓住她！"阿古声嘶力竭地吼道。

"跟我一起往下跳，你怕吗？"少女突然问许建明。

许建明转身望着悬崖，下面的深渊就像巨兽的口，有恐高症的他顿觉一阵眩晕。

"不，不……"他惊恐地摇头。

"闭上眼睛！"少女凶巴巴地命令，然后拉着他往下一跃……

五

许建明不禁大叫起来，胸膛涨满惊恐的空气，当双脚踏上坚实的地面时，眼前一切都如幻象般消失了。

他发现自己站在草坪上，旁边是他刚刚逃出的房屋，他们从二楼跳下，把追赶的人甩在了身后。

黑裙少女开车送他回学校。

"你到底是谁？为什么我总是在梦境和幻觉中看到你？"一路上许建明再三追问，对方却只是沉默。

到了学校，少女打开车门，许建明迟疑地下了车，耳边突然飘来幽幽的一句话："我是谁，你的心会告诉你。你会想起来的！"

回到寝室，许建明迫不及待地取出存储卡，插入电脑，在地宫拍摄的照片一幅幅地呈现在屏幕上。

第一幅图就相当诡异。画上的醒目位置是一阵黑色龙卷风，风涡之上隐隐显露出一张狰狞的男性人脸，而一名村妇打扮的女子，像一片脆弱的树叶，被卷入龙卷风，在黑色的旋涡中徒劳地挣扎、呼救，画面令人毛骨悚然！旁边是条小河，河边遗留着竹篮和几件衣物，看来那女人是在河边洗衣时被卷入旋涡的。

第二幅图画的是城中的情景。先前的村妇抱着婴儿低头走在路上，周围的人都对她侧目而视，眼神鄙夷，但更多的是恐惧。

看到第三幅图时，许建明蓦然一震，画上那个长发诡异的小女孩，不正是梦中所见之人吗？

在第四幅图中，一位少女把刀刺进了老者的胸膛，似乎画的正是城主被杀之事。

他突然想起方才在幻觉中所见的景象，少女似乎在告诉他城主被杀的真相，而她是被人诬陷的。

到底孰真孰假？他一时也难以分辨，于是继续看第五幅图。

这幅图上画的是一座神庙，少女正在熟睡，而旁边一位少年偷偷剪下了她的长发。

许建明心中猛地一跳，虽然画面简陋，少年的面容模糊不清，但他还是直觉地感到那人绝不是阿古，能够令少女毫不设防并剪下长发的人，会是谁？

一种前所未有的惶恐突然攫住了他，心底隐隐有个人影浮现出来，但他不敢相信，也不愿相信。

“你的心会告诉你。你会想起来的！”

少女的声音似乎又在耳边幽幽响起，他的脑袋轰地一下，仿佛有一堆尘封多年的石块猛然炸开，将他的灵魂炸出了躯体。与此同时,电脑屏幕突然白光大炽,散发出无比强大的引力,将他一下子吸了进去,附在那画中人物的身上。

少年活了过来,他看了看手中的剪刀和长发,然后惊惧地转头,视线穿透神庙外的黑夜,似乎看见另一个惊恐的自己,正在电脑屏幕之外注视着画上的他。

眼前火光跃动,少女突然苏醒,看到被剪下的长发,顿时又惊又怒:"你为什么要这样做?"

这时,庙门突然被人一脚踢开,一群人手持火把冲了进来,为首之人正是阿古。

"我娘呢?"少年问。

许建明吓了一跳,他虽然附在这个身体上,但身体里仿佛还有另一个灵魂,自己则像个旁观者,看着这个身体不受控制地说话和行动。

"你老娘我已经放了,正在你家破屋等你回去呢!"阿古阴阳怪气地说,"这没你的事了,走吧!"

少年却没有动。"我要带她一起走!你说过只要她没了长发,失去妖术,就把她当普通人看待,不会再为难她。"

阿古嗤笑道:"妖女就是妖女,就算没了妖术,她依然是个祸根。术士说了,只有拿她祭天,才能平息山神之怒。"

"你竟然骗我!"少年喉间爆出一声怒吼,拦在少女跟前,厉声说,"我不准任何人伤害她!"

"就凭你?"阿古狂笑道,"大伙儿一起上,先解决了这小子,再把那妖女绑了,火祭!"

众人争先恐后地冲上来,少女冷眼看着他们,素手一挥,地上的发丝便飞速旋转起来,越来越快,越来越快……

所有人都被这异象惊呆了,不由自主地停下脚步,眼前只看见一片黑影。突然,这片黑影爆散开来,竟化作一大群黑色虫子,铺天盖地般朝他们扑来——

一阵疾如骤雨的噼啪声响过后,神庙里响起一片鬼哭狼嚎之声。那虫子只要一叮上人,就往身体里钻,杀也杀不死,扯又扯不掉,痛得他们在地上直打滚。

阿古见势不妙,早已脚底抹油逃出庙外,跟他来的那群人却没那样幸运,在地上翻滚一阵后,渐渐不动了,一个个都僵死过去。

"他们都死了吗?"少年惊恐地问。

"没有,他们只是暂时陷入了休眠。"

"对不起!"少年痛悔地捶着自己的脑袋,"我真是头不折不扣的大蠢猪,竟然相信了阿古那个浑蛋说的话。"

"你太善良,也太天真了!"少女叹息道,"阿古怎会放过我?为了掩盖他杀死城主的罪行,他会千方百计置我于死地。苍龙城很快就要毁灭了,咱们还是赶快离开这里吧!"

两人快步朝庙外走去,刚跨出门槛,身侧突然传来一阵劲风,少年下意识地把夏魈推开,用后背挡住了暗中袭来的利器。

"去死吧!"耳边传来阿古阴狠的咒骂。

"阿明——"少女哭着扑过来,看见那穿透胸膛的致命一刀,不觉悲痛万分。

"下一个就轮到你了,妖女!"

阿古猖狂大笑着,抽出滴血的刀,正要朝少女当头砍去,少女却突然振臂长啸,衣袂飞扬,狂肆如魔,啸声像龙卷风一样猛烈凌厉，带着无尽的痛苦和悲愤，令人心魂俱裂！

阿古只觉衣袂飘摇欲碎，耳膜剧痛难当，正惊惧间，突然“哗啦啦”一阵乱响，一大群黑压压的虫子争先恐后地从庙里飞出，宛如遮天蔽日的黑鸦，直扑到他身上。阿古瞬间便没了人形，被黑虫密密麻麻地裹了好几层，就像一截焦黑的木桩，直挺挺地立了片刻，便硬邦邦地倒在地上。

这时，更多村民赶到了神庙，他们站在远处，畏畏缩缩地不敢上前，为首几个接触到少女犀利的目光，更害怕得连退几步。

大地突然震动起来，像一头即将苏醒的巨兽，连神庙都被震得灰尘瓦砾簌簌地直往下掉。

“妖术，妖术……”众人惊恐地望着少女，就像看着一个可怕的妖怪。

少女冷冷地扫视众人，手指苍天，高声宣告：“我，夏魈，当众发誓，三日之后，必将毁灭苍龙城。是时天昏地暗，万物俱灭。尔等蝼蚁之辈，若想活命，即刻离开此城，否则必将粉身碎骨，死无葬身之地！”

仿佛为了印证少女的誓言，苍龙城的祭祀之地，被视为最高神灵代表的神庙，突然轰的一声倒塌了。

随着倒塌之声的响起，村民们的心理防线终于彻底崩溃，不知是谁先发出一声喊叫，众人霎时惊慌失措地逃得一个不剩。

“阿明，阿明……”少女扑到少年身边，泪水止不住地涌出，像一串串晶莹的珍珠，落在对方毫无血色的脸上。

许建明能真切地感觉到对方脸上滑落的滚烫的泪水，以及撕心裂肺的巨大悲痛。

“真希望……来生……我们还能在一起……”

他听见从自己口中发出的微弱的声音，凝视着对方被绝望击溃的苍白容颜，一种生离死别的伤感突然从内心深处涌出，刹那间,他似乎真的变成了那位垂死的少年,从肉体到灵魂,跟他合二为一。

“我答应你,”少女泣不成声地说,“来生我们一定会在一起！”

少年含笑而逝。

与此同时,许建明感觉到自己轻飘飘地浮了起来,像一片无根的云,飘入无尽的夜空……

他突然一激灵,瞬间又恢复了神智,然后发现自己正坐在电脑前,看着上面展示的壁画:古老的神庙外,少女抱着死去的少年,瘦弱的身体仿佛被巨大的悲伤压垮了。

许建明静静地呆坐着,心里百感交集,整个人似乎都迷失在了那个疑真疑幻的世界里。

突然,电脑屏幕闪了一下,黑了。

宿舍里的灯也灭了。

怎么这个时候停电？

正惊疑间,外面蓦然响起了敲门声。

六

“咚、咚、咚。”

现在正是周末,宿舍里只有许建明一人,在一片漆黑的寂静中突然听到这样的声音,竟有几分毛骨悚然之感。

“谁？”他警觉地问。

“我是李媛。”外面传来女友的声音。

许建明吊起的心放了下来，打开手机上的电筒，借着微弱的光去开门。

门开了，女友沉默地站在外面，电筒光照得她的脸格外惨白，且面无表情，看上去形如僵尸。

他吓了一大跳：“媛媛，你怎么了？”

一个诡异的笑毫无预兆地在李媛嘴角绽开，她突然扬起一直插在口袋里的手，刀尖的寒光在指间闪耀！

许建明难以置信地望着她，极度的震惊令他大脑一片空白，竟忘了躲避。

刀子伴随着劲风，朝他胸口捅来。

“小心！”有人一把推开了他。

许建明回过神来时，发现那把刀已刺入黑裙少女的腹部。

李媛闪电般拔出刀，又疯狂地朝许建明刺去。后者闪身躲过，抓住李媛手腕，用力一扭，刀掉在了地上。

“你怎么了？”看着失去理智的女友，许建明又是惊讶又是痛心。

“她的意识被人控制了。”少女忍痛说道。

这时许建明才发现，李媛头上戴着一顶奇怪的帽子。方才在黑暗中看不真切，现在仔细一看，帽子质地坚硬，似乎是金属制成的。

“这是意识控制器，快把帽子取下来！”

李媛用力推开他，转身朝外跑去。许建明急忙追上去，终于在校门口追上了她，但对方就像发疯的小兽一般拼命挣扎，他费了很大劲儿才把帽子从她头上扯下来。

帽子取下后,李媛瘫倒在地,像突然断线的木偶。许建明正要去扶她,一辆汽车突然气势汹汹地朝这边冲来,在他们跟前一个急刹,几名黑衣人跳下车,把许建明打翻在地,又将李媛拽上车,绝尘而去。

许建明忍痛站起来,正要去追汽车,手机铃声突然响了。接通后,话筒里传来一个熟悉的声音:“你的女友在我手里,想要她活命的话,就拿黑虫来换!”

“任教授!”许建明又惊又怒,“你到底想干什么?别伤害媛媛,那只虫子不在我这。”

“那你就想办法把它拿到!”任教授的声音阴狠得像变了个人,“你的一切行动都被我监控了,别想报警或玩什么花样,否则——就等着给李媛收尸吧!”

“喂,喂……”听到电话里传来的忙音,许建明急得直跺脚,却无计可施,看来只有去找那神秘少女想办法了。

回到寝室,里面已经有了灯光。许建明看见少女盘膝坐在床上,除了脸色还有点苍白外,似乎已没什么大碍了。

“你的伤……”许建明惊诧地看着她的腹部,他曾亲眼看见刀刺进那里,还流了好多血,然而现在不仅血止住了,连伤口都几乎看不见了。

“我有自愈能力,难道你忘了吗?”

“你就是苍龙城那个小女孩?”许建明突然想起在水井边看到的一幕。

“没错。”

“苍龙城已经被深埋了一千多年,你却千年不死,难道你真的是……是妖……”许建明喉咙一阵阵发紧，就像被什么死死夹住了，再也吐不出后面的话。

屋内的灯光突然闪烁起来，就像一只落入陷阱的飞蛾在拼命拍打着翅膀。

七

“如果我是妖，你害怕吗？”少女突然问。

她静静地望着他，目光清亮澄净，如浸透了月光的水面，而他的身影就倒映其中，晃出一圈又一圈细小无声的涟漪。

许建明突然失去了呼吸，刹那间，所有恐惧都像浮在水面的清雾一般消散了。

“不怕。”他听到自己的声音，轻柔得如在梦中，仿佛怕惊吓了一只立在花间的蜻蜓，“你就算是妖怪我也不怕，因为我知道，你永远不会伤害我。”

少女睫毛一颤，眼中似流出千言万语，末了却轻轻一叹：“其实我倒宁愿自己是妖，可以随心所欲，颠覆生死，不用看到所爱的人死在面前，却无能为力。”

“神庙壁画上画的都是真的？你就是那个长发少女，叫……夏魈。而那个少年，那个少年……”许建明神情恍惚地说着，这几日在幻觉中见到的一切，似乎正在串起一个越来越清晰的认知，就像坚硬的胡桃壳终于裂开了一条缝，让他隐隐窥见里面的真相。

然而接下来他才知道，真相远比他所想的更离奇。

“是的，我就是夏魈。”少女的声音在室内如水般流动，宛如叹息，“我不是妖怪，但也不是普通人。我的父亲来自——未来。”

“未来？”许建明的的确确被震惊到了，“这么说，你父亲所在的时代已经可以穿越时空了？”

“没错。我父亲驾驶的时空飞船在一次穿越航行中误入了苍龙城所在的时空……”

在夏魈的讲述中，许建明终于知道了当年发生在苍龙城中的事。

时空飞船降落时形成的巨大能量旋涡将正在河边洗衣的夏魈母亲卷了进去，后者受了重伤，在夏魈父亲治疗她的那段日子里，两人暗生情愫，结为夫妻，并生下了女儿。

不久之后，父亲肩负使命，不得不重返未来。母亲带着女儿回到苍龙城，受尽了歧视和攻击。人们都说她母亲是被山鬼掠去，才生下了孩子，所以叫那女孩“夏魈”，还说她有妖术。其实她只是遗传了父亲的基因，具备了未来人的一些能力，例如更强大的力量、更敏捷的反应，以及超强的自愈能力……而她父亲临走前给她留下一样防身武器，更被人们当作她是妖怪的证据。

“什么武器？”许建明好奇地问。

“就是你见过的黑虫。它其实是在外星球发现的一种生物，一生只繁殖一次，其余时间都在长眠，进入一种假死状态，生命机能接近于零，这样就能存活数千年。一旦遭遇危险，黑虫就会瞬间醒来，对来犯者发起攻击，把毒素注入敌人身体，将对方也变成跟它们一样的假死生物。”

“原来地宫中那些千年不腐的人体，都是被这些虫子注入毒素所致。”

“没错。黑虫被未来人制成了生物武器，静止时可缩为纤毫大小,跟发丝无异,而一旦被发动,就能群化为黑虫,朝敌人发起攻击。父亲不希望我用未来武器大开杀戒,所以就给了我这种只会让人假死的虫子。”

“为什么我脑袋里钻进了一只黑虫,却没有变成假死人?”

“因为我阻止了它。这种生物武器的使用者可以用意念控制那些黑虫。你们刚一进入地宫,里面长眠的虫子便被惊醒,它们的感应也同时传递给了我,而我则用意念阻止了它们释放毒素的行动。”

“地宫中那些人……”

“我已经把他们送回到了过去,就在苍龙城毁灭后不久,并收回黑虫,让他们苏醒过来,他们会在另一个地方开始新的生活。”

听说地宫里的人无恙,许建明的心顿时踏实了不少,接着便问出一直令自己困惑不解的问题:“苍龙城到底是怎样毁灭的?”

他真的不敢相信,这个心地善良,连只蚱蜢都不肯伤害的少女,会做出毁灭苍龙城这样可怕的事。

“苍龙城毁于火山爆发。”少女脸上有悲戚的神色,似乎正沉浸在那段痛苦的回忆中,

“我父亲后来曾再次穿越回来,告诉我们,他在未来世界的古籍上看到,过不了几天火山就会爆发,将整座苍龙城埋葬在熔岩之下。那段时间频发地震,就是火山爆发的前兆。父亲想带我和母亲一起回到未来,但我不忍心看众人无辜送命,于是劝说众人离开苍龙城,然而他们在阿古的蛊惑下,不但不相信我的话,还认定是我惹怒了山神,想把我抓去祭天,结果连累阿明为我惨死……”

少女眼中有晶莹的泪光,许建明怕勾起她的伤心事,赶紧转移

话题问:“为什么我能看到苍龙城中的事，有时甚至觉得自己就身在其中？”

“当黑虫在你脑中时，我可以通过与它的感应和意识交流,让你看到过去的事。黑虫被取出来后,你所看到的,都是我用虚拟时空成像技术为你创建的还原过去的幻像。”

“你为什么要让我看到过去？”

“因为……”少女突然低下头，轻声道,“因为，你就是——‘他’。”

“他？”许建明浑身一震,“他是谁？”

“他就是那个为了保护我,被石块砸晕过去的人;那个说不怕我是妖怪,因为我心地善良的人;那个为了保护我,宁愿牺牲自己的人……”

“不,不可能,他已经死了一千多年了！”

许建明蓦然瞪圆了双眼，极度的震惊令他的声音都止不住颤抖起来。

八

一千六百年前,苍龙城。

在神庙废墟旁,少女抱着死去的恋人,整整哭了两天两夜,哭得肝肠寸断,痛不欲生。仿佛感应到她内心的悲痛,大地持续不断地震动着,像狂暴的野兽,掀翻房屋,撕开地面,从一条条裂缝中冒出白色的气体。

远处那座形同苍龙,被当地人当作神山膜拜的苍龙山,也有烟不断喷出,就像一条巨龙在暴怒地喘着气。

一群飞鸟惊恐地尖叫着朝这边飞来，又消失在远方。山上的“居民”——无数大大小小的动物，无论走兽还是飞禽，无不惊慌失措地冲下山，像一支浩浩荡荡的迁徙大军，飞快地掠过苍龙城，逃往远方。

这宛如世界末日般的景象令每个人心惊胆战。

“妖女要毁灭苍龙城！”

城中之人无不奔走相告，火速收拾行李，拖儿携女地加入了迁徙大军。

到了第三天，苍龙城中已经空无一人，荒凉得如同鬼蜮。

一道白光突然划破阴沉的天空，一艘圆形飞行器降落在附近。一个身材高大，穿着奇怪服装的男人走出飞行器，大步流星地赶到夏魈身边，焦急地说：“阿魈，咱们必须马上离开！再不走火山就要爆发了！”

“我哪也不去，我就在这陪着阿明。”夏魈死死抱着少年，流着泪倔强地说。

“傻孩子，他已经死了。”

“他就算死了，我也要跟他在一起！”

“阿魈，别耍小孩子脾气。你娘还在飞船上等你呢，我们一家三口很快就能团聚了。”

“你带我娘回未来吧，不用管我！”

见她如此固执，男人急得直跺脚。突然想起什么，急忙说道：“跟我回未来，我有办法让他复活。”

“真的吗？”少女惊喜地仰起泪痕斑驳的脸，“你有什么办法？”

“未来世界的基因技术可以完美地克隆一个人。从容貌到身材，甚至声音、性格，无不跟他一模一样。”

男人从怀里掏出小刀，割下少年一绺头发，“用这绺头发，就可以克隆出另一个阿明。”

“可是，他会不记得我的。”少女沮丧地说。

“别担心，办法多着呢！你可以在他脑中植入过去的记忆，或者用虚拟时空成像技术让他亲历当年的一切，这样他就可以跟你再续前缘了。”

一番劝说之下，少女终于又燃起了希望。她依依不舍地将阿明葬在神庙旁，带着他的发丝，跟父母回到了未来。

就在他们离开后不久，天空突然变得一片黑暗，滚滚火山灰如同咆哮翻腾的黑龙，直冲云霄，遮天蔽日。灼热的熔岩像无数条金色长龙，从山顶倾泻而下，很快便吞噬了苍龙城，抹除了人类活动的一切痕迹。

听完这个故事，许建明震惊得无以复加，心中百般滋味，难以名状。

半晌，他终于回过神，问：“如果我是你在未来世界克隆出来的，那为什么生活在现在这个时代？”

“因为对你的基因改造意外地失败了。”

原来未来地球的环境跟现在相比，已经有了很大变化。自然界的生存法则就是物竞天择，优胜劣汰。人类和其他生物一样在不断进化，通过改造自身以适应周围的环境。随着科技的发展，未来人类更运用了基因改造等技术手段来提高自己适应环境的能力。经过一代又一代基因的进化，才有了身体素质更加优良的未来人。然而没有经过基因改造的古人，无法适应未来世界。夏魈的母亲到了未来后,没多久身体就出现了问题,父亲虽然尽了最大努力挽救她的生命,但她依然在几年后去世了。

许建明被克隆出来后,他们发现对他所做的基因改造竟意外失败了。被克隆出来的他和过去一样是个普通人,很难在未来生存下去。为了不再重蹈夏魍母亲的覆辙,只能把他送到两千年前,在人类还未对自己进行改造的时代,交给一户人家收养。

“等一下,我都快被你弄糊涂了。你是说,我是你在两千年后克隆出来的,克隆自一个一千六百年前的古人?”

“是的。”

许建明使劲揉了揉额头,感觉脑袋里乱糟糟的。他这一生受到的震动都没有这个晚上来得多,一个接一个的劲爆信息,就像一场地震再接着一场海啸,将他原以为平常的人生冲击得七零八落、面目全非。

“你放心,虽然你是由他克隆出来的,但你有自己的生活,有自己……所爱的人,我不会强迫你改变什么。”少女的声音透着几分不易察觉的苦涩。

听她提到所爱的人,许建明这才想起方才那个电话:“糟了,任教授抓走了李媛,要我拿黑虫去换。”

“黑虫?他要黑虫干什么?”

“我怀疑他早就知道黑虫的存在。考古队的李队长也听命于他,说不定上次挖掘苍龙城的行动就是由他策划并赞助的。当他发现地宫中的黑虫全都不翼而飞时,表现得非常失态。我怀疑他发起那次考古行动就是为了得到地宫里的黑虫。”

“那我们就带着黑虫去见他,看看那个老家伙到底想玩什么花样！”

九

“你们终于来了！”

在上次他们逃出的那幢房子内,两人又见到了任教授。

“嫒嫒呢？”

“要想见她,先把黑虫给我！”

“我们要先确认李嫒是否平安无恙。”夏魈不动声色地说。

任教授打开墙上的视频通话器,李嫒出现在视频中。只见她独自坐在一个空房间里,低着头不知在想什么,样子很安静,也没有再被戴上类似“意识控制器”的玩意儿。

“嫒嫒！嫒嫒！”许建明冲视频大喊道。

李嫒抬起头来,冲他僵硬地笑了笑,模样憔悴得令人心疼。

“快把人放了！”夏魈把装有黑虫的玻璃瓶递给任教授,后者接过黑虫，如获至宝般看了又看，然后冲对讲机吩咐道:“把人带进来！”

不一会儿,两个黑衣人押着李嫒进入房间。

“嫒嫒,你没事吧？”许建明关心地问。

“我没事。”李嫒脸色有些苍白,但还算镇定。

“你们可以走了。”任教授说。

许建明和夏魈对视一眼，两人都没有想到对方会这么爽快地放他们走。但是机不可失,他们来不及多想,还是尽早离开为上。

两人带着李嫒朝外走去，刚走到门口，脚下的地板突然消失了，三人足足坠落了十几米，才不偏不倚地掉进一个坚固的囚笼里，笼顶立刻自动合上，再无缝隙。

这一跤摔得着实不轻，若非夏魈适时拉了两人一把，缓解了下坠之力，只怕掉下去不死也得重伤。

夏魈第一个从地上站起来，确认许建明和李媛并无大碍后，方松了口气。然后环视四周，发现这是一个密室。借着昏暗的灯光，她仔细察看笼子，似乎是用某种特殊金属制成的，每两根金属杆之间的缝隙不过两指宽。又试着用力扳了扳金属杆，作为拥有超强力量的未来人，她自信可以扳开任何普通铁杆，然而她使尽全力，金属杆依然纹丝不动。

“哈哈哈——”伴随着一阵猖狂的笑声，一架升降梯停在密室里，任教授走了出来，“这是用最坚硬的合金制成的囚笼，连炮弹都无法轰破它。你就别白费力气了！”

“教授，你要的东西已经给你了，为什么还要把我们关在这？”许建明愤怒地问。方才他拿出手机想报警，却一点信号都没有，看来已经被屏蔽了。任教授根本就没打算放他们走。

“因为只有死人才不会泄露黑虫的秘密。”任教授抚摸着手中的玻璃瓶，着迷地看着那只似乎又陷入了长眠的虫子。

“黑虫的秘密？”夏魈一瞬不瞬地盯着他，问，“你又是如何知道黑虫的秘密的？”

“十年前我父亲去世后，我整理他的遗物，无意中在书房看到一本族谱，上面记载了我们家族世代历经的重大事件，其中最离奇的就是苍龙城之变。”

大概笃定三人已无法从囚笼中逃脱，所以任教授毫无顾忌地讲述着他所知道的一切。

原来任家先祖当年也曾和众人一起去捉拿夏魈，被黑虫叮咬后，脉搏、气息全无，与死人无异，但面目却红润如初，尸体也多日不腐。他妻子总觉得自己的夫君有朝一日会再次醒来，所以并没有把他和其他人一起葬入地宫，而是带着这位假死人离开了苍龙城。后来这个家族繁衍了一代又一代，而这位先祖的身体却始终完好如生。这件异事渐渐引起了轰动，甚至被写入一些志怪小说。还有人视其先祖为神仙，争相对他顶礼膜拜，烧香请愿，任家借此聚敛了一大笔钱财。后来因田产之争与人结下仇怨，对方向官府告密，说这个数百年不腐的人身是邪妖作祟，蛊惑乡民，扰乱人心，于是官府才下令将其身焚毁。

如果这件异事是在志怪小说上看到，任教授只会付之一笑，但它记载在任家的族谱上，并且言之凿凿，从细节到人名，再到时间、地点，无一不详述在册，这就引起了他的好奇。尤其是其中提到的人体数百年不腐，竟比如今的人体冷冻技术还要先进。如果能揭开其中的奥秘，那么人类岂不就有可能实现长生不老的梦想？

他反复研读族谱，上面提到那些被黑虫叮咬而死的人都被葬入地宫。既然先祖的身体可以数百年不腐，那么这些地宫中的人体很可能也依然保存完好。如果得到这些尸体展开研究，说不定就会揭开人体不腐的秘密。

此后，任教授根据族谱的记载，用了近十年时间寻找苍龙城遗址。然而千年沧海桑田，该城几乎没在地面上留下任何痕迹。直到卫星探测仪问世，他才终于确定了遗址所在地。因为气候的变化，那里如今已成为一片沙漠，而苍龙城就在那片荒凉的沙漠下静静躺了一千多年。

仅凭一己之力无法挖掘古城，于是任教授拿出任家历代积累的财富，赞助了一支考古队。但他万万没有想到的是，地宫中竟然还有黑虫，它们竟然存活了上千年。结合族谱的记载，任教授立刻敏感地意识到，这些黑虫才是人体不腐的关键，所以千方百计想要取出许建明脑中的黑虫，甚至抓了他的女友来要挟他交出虫子。如今既已得手，当然就要杀人灭口。

“你真以为这个笼子就能困住我？”

夏魈突然冷冷一笑，从怀里掏出一副手套，慢条斯理地戴上，然后双手握住金属杆，用力朝外一扳——

奇迹发生了，金属杆竟然在她手中慢慢变形。

“不可能，你不可能有这么大的力气！”任教授难以置信地说。

“这副手套可以将我的力气增大数百倍，所以，你根本困不住我。”

随着夏魈说话的声音，金属杆弯曲的弧度不断增大，眼看就要变成可容一人通过的洞口。

任教授脸色变得越来越难看，突然大喝一声：“还不动手！”

话音刚落，一直呆立一旁的李媛突然从怀中掏出一把枪，对准夏魈的后背，扣下了扳机。

“砰——”子弹穿透夏魈身体，击在金属杆上，火花四溅。

一朵血莲在夏魈胸口绽开，她痛得蹙紧眉头，双腿似乎再也无法支撑身体的重量，摇晃了一下，便软软跪倒在地。

“夏魈！”许建明惊呼一声，冲上去扶住她，焦急地问，“你没事吧？”

“这一枪……射中了……心脏……”夏魈凄然一笑，抬头看了看两根金属杆之间还不够宽的缝隙，咬牙道，“扶我起来！”

她依靠许建明的支撑站了起来，双手握住金属杆继续使力。因为击中了心脏，伤口已经无法愈合，再加上过度用力，鲜血流得越发顺畅，如溪流般不停地流淌在地上，很快便汇成了一汪触目惊心的血泊。

伴随着流淌的鲜血，缝隙在一点一点地扩大……

“还不快杀了她！快！”任教授的咆哮声回荡在密室里。

李媛哆嗦了一下，望着失魂落魄的许建明，眼里突然冒出嫉恨的火花，一咬牙，正要扣下扳机——

“要杀她，就先杀了我！”

许建明突然转过头，死死盯着李媛，整个人都挡在夏魈前面，一副从容赴死的模样。

李媛拿枪的手颤抖起来。

她在对方眼里看到了自己现在的样子，那样的陌生和丑陋。

“你为什么要杀夏魈？为什么?！”

面对许建明痛心疾首的质问，李媛神情凄惶，却一言不发。

“你是不是又对她使用了‘意识控制器’？”许建明瞪着血红的眼睛，怒问任教授。

“你以为控制人心必须借助仪器吗？”任教授大笑道，“一个嫉妒的女人是最好利用的工具。我只要告诉她，那个女人想抢走她的男友，只要杀死她，我就会放你俩平安离开。于是她就对我言听计从，哈哈哈哈……”

“是真的吗？”许建明惊怒莫名地望着李媛，“你真的因为嫉妒就杀了她？”

枪,从李媛手中掉了下来,她浑身颤抖着,跪坐在地上。

泪水从泛红的眼眶里涌了出来,她捂着脸哭泣道:“教授说,他在我身上装了遥控炸弹,如果我不杀了那个女人,就让我跟你一起粉身碎骨。对不起,我不想死,不想……”

“愚蠢的女人!”任教授冷冷地说,“现在你已经没有用了。我再给你们十分钟话别的时间,十分钟后,你们就一起上西天吧!”

“不,教授,你答应过会放我们走。你答应过的……”李媛扑到金属杆前,痛哭流涕地喊道。

“我答应过吗?”任教授讥讽地挑了挑眉,“对不起,我忘了。”

他转身朝升降梯走去,没走几步,就听身后传来一声大喝:“站住!”

任教授充耳不闻,继续朝前走。

“再不停下,我就开枪了!”

教授转过身,看着一脸怒气拿枪对准自己的许建明,笑得越发讽刺:“你有什么资格叫我站住?难道没瞧见我身上穿的可是最先进的防弹服!”

许建明的心重重一沉。

他早就觉得任教授穿得很奇怪,一身质地坚硬的衣服把自己裹得密不透风,就连头上都戴着防护头盔,原来他早有准备,否则也不会轻易把枪拿给李媛。

就在许建明迟疑的时候,任教授已经走进了升降梯。

升降梯的门缓缓关闭,任教授冲他们得意一笑,说了两个字:“再见!”

说时迟那时快,就在门即将合拢的一刹那,许建明扣响了扳机，子弹擦着门缝射进，响起“砰”的一声……

门合拢了。

任教授惊恐地看着地上破碎的玻璃瓶，刚才那颗子弹恰好击碎了瓶子。

瓶内的黑虫跳出来，一下子蹦上防弹盔，在他惊恐的目光中不悦地抖动着长须。

在防弹服和头盔之间，有一道细细的缝隙。

冷汗悄无声息地从脊背上冒了出来。

时间仿佛凝固了一瞬，跟着便响起一声凄厉的惨叫：“啊——”

当升降梯的门再次打开时，守在外面的黑衣人惊诧地发现，他们的老大已经变成了一具没有脉搏和心跳的“尸体”。

密室内，夏魈用完最后一丝力气，终于把金属杆扳开一个可以让人钻出的缝隙，她欣然一笑，身体沿着金属杆软软滑倒在地。

听到身后的动静，许建明急忙转身，刚好抱住倒下的少女，她的微笑如同一朵即将凋谢的绝美的花，绽放在他模糊的视线中。

“夏魈！夏魈……”

他泪流满面地呼唤她，一种从未体验过的痛苦如龙卷风般袭来，挟同两个时空的记忆，那些无法割舍的情缘、纠缠不清的爱与痛，化作势不可当的巨瀑，将他心底最柔软的地方冲成一片血海，痛不欲生！

十

深秋的墓园，红叶黄花渐渐凋零，风中带上了浅霜般的凉意。

许建明将一捧白菊放在一位少女的墓前。黑色大理石墓碑上嵌有她的小像，因为找不到她的相片，所以小像是许建明亲手绘成的。画上的少女明眸善睐，活泼灵动，然而那微微翘起的嘴角，已经凝固成一个永恒的弧度，那双总是蕴含着千言万语的眼睛，也永远只剩下一种不变的神情。

李媛那一枪击中了心脏，即使夏魈是拥有自愈能力的未来人，也无法从这样严重的创伤中存活。

任教授“死”后，黑衣人群龙无首，将值钱的东西哄抢一空后就逃散了。

许建明从夏魈扳出的缝隙中脱困而出，报警后，及时赶到的警察拆除了李媛身上的遥控炸弹，然后以故意杀人的罪名逮捕了她。

夏魈被安葬在公墓中，为了避免麻烦，许建明没有说出她未来人的身份。而任教授奇怪的“尸体”引起了警方的注意，最后被放置在科学实验室里供人研究。他大概永远也不会想到，自己竟会以这样的方式来完成对人体不腐的研究。

白菊散发着淡淡的幽香，它属于这个离别的季节。

叶子与大树离别，花儿与枝叶离别，处处红衰翠减，万物皆因离别而消瘦、憔悴。

在这萧瑟的秋光中，许建明久久伫立在少女墓前，不忍离别！

有沉重的脚步声从背后传来，在他身旁停下。

许建明转过头，看到一位高大魁梧的中年人，眉目间跟少女有几分神似。

“我是夏魈的父亲，来带她回家。”

只这一句话，许建明便明白了对方的来意。

“我一直在等你。”他脸上终于有了喜色，从口袋里取出一只小小的锦盒。这锦盒他每天带着,从不离身。

打开锦盒,一束秀发还带着残余的暗香,旁边是一枚针眼大小的芯片。

他的眼角不由自主地湿润，低声道:“这是夏魈临死前让我转交给您的……她的头发和记忆芯片。”

中年人一声不响地接过锦盒,转身离开。

许建明忍了又忍，终于没忍住，冲对方背影喊道:“她重生以后,还会再来找我吗？”

男人脚步一顿,静静站立了片刻,终于说:“我会让她忘记与你有关的一切,这样她才不会再受到伤害。”

许建明蓦然一僵,仿佛瞬间被肃杀的秋风透胸而过,整个人,整个世界,都被无尽凄凉的秋意给淹没了……

十一

夏魈很早就知道自己是克隆人，但她怎么也找不到属于自己的记忆芯片。

在未来世界,人们一出生就会在大脑中植入记忆芯片,所有经历的记忆都会被实时存储到芯片上。去世后取出芯片,克隆出另一个自己,再植入以前的记忆芯片,原来的那个人便彻底复活了。

未来人类就是用这种方式,实现了永生的梦想。

但是,属于以前那个夏魈的记忆芯片却怎么也找不到了。父亲告诉她,上一世的记忆太痛苦,所以他毁掉了芯片,是为了保护自己的女儿不再被过去困扰。

可是,每次当她听到周围的朋友谈论自己的上一世,甚至上几世的经历时，总是格外羡慕。因为她们的经历那样丰富，哪怕是一些不好的事、危险的事，甚至伤心的事，现在回想起来，都变成了有趣的事。

只有她自己，以前的经历是一片空白。

她总有种隐约的感觉，失去的那些记忆对她而言非常重要。

就像被人斩断了生命中不可缺少的部分，她觉得自己整个人都不再完整了。

终于有一天，机器人管家见小姐整日闷闷不乐，忍不住吐露了实情："其实……你父亲并没有毁掉你的记忆芯片。"

"真的吗？"夏魈惊喜地问，"快告诉我，他把芯片藏在哪？"

"就在他卧室的保险箱里。"

第二天，夏魈趁父亲不在的时候，用复制的指纹偷偷开启了保险箱。

里面果然有一枚记忆芯片。

可怜的父亲，他终究没忍心毁掉女儿的记忆。

夏魈迫不及待地请机器人家庭医生给自己植入了记忆芯片。

未来世界已经先进到每家都拥有一位机器人医生，它不仅能够看病，而且可以在家中进行手术。机器人医生拥有海量的医学知识，还能随着医学的发展不断升级知识和技能。它们个个技术精湛，手术精确度极高，避免了人类医生可能会出现的任何失误。

植入芯片是一个很简单的小手术，只用了不到半小时就完成了。

恢复记忆后的夏魈，变得沉默了许多。

有一天，她突然告诉父亲，想坐时空飞船去旅行一趟。

“你想去哪？”父亲警觉地问。

“这学期期末考试要写的论文，是关于两百年前气候突变对于今天的影响。我查阅资料后，发现有些数据不太准确，甚至自相矛盾，所以想利用假期去两百年前的世界实地考察一下。”

“我陪你去吧。你一个人我不放心。”

“爸，我都这么大了！好多同学早就独自进行过时空旅行了。如果被他们知道我不敢独自旅行，一定会笑话我的。”夏魈噘着嘴说。

“过去的世界很危险，并不像你想的那样简单。”

“我知道，所以我早就详细了解过要去的地方，还去时空旅行署做过一次模拟旅行。这是他们发给我的合格证书，证明我具备独自旅行和应付各种突发事件的能力。所以您就放心吧！这次论文关系到我的期末考试成绩，您也不想让我把第一名的位置拱手让人吧？”

经不住夏魈再三的软磨硬泡，父亲终于同意了。

趁着国庆十天假期的机会，夏魈登上了时空飞船，并悄悄把要去的时空拨到了两千年前。

“上次去晚了，这次我可不能再迟到。”

她自言自语地说着，嘴角轻轻弯出一个迷人的微笑。

十二

大一新生许建明背着行李走进A大校园，一路上兴奋地东张西望。和所有新生一样，他对陌生的校园充满好奇，心里满满都是对即将开始的新生活的憧憬。

“哎哟！”前面一位拖着行李箱的女孩突然惊叫一声，原来她绑在箱子上的一个口袋掉了下来,袋口没系紧,里面的东西撒落了一地。

许建明同学立刻发扬助人为乐的精神，跑上去麻利地帮她拾起地上的东西,又重新把口袋扎紧绑好。

“谢谢你！”女孩感激地说,“你也是新生吧？我叫李媛,生物系的。你呢？”

许建明没有回答,他刚直起身,整个人就像被点了穴一样僵住了。

在他视线的右前方,一棵枝繁叶茂的大榕树下,站着一位黑裙少女,深邃的五官,帅气的短发,令她具有一种很特别的气质。

看见这个女孩,许建明心里陡然涌起一阵熟悉的感觉,仿佛在哪里见过她,同时涌上心头的,还有一种既甜蜜又酸涩,既快乐又痛苦的滋味。

那是历经沧桑的恋人才会品尝到的味道，本不该出现在他这个还有几分懵懂的、感情生活几乎是一张白纸的男生身上。

这种奇异的感觉令他整个人不受控制地朝对方走去，就好像那是一块无法抗拒的磁石。

女孩静静地看着他走过来,没有丝毫意外的表情,仿佛她站在那就是在等他,已经等了很久很久。

见那个帮助过自己的男生一声不吭地走了，李媛有些奇怪,但也没有太在意,耸了耸肩,就拖着行李箱继续朝前走去。方才只是一个微不足道的小插曲，她很快就把这个看上去有些呆呆的同学给忘记了,完全没有意识到,那位少女的出现,改变了她的人生轨迹。

“你好,同学！咱们见过吗？”许建明踌躇了一下,终于鼓起勇气问。

少女微微一笑:“见过。”

“真的?我就说嘛,你怎么看上去那么熟悉,原来咱俩见过啊!”

许建明惊喜地说着,望见对方亮如晨星的明眸,一种熟悉的甜蜜感觉突然涌了出来,令他的心骤然一跳,然后那张堪称帅气的脸便在她的注视下渐渐泛红了。

他尴尬地低下头,说:“为什么我想不起在哪见过你呢?”

“那是很久很久以前的事了……”

榕树的叶子在风中“沙沙”轻响,就像少女悠长的叹息。她深深凝视着他,以无比笃定的语气说:“你一定会想起来的!”

说完这句话她就走了,留下一头雾水的许建明。

很久很久以前……我们……真的见过吗?

阳光从树叶的缝隙中洒下,就像无尽的前尘往事,苍茫而不可捉摸。

带着满腹疑问,许建明完成了新生报到的手续。来到寝室,其他同学还没到,他放下行李,开始整理自己的床铺。

刚铺好床,却发现不知打哪冒出一只黑色的虫子,在干净的床单上大摇大摆地爬行。

“讨厌的虫子!”许建明厌恶地用手去拍,黑虫却倏地跳到他身上,又闪电般钻进他的鼻孔,一下子隐没不见。

他吓得冷汗狂飙,赶紧跑到镜子前,扳开鼻孔看了又看,却看不见什么黑虫,也感觉不到半点异样。

难道是自己眼花看错了?

这时,寝室的其他新生也陆续来了,大家说说笑笑,许建明很快就把这件事忘了。

就在这天晚上,A 大考古系教授任伯达经历了他人生中最诡异最可怕的一个夜晚。

他和往常一样走进书房,从书架上取下《任氏族谱》。这几年他都在寻找苍龙城,却始终没什么头绪,于是打算再翻翻族谱,看能不能找到有用的线索。

然而翻开书后,他整个人如遭雷击。

里面竟然变成了一片空白!

他发疯似的把书翻了个遍,最后甚至把它拆开了,却依然没有找到一个字。

最后,任伯达颓然坐在地上,旁边是一堆破烂的白纸,就像他那莫名破灭的梦想。

同一天晚上,许建明做了一个很长很长的梦,梦里有水井、神庙,有地宫、墓园,有不腐的人体、奇怪的黑虫,还有那些甜蜜的相聚、痛苦的分离、遗憾地错过、漫长的等待……

当他醒来时,发现枕角凉凉的,已被梦中流出的泪水浸透。

窗外,一轮明月高悬于空。月光中似乎有一位少女,身姿翩若惊鸿,乌发散若流星。她的眼神充满忧伤和期待,静静地望着他,千言万语仿佛凝成了无数星光。

“谢谢你又找到了我。”话刚出口,他的声音已然哽咽。

而她在他深情的凝视中,粲然一笑,一如千年前的美好。

载于《科幻立方》2020 年第 2 期

萧星寒

红土地

一

“在地洞坍塌时死掉,并不可怕。岩石掉落下来,嘭,你惨叫着,身上一疼,眼前一黑,死了。死了就什么都不知道。不知道怕,不知道饿,不知道黑。可怕的是,地洞坍塌了,同伴都死了,你还侥幸活着。也许受了伤,也可能没有,这不重要。你会觉得自己是幸运的。与死相比,至少你还有活下去的希望,是不?其实不是,真的。你在黑暗中挖掘,拼尽全力,挖呀刨呀,盼着能爬出去。可惜,你还是忘了一件重要的事情。”

“什么事?”

“方向。在坍塌的地洞里,你根本不知道往哪一个方向挖才能回到红土地。”

“为什么?”问罢我便知自己问得奇蠢无比。

“为什么,为什么,为什么不动脑子想想?”果然,老梁的讥讽来得毫不留情,“你置身于坍塌的地洞中,空间小得仅能容下你一个人而已,翻身都是奢望。四周漆黑压抑,没有一丝光可供判断方向。

岩石把你砸到头晕眼花,你甚至不知道哪边是上,哪边是下,更枉谈挖出一条生路了。”

然而,在那种情况下,除了找个方向拼命挖,我还能干什么呢?难道躺在原处等死吗?我思忖着,用电筒指向前方的地洞。昏黄的光在漆黑的地洞里射得并不远,我听见在遥远的电筒光照射不到的某地,有水滴持续掉落的声音。“老梁,警戒线到了。”我伺机转换话题,“往回走吗?”

老梁也不说话,用行动回答了我的问题,我转身紧跟。两束电筒光在地洞四处来回扫射,伴着我们匆匆的脚步和细微的喘息声。

走了一段路,老梁说:“把电筒关了,节约用电。”

我听话关了电筒,挂到腰间的皮带上。黑暗顿时从四周如浓稠的岩浆般涌来。我紧盯着老梁的电筒光照亮的地方,跟在他后面,亦步亦趋,不敢有丝毫懈怠。这里的地洞不比红土地那边的主洞,只是随便挖好,未经打磨,地下和洞壁皆凹凸不平。部分地方还有深浅不一的积水,稍不小心就会踩上,跌倒。

回去的路还有很远,我借机问老梁:“咱巡逻是为了驱赶鼠族。可这鼠族到底长啥样儿?我到现在都没见过。”话音未落,我就发现这句话有漏洞,赶紧补上:“我是说,没有见过活着的鼠族,只在保安队的宣传栏里见过它们的画像。”

“你这孩子的好奇心还挺重啊。”

“我不是孩子,”我辩解道,“我十八岁了。”

“十八岁,很大吗?”老梁毫无顾忌地哈哈大笑,语意中有某种揶揄,或者说暗示,“你吃的盐都没我见过的东西多。”

我觉得脸皮发烫,仿佛被火灼烧。这大概就是害羞吧。可按理说，这时我的脸不应该红得像苹果吗？虽然我从来没见过真苹果，只从书上看到，从大人那里听说，据称那是一种长在树上、颜色艳丽、滋味鲜美的水果。吃过它的人都啧啧赞叹，然而我出生在红土地，尚无机会品尝其之滋味。但我为什么会脸皮发烫呢？会是那揶揄唤起某些联想吗？

为化解尴尬，我定下神来强调着："听说几天前，保安队在红土地附近发现了一个鼠族部落，就把它们全部消灭了。"

"你听谁说的？"

我忽然紧张起来："大家都在……说。"

老梁重重地叹了口气，把滑落到胸前的长发挪到脑后去。"你这孩子还得再谨慎啊。要在这地下世界活着，不谨慎不行，"他摇摇头，"你说的消息是真的。"

老梁的儿子梁清扬就是保安队的，可能知道些内部信息。我迅即追问："这么大的事儿，宣传栏怎么不报道？"

"那个鼠族部落有七十多个成员，工鼠就有四五十多个。为了消灭它们，保安队也损失了三十多个人。"

"啊，一半的保安队都没了！"我不由得感叹着，继而压低声音问，"那梁大哥……没事儿吧？"

"倒是受了点儿轻伤……没事。我就叫他别进保安队，有危险，他偏不听！唉！儿子大了不由爹。"老梁晃晃电筒，似乎要把这份不愉快给晃掉。"赵市长非常生气，他认为这不是胜利，反而是巨大的耻辱，当然不会报道。今天数十个巡逻小组外出，并被严令巡到最远的警戒线，就是因为保安队现在缺兵少将。"

鼠族。我抬眼环顾，它们似乎就潜伏在黑暗里，默然不语，伺机扑咬并吞食我的肉和骨头。危险的感觉如同雪地里呜咽的风在心间萦绕。不,不是萦绕,是堆积,堆积成高耸的山。

我下意识地捏紧手里的工兵铲，似乎这样就能把危险铲除干净。但没有用,那感觉还在,像无数条毒蛇盘踞在我的心窝里,死活不肯离开。

二

“我们走了多久？”前方出现了红土地的亮光,我问。

老梁抬起手腕,拿电筒光照了照那块机械表:“从出发到现在,四个多小时。怎么了,累啦？”

我咬牙哼出表达疼痛的轻叹。脚后跟利用酸楚谋杀着我,小腿肚子也呼应着,抽着筋惩罚我的身体。

“那表不会出错吧？”我挤出了一句话。

“不可能，”老梁把电筒关掉了,“前两天我才去十号站台的大钟那里对过,不会错。”

在红土地这个地洞里，拥有一块地上世界制造的机械表是身份和地位的象征,哪怕它走得不准也是如此,更何况有表的人是少之又少。

“我还以为走了七八个小时呢。”我轻叹道。

“在不见光的区域里,人的感觉会出错,本来很短的一段时间,都会以为非常漫长。”老梁说着,已经走出了伸手不见五指的黑暗。

我眨眨眼睛,手里握紧工兵铲,跟着他走进红土地的光里。

红土地是整个地下世界的中心,也只有这里最为宽阔,更只有这里永远是灯火通明。无数彩灯铺展在各处，向四周投射希望之光。据老一辈讲,这里数十年前是一座叫红土地的地铁站,六号线和十号线交会于此,前者距离地面六十多米,后者甚至距离地面九十多米。现在我和老梁到的地方,就是红土地十号线的站台。

虽然对于地铁、地铁站、六号线和十号线等名词,年轻一辈都不甚了然。我们只是知道,在千阳之战中,地上世界彻底毁灭,红土地则因为距离地面甚远,幸存下来,并成为人类最后的据点。

老一辈还常说战争发生前红土地地铁站人潮涌动的景象——那是我无法认知的画面,因为多数时间里,红土地都像此时此景般人迹罕至。

“我去保安队那里报到,然后就直接回家,”老梁说,“蘑菇房就交给你了。”

“放心吧。”我努力挤出真诚的笑脸。

“把工兵铲拿好,千万别掉了。”老梁挥挥手,我行我素地从某个地洞离开。我恨不得立刻躺下,但还得拖着疲惫的身子,往前挪了几步,转向一条长长的金属步道(有人叫它扶梯,但我不理解它有如此古怪的称呼),缓步上去,再拐弯,向上,拐弯,向上,抵达红土地六号线站台,蘑菇房就在这里了。

金属包裹的木质大门上,挂着生锈的锁。借着外面的灯光,我拿钥匙把锁捅开,刚推门进,一股浓浓的蘑菇味儿就扑面而来。这味儿我闻了至少八年,有时觉得欣喜,有时因为太过熟悉反而心生厌恶,当然,大多数时间里,蘑菇味儿就是蘑菇味儿,不代表什么。

我打开日光灯,看向屋内。这屋子原本是一家小型超市,货架上整整齐齐摆放的,则是一个个鼓鼓囊囊的塑料袋。袋口那里,一堆堆蘑菇争先恐后地挤出来,长势良好,看来用不了几天,就又可以采摘了。

我把工兵铲放回工具箱,又插上电筒的充电头。蘑菇房是红土地稳定的食物来源之一,其重要性,用蘑菇房创建者老梁的话讲,就是“略低于市长办公室,但与配电房、养鸡场、保安队等部门基本持平”,因此享有肆无忌惮的用电特权。

可我把灯关了,满心只想睡觉。在货架旁边,有一张折叠床,长时间行走后,一头倒床的感觉简直就像坠入天堂。

然而我刚闭上眼睛,耳朵里就传来诡异的声音——有人来偷蘑菇呢?我心中一惊,盘算着怎样用最快的速度去拿工兵铲,同时厉声问道:“谁?!谁在那里?”

无人应答。

我翻身而起,几步跨到工具箱边,拔出工兵铲——这是屋里唯一可视作武器的东西。那声音还在,窸窸窣窣,仿佛某种啮齿动物在啃咬木头。难道是老鼠?在地下世界,老鼠可比人活得滋润。果真如此,那就没什么可怕的了,反倒是改善伙食的时候来了……我已经走到电筒充电的地方,顺手抽出电筒,猛然打开,亮光直指发出声音的地方。

没有看见老鼠,我只见一个赤裸的小孩蜷缩在货架边,嘤嘤哭泣。

“你是谁?你怎么进来的?”我习惯这样问了。以前确实有人饿得受不了,进来偷蘑菇,这样的事情已经发生过太多次。但这次,似有不同。

那是一个瘦弱的孩子,浑身不着寸缕,脑袋上也是光滑如卵石。在电筒光的照射下,他皱巴巴的小眼睛忽闪着畏惧与渴求的光芒。

我心中一颤……八年前，我的父母在一次地洞坍塌事故中丧生,举目无亲的我对此景感同身受。

我把手伸向他。他迟疑着,也伸出手。在接触彼此的刹那,我以为他会闪电般地缩回去,然后转头逃走。但他没有,只是仍旧哆哆嗦嗦,并片刻迟疑后稳稳地握住了我的手。好冷。这只手仿佛是一块千年寒冰。我不由得打了一个寒战。

"我给你拿衣服,"我说,"你不能光着身子到处跑。"

我松开那孩子的手,走到门外,将几天前挂在那里透气的衣服取下,又回到屋里交给那孩子。他茫然地看着我,似乎不知所措。

"穿上,"衣服又旧又破,我解释说,"没有多的,将就吧,总比不穿好。"我所言为实。老一辈说地上世界中,人人都能穿着各色款式的新衣,但在红土地,衣服是奢侈品,大家的衣服来来去去就那么一两件,穿旧穿破,直到穿烂。

那孩子直起身子。他比我想象的要高,只比我矮半头而已。因此,他的年岁很可能比我预估的要大。他拿起衣服,还是不知道该怎么办。我只好上前,帮他穿。

"没穿过衣服吗?"

他不说话,好奇地牵着衣领看。

"叫什么名字?"我又问。

他下意识地看着我,好像不懂我的意思。

"就是称呼,就是别人怎么叫你。"我开始担心这少年的智力。红土地的人大部分我都认识,却不认识他,除非他是从别的地下世界过来的。红土地之外,也有其他人类幸存者过活。我听说,那里的人,因长时间独自在黑暗里摸索,不但失了明,还失了语,智力上也大大受损,与白痴无异。

“老鼠都比他们聪明。”芭比酒吧冯老板这样评价。

少年努力张开嘴,吐出了两个模糊的字音。

“你说什么?”

他又说了一遍。这次我勉强听清楚了:“你叫罗飞?”他忙不迭地点头。我又问:“今年几岁?”

罗飞摇头。

“不知道,还是不肯说?”他继续摇头。“你从哪里来?”他还是摇头。我有些不耐烦了:“饿吗?”

“饿。”

这个回答的声音响亮又清晰。

我还有一些粮食储备。我径直去取了两块豆饼,毫不犹豫地交给罗飞。看着他把豆饼囫囵吞下,我的胃也有些熟悉的抽动。巡逻回来,我也粒米未沾,但只能强忍着,因为食物有限,饿一顿,饱一顿是家常便饭。

“所有不为下一顿着想的人,都已经死了。”这是小时候我爸爸告诉我的,在我饿得不行,偷吃了一块薯片的时候……

我咽了咽唾沫,用手掌抵住胃所在的位置,这样它的抽动也没有那么剧烈了。这是我很小就发现的秘密。“我去睡了。”我张大嘴巴,打了一个大大的哈欠。睡觉,也是抵御饥饿的好方法。我走到折叠床边,躺了上去。“不想走的话,就在那边的大床去睡吧。大床是老梁的,别弄脏了。弄脏了他可是要骂人的,”我把薄薄的被子拉到下巴边,“还有,明天我得去保安队,汇报你出现在蘑菇房这件事,这样我能多分到一份口粮。”

我闭上眼睛,很快进入梦乡。

也不知道过了多久,我隐约察觉,有人躺到了我的身旁。我没有睁开眼睛,心里已然明了,那是罗飞。他的手和脚都是冷的,整个身体都是冷的。靠上来时,他浑身剧烈地颤抖着,我能感受他的寒冷,还有恐惧。我没有吱声,只是往旁边挪了挪。折叠床发出咯吱咯吱的声音。他便靠上来,伸手揽住我的手臂。我没有尖叫,照理说我该尖叫的,但不知为何,我觉得都无所谓了,也就任由那手带来的寒意在我的体侧徘徊吧。

可能是因为我太累了吧……我不想说话,不想睁眼,也不想动脑,一下都不想动。

罗飞那只手,还有他的身体,渐渐变得温热。

我紧闭双眼,酣睡依旧。

三

军号声在远处阵阵响起,浑厚而嘹亮,随后也有人陆陆续续开始活动。逐渐地,各种声音不请自来涌入耳中,我闭着眼睛勉强又睡了一会儿,终于睡不着了,只好翻身坐起来。罗飞还在梦里,光秃秃的脑袋没有一丝毛发,泛着某种诱人的潮红。我一时兴起,拿指尖摸了摸他的额头。暖暖的,不似昨天那样冷,皮肤非常细腻,不像我这般粗糙。

我的触摸惊醒了他。罗飞睁开眼睛,斜瞄了我一眼,一言不发,闭上眼睛继续睡去。

我下了床,左右无事,遂决定去保安处。刚才那阵军号声就是从那里发出来的，给人们叫早。其实地下世界本无所谓白天黑夜，但老一辈总觉得不按照白天黑夜来过，久而久之，日子过得给人留不下念想。

路过宣传栏时，我站在原地逐字认读。我能识字全拜我父亲所赐。出生后不久，父亲就固执地教我认字，直到他临终前，我终于能独立阅读了。父亲走后，阅读成了我消磨时光的重要方式。今天的宣传栏，大半都在讲前几天的鼠族歼灭战。看来赵市长心知肚明，纸包不住火，还是公开为好。

这次交战过程写得很详细，看得出战事很惨烈，并非事先规划好的那种伏击，而是计划外的遭遇战。在战斗中，保安队队长刘海龙勇敢地用突击步枪干掉了至少六只工鼠。鼠族则用尖牙还有利爪进行还击。它们的双臂经常挖洞，极其有力，爪子比起砍刀，其锋利程度，有过之而无不及，刺破人的肚子就像砍瓜切菜那样易如反掌。在刘队长打死鼠族女王后，所有工鼠变得无比疯狂，给保安队造成了极大威胁。好几位牺牲者，死在与鼠族的正面作战里，死在从鼠族嘴里拯救同伴时，也死在了鼠族制造的地洞塌陷之中。文章收尾处，号召红土地的全体居民精诚团结，共同捍卫家园。

最后一句则是“消灭鼠族！”——尤其那个惊叹号赫然醒目。

正文还附有鼠族的资料图。这张资料图的绘制由来已久，定期张贴。我对它再熟悉不过。看似图文并茂，鼠族实则画得浮皮潦草，勉强可见它们轮廓与人类几分相似，却个子矮小，长相猥琐，光秃秃的脑袋上也非常别扭地飘了几根长长的毛发。说明文字也浅尝辄止，大意强调鼠族是女王制，社会分成三个等级：女王是它们的最高领袖，往下是七八只雄鼠，再往下，即是五六十只甚至上百只没有雌雄之分的工鼠。

“还没有看够吗？”一个声音从宣传栏另一边传来，“这些资料早就过时了。”那人从宣传栏另一边转了出来，是保安队的宣传负责人孟楼。他比我大好几岁，我曾经找他借过书看，也算是熟人。他长了一张白净的脸，头发和胡子都精心修剪过，在红土地，算是注重形象的头号人物了。

“孟哥，你参加了这次对鼠族的歼灭战？”我问，“鼠族长什么样？跟我说说。”

“至少比这儿画得要高大、丰满一些。”孟楼伸出手指在鼠族女王画像的胸前敲击了两下。画上的所有鼠族都是赤身裸体，女王也不例外，胸前那对乳房跟她矮小的身材比起来，格外惹眼。他的手指又从女王下方的几只雄鼠画像上划过。那些雄鼠的胯下用寥寥几笔，夸张地勾勒出某种器官。“女王还要负责生孩子，不停生，”孟楼说，“雄鼠最幸福了。什么也不用做，只要和女王乱搞，就万事大吉。其余所有工作都由工鼠承包。话说这‘乱搞’，你知道那是什么意思吧？”

“我当然知道。不就是那啥，然后啥嘛。”我不甘示弱，可是那几个词始终在嘴边徘徊，不肯露面。

“啥和啥，到底是啥？”孟楼嘿嘿笑着，促狭之意非常明显。见我不回答，孟楼推了我一把，“小艾，让开，再让开。”

我挪了两下位置。孟楼取出一张纸条，寻思了一会儿，把纸条贴在了宣传栏的边沿上。纸条上的信息很简单，任命梁清扬为保安队副队长，并号召16岁以上的居民加入保安队，为保卫红土地做出自己的贡献。

梁大哥高升了。看来我得准备一份厚礼用来道喜。孟楼贴好纸条，正欲离开，我伸手拦住了他。他是宣传负责人，人口登记也归他管。我就把罗飞的事儿给他大略说了一下。“新人？”孟楼瞪大双眼，死盯着我，似乎想说出拒绝的话，但最后说出口的，却是欢迎，“也好，正缺人手。刘队长正为这事儿犯愁。多大？十二三岁？太小了，太小了。要不这样？你先教他种蘑菇，等他长大点儿，你再把他送到保安队，做点儿宣传工作？你认识字嘛。”

这事儿孟楼之前提过一两回，我没有同意。“刘队长离不开你啊，孟哥，”我说，“况且，我也不能夺你的位置啊。”

孟楼说：“你来搞宣传，我就跟刘队长申请，去分配粮食。就这么定了，好不？”

我含糊地应和了一声，孟楼高兴地拍拍我的肩膀：“一会儿去领口粮时候，你多领一份哈。还有，想看什么书，到我那儿去借，哥的书架，随时向你敞开。”

我转回蘑菇房。离房门不远的地方，我看见屋里的日光灯亮着，听见屋里传出一连串的声音，心中大骇。不得不承认，把一个刚认识不久只知道名字的人单独留在蘑菇房，是非常不谨慎的行为。我肯定是脑子抽风了，才会这样做。假设罗飞干了什么蠢事，我面前就只有死路一条。我三步并作两步，撞开房门，高喊着“你干什么”，冲进屋里。

罗飞站在货架中间，一手拿着一把白嫩嫩的蘑菇，另一只手捏着收割蘑菇用的一把小刀，愣愣地看着我，一脸无辜的样子。他脚边的塑料桶里，已经装了大半桶刚摘下的蘑菇。

“还没有成熟,你收什么！”我怒吼道。

“熟了。”罗飞说,声音介于幼稚与成熟之间,莫名的好听。他扬起手中的蘑菇给我看。我瞄了一眼,根据我的经验,那蘑菇确实已经成熟,可以收割了。可是,睡觉之前我不是查看过吗?当时那些蘑菇至少还要三天才能完全成熟啊。

“还真是熟了。”我狐疑地打量着罗飞。他只是浅笑着,把手中的蘑菇放进塑料水桶,然后继续收割。我去工具箱里取出另一把小刀,也欢快地收起蘑菇来。判断一朵蘑菇是否成熟,再用小刀将它割下来,在这方面我已经干了八年,几乎闭着眼睛也能完成了。罗飞的动作本来很慢,但他凝神看我收蘑菇,又问了几个细节,之后他收蘑菇的速度很快赶上我了。

“挺能干的嘛。”我直起身子,在收蘑菇的间隙,这样说道。也许在不久的将来,他真能取代我,管理好蘑菇房的一切,而我……难道我真的要去保安队当宣传负责人?

罗飞隔着货架,给了我一个甜美的微笑。那微笑里,羞涩与骄傲并存,骄傲的成分似乎还多一点。笑完,他立刻低下头,继续收蘑菇。我顺眼望去,正好看到一滴血掉落到白蘑菇上,分外夺目。“你受伤了！”我惊呼着,跨过货架,来到罗飞身边。

此刻,罗飞把右手举到眼前,好奇地端详着。右手食指上,被小刀割开的伤口正往外涌着红色的液体。他似乎不明白发生了什么。

“你被小刀割伤了,你不知道吗?”我责备道。

罗飞摇着头:“不知道。”

“不疼吗?”

“不疼。”

“你个傻孩子。”血还在往外渗，我顾不得许多，低下头，张开嘴，把罗飞的食指放进嘴里。一丝温热带着咸味的感觉在口腔里扩散，旋即消失。这是妈妈教给我对付小伤口的办法。“没有创可贴，只能这样了。”妈妈在吮吸我受伤的手指时，也曾经这样对我说。

“谢谢你。”罗飞说。

听着这话，我的心感觉一阵莫名的悸动。

这时，房门被推开了，老梁的身影出现在那里。

四

我赶紧吐出罗飞的食指，尴尬地叫了一声：“老梁，你来啦。”

老梁在门口站了一小会儿，然后挪步进来。脚步有几分踉跄，面色有几分泛红，这说明他已经去过芭比酒吧了。“你不用解释，”他嘟囔着说，“我什么都没有看见。你们继续，继续。”

我丢了一个眼神给罗飞，让他赶紧收蘑菇，但他没有动。我正要开口说话，却见他薄薄的嘴唇翕动几下。虽然没有发出声音，我立刻猜出他的意思：塑料桶已经装满了，再收，就不知道把蘑菇往哪里放了。看着老梁走到他那张大床边，我凑近罗飞，悄声问道：“蘑菇房里多了一个人，老梁好像并不奇怪啊？”罗飞抿嘴回答：“你出去时，梁大叔已经来过了。”所以老梁才有空闲去芭比酒吧？我这么想着，忽然嗅到一丝暗香。房间里本来充斥着蘑菇的气味，但这丝香气居然突破了蘑菇味儿的包围，飞舞到我的鼻腔里。它那么柔弱、那么甜美、那么令人心旷神怡，一种莫名的情愫在心中升腾。我贪婪地深吸了一下，那香气却又泯然无踪，宛若之前的感受完全是错觉。

我错愕又惊讶,但罗飞停留在嘴角那抹淡淡的笑意似知我心。我几分惶惑,撇开罗飞,走向老梁:“恭喜你啊老梁,梁大哥当上保安队副队长了。”

老梁躺在床上,看也不看我一眼:“那又怎么样?不就是个副队长嘛。又不能离开这个耗子洞。”

“怎么?在芭比酒吧里又听到了什么坏消息?”我问。如果说宣传栏是官方机构发布命令的地方,那芭比酒吧就是红土地的地下消息中转站。两者的区别无比明显:宣传栏里总是好消息,而芭比酒吧传出来的,基本上都是坏消息。

“参加地面探险队的一个志愿者告诉我,他们刚到洞口,还没有出去,盖革计数器就嗡嗡乱响。队长吓坏了,怕外边的核辐射太厉害,就宣布放弃外出探险,然后他们也就一无所获地打道回府了。但我觉得,他们根本就不想出去。”

“嗡嗡乱响,嗡嗡乱响,说不定是盖革计数器坏掉了呢?”我替老梁把话说完,然后又皱起了眉头,“不对啊,我怎么记得前两天的宣传栏才说,志愿者报名结束,正在组建地面探险队。这探险队怎么就回来了呢?”

“你这日子也是过得糊涂。组建探险队至少是半个月之前的事情了。”

“哦?”我用怀疑的目光看着老梁。不可能啊?我怎么记得是两天前呢?难道这半个月的记忆都丢失了?

老梁腾地坐起来,怒气冲冲,转眼之间又叹了口气,躺了回去:“年年都说今年就能出洞了,就能回到地面,沐浴在阳光下,奔跑在微风里,结果年年都失望。我已经老了,不知道还能不能活到出去见光的那一天。”

离开红土地，回到地上，一直是老梁的心愿。梁大哥却不支持他，就因为这个，老梁经常和儿子吵架。两人的关系一直不好。我有些怀疑，这事与我有关。我父母过世后，很多人照顾过我，但老梁是照顾时间最久的。他几乎就是我的养父，虽然我向来没心没肺地叫他老梁。梁大哥则很少正眼看我，似乎嫌我夺走了父亲对他的爱，但他从来没有明说，我也就无从判断自己的揣测是对是错。此刻，听到老梁这番心灰意冷的话语，我正踌躇着要如何安慰他，罗飞忽然插嘴问道："为什么一定要出去呢？"

老梁望着面前的空气，喃喃自语道："你们这些在耗子洞里出生的孩子啊，没见过阳光，没见过月亮，没见过蓝天和白云，没见过河流山川，连痛痛快快一次热水澡都没洗过，当然不知道外面有多美好了。你们呀，等见过地上世界的老家伙都死光了，你们大概就不会想着出去，只会一心一意赖在这耗子洞里，待上个千年万年哪。"

我曾在书上读到这样一句话：人老了就变成哲学家了。我在这句话后边补充一句：人一喝酒就变成万能哲学家了。老梁现在就是这个样子。他说的什么阳光、什么雨露我通通没有见过，无从想象，更无从去体会他此刻极度的失落与怅惘了。

"既然地上世界那么美好，你们又是怎么失去它的呢？"罗飞问。

这问题十分尖锐，我有些嗔怪罗飞不懂事，却又望着老梁，期待他的回答。

"我怎么知道！又不是我干的。"老梁气呼呼地说。他似乎从来没有思考这个问题，罗飞问起，促使他想了好一会儿："要怪就怪那些大官儿，为了保住他们的权位，他们下了命令。咱们普通人，多可怜啊！跟着倒霉。还要怪那些科学家，发明什么不好，非得发明核武器！然后，轰，轰，轰，世界儿下就没了。一帮蠢货！"

这时传来敲门声。门开着，有个娇小的身影站在那里，即便只是敲门的动作也能宣告她礼貌的登场。"梁大叔，"燕子姐说，"梁队长叫我给您送这一周的口粮，顺便把新收的蘑菇带回仓库。"

我赶紧过去，接下燕子姐手里拎着的塑料桶，沉沉的，比上次重多了。不过，那次还是我自己送蘑菇过去，再把我和老梁的口粮领回来，而今天，燕子姐主动送上门，倒是破天荒头一次。显然，这一转变，关键全在梁(副)队长身上。不过，这么说燕子姐似乎有失公平。红土地的人都知道，燕子姐为人热情，待人诚恳，对谁都礼貌有加，连我这样不起眼的小角色都经常受到她的照顾。在背后说她趋炎附势，终究是不对的。

罗飞很懂事，主动把装满蘑菇的塑料桶提到了燕子姐跟前。

"你就是那个新来的吧？挺俊秀的。这个光头尤其可爱。"燕子姐伸出手，想要刮罗飞的鼻梁，但罗飞迅速退后半步，避开了与燕子姐的身体接触，整张脸，甚至光光的后脑勺，都泛起一片潮红。"哟哟哟，害羞了。"燕子姐哈哈大笑。她弯腰拎起塑料桶："这次蘑菇房收成不错，应该记上一功。你们知道吗？养鸡场那边出事儿，鸡又被咬死了两只，以后再想吃鸡蛋，可就难上加难了。"

我问："谁干的？鼠族吗？"

"不是鼠族，是老鼠，真正的老鼠。"

"抓到老鼠，就有肉吃了。"

"天还亮着,你就能做白日梦啦。"燕子姐保持着脸上的笑容:"梁大叔,您家里那份口粮,梁队长已经帮您领了。您放心。我先走了。再见。"

她很有礼貌地朝我和罗飞挥挥手,提着塑料桶走了。因为塑料桶太重,她双手提得很吃力,几乎要半弓着身子,时不时地还要停下来休息,揉揉因为用力过大而酸痛的手指。我有些想过去帮她,可到底也没有诉诸行动。

我掀开燕子姐送来的水桶盖子,里面有米,有盐,有一把豆芽,有一个拳头大的土豆。有半包豆饼和薯片,四瓶矿泉水,还有两个鸡蛋。"哇,好丰盛,"我惊叹道,"今天终于又可以吃饱了。"上次吃饱已经不知是何年,依然是领口粮的时候吗?我不记得了。

"井底之蛙。"对我的惊叹,老梁评价道。

"那咬死的鸡到哪儿去了呢?"罗飞在思考别的问题。

"还用问,当然是市长和保安队队长享用了。"老梁回答。

我很想问,那保安队副队长有没有分享美味呢?但我到底忍住了,没有问出这样蠢的问题。谁料,罗飞忽然问道:"你们说的那个市长,是红土地的最高负责人吧?他生了几个孩子?"

"一个。"我回答。

"两个,"老梁说,"市长本来有两个孩子,大的那个死于当年的鼠族叛乱。现在这个,是后来生的。"

"两个?"罗飞犹豫了一下,"这么少,他是怎么当上市长的?"

我瞪了他一眼,很奇怪他会问出这么奇怪的问题。生孩子的数量跟当市长之间有什么必然的联系吗?

"鼠族,还有鼠族叛乱是怎么一回事呢?"罗飞继续问。

“鼠族这个‘鼠’字,可不是老鼠的鼠,而是裸鼹鼠的鼠。”老梁说。

“裸鼹鼠?那是什么?”我和罗飞异口同声地问。这种预料之外的同步让我有几分尴尬,斜眼去看罗飞,他却没有在意,只是专心看着老梁,期待他的答案。

“一种浑身光溜溜的小动物,生活在非洲的地底下,视觉很差,几乎是瞎子,但有立体听觉和立体嗅觉,在完全无光的地洞里,也能行动自如。奇怪的是,它们的触觉超级发达,却没有痛觉,被割伤了也不知道疼。还有它们是哺乳动物,血却是冷的,和蛇啊虾啊鱼啊一样。最令人意外的是,裸鼹鼠的社会是女王制,这在整个动物界都是极其罕见的。有人曾经非常详细地告诉过我……”说到这里,老梁忽然深深地看了我一眼,似乎有什么话想对我说,却又止住,说道:“算了,不聊这些了,做饭做饭。在芭比酒吧里光喝酒了,什么都没有吃,早就饿得前胸贴后背了。”

老梁抱出电饭锅和电炒锅,我和罗飞在一旁打下手,花了两个小时,终于做好了一桌美味。三个人酣畅淋漓地饱餐了一顿。吃饭时,我刻意说起裸鼹鼠,但老梁没有兴趣继续讲,支支吾吾让人疑惑,却不能强迫他说,就只好先不了了之。

饭后,老梁躺上大床,不久就鼾声如雷。“午休”,他是这样说的。“早上”“中午”“下午”“黄昏”“半夜”,他总是看着他的那块表,陈述着时间的流逝,并且严格按照时间安排自己的作息。

长期跟着老梁,我也习惯了,何时吃饭、何时睡觉、何时工作,都有一个定数。我躺上折叠床,罗飞跟着过来。我想了想,没有拒绝。开始有些莫名的兴奋,怎么也睡不着,后来一丝香气飘进我的脑海里。我感到难以描述的温暖,很快进入无梦的酣睡之中,如同一只全身无毛的小动物。

五

闲来无事之时,我带着罗飞四处瞎逛。我给罗飞介绍红土地的每一座山洞、每一条隧道。任何人见到罗飞都对他光溜溜的脑袋感兴趣。他不但没有头发,也没有眉毛和胡子,干净得像被什么精心剃过一样,与缺少工具而须发潦草的大多数人比起来,他更是如此与众不同。起初,罗飞还很羞赧,拒绝任何触碰,后来越发熟悉了,他也学着用脆脆的声音回应那些玩笑,可还是不能碰。不过,我是个例外。每次我摸他的光头时,他都淡淡地笑着,从不躲避。我问过罗飞是从何处逃来的,他似乎不愿意回忆那段过往,每次都闪烁其词。多问几次,他甚至有些生气,我也就不再追问了。毕竟,每一个人都有权保留自己的秘密。谁又能说,他能够毫无顾忌地把所有的秘密都袒露出来呢?

后来有一天,在远离红土地的一处人工开掘的坑道里,罗飞发现了一行字。“写的什么?”他指着那里问。

和其他年轻人一样,罗飞不识字。在这件事上,我又是个例外。

我蹲下,用电筒光照着那行字,十分佩服他是如何没有电筒也能发现那里有字的。我仔细辨别,一字一顿地读了出来:“在冷战最高峰的时候,我们没有死于核战;当我们以为核战不可能发生的时候,核战发生了。”

这句没头没脑的话,歪歪扭扭地刻在墙壁靠近地面的地方。我尝试了一下,发现只有躺到地上,才能把字刻在那儿。也就是说,刻字的人即使不是快死了,至少也是身受重伤。

罗飞躺到我身边:“什么意思……这话?”

“不懂,”我说着伸出手去摸摸刻字的岩石,莫名地想象这些石头坍塌下来的情形,“老梁告诉我,要是山洞坍塌,没有第一时间里死掉,也会因为找不到方向,找不到出路而死。”

“怎么会找不到方向呢?”罗飞很奇怪地看着我,“找到路不是很容易吗?”

我有点疑惑,但想到罗飞是从莫名的远方逃来,也得有特殊的本领才行吧。这么一想,倒也合乎情理。“嗯,你找到方向很容易。可对大多数人来说,可没那么简单,”我说,“多少人在没有坍塌的地洞里也会迷路。这样的事情已经发生过很多次了。对他们来说,红土地和它周边的隧道,那就是个巨大的迷宫。”

但罗飞的表情依然是难以置信:“你呢?你的方向感如何?”

“只能说一般吧,”我说,“我迷过好几次路,有一次差点没能走回来,死在某条地洞的尽头了。”

“下一次咱们一块儿去,保你不迷路。”

“嗯。”我高兴地点头答应。

有事情可做的日子过得飞快。转眼间,又一批蘑菇收获了。燕子姐来取蘑菇的时候,罗飞提出了一个意外的要求,要一桶干净水。干净水在红土地可是稀罕玩意儿,比大米还要珍贵。燕子姐犹豫了片刻,最终还是答应了。我问罗飞,要水来干什么。他笑而不语,说不久我就会知道,然后他乐呵呵地跟着燕子姐提水去了。

十号站台那边传来连续的铃声。这是市长大人要开会的意思。我赶过去的时候,那里已经聚集有数十人,他们站着,抑或坐着,三三两两，议论纷纷。保安们戴着褪色的袖章，手持警棍，也有拿着砍刀和钢叉的，四处巡逻，维持秩序。其中有十多个保安，推测是新招的，手无寸铁，只是百无聊赖地杵在原地。梁副队长则笔直地站在宣传栏旁边，肩上挂着一支步枪，腰间绑着匕首，看上去煞是威风。我想过去打一声招呼，却被宣传负责人孟楼拉住了手臂。

“嘿嘿，往哪儿跑？”孟楼说，“上次给你说的事情，你办得咋样？”

“起码等我把罗飞教会了嘛。你知道的，红土地的人，都等着吃蘑菇了。”我辩解道。实际上，种蘑菇、照顾蘑菇、收割蘑菇，都不是什么难事，罗飞早就学会了。只是这段时间里，我根本没有想起孟楼要我去保安队当宣传负责人的事儿。

孟楼没有松手：“你那小友挺漂亮的，舍不得走啊！”这样的玩笑话最近我已经听腻了。我推开孟楼的手，尽量控制自己的怒意：“别瞎说！”

孟楼急切地说：“刘队长已经答应我了。你赶紧的，到保安队来报名。”

这时，我看见老梁在人群中冲我招手，急忙撇下孟楼，急匆匆地跑到他跟前。“孟楼跟你说什么呢？”老梁劈头问。他脸色不好看，多半遇到了什么不顺心的事情。

我可不敢说实话，于是含糊回答：“就是打声招呼，他让我来借书。”

老梁说：“以后离孟楼远点儿，别看他表面斯斯文文，背地里却坏得头顶流脓、脚下生疮。”我不断点头，然后把话题岔开。

越来越多的人从四处地洞里钻出来，十号站台渐渐待不下了。

有人抱怨要离开，却被保安队拦住了。双方先是在语言上产生不快,继而在肢体上发生冲突。要离开的人骂骂咧咧,最终还是退到人群中,继续等待市长的大驾。

当站台上那台大钟的数字显示为“10”的时候,赵市长方才粉墨登场。他穿着笔挺的全套灰色西装,打着领带,头发也精心修剪过,只可惜皮鞋皱皱巴巴,鞋尖全都塌陷了。保安队队长刘海龙陪在赵市长身后，戴着发亮的钢盔。他在之前的鼠族歼灭战中受了伤,右臂上至今还缠着几圈扎眼的绷带。

赵市长走到红土地十号站台的一处台阶上，挥手示意在场的数百人安静。开始作用不大,人群还是闹哄哄的,刘海龙怒吼了几声,威胁要把不肯闭嘴的人砍死,现场这才安静下来。我指着刘海龙的手臂轻声问:“那是什么？”老梁答道:“文身。文的是一条张牙舞爪的龙。”我正想再问,赵市长拿出无线话筒,声音从广播中持续扩散,与当面听赵市长说话相比,这声音莫名的虚无。

“我知道,在场的各位居民,你们希望过上有质量的生活。你们当中很多人,都想离开红土地,离开这个地下世界,回到地上那个阳光灿烂的世界去。我也想啊。和大家一样,我也是在地上出生的人,怎么可能不想回到地上啊！可是,外面的世界太危险了,到处都是致命的核辐射。核辐射有多危险,在场的各位,你们不是不知道啊。而且这辐射无孔不入,你就是穿上全套防护服,也没用。那些被核辐射辐射过的人,肉从骨头上一块一块往下掉啊,肉掉完了你只剩下骨架,也就死了。就算当时不死,几个月后,几年后,你也会得上癌症,撑上几个月,最后不还是要极其痛苦地慢慢死去。所以,咱们现在的状况,根本出不去。大家都再忍忍。明年……明年我们一定再组织地面探险队,想尽办法出去。”

赵市长话音刚落,立刻有人喊道:“你就是不想出去!”

这人姓王,长得很敦实,是个电工,大家都叫他王工。王工对红土地的重要性不言而喻。平日里,大家都说:“红土地可以没有市长,但不可以没有王工。”这是彻彻底底的实话,没有王工的精心维护,红土地的电力系统,包括发电机在内的一切设备,早就报废了,而没有电力系统的红土地,将永远陷于黑暗之中。王工为人朴实,甚至有些木讷,不怎么爱说话,但只要开口,不管说什么,都会得到大家的认可。此时,他所述的反对意见,可谓一石激起千层浪,现场立即呈现出群情激愤、波翻浪涌之态。各种反对意见宛如雀跃的浪花,在人海中起伏跳荡。

“就会说漂亮话。”

“口惠而实不至。”

“留在这里,他还能继续享福儿。”

“这帮人都这样。”

这一回,刘海龙队长声嘶力竭地吼了好几次,才让现场再次安静下来。不得不承认,刘队长天生一副好嗓门,你以为他的声音只能这么大了,下一声又大了许多。当然,现场安静下来,也得归功于数十名保安的勤奋工作。

赵市长继续侃侃而谈:“别忘了还有鼠族。鼠族是我们天生的仇敌,与我们不共戴天。二十年前,鼠族发动叛乱,杀死了我们数万人。在场的各位啊,你们都有亲人或者朋友死于那场叛乱。我的儿子,我的第一个孩子就死于那场鼠族叛乱。这个血海深仇,我,我们不能忘,也不敢忘。然而,无数的事实告诉我们,单一个体,是一粒沙子,一缕微风,一滴水,没有丝毫力量可言,只有团结起来,将无数的沙子、微风和水滴团结成一个整体,我们将获得沙尘暴一般横扫一切的力量,到那时,我们就能彻底打败鼠族,过上真正幸福的日子。”

“鼠族不是被歼灭了吗?”问话的是芭比酒吧的冯老板。

“被歼灭的只是鼠族的一个部落。从这段时间的巡逻情况来看,我们周围至少还潜伏着八个鼠族部落,上千个鼠族成员在暗地里虎视眈眈,随时可能对红土地发动袭击。”

这话又在人群里激起波澜,但这一回大家都低声议论,脸上写满了恐惧。老梁在我背后轻声说:“罗飞问,市长靠什么维持他的统治。我现在知道答案了。”

“是什么?”

“希望和恐惧。”

我心中一下子豁然开朗。是的,就是这样。有一天出洞,是希望;鼠族来袭,是恐惧。

老梁突然大声说道:“鼠族还不是赵市长你一手造成的。”

周围一下子安静了。各种目光都投射到老梁身上,有疑惑,有愤怒,有赞许,也有幸灾乐祸。

“老梁,你没有喝醉吧?”赵市长悻悻地说,转而大声道,“这是谣言。我已经在多个公开场合,拍着胸脯,用我的人格,我的良知还有我的儿子保证,我与鼠族,没有任何关系。谁再敢说鼠族是我造出来的,别怪我对谁不客气!”

刘海龙站出来,大声喊着“散会,散会”。人群就由各个地洞溪水一般流走了。我转身看着老梁,本来想要问问他那话到底什么意思，但梁清扬过来，把老梁拉走了。看样子，他们父子俩会有一番动情的促膝长谈。

回到蘑菇房，罗飞迎了出来。“已经准备好了。”他说。

“什么？什么准备好了？”我不解地问。

他的回答很肯定：“洗澡。”我心下惊喜。罗飞向燕子姐要水的时候，我曾经猜过其用途，但没有敢往洗澡这个方向想。

“会不会太奢侈呢？这可是市长级的待遇。”我问。罗飞已经反手把门关上，笑嘻嘻地指着电饭锅的方向。我过去把锅里的水倒进水桶，又提着水桶来到厕所，脱下衣裤，开始洗澡。

最初的感觉并不很好，但随着热水的浸润与污垢的减少，我逐渐体会到洗澡的妙处。罗飞坐在床边，静静地又似乎热切地看着。“你洗过了吗？”我想起了这个问题。“洗过了。”他说，又重复了一次。

水并不多，节约着洗，也只能说勉勉强强洗了个全身。但用某本书上的描写——“就像换了个人似的”——来描述我此时的状态，丝毫不夸张。

水用完了，我擦干净水渍，正要穿裤子，却被人按住肩膀。扭头一看，是罗飞。“你干吗……”我话刚出口，立刻停住，目瞪口呆。

罗飞站在那儿，一丝不挂，身体线条非常柔美。这不是关键，关键是他(或者她)的胸前有明显的两处小丘般的隆起。我再白痴我也知道那是什么。那是女性的乳房啊！

“你你……你是女的？”我结结巴巴地说。

罗飞没有说话，只是定定地看着我，眼睛里燃烧着某种渴望。我踌躇着，不知该如何应对，生理上的反应倒是直接而昂扬。他(或应是她)浅浅一笑，眼波流转间，抓住了我的手，将其引导到她的胸前。

然后,双手触到乳房的一刻,我只感到内心一阵狂跳。这颗脆弱又坚强的心脏,似乎要从胸腔里蹦出来,一口气跳进空气里。

“不,这不对。”我的声音在唇齿间游荡。

“没什么不对,”她说,“亲我。”

我低下头,亲吻她的脸颊和脖颈,笨拙而又盲目。

嘤咛之声从她的唇齿里次第溢出,在蘑菇房里轻轻回荡。

我轻声唤她的名字:“罗飞?”

“嗯。”她侧身躺着。

“我们认识多久呢?”

“不知道。”

“我记得第一次见你的时候,你就是光着身子的。”

“是啊。要不是你,我可能早就死了。”

“可我记得,你当时胸部是平的,跟男人一样。”

“怎么?不喜欢我现在的样子?”

“不是……”

“你个笨蛋。每天和我睡在一起, 都没有注意到我身体的变化。”

我抚弄了一下她的乳房:“这发育也太快了吧?”

“傻瓜,”她笑着骂道,“难道你见过别的女人发育啊?”

这个问题的答案显然是否定的。然而……我忽然间明白过来:“罗飞,罗菲?你是草字头的‘菲’,不是飞翔的‘飞’!”

我感觉她的脑袋动了动。“这两个字有什么区别吗?”

“草字头的菲指花草等茂盛芳香。”

"那我就用这个'菲'字。"

"你今年多大？"

"不知道。很重要吗？"

确实不重要。在这个地下世界里，很多曾经重要的东西早已失去意义。那么，现在最为重要的东西会是什么呢？这时，罗菲坐起来，抿嘴笑道："要不要再来一次？"

六

红土地不光指红土地六号地铁站和十号地铁站，还包括天然溶洞、地下车库、隧道、防空洞、地下停车场、地下超市等等在内的地下世界。据老一辈讲，红土地所在的城市以大山夹大江著称，由于地形和历史，有比别的城市多得多的地下建筑。现在从红土地出发，可以抵达的大部分地方，都是千阳之战前用先进的工程机械挖掘出来的，唯有其余一小部分是战后逃到地下世界的幸存者在数十年时间里千辛万苦刨出来的。

在红土地，还有一个特别的地方——芭比酒吧。所有生活必需品都由赵市长和他负责的小组集中管理，只有酒例外。这家酒吧的老板姓冯，不知怎么找到了大量的酒，然后开了酒吧，让大家用自己的生活必需品换酒解馋。传说冯老板找到了一个很大的酒窖，但他从未承认，每次提及酒的来源就莞尔一笑。酒吧本无名，赵市长更没有准许其开张，只因为它的门上张贴了一幅画，上面有个娇小秀美的金发女孩，却长着成年女人才会有的硕大乳房。老一辈人管她叫芭比女郎，于是酒吧就顺理成章地被叫作芭比酒吧。

我带着罗菲去过芭比酒吧后，她就迷恋上了那里。有事儿没事儿，都往那里跑。说来奇怪，自从罗飞变成罗菲，几乎没人质疑，也都毫无芥蒂地接受了这件事，仿佛他们早就心知肚明，只有我这个白痴蒙在鼓里。燕子姐还特意送来两条珍藏的漂亮裙子，并在最短的时间里认罗菲为妹妹。“哎，小艾，你也算是有福之人啊，记得珍惜哦。”她也没有忘记打趣我。

在芭比酒吧里，能遇见各种人，也能听见各种事。老话说，“酒后吐真言”，虽不全对，但你至少能在芭比酒吧里听到滔滔不绝的话语。有对地上生活的回忆（蓝蓝的天上白云飘，白云下面马儿跑），有对丑恶过去的痛诉(既然我们已经按下了核弹发射键，那就证明我们是一个失败的物种，没有任何资格要求重回地面)，有对现实生活的抨击(你们知道赵光庭，我们亲爱的市长大人，今天吃了什么吗？小鸡炖蘑菇，还放了味精)，有深入的哲学思辨(人类有一种迷思，认为我们该对地球上发生的一切负责。这实在是一种前所未有的自大)，有对美好生活的向往(回到地面，我要做的第一件事就是跳进清凌凌的河里，痛痛快快地洗一个澡，哪怕马上就因核辐射死掉)，诸如此类，不胜枚举。

初听还颇为感动，多听几次就麻木了。所有的控诉与指摘，都停留在语言上，从来没有落实到行动中去。久而久之，我也就不再热衷于到芭比酒吧听他们海阔天空地吹牛了。罗菲不一样。她乐此不疲，每次单独去酒吧，她都能收获满满。我问她，她也不做正面回答。我注意到，这段时间里，她似乎换了一个人，昔日的羞赧全都消失，现在的她，能够与每个人谈笑风生。这是好是坏，我不敢肯定。

蘑菇收获的日子又到了。老梁已经连着好几天都没到蘑菇房，我也没有看见罗菲，就到芭比酒吧去找她。

酒吧的门关着，芭比女郎在画里俯视着每个过往的人。我敲了敲门，里面有人透过小窗看了我一眼，就放我进了屋。酒吧里目前没有几个人，所以我一眼就看见罗菲，她穿着燕子姐送她的那条浅蓝色裙子，光光的脑袋，在彩灯的照射下，有种难以描述的美。还有孟楼——他的手明明白白地勾在罗菲脖子上，似乎说了一句什么笑话，罗菲就咯咯地笑着，宛如乱颤的花枝，又好像欢快的乳鸽。

莫名地，某种原始的本能使我怒从心起，我竭尽全力才克制住动手的冲动，只是低低地吼了一声："罗菲！"

罗菲转过头，看向我："你来啦。孟楼讲了一个故事，笑死我了。"

这时，孟楼已经缩回勾住罗菲脖子的手。"就是个老笑话儿。"他说。

"葡萄架儿，哈哈哈。"罗菲说着，笑得前仰后合。

我不知道葡萄架儿有什么好笑的，快步走向吧台。"来一杯。"我对冯老板说。冯老板大腹便便、笑容可掬："这杯我请客。"他把一杯啤酒交到我手上。我端着杯子，看了一小会儿杯子里汩汩冒着的气泡，然后举起杯子，让那带着凉意的啤酒顺着喉管一路向下，冲进空荡荡的胃里。

"艾星雨，你是不是想打他？"罗菲指着孟楼说，脸上的笑意勾魂摄魄，"我看出来了，你在嫉妒。不不不，不是嫉妒，我用错词了。应该说，你的占有欲在燃烧，燃烧，对了，就是这个词儿。你觉得我是你的，别的男人就不该碰我，是吗？"

我看着她，眼神迷离，似乎不认识她。她变得极其……陌生。

"别呀，我没有说你做错了。燃烧，让你的愤怒之火燃烧得更剧烈吧，”罗菲把头转向孟楼，“上！”

孟楼闻言，放下杯子，走向我。这个头顶流脓、脚底生疮的浑蛋！怒火彻底钳制住了我，猛地一拳，凿在他脸上。孟楼没有让步，一拳擂在我的胸前。我顿感肋下火烧火燎一样疼。想必是我龇牙咧嘴的样子有些狰狞，孟楼胆怯地后退两步，酒吧里的人发出哄笑，似乎楼顶都会被这声浪掀翻。王工劝孟楼放弃，冯老板则笑着怂恿孟楼继续，还有一个不知名的家伙冲我比画“杀死他”的手势。

孟楼犹豫片刻，扑上去抱住了我。这并非什么标准的打斗动作。我一时半会儿没能挣脱他的束缚，而他的本意是把我掀翻在地，我就挪动脚步不让他得逞。我们就像两条相互撕咬的狗一样，围着对方转圈。我力气稍大一点儿，多转两圈后，我瞅准空当，双手用力，分开孟楼抱住我的手，并在两个人的身体分开的瞬间，一脚踢出，正中他的腹部。他惨叫着后退几步，捂住自己的肚子倒在地上。

冯老板跳出吧台，到孟楼边上查看了一番，得出结论：“没事儿，死不了。喝一杯就好。”围观的人逐渐散去。我喘了几口粗气，眼瞧着冯老板把孟楼扶起来——而孟楼低着头，表情深沉，难以描述。记起之前他让我去保安队的事儿，被我一口拒绝，当时他就是这样一副死鱼般的表情。

罗菲过来，亲热地挽住我的手臂。“真棒，”她说，“我们回去吧。”

一路上，罗菲就挂在我的肩膀上，仿佛她是我身体的一部分。我也乐得她这样向所有人宣示她与我的关系。刚进蘑菇房房门，罗菲就迫不及待地说：“我要你，现在就要，要你的全部。”

我还能怎么办？我只能响应召唤……

片刻欢愉后，我从精神到肉体都委顿下来。我喘着粗气，离开罗菲。罗菲从背后抱住我。“你是魔鬼吗？”她在我耳边说。这也是我想问她的问题。我咕哝了一声，聊做回答。

这时，响起了敲门声。我有些庆幸刚才进门时顺手关了门，不然被人看见刚才的一幕，也是挺尴尬的。我穿上衣服，看着罗菲也穿上了，这才开门。

保安队新任副队长梁清扬站在门前，面色深沉如水。孟楼在他旁边，脸上还有我留下的拳印。另外还有四个拿着警棍的保安在他们身后。

“什么意思？”我说，“浩浩荡荡来替孟楼报仇？”

“不是。有其他事情，”梁清扬说，“你被捕了，还有罗菲。”

“凭什么？凭什么抓我们？”

梁清扬没有回答，挥一挥手，两名保安挤过来，就往屋里闯。我张开手臂，护住大门，同时大喊：“罗菲，快跑！他们要抓你！”

喊声未落，我的肚子就挨了一棍，脑袋上又挨了一棍，旋即眼前发黑，跌倒在地。

七

醒来之后的第一感觉就是头疼，仿佛那警棍还嵌在后脑勺上。

我勉力睁眼，可周围还是一片漆黑，下一秒，光线才潮水般涌入我的眼帘。太过猛烈，我不得不再次闭上眼睛。隐隐约约中，我看见拿电筒照我的人是孟楼。

“把电筒关了。”一个声音说。

察觉眼前的光芒消失，我再次睁开眼睛，随即有人猛力揪着我的头发,强迫我坐了起来。这间小屋子没有亮灯,外间大屋子的灯光从梁清扬的背后照进来,使我只能看到他的轮廓,看不清他的面目。我发现我坐在一张铁椅子上,两只手被分别用绳子绑在椅子的把手上,脚也是如此。我和梁清扬隔着一张长桌子。揪我头发的年轻保安松开手,退到了一边。我舔舔干裂的嘴唇,清清淤塞的喉咙,说:“我要喝水。”

孟楼说:“你要搞清楚,你现在是犯罪嫌疑人。不老实说清楚,我们就弄死你。”

梁清扬用肘部稍微顶了顶孟楼:“咱是红土地的保安。”他非常刻意地扬了扬手,我勉强看见他右手捏着一把小刀,左手握着一个比拳头略小的圆滚滚的东西。他叫了我的名字,然后问道:“吃过苹果吗?”

原来那个圆滚滚的东西就是传说中的苹果。“没有。”我回答。

梁清扬说:“别说喝水,你从来没吃过的苹果都可以给你吃。只要把你知道的,一五一十告诉我们,你要什么给你什么。”

梁清扬用拇指和食指捏紧小刀,小心翼翼地划破苹果的表皮,又调整位置,让左手里的苹果旋转起来,小刀与之配合,于是一条细长的苹果皮就与苹果分离开来。一种从未闻过的甜香在空气中弥漫。这就是苹果的味道吗?“梁大哥,你想要我说什么?”我忍着胃的抽动,问道。

“别叫我梁大哥。这里是保安队,没有什么大哥,”梁清扬说,“罗菲。我想知道罗菲的一切。”

“她?她怎么啦?她干什么啦?她的事,你们不是都知道吗?”

“别装……”

“老孟！”梁副队长继续削苹果，“你先别急，把你怀疑的都告诉小艾，你怀疑罗菲是什么来着？”

孟楼说：“罗菲刚来的时候，我就怀疑她。后来，她从男的变成女的，我的怀疑就更深了。然后，就刚才在芭比酒吧，我彻底肯定我的怀疑是正确的。”

“你能怀疑什么？孟楼，告诉你，你别绕弯子，有话直说！”我说，“梁副队长，孟楼想要我到保安队当宣传负责人，他好去当仓库保管，分管粮食，被我当面拒绝。他肯定就怀恨在心，然后对我打击报复，污蔑我。谁都知道，粮食分配是个肥差，现在归你管，他这是要抢你的权啊。”

“这事我知道，”梁副队长停了一下，将削下的苹果皮整齐地码放在桌子中间，然后继续削苹果，“孟楼，你继续说。”

“我怀疑罗菲是……不，我肯定罗菲是鼠族的成员，一只工鼠。”

“那不可能！孟楼你个浑蛋，血口喷人！”我大叫起来，心底的愤怒与恐慌齐齐涌动，排山倒海一般，“罗菲是鼠族？你睁大眼睛看看，她长得难不成和宣传栏里的鼠族一样啊！”

孟楼说：“我跟你说过，宣传栏上的鼠族资料大部分是错的。至于为什么要用错误资料进行宣传，我不知道。但我知道的是，那份资料是我的前任的前任编写的。他这么做，是完全无意，还是刻意篡改，谁都不知道。我只是根据自己的研究告诉你，鼠族在样貌上与人类的差距并不大。罗菲就是典型例子。”

“为什么说罗菲是鼠族？”我抓住问题的关键问。

“在芭比酒吧里，为了罗菲，我和你打了一架。也可以美其名曰:决斗。你还记得吧？可是,像我这样理性的人,怎么会为了一个小女人而与人打架呢？事后,我反复回忆当时的情景。其他都很正常,只有在罗菲对我说‘上’的时候,我脑子突然蒙了,别的什么想法都没有,满脑子就只有一个念头,那就是把你的脑浆打出来。为什么会这样？想来想去,结论就只有一个:我被操控了。”

孟楼说的感受当时我也有。可是,为了女人,男人,甚至所有的雄性,不都是要竞争一番的吗？这怎么能说是受了操控呢？“酒喝多了吧？”我问。

“事实上,那时我只喝了半杯酒,”孟楼继续说,“我怀疑罗菲是鼠族,自有原因。我有你们都不知道的资料。还记得我说过的鼠族社会构成吗？”

“记得,”我说,“女王高高在上,七八只雄鼠作为她的后宫,只管交配,下面是数十只工鼠,一心一意工作,全心全力侍奉女王和她的后宫。工鼠没有雌雄之分,也就没有生育能力,可你刚才说罗菲是工鼠？”

孟楼点头说道:“说工鼠没有雌雄之分并不准确,应该说是,工鼠永远处于未成年的童稚状态,就像青春期前的孩子。工鼠的发育被鼠族女王分泌的某种外激素给抑制住了。只有鼠族女王死去,这些工鼠的发育才会迅速重新启动。想必这整个过程,你已经亲眼见到了。更匪夷所思的是,工鼠的性别实际上是处于待定状态,变雄还是变雌,完全取决于它在发育时遇到的是雌性,还是雄性。也就是说,罗菲,可能是男的,也可能是女的,只是因为遇到你,才变成女的。”

“这不可能！你骗人！”我竭力否认。可是,一些曲曲折折的往事纷纷跳上心头:冰冷的手;异样的香气;迅速隆起的胸部;黑暗中“看”得见东西;割伤的却不知道疼痛的手指……没有前因后果,只有最惊悚最离奇最恐怖的片段。有些当初就觉得疑惑,有些现在想起才是疑点,如今悉数串接起来,向我有力地证明,孟楼没有说假话。

“不可能个屁!人以前都还觉得可以永远称霸地球呢。现在呢?连个地面都上不去!”孟楼微微一笑,得意地说,“保安队最近不是歼灭了一支鼠族部落吗?我猜,罗菲就是其中的一只工鼠,侥幸逃脱,然后遇见了你,它才变成了她,并成为下一任鼠族女王。鼠族女王活着的唯一目的,就是找男人交配,生下成百上千的小鼠,重建她消失的鼠族部落。与这个宏伟目标相匹配的,是鼠族女王能分泌一种特殊的外激素,让男人乖乖地俯首称臣。我在芭比酒吧的所作所为,尤其是和你打的那一架,就是罗菲操控的结果。不过,我还好,无非被你踢的那一脚现在还疼得厉害而已嘛。你可就不同了。哈哈,我很想知道,和一只老鼠上床是什么样的感受呢?”

我想生气,想把拳头刻印到他那张斯文的脸上,可绳子束缚着我。我也恨,恨得牙根直痒,但恨谁呢?罗菲,还是我自己?我曾经在罗菲身上闻过某种异样的香气,那就是某种外激素吗?我和罗菲不管不顾,抵死缠绵,是外激素在起作用吗?我现在的一切言行,都是被罗菲的外激素操控的结果吗?

梁清扬将削好的苹果一分为二,二分为四,然后取了一瓣儿,递给孟楼。“很好。从小艾的表情看,你说的都是真的。辛苦了,”他说,“你可以把这件事告诉赵市长和刘队长,并且告诉他们,我一定会把罗菲逮捕归案的。”

孟楼拿着那四分之一个苹果，伸出舌头舔了一下，露出志得意满的笑容，且意味深长地看着我，带着明显的挑衅，然后转身，脚步轻快地走了出去。

“你也是，”梁清扬对我身后那个保安说，“吃瓣儿苹果，去做先前安排的事情。”那个保安很年轻，应该是最近才加入保安队的。刚才揪我的头发，用劲儿真大。从梁副队长手里接过苹果后，他丢进嘴里，一个囫囵，吞了下去，旋即小跑着出了这间小屋子。

“就剩下我们两个了。”梁清扬没有看着我，而是看着手里的半个苹果。

我吞了一口唾沫，饥渴的感觉愈加强烈：“照你说来，你们还没抓住罗菲？”

“确实没有。她比你厉害，打伤了我两个人，强行跳出窗子，跑了。”梁清扬取下四分之一个苹果，塞进自己嘴里。只听得一声脆响，汁液四溅，甜香散发出来，我深吸一口，就跟随着那丝丝缕缕的香气，盘旋着飘上了天空……“想吃吗？”梁清扬的话打断了我的幻想，“很好吃的。”

我低下头，不去看梁清扬和他的苹果。这不重要，至少不是现在最重要的事情。

一阵咯吱咯吱的声音后，梁清扬终于开口说话：“说实话，你想让我抓住罗菲吗？这不是一件很难的事情。”我茫茫然不知如何回答。但显然，他一开始就没有打算听我的说法。“对于这个问题，我的答案比你肯定得多。抓住罗菲，也就能再次证明，我能干实事儿的。但对于红土地目前的格局没有丝毫影响。”他说着，用食指敲了敲桌子:“我不想做这样的事情。”

八

我思忖片刻。这可能是逃生的机会,也可能是致命的陷阱。可我还有别的选择吗?“你想做什么事?”我问。

梁清扬没有回答我:“我知道一些孟楼和你们所有人都不知道的事情,比如鼠族的真正来历。”

“鼠族到底是怎么来的?”我很配合地问道。

“鼠族的鼠,指的是裸鼹鼠,不是老鼠,”梁清扬说,“鼠族之母,那个一手制造出鼠族的人,名字早已成为禁忌,为多数人所遗忘。唯一可以肯定的是她的性别——女性,所以,在下面的故事里我将称呼她为女博士。”

千阳之战中,这座以山多而著名的城市至少挨了四枚核弹的攻击。最初拥进红土地的幸存者到底有多少,早就无法统计,有人说两万,也有人说五万,甚至有人说十万。据说幸存者中有个副市长,是最大的官,顺理成章地当上了红土地的最高负责人。不管红土地人口有多少,把他称为市长,就是从那时确定的。当时的境遇虽然悲惨,但擦干眼泪和血迹之后,绝大多数幸存者都相信,用不了多久,他们就能离开这个拥挤不堪的地方,重返地面。“最多八年”,他们相互传着这句话。为什么是八年呢?谁也没有解释。

女博士是最早意识到地下生活可能要持续很久的人之一。她本是大学教授,主要研究表观遗传学应用。事有凑巧,女博士的实验室建在一个古老的防空洞里,与红土地地铁站仅一墙之隔。时年,女博士三十多岁,正是年富力强最有创造力的时候。战前,表观遗传学是新兴热门学科,她正在为一系列研究课题忙得不可开交,突如其来的战争,打乱了她的一切。来到红土地,她非常焦虑,比她周围的所有人加起来都要焦虑。

有一天,在一条拥挤不堪的地洞里,女博士小心翼翼地在人海里穿行。有个提着笼子的人几乎与她撞在一起。相互说过“对不起”后,女博士注意到笼子里有五六只红扑扑、光秃秃、龇着两瓣儿大牙的小动物。

“那是什么?”女博士问,“某种变异的老鼠吗?”

“不是,是裸鼹鼠,”那个带笼子的人说,“裸鼹形鼠才是学名。只是大家习惯叫它裸鼹鼠了。”

带着宠物躲到地下世界的人可不多见,现在又听见对这种较真的说法,女博士不由得会心一笑。“好丑的小家伙。”女博士仔细看着笼子里的裸鼹鼠。

“丑得有滋有味嘛,”养裸鼹鼠的人不以为然,“你可别小瞧了它们,本事可大着哩。”

女博士提问前,他已经开始滔滔不绝地讲起来。

“它们在缺氧的环境下也能存活很久。即便完全没氧,也能屏住呼吸长达 18 分钟。

“裸鼹鼠体内含有高分子量的透明质酸,其含量是人类或其他鼠类的五倍以上。这种透明质酸又称玻尿酸,能够抑制癌细胞的疯狂复制。

“裸鼹鼠的 DNA 修复能力极强,而且伴侣蛋白含量高,这种蛋白能避免其他蛋白出现折叠错误。因此,裸鼹鼠不会随年龄增长而出现身体机能退化。它们不会衰老,即使年龄很大了,外貌和大脑组织都能保持年轻的状态,并且终生拥有繁殖能力。

“它们的平均寿命是多数鼠类的 10 倍，最长的可以活过 30 年。等比例换算成人类的话,就是人均 700 岁,个别人能活到 1000 岁。”

女博士总结道:“不怕缺氧、不得癌症、不会衰老、寿命还长,堪称超级怪物啊。”

养裸鼹鼠的人说:“这些都不算什么，裸鼹鼠还是世界上罕见的真社会性哺乳动物。”

女博士知道什么是真社会性动物,像蜜蜂啊蚂蚁啊白蚁啊,都是，社会分工在基因上就决定了的，然而哺乳动物…… “具体说说。”女博士兴致盎然。

养鼹鼠的人侧过身子,让另外几个人从他旁边挤过去,嘴里继续唠叨着:“裸鼹鼠的社会分为三个等级:一只女王,几只雄鼠,数十到数百只工鼠。裸鼹鼠执行严格的女王制,在动物中是非常罕见的。你可以把它们的女王看作是武则天、叶卡捷琳娜或者克里奥佩特拉,但显而易见,后者对属下的掌控能力远远不及前者。整个裸鼹鼠部落只有女王有生育能力,一次能生七八只,并且很快就能进行下一次生育,充分保证了裸鼹鼠的繁殖速率。而且,生下来的小裸鼹鼠,是具有繁殖能力的雄鼠,还是没有繁殖能力只知道工作的工鼠,是由女王分泌的乳汁决定的。显然,雄鼠和工鼠的数量有一个基本固定的比值。”

“嗯,确实和蜜蜂相似,”女博士想了想,又问,“可为什么会是‘女王制’呢？”

那个人说:“裸鼹鼠生活在东非地下，以各种植物的地下块茎和根为主食。它们用巨大的门牙和锋利的前爪挖掘隧道,挖出的隧道四通八达,可以长达十几公里。相比它们的体型,这些地下隧道的规模就好比我们建造的超级地下城市。”

女博士点点头,思绪有些翻飞。很多人从她身边匆匆走过,她无视他们的存在。

“地下洞穴的广阔与不可预知性,使裸鼹鼠很难找到交配的对象。一旦找到,它们就要终生在一起。这也是它们建立女王制的重要原因。同时,在地下,块茎和根都可遇而不可求,单靠一只裸鼹鼠或者几只裸鼹鼠挖洞去找,很可能洞还没有挖好,早就先饿死了。挖洞可是个体力活, 所耗费的能量比行走耗费高出 3500 倍之多。一群数十只裸鼹鼠都去挖洞,找到食物的可能性就大得多。在分配食物方面,它们执行严格的共享制度。虽然不能保证每只裸鼹鼠每餐都能吃饱,但也不至于独自轻易饿死。”

“这能解释群居行为,可不能解释女王制。”女博士指出漏洞。

“演化也有偶然性,尤其是生物的行为和社会构成模式。对裸鼹鼠而言,为了生存下去,它们以群体为单位进行自然选择,所有个体都选择了群体利益最大化,因为在地下这个极端环境下,群体内部竞争获得的利益,远不如群体与群体之间竞争获得的利益大。也许裸鼹鼠们尝试过别的社群结构, 也许一开始它们就选择的是女王制,这个问题的答案已经淹没在历史的灰烬里,无从考证了。但我相信一点,能够存活繁衍至今,起码说明这种生活方式与社会结构有可取之处。”

女博士惊奇地望着那人,被他的这席话所震撼。

那人继续说, 语气越来越有所敬畏:“女王用一种外激素使雄鼠服服帖帖,用另一种外激素压制工鼠的发育,使它们的生殖器永远停留在童稚状态,不会起什么反抗之心。很可怕,是吧？然而,用人的伦理和道德来看待动物的行为,毫无意义。女王制保证了裸鼹鼠种群的生存与繁衍,是自然演化的结果,没什么不好,对不对？”

那个人说着,忽然停下来,眼望四周,感慨了一句:“裸鼹鼠可比现在的我们更适合地下生活啊。”

就是最后一句话,激起了女博士的无限畅想。她为自己的焦虑和人类的未来找到了一条全新的出路,那就是以裸鼹鼠的生理结构、行为模式与社会制度为蓝本,用基因驱动技术,对现存人类进行全方位的改造。这就是“裸鼹鼠计划”。

女博士回到几近荒废的实验室,重新开始研究。她从幸存者中招募了助手和志愿者。她对这些人说:“人类从树上下来,从古猿演化为类猿人再进一步演化为人类,并不是自愿的,更不是谁事先预设好的。恰恰相反,实情是当时世界气候骤变,导致东非的森林消失,古猿不得不从生活了数千万年的树上下来。下了树,落了地,猿就不是猿,而是人了。现在,另一场人为制造的灾难导致我们离开地表,来到这暗无天日的地下。在地洞里想要完全延续地上生活是不可能的了。而裸鼹鼠,为我们的未来提供了榜样。

“与第一批下树的猿相比,我们有两点优势。第一,我们至少知道,裸鼹鼠的身体结构、生活方式与社会制度是适合在地底生活的。我们可以少走很多弯路。裸鼹鼠与人类93%的基因相同,这使得裸鼹鼠计划天然就具备可行性。第二,借助表观遗传学和基因驱动技术,将使人类在一两代人的时间里,完全适应地下生活,而不需要花费数百万年的漫长岁月去慢慢演化。这是人工演化的效率,也是科技的力量。是的,我始终相信,是科技的力量摧毁了地上世界,但能拯救人类,使人类能够继续生存的,也唯有科技。”

九

讲到这里，梁清扬忽然停住了:“你相信女博士的这种说法吗？”

“什么？”我一时没有反应过来。

“女博士对科技的看法。”

“我不知道。实际上,我没有想过这个问题。她说的也许是对的,也许是错的。谁知道呢？”

“你燕子姐说你心重,什么都想得太多,还真是。”

“你说的这些,有些我了解,但有不少我都不知道。什么是表观遗传学？什么是基因驱动技术？”

“我也不知道。我只是在复述我爸爸的话,还有查到的历史资料。”

“好吧。无知的人不只我一个,”我微微叹了一口气,“后来怎么样呢？”

梁清扬说:“因为有之前的数个课题作为底子，研究进展十分顺利,三个月后就出成果了。从裸鼹鼠身上提取的基因片段被复制到一种针剂里,这种针剂自带基因驱动药物。这种药物原本是一种叫埃博拉的烈性病毒,经过一番精心改造,病毒只剩下了极强的传染力,致病性完全消失了。注射进人体后,埃博拉病毒迅速将基因片段传染到全身的每一个细胞,替换掉细胞里原来的基因片段,于是裸鼹鼠与人类的混血种就诞生了。”

我有些茫然地望着梁清扬。

“不要看我,我也不知道这段话是什么意思。资料上说,这是表观遗传学与基因驱动技术的完美结合。”梁清扬说。

“就跟听天书一样。”

“也可以说是魔法,” 梁清扬说,“过程难懂, 结果则很容易理解。裸鼹鼠计划有失败的案例,可还是有十二个参与实验的志愿者成功地转化为鼠族。”

“把带病毒的针剂注射进自己的血管,疯了吧？”

“好处够多就行,”梁清扬说,“根据研究日志,注射针剂后,志愿者的新陈代谢迅速下降到原来的30%。这样的话,他们只需要吃一点点食物,就能维持很久的生存。饥饿感从此与他们无缘。”

这确实是一大利好,尤其是在缺少食物的地下世界。是的,即使在物资丰富的地面, 也有很多人因为种种原因而做出愚蠢至极的选择。我从书上读到过很多这样的故事。何况,在一切秩序土崩瓦解的地下,为了能够生存下去,无论多么危险的事情都会有人愿意去做！何况变成鼠族后还有那么多诱人的好处！“你的故事还没有讲完,”我说,“在女博士制造出混血鼠族之后,又发生了什么事情。”

“一场灾难。”梁清扬说。

女博士制造出鼠族的消息不胫而走, 在红土地悄然而极其迅速的流传。一部分人对于成为鼠族,充满了渴望。毕竟,仅仅是一点点东西就能填饱肚子,这一条就足以让人动心,不会得癌症,那就足以使很多人下定决心。因为核辐射,当年癌症的发病率超过正常值几十倍,地下世界又没有相应的医疗设备和合格的医护人员。所有的癌症患者几乎只能活活等死。至于女王制度,至于从基因上决定一个鼠族的社会阶层,这些都是可以接受的代价。无须解释,大部分男人诚然都想当雄鼠,而成为永远长不大的工鼠,其实也并非那么可怕的事情。“没有性的觉醒,就没有性的困扰与烦恼。整天嘻嘻哈哈,忙忙碌碌,岂不乐乎？至少比现在这个要死不活的憋屈样子,好太多了,不是吗？”有人这样说。

然而,还是有很大一部分人持怀疑态度。成为老鼠？光想想这几个字,就让他们心惊胆战。不管如何解释裸鼹鼠和老鼠不可等同,可那些人依然固执地用老鼠来描述鼠族人。“我们是人,不是什么老鼠。人,懂吗？人有尊严,人有坚持,人有气质,人有文化。老鼠有吗？但凡还有一丁点儿生而为人的骄傲,就不可能变成老鼠！”他们四处宣扬自己的观点,并疯狂攻击裸鼹鼠计划的支持者。他们认为,阴谋正在酝酿,有人要蓄意消灭所有幸存者,“亡国灭种,然后用鼠族取而代之”,他们如是说。

红土地的核战幸存者很快分为三派:支持派、反对派以及观望派。三方势力争论不休,但大体还停留在口头辩论上,没有诉诸武力。这在拥挤不堪又缺衣少食的地下世界里,其实是非常难得的事情。然而一句谣言的出现,打破了这个微妙的平衡。“市长下令,在所有人的食物中悄悄添加鼠药,要把大家都变成听话的鼠族。”这个谣言或者说未经证实的消息引发了大面积的恐慌。即便是那些鼠族支持者,忽然间得知自己已经吃过“鼠药”,就要变成“鼠人”了,也心下大骇,方寸大乱。

地下世界蓄积已久的紧张、仇恨、怨愤一下子爆发出来。谁也不知道是谁最先动的手。从争吵到动手到厮杀再到所有人都卷入这场暴乱之中,不过是短短几分钟。结果却是非常明确,基因实验室彻底被毁,数千人死于这场暴乱。

“死者包括女博士吗?”我问。

“女博士和七个鼠族死于动乱之中。”

“也就是说,当时有五个鼠族逃出去了。就是这逃出去的五个鼠族创建了我们现在看到的鼠族部落?”

梁清扬点点头:“其实,现在到底有多少个鼠族部落,各个部落的规模有多大,我们并不清楚。当时,鼠族暴乱中,就有很多人,因为害怕被屠杀,也跟着鼠族逃了。而鼠族和人类之间,据我所知,还没有生殖隔离。”

“鼠族暴乱,哪有什么鼠族暴乱?”我把注意力集中在眼前的对话上,尽量不去想别的事情,“明明是那条谣言引发的。”

“是的,那条谣言。我问过那场暴乱的幸存者,他们都不知道是谁散布的那条消息。最后是我爸爸告诉我,是现任市长赵光庭。当时,赵光庭手中有很大权力,又善于那些冠冕堂皇的演讲。我父亲说,他亲耳听见赵光庭偷偷传播那条谣言。毕竟,他以自己的身份地位,说出的话可信性很高,所以许多人便不加任何思考,毫不犹豫地就接受了。”

“赵光庭为什么要这么做?”

“你看他在暴乱之后得到了什么就知道原因了。前任市长死于暴乱。赵光庭在暴乱中组织有力,表现出卓越才能,自然会被推举为新任市长,直到现在。”

“我记得老梁说过,赵光庭是鼠族的制造者。”

“女博士开始研究裸鼹鼠的时候,曾经去找当时的市长寻求支持。接待她的就是赵光庭。听说女博士的裸鼹鼠计划后,赵光庭表示出极大的兴趣。他尽力通融,并在此后很长时间里,他都对女博士的研究极为关心,从人力到物力,提供了大量的不可替代的帮助。我爸爸说,没有赵光庭,裸鼹鼠计划就不可能成功,所以说他一手缔造了鼠族,真不算夸张。”

“然而,后来又是他用一则简简单单的谣言,彻底摧毁了裸鼹鼠计划,”我说,“他是真的坏,还是真的认为裸鼹鼠计划有害?”

“我不知道。”梁清扬说。

这时,我的肚子很不争气地响了起来。梁清扬站起身,绕过桌子,来到我跟前。他把最后那四分之一的苹果塞进我嘴里。我狼狈地囫囵吞下,全然不觉得吃了什么了不起的东西。

“还记得最近出去的那支地面探险队吗?”梁清扬开启了新话题。

“走到洞口就退回来的那支?我记得。”

“我就是那支探险队的队长,”梁清扬说,“正如你猜测的,盖革计数器是坏的,不管有没有核辐射,一直就嗡嗡乱叫。出发前,赵市长特意找我,要我弄坏盖革计数器。”

“为什么?他为什么要这么做?!”

“你没有听说过吗,那些关于赵光庭的谣言?绝大部分都是真的,尤其是关于他舍不得放弃权力的那一部分。他知道,一旦离开红土地,他的统治将土崩瓦解,不会再有任何人听他的。权力亦如毒品,啜饮过其滋味的人,都不舍得放弃。所以我打算做一件事情。”

“什么事?”我问。

“我要推翻赵光庭的统治,我要告诉大家真相,我要带领所有人走出红土地,回到地面,开始全新的生活,”梁清扬目光灼灼,伸手按住我的肩膀,“你愿意站在我这边吗？你愿意帮助我完成使命吗？”

“我愿意。”我答道,没有丝毫犹豫。

梁清扬嘿嘿一笑:“很好。天虹,你可以进来了。”

刚才出去的那个年轻保安端着餐盘走进来。他将餐盘放到桌子上,我的面前,又将捆住我的绳子逐一解开。摆脱困缚后,我立刻扑到餐盘上,狼吞虎咽。

短短几分钟,餐盘里的饭菜大半进了我的肚子,我吃饭的动作慢下来。霎时间,一个念头跳进我的脑海:罗菲这时在做什么？吃饱饭了吗？

“我有个疑惑。先前孟楼说,罗菲操控了他的行动,那你怎么知道我现在的言行就不是受了罗菲的操控,或随时可能背叛你？”

梁清扬说:“鼠族女王确实能用外激素统御雄鼠和工鼠,但那作用范围和时间是有限的。所以,我相信此时此刻罗菲就影响不到你了。”

我心中微微一动。难道我现在对罗菲的思念是出自我本人的真实想法？我把餐盘里的最后几粒饭夹进嘴里,然后把餐盘轻轻推开。“说吧,要我做什么？”

“我得先告诉你个秘密。刚才的故事里,有一个养裸鼹鼠的人。你知道这个人吗？”

我摇摇头,表示不知道。

梁清扬说:“他是你的父亲。”

我无声地张大了嘴巴。我的惊讶难以言表。

“而且……”他继续说，“我有充分证据表明，你父母的死与赵光庭有直接联系。”

十

十号站台的铃声持续响起。陆陆续续有人从四面八方的隧洞钻出来，汇集到十号站台的各个角落。我手里握着梁清扬给我的无线话筒，藏身在一堆彩灯后面，目睹着人群越聚越多。

“谁？谁在乱摁铃？”刘海龙骂骂咧咧地从治安室跳了出来，手臂上还缠着绷带。好几个保安提着警棍跟了出来，但数量远低于预期，机会难得。

我清了清嗓子，对着话筒吹了一口气：“我。”

广播系统把我的声音轻松地传递到十号站台每个人的耳朵里。

“谁？在哪儿？给我出来！”刘海龙四处张望，同时示意他的手下，四下搜索。

我的位置很高，能够轻松看见下面的一举一动。我看见梁清扬的人摆着维持秩序的架势走进人群之中。我表演的时间到了。

“还有人记得千阳之战吗？就是那场把我们从地面驱赶到地下的战争？是谁最先摁下核弹的发射按钮呢？已经没人能说明白了，然而牵一发而动全身，第一枚核弹射出后，世界各地立刻做出激烈回应。那些深埋地下的核导弹基地打开了发射井，公路和铁路上驰骋的机动核导弹发射车竖起了发射架，在空中翱翔的战略轰炸机输入了核武器发射密码，在大海深处游弋的战略核潜艇点燃了潜射核导弹的发动机，都一股脑儿地把核导弹按照预订方案发射出去。所以说，这不是什么意外，甚至说这是一场蓄谋已久的自戕，毫不夸张。”

人群开始还有些纷纷扰扰，我多说几句后，都安静下来。虽然还有茫然之色，但心底的某种情绪，已经被我调动起来了。市长赵光庭出现在刘海龙身边，后者则低头向他解释着什么。

我继续说：

“然而，一切并未因千阳之战的结束而结束，被迫来到地下的我们更没有停止之前的自戕行为。20年前的那场被认为是鼠族引发的暴乱，大家不会忘了吧？没人知道是谁最先动的手，真相早就尘封，但结果就是如此残酷且真实。起初还有明确的派系之分，裸鼹鼠计划的支持者、反对者，还有中间派。谁支持，谁反对，谁观望，在先前的大辩论中早已悄然分裂。支持者杀反对者，反对者杀支持者，中间派杀支持者也杀反对者，更同时被支持者和反对者杀。然后，随着暴乱的继续，派系界限逐渐泯灭，本派系中那些不够坚定、不够积极、不够狂热的人，也成为屠害对象。到最后，在暴怒、仇恨和恐惧支持下，杀戮向身边的每一个人蔓延。没有核弹没关系，我们有砍刀、木棍、石块、拳头和牙齿，照样彼此杀了个痛快。20年前，在红土地，就在这里，惨叫，追逐，混战，血肉横飞，核战的幸存者纷纷倒下。整个红土地的人口锐减了至少70%。70%啊！”

说到这里，我停住了，好让听众们消化刚才提到的海量信息。

赵光庭在下边大喊：“我知道你是谁，你是那个种蘑菇的。我不知道你要干什么，但我要你马上滚出来，别在背地里装神弄鬼。你不自己出来，等我的人把你抓出来，我一定要你好看！”

“我们把那场暴乱叫作鼠族暴乱,说得好像是鼠族干的。其实不是,鼠族只是借口。他们也是暴乱的受害者,而所有屠杀,都是人干的。赵光庭赵市长……”按照梁清扬的计划,我继续说,“有个问题我得问你——目前所有证据都指向一个事情,都说你是20年前那场暴乱的始作俑者,是你用了一个彻头彻尾的谣言,引发了那场暴乱。当时你说市长悄悄把鼠药放进所有人的食物里,说要在没人知情的情况下,把大家都变成鼠族。人们听了这个谣言,信了,怕了,然后就失去控制,发生暴乱了。我问你为什么,为什么你要编造那个谣言?”

“为什么?! 凭什么我就要回答你?”

“就是这场暴乱, 形成了现在红土地的生活格局与社会秩序。我,还有在场的每一个人,都有资格问一个为什么。”我不由得加重了语气。

梁清扬也悄悄提醒我说:“语气再狠点儿,态度坚决,语气不容置疑,你要充分相信,真理和正义还有良知,都站在我们这边。”

我继续讲:“赵市长,请你回答刚才这个问题。连回答问题的勇气都没有,你还有脸做这里的市长?!”

下边有人跟着鼓噪起来。也许是梁清扬安排的,也许不是,总之就是几个爱起哄平时对赵市长又有所不满的人。王工站在人群边上,一脸高深的微笑,倒让人意外。刘海龙干号了几嗓子,现场才稍微安静了些。赵市长阴沉着脸,大声说:“我儿子就死于那场鼠族暴乱,至今伤心欲绝。我是暴乱的受害者。而在场的各位居民,咱们其实也都是那场暴乱的受益者。我不应该,更没理由被你们骂啊!”

对这个回答我颇为意外,就没有打断赵市长的自我辩护。

“20年前，我负责统筹分配所有食物，在很多人眼里，那是个美差。但我其实非常痛苦。真的！因为我在这个过程中，发现一个重大秘密——当时的食物储备只能供所有人再吃五天，即使削减每一个人的口粮，削减到最低水平，也最多再坚持十五天。我能想到的办法就是削减人口，大量削减。所以我有意识地引发了那场暴乱，鼠族只是由头，只是引线，只是导火索。肯定有人会说我残忍，我承认。但人都是要死的，或早或晚，不是死于暴乱，就是死于饥饿，有什么区别吗？”

“怎么没有区别？”我愤怒地问。

“事实上，在行动之前，我向当时的负责人汇报粮食的情况。那个老奸巨猾的家伙，他暗示我可以想办法削减人口。我一时冲动，说出了那个计划，老家伙没有明确指示，没有说可以，也没有说不可以，只是转身离开，把一个烂摊子留给了我。那个老浑蛋，他为什么不阻止我，不反对我，不把我抓起来以免我去干坏事？除了照计划进行，我还能怎么办？在当时的情况，没有我，也会有其他人来执行这个计划。”

我一时语塞，不知道怎么说。

“还有，总有人造谣说我是鼠族的制造者，这就是污蔑。我是去实验室参观过，但那是我的职责。有人在红土地搞非法试验，我不该去看看吗？‘裸鼹鼠计划’，是叫这个名字吧？跳过了动物试验阶段，说是客观条件不允许，直接进入人体试验阶段，这真的对吗？尽管有无数的志愿者争先恐后地参与。但这真的对吗？

“还有你们都看到了成功的案例，但你们没有看到失败的案例，我看见了。那些失败者，没有变成裸鼹鼠，反而感染上了埃博拉病毒，在很短的时间里，所有的内脏器官都变成赤红色的液体，最后在剧烈的呕吐中死去。死状极惨。失败的案例高达40%。你们以为裸鼹鼠计划可以拯救你们吗？你凭什么认为你会成为那成功的60%？失败的可能性永远存在！

“我说在场的各位都是那场暴乱的受益者可不是假话。你们中一半人经历过那场暴乱，对于当时粮食缺乏的情况，你们应该深有体会。你们有别的解决方案吗？去冒40%的死亡风险，转化为裸鼹鼠吗？说实话，没有暴乱，你们活不到现在。你们之中的另一半，包括现在拿着话筒在暗地里叽叽歪歪搞阴谋的那位，都是暴乱后出生在红土地的，你们有什么资格品评你们未曾经历的事情？同样，没有那场暴乱，你们能有机会在这里打爹骂娘吗！”

赵光庭市长不愧为老资格的政客，这一段演讲下来，虽然其中的话语并非毫无破绽，强词夺理与偷换概念之处甚多，但与我的高谈阔论相比，似乎更贴近现场诸人的心声。他说完后，现场非常安静，可以看出局势正在往有利于赵市长的方向发展。我略为思忖，推开遮蔽我的彩灯，从藏身处走了出来。

“说得真好，”我讥讽道，“千阳之战，你是受害者。鼠族暴乱，你也是受害者。你能活到现在，还真不容易啊。”

“终于现身了，种蘑菇的，”赵市长说，“就凭你，搞不出这么大的动静，说，在幕后指使你的人是谁！”

“赵光庭，我还有个问题要问你，”我怒目圆睁，语气格外凶狠，“你，八年前，为什么要杀死我的父母？”

“那是意外！”赵光庭脸上显出一丝恐慌。“抓住他！”他向刘海龙发布命令，后者立刻气势汹汹地冲我奔过来，却忽然摔倒在地，跌了个狗啃泥。刘海龙骂骂咧咧地爬起来，一支步枪抵在了他的腰眼上。

“听小艾把话说完！”步枪的主人梁清扬一字一顿地说。刘海龙顿时不敢吱声。

喧哗瞬间席卷了整个现场，刹那间又归于平静。众人注视着我，等待我的进一步行动。我好整以暇，缓步走向赵市长：“不要以为只有十岁的我就全不知情。当时我只看到一些片段，有些事情还不理解，但我现在懂了。只要把碎片拼接，自然就会水落石出。你，赵光庭赵市长，觊觎我母亲的美貌，本想利用权势得到她，不承想被我母亲严词拒绝。恼羞成怒的你，意图强奸，又被我父亲撞见，灰溜溜地就逃了。最后在你的指使下，刘海龙刘队长安排手下，制造了那场意外。我的父母，就这样死在了那个坍塌的地洞里。我问你，我说的哪句不是真的？”

“你瞎说！”赵市长已然声嘶力竭，“你有证据吗？再瞎说，我弄死你！”

我倒不怕赵市长的威吓。天虹早就悄悄站在了赵市长的身边，他拿砍刀在赵市长脖子附近比画了一下，后者立刻缩了脖子，不敢言语。

“刘海龙，你说！”梁清扬大声问道，“不说实话，我一枪打死你。”

刘海龙眼珠子转了两圈，似乎在求助。在看见手下都离得八丈远后，他唯有无奈叹息：“是，是市长下的令。我……我也是被逼无奈啊。”

我已经走到市长跟前，站在他不足一米远的地方。我从未在如此近的地方看过市长,原来此时的市长,满脸发白,直冒冷汗。没有爪牙和帮凶,他也不过是个被岁月碾压过的老头子。曾经在他身上的权威如今已荡然无存,只有一张如同毒蛇蜕下皮的老脸,苍白,瑟缩,令人恶心。

天虹把手里的砍刀递给了我。那意思再明白不过——杀了他!杀了赵光庭!杀了这个害死我父母的元凶!

“血亲复仇。你是第一受害人,最有资格这样做,”梁清扬在行动之前这样对我说,“台下的那些人,对千阳之战的起因和经过不感兴趣,对鼠族暴乱的真相不感兴趣,但对血亲复仇一定感兴趣。”

我握紧砍刀,手指因为用力而微微痉挛。“杀了他。”天虹在我耳边低语。我还在犹疑,不知道如何出手,毕竟我没有受过杀人的训练。这时,天虹从后方将我的手肘一推,那砍刀立刻前冲,深深地扎进了赵市长的胸腹之间。

十一

赵市长倒退两步,以不敢相信的目光瞅瞅我,又瞅瞅胸前的刀柄,这才惨叫着倒下,倒在台阶上。一时半会儿还死不了,鲜血伴随着他的哀号和抽搐,先是喷射,后是汩汩流出,最终躺在那里,不再动弹。两只浑浊的眼睛半睁着,好像仍不相信自己辛辛苦苦经营这么多年,怎么忽然间一切就土崩瓦解了呢。

“为什么?”我总算清醒过来,转向天虹,“事先不是说好,让他卸任不就够了吗?”

“除恶务尽,不留后患,”天虹这样回应,“梁队长说的。”

一股愤怒混杂着恐惧在我胸中涌起。我的目光越过不知所措的人群,望向数步之外的整件事的主谋。梁清扬依然平端着步枪指向刘海龙,刘海龙的嚣张跋扈早已不知踪影,只剩一个颤巍巍的躯壳。他胳膊上文的那条面目狰狞的龙,此刻显得特别可笑。

人群中不知道是谁大喊了一句:“杀人啦,艾星雨把赵市长给杀啦!”这霹雳一般的喊叫顿时将现场不知所措的人群唤醒,刚才他们还是面面相觑,宛如只有脑袋能动的雕像,现在忽然间活过来,走动,奔跑,回避,号叫,啼哭,议论,谩骂,疑惑……一时之间,整个现场宛如一锅沸腾的水,一片涌动的海。

梁队长大喊着什么。隔得太远,周围又乱,我只能猜测是“安静”两个字。他连续喊了好几次,没人听从他的话。继而他扣动了扳机,枪声骤起,在红土地四处回荡。刘海龙应声倒下。子弹从正面击中了他,削掉了他的大半个脑袋,血肉、碎骨与脑浆喷溅了一地。这下子,闹嚷嚷的现场立时安静下来。

“安静!”这两个字格外清晰,环顾四周,梁清扬又命令道,“话筒!”

天虹从我手中拿过话筒,走向梁清扬。看着天虹离去的背影,我有种深深的屈辱感。我被利用了,我被抛弃了,我成了一枚任人利用的棋子。

梁清扬拿过话筒:“赵光庭死有余辜,有什么大惊小怪。你们早想干掉他,不就是不敢动手嘛。你们之中有谁,背地里没骂过赵光庭,现在站出来,指着所有人的鼻子,骂一声叛徒?!”

没有哪个蠢货会在这时站出来。

“赵光庭坏事做尽,他死有余辜,”大局已定,梁清扬清了清嗓子,继续说,“他死了,他的帮凶刘海龙也死了,一了百了。我们这些还活着的人，还要继续在这暗无天日的红土地生活，你们愿意吗？我想没有人愿意。我将带领大家离开这里，回到阳光灿烂的……”

就在这时，燕子姐慌慌张张从人群背后跑过来。在距离梁清扬七八步远的地方，就听见她气喘吁吁地喊道：“孟楼……带着一队保安，占……占领了食品仓库！”这突如其来的消息打断了梁清扬的演讲。他愣了小半晌，捏着话筒没有说话，直到燕子姐跨步向前，牵住了他的手，恰如其分地宣示了自己与他不一般的关系，他才说道：“慌什么？天虹，你带几个人过去看看，到底发生了什么事情。”

天虹点了四名保安的名字，都是些刚加入保安队的新人。梁清扬又在天虹耳边叮嘱了几句，我猜一定是“不惜一切代价也要夺回粮食仓库”之类的话。我很清楚，所有人都清楚，粮食仓库对于红土地的重要性。粮食仓库堪称红土地的战略枢纽，谁控制了粮食仓库，谁就控制了整个红土地。然而，孟楼是怎么想到此时去占领粮食仓库的？难道他知道今天我们会行动？护卫赵光庭和刘海龙的保安比平时要少，我算是知道他们去了哪里了。

天虹带着四名保安匆匆离开十号站台。梁清扬松开了燕子姐抓住他的手，继续演讲。燕子姐满脸凄惶地站在梁清扬背后，摇摇欲坠。我知道有些事在我的视野之外悄然发生过了，然而我……我不得不收敛心神，将注意力集中到梁清扬的演讲上。之前我已经听他讲过，此刻听来却格外空泛。不外乎他不会享用特权，会公平地对待每一个人，他希望带领大家走出这个阴森可怖的地下世界，回到渴望已久的地面，我们梦寐以求的故乡以及这是所有人不约而同的梦想等尔尔的套话……

广场边上忽然传来喧哗声。我极目远眺,看见那条隧道入口,有一群人正鱼贯而出。前几名都是手持警棍和砍刀的保安,第六个人是脸庞白净的孟楼,刚刚出去的天虹跟在他的身后。谁都看得出天虹的立场发生了转变。"螳螂捕蝉,黄雀在后",孟楼此刻的笑意正好诠释了这个成语的全部内涵与外延。

"天虹,你过来!"梁清扬脸色有些难堪。

天虹摇着头,不说话。他的背叛,显然不是现在,而是很久以前。那孟楼趁我们对付赵光庭和刘海龙的时候,带人占领粮食仓库的行动就可以解释了。

"不要以为梁清扬是什么千载难逢的好人。我也告诉大家一个秘密吧,"孟楼走进人群中,边走边说,"梁清扬带领地面探险队回红土地的途中,遇到鼠族部落的围攻。他派人求救,保安队与鼠族一场血战,虽然歼灭了整个鼠族,但保安队也折损了大半。这个事情相信大家都记忆犹新吧。然而,这事儿从一开始就是阴谋。探险队遭遇鼠族部落,根本不是巧合,而是梁清扬事先知道那里有鼠族部落,刻意把探险队带过去的。目的很简单,借鼠族之手,干掉一半保安队,削弱赵市长的实力,为他今天搞政变创造了必要条件。"

我惊讶地"哦"了一声,周围也是一片讶异惊叹之声。地面考察与歼灭鼠族本是独立的两件事,现在却如此血腥地联系在一起,的确出乎意料。然而冥冥中我又似乎觉得,这样的结果并非特别意外。

梁清扬说:"孟楼,你血口喷人!你说这些,有证据吗?"

“这话听着耳熟啊。”这时，孟楼已经走到了梁清扬的跟前。他的十来个手下站到了他的身后，呈扇形拱卫他。他志得意满地笑笑：“对喔，先前艾星雨说，赵光庭害死了他的父母，赵光庭要证据，他才肯去死。现在轮到你说，要我拿出证据，你才肯去死。可笑。局势变化怎么就这么快呢？”

燕子姐拉着梁清扬的胳膊，惊慌的表情难以言表。事情确实变化得太快。由于天虹的背叛，梁清扬不知道他的手下还有谁是可信的。我猜他此刻孤家寡人的感受一定非常强烈。

“我一定会带领大家回到地面！”梁清扬说。

这句没头没脑没滋没味的话惹得孟楼大笑。他笑得前仰后合，眼泪都快掉下来了。良久，他才停下来喘了口气：“回地面干吗？被核辐射影响吗？我们还回得去吗？”

梁清扬脸色惨白，勉力说道：“地面的核辐射早就没了。毕竟千阳之战已经过去了三十多年。地面早就安全了。这些年里，赵光庭欺骗了所有人。”

“那也只是可能。你并不能证明地面已经安全了，”孟楼说，“最关键的，我们为什么要出去冒险？这里有吃有喝，条件确实艰苦点儿，但毕竟活得好好的啊。为什么要去冒险？就为了你从你那酒鬼老爹那里继承来的虚无缥缈的地上之梦？在我看来，此时此地就是最好的，根本没有必要去冒险。大家说是不是啊？”

孟楼“此时此地就是最好”的说法让我震惊。在红土地里，明明有诸多不好的地方，他为什么认为这里就是最好的呢？然而，我看见周围包括天虹在内有不少人点起了头，说明支持孟楼这种说法的人不在少数。

我大声说："不对，孟楼你说得不对。这里并不好。连洗个热水澡都办不到，你能把这样的生活叫作好吗？"

"小艾，艾星雨啊，"孟楼看着我，语重心长地说，"你让梁清扬利用了，你不知道吗？你父母的事情是我告诉梁清扬的，没想到这个阴谋家居然利用你去对付赵光庭市长。"

"赵光庭死有余辜。"我把先前梁清扬说过的话重复了一遍。

"我不和你论这事儿，"孟楼转向梁清扬，"眼下局势高低立判，梁清扬，你要么投降，要么去死，没别的路可选。投降，我饶你一命，还有你老婆。别看你有枪，可枪里能有多少发子弹呢？多到能把在场的每个人都打死，就像你打死刘海龙一样？"

梁清扬的脸色变得极其难看，一阵红，一阵黑，一阵白，显出心潮难平。"下不了决心吗？"孟楼不耐烦地说，"那我帮你下好了。"他把手举到半空，挥了挥手，就像指挥千军万马的将军一般，向跃跃欲试的保安们指出了进攻的方向……

就在这时，某个地方传来难以形容的嘶鸣。等不及我分辨出来，站台的所有灯就已全部熄灭，整个红土地顿时陷入完美黑暗之中。枪声响起，有人惨叫，又有人大呼"打死他"，纷乱的脚步在四周回荡。突如其来的黑暗让我无所适从。我后退两步，靠到墙上。奔涌的人群从我身边杂沓而过。如果不是我闪避及时，我很可能已被踩死。我的心怦怦跳，惊惧像裹尸布般笼罩着我的全副身心。

黑暗中，有只手抓住了我的胳膊，我急忙甩开，然而没有甩掉。那只手很冷，但抓得很稳，很紧。一个熟悉又陌生的声音对我说："跟我来。"

那是罗菲的手,那是罗菲的声音。

十二

黑暗中,仓皇中,混乱的人群中,我的脚步踉跄,一路跌跌撞撞。但抓着我的那只手始终没有松开。我在罗菲的牵引下奔逃,时而快,时而慢,时而上,时而下。不时有人在近旁跌倒,惨叫与惊呼之声不绝于耳。

也不知道踉跄了多久,周围都安静下来,我想我们已经奔逃到远离红土地的地方,四周只剩下我和罗菲的脚步声——不,只有我一个人沉重的脚步声与呼吸声。罗菲脚步轻捷,犹如小猫,根本没有声音。又跑了一段时间,罗菲才停下来:“星雨,这里安全了。你先藏在这里。”她按着我的肩膀,示意坐下。

我不肯,倔强地站着,同时抓住她的手不放:“你去哪儿?”

她说:“去找人。”

“这么黑,你看得见?”

“不,我看不见。但我听得见,闻得见,比眼睛看到的,还要清晰。”

“立体听觉,立体嗅觉,看来,孟楼所言非虚。”我的心往下沉,缓缓松开握住罗菲的手。

“什么?孟楼说了什么?”

“他说你原本是鼠族,是只工鼠,没有雌雄之分。你的部落被保安队歼灭,你逃出来,遇到我,然后才发育……变成你现在的样子。”我揉了揉太阳穴,就地坐下,以解脱我酸软无力的腿。

“按照你们的说法,确实是这样。但从我们鼠族来说,那是另外一回事。”我感觉到罗菲在我身旁坐下,但她没有继续往下说。

“怎么……不离开这里?”沉默良久,我终于提出了一个问题。

罗菲答道:“十号站台的电力已经恢复,没有黑暗掩护我,出去就只会被抓,所以没走。”

我不知道这里距离站台有多远,也不知道罗菲是怎么知道站台电力恢复了,我也不想知道。我只想知道另一件事,“那么……”我舔舔干涸的嘴唇,“好吧,你说,说说鼠族的事。”

罗菲开始讲述,声音前所未有的愤怒又压抑:“我们部落的主巢穴遇到意外,坍塌了。女王下令,长途迁徙,寻找新的主巢穴。途中,我们停下来休息。就在我们睡得正香的时候,你们的人,保安队来了。他们先杀死了我们设在外围的哨兵,然后摸进了女王所在的寝宫。女王被杀,这引发了整个部落的混乱与疯狂,还有彻底的崩溃。如果女王在,以鼠族的团结一致,被歼灭的一定是保安队,然而,然而……我只身逃出,但我永远记得那些保安脸上恶心的表情。我们什么都没有做,只是在那儿睡觉!”

我记起宣传栏上读到的内容,现在又反向知晓了事情的经过。谁对谁错?孰是孰非?在这个故事里,我又扮演了什么角色?罗菲呢?我想回答这些问题,但脑子钝化,宛如岩石。浓稠的倦意从脊椎蔓延至全身,眼睛在合上又睁开几次后,我躺平身子。“累了,”我嘀咕着,“睡了。”地下冰冷而坚硬,但并没有阻止我向睡神投降。

不知昏睡了多久,半梦半醒间,我选择躺在原地,紧闭双眼,也好不去面对现实。这种状态持续着,直到我心生厌倦,方才情愿睁眼。可我发现,原来四周仍是一片驱之不散的黑暗,是否面对也无太大区别。罗菲睡在我身后,靠得很紧,一只手搭在我的腰间,就像在蘑菇房的折叠床上一样。我翻了个身,面朝罗菲。她稍稍调整了一下位置,没有醒,也可能是在装睡。我不在乎,试探着伸出手去摸她的鼻梁和脸颊。黑暗中,她的脑袋忽然动了一下,下一秒我的手指就被她的牙齿轻轻咬住。

"你的味道很特别,"罗菲慢慢地说,斟酌着字词,"甜,很平和的甜,不腻不浓,然而非常持久。甜里略微带一点的酸,不多不少,恰到好处,没有喧宾夺主,抢过甜的风头。尝过后,有一点点苦涩隐藏其中,令人回味无穷。"

被人这么描述,我不禁扑哧一声笑了。"说得我跟苹果似的,"我说着从侧面抱住了罗菲,"你这个妖孽。"她乖乖地,在我的臂弯里,被我轻轻抱着,没有言语,也没有别的动作。我觉得周围的空气都变得香甜,那无边无际的黑暗也变得可爱。我享受着这一刻的宁静与温馨,沉醉其中,不愿醒来。

一丝欲念在我心中升起。我抚摸着罗菲光滑的后背,在她耳边说:"我喜欢你。我爱你。"罗菲轻声回答,声音之轻,几不可闻:"我也是。"一种浓浓的暖意从我心底漾起,闪电般传遍全身,每个细胞都如同在温热的海洋里欢唱。

"又用外激素对付我?"

"没有啦,"罗菲俏皮地说,"明明是你,浑身散发着诱人的香气。"

我的手指在罗菲的肌肤上游走。我看不见,但能感受到她身体的变化。她的身体如此敏感,很像水。不过,这水里又藏着火,温热宜人。她抬起靠近我的那条腿,将其搁在我的腰上,从而方便彼此的灵魂借由肉体相结合。

之后的过程，缓慢而悠长，同时安静、甜蜜又芬芳。直到最后一刻迸发瞬间，我才允许自己喊叫："我爱你，爱你。"

事后，我们继续拥抱在一起，很久很久。真希望就这样静止的，即便世界末日也无法打破这份安宁。但新的疑惑又在我脑海里现形：为什么我对罗菲如此迷恋？难道……我也是鼠族？毕竟我爸爸就是启发了女博士的人啊。

我刚想说话，罗菲的脑袋忽然扬起："有人来了。"她补充了一句："不是我的人。"然后，她起身离开了我。

我坐起身，失落与惆怅同时撞击了我。

我知道，我真切地知道，所有的温馨与浪漫即将消失无踪。残酷的现实会把我刚才的体验全都碾成齑粉。我不想知道的是，在我安睡的这段时间里，红土地发生了些什么，也不想知道有多少人死于黑暗中的屠杀，更不想知道孟楼和梁清扬，哪一方从这场暴乱中胜出。

我一点也不想知道这些问题的答案，而且最为关键的是，罗菲的真实身份已经暴露，接下来会发生些什么？我实在不想知道。

"在这等我，艾星雨，"罗菲的声音从不远处传来，"我爱你，永远爱你。"

远处传来纷乱的脚步声和说话声，几束电筒光在黑暗中乱刺。至少有六个人，其中一个是天虹，那个背叛了梁清扬加入孟楼阵营的年轻人，"仔细搜。"天虹的声音冷漠又严厉，"必须抓住鼠族女王，还有那个种蘑菇的。要是他们逃了，会生出一整支鼠族部落来祸害我们。"

我在地上摸索了一番，找到了一块拳头大小的石头，拿着站了起来。“我在这里！”我高声喊道，“来啊，过来抓我啊！”

电筒光纷纷朝我这边射过来。我眯缝着眼睛，把刚才的话又大喊了一遍。我希望在他们抓住我的时候，罗菲可以趁机逃跑。突然前方出现了罗菲的身影。她挡在了那群保安和我之间。所有的电筒光都照射着她，她不着寸缕，皮肤发着粉红的光，将一切秘密呈现在空气与众人的目光里。

我震惊地看见她脚步轻盈，修长的大腿有力地踏动，浑圆的臀部与完美的腰身随之扭动。丰腴的乳房颤得人心脏狂跳。“妖女，你要干什么？”一个保安喊道。她轻舒双臂，上下扇动，摆了一个飞翔的姿势。她已经走进六名保安的队形之中。

“抓住她！”天虹说，“不要被她迷惑了。”

“我爱你们，”罗菲咯咯地笑着，“我爱你们所有人。”

然后……变故就在这个时候发生了。一名保安突然举起警棍敲打在前方那名保安的脖子上。“你干什么？”后者怒喝一声，毫不犹豫地将手里的钢叉刺向同伴的肚子。天虹退后半步，避开了面前那名保安突然挥出的拳头，却被某支电筒砸中了额头。他狂吼了一句，挥动砍刀，削中了拿电筒砸他的那名保安的脖子。砍刀卡在了那人的脖子里，红艳艳的血喷射而出。天虹试着拔出砍刀，另一名保安从背后用钢叉刺中了他。他惨叫着倒下，偷袭他的保安没有停手，扑上去继续刺，直到这根警棍精准而疯狂地敲在他的后脑勺上。旋即警棍被丢弃，它的主人喘着粗气，轰然倒下，肚子上有一个拳头大的血窟窿。

我目瞪口呆地看着。几把电筒在混战中各有去处，有的坏掉了，有的则躺在地上，照射着曾经的主人。六个人，或者说，六具尸体,以各种不正常的姿势,堆叠交缠码放在一起。从变故发生,到一切结束,不到十秒的时间。赤裸的罗菲站在尸体中间,脸上露出了甚是满意的微笑。

这微笑却叫我心生寒意。“你干了什么?”刚说完我就意识到自己问了一个蠢问题。因为我知道问题的答案。能让一群男人忽然之间自相残杀,除了鼠族女王的某种外激素,还能是什么?

电筒光熄灭了,世界重回黑暗。

好黑,好冷。

十三

“接下来你打算做什么?”

“去芭比酒吧,有几个人在那里等我。我的人。”

“然后呢?”

“离开这里,去寻找宜居的主巢穴,创建新的鼠族部落。这是我铭刻在基因里的宿命。”

“我呢?”

“你跟我一起去啊。”

“和众多雄鼠一起去吗?”

“是啊,”罗菲说,“跟我在一起,迟早有一天,你也会变成鼠族的一员。比起纯粹的人类,我们鼠族更适应地下生活。你会爱上这种生活的。”

对话进行到这里,已经无法再继续了。我选择沉默。然后,趁罗菲去芭比酒吧的间隙,我离开了她。逃跑,是的,我逃跑了。在保安的尸体上,我捡到了三支完好的电筒。这三支电筒可以支撑我走很远,远远地离开红土地,远远地离开所有人。我并不知道自己要去哪里,只是沿着一条山洞往前走,往前走。我脑子里一片空白,什么也不敢想,什么也不能想。遇到岔路,随便选一个。走,走就好。哪怕是在原地兜圈子,也比停下来好。

也不知道过了多久,我听见附近忽然传来密集的脚步声,赶紧熄了电筒,藏了起来。一群二十来个衣衫褴褛的人在电筒光的指引下,慢慢走来。队伍中有两副担架。梁清扬和燕子姐都在队伍里,一前一后走着。梁清扬肩上挂着那把步枪, 额角上的伤口简单处理过。他的神情相当沮丧,一直低着头,看着自己不停前移的脚尖。

这时,抬第一副担架的人忽然脚下打滑,好不容易才稳住,没有将担架倾倒。梁清扬下令原地休息,自己跑到担架旁,蹲下,掀开床单看了看里面的人。啊,是老梁。他脸上没有一丝血色,显然受了很重的伤。我赶紧从藏身之处跑了出来,有人想拦我,但被燕子姐制止了。我奔到老梁跟前。他躺在担架里,闭着眼睛,似乎还有呼吸。我握住他的手,还有明显的温度。

“他为了救我。”梁清扬有些哽咽。

“灯灭后,又发生了什么?”我问。

“我不想说。”梁清扬说完,转身离开。

燕子姐走过来。“小艾,”她叫我的昵称,神色比梁清扬要平静,“孟楼赢了。跟我们走的,就这些人了。”

也就是说,红土地将维持它原有的运转方式,只是市长从赵光庭换成了孟楼。“就这样?”

“就这样。”

黑暗中的屠杀,是谁也不愿意提及的话题。千阳之战到底是怎么回事,我无从想象,然而,黑暗中的屠杀,我是可以想象的。一幅幅画面闪过,带来一阵阵心悸,我急忙止住。

老梁忽然动了动。“星雨……星雨来了吗?”他的声音苍老无力。

“是我,我来了。”我眼里噙着泪。

“星雨,我的儿子梁清扬利用你对付赵光庭,我代他说声对不起。我反对他的很多做法,然而这一次,我没有制止他。”

“没什么的。赵光庭死有余辜。”

“罗菲呢?你没有和罗菲在一起吗?”

我不知道如何回答这个问题,只好含糊地说:“在,在的。”

老梁说:“当年,我也是裸鼹鼠计划的志愿者之一。可最后关头,我退缩了。现在想起来,也不知道当初的选择是对还是错。女博士说,因为知道裸鼹鼠的存在,可以使我们的地下生活少走很多弯路。女博士虽然知识渊博,她却不知道,有些弯路是必须走的。不走过那些弯路,人们就不会知道哪是弯路,走过了才明了,哦,那是弯路啊。可惜,没人能替她去走那些弯路。”

我点点头,压抑住眼底的泪花:“你的意思我明白。”但其实,我依然留有疑惑:老梁的意思是地下生活是人类走的弯路吗?还是说,女博士设计并制造出鼠族是人类走的弯路?

他继续说:“星雨,你知道年轻最大的好处是什么吗?是你还可以选择,还有一个充满未知的未来在等着你。”

我并没有从这句话中得到安慰,但我还是点头,表示同意。“老梁,我有个问题想问,”我说,“我是鼠族吗?我爸爸是给了鼠族之母灵感的那个人。我,是鼠族吗?”

“不是，”老梁气若游丝，“你是在暴乱之后两年出生的。你妈妈不支持裸鼹鼠计划。”

这个答案让我略有安慰，却又不免遗憾。我不理解如此复杂情绪背后的成因，这毕竟不合逻辑。我应该为我是纯粹的人而高兴才对。然而，我并没有真正的发自内心的高兴。

“我最后有个心愿……”老梁轻咳了两声，继续说，声音越来越低，需要凝神倾听，才能听见，“我出生在地面，我也希望死在那里。”

“不！不要说这些死不死的丧气话，”梁清扬抢道，“我会把你和大家都带回地面。”

“好啊。”老梁勉力露了一个笑脸，阖上双眸。

我大惊失色，正要问话，燕子姐却在一旁说：“只是失血过多，暂时昏迷。”

“还是很危险啊。”

“没有办法，没有输血设备，”燕子姐为难地说，“我能怎么办？”

“接下来你们打算怎么办？”

梁清扬再次抢答：“刚才不是说了嘛，离开地下，回到地面。”

他曾经是地面探险队的队长，知道出去的路很正常，但是……

“出去的洞口不是这个方向吧？”

“不是。”梁清扬肯定了我的结论。“我们要去的，是另外一个洞口。距离红土地有好几十公里，原本是另一个地铁站的出口。几个月前，我外出探险，在隧道里迷失了方向，一直往前走，无意中发现的。知道这条路的人，应该只有我。”

“外面安全吗？”

“还记得那个苹果吗？是我出了洞口，在街边的树上摘下来的。当时摘了一口袋。你吃的是其中一个。”

这不但可以解释苹果的来历，或许还能解释另一个问题：梁清扬原本是反对回到地面的，为此他还和老梁吵了好几架，父子关系也持续冰封。然而，当他发现出去的洞口后，梁清扬完全改变想法了。同时用新鲜的苹果和外出的路来招揽手下，不失为一种有效的手段，尤其是对那些渴望离开红土地的人而言。这种做法，足以培养出自己的势力，并可能改变红土地的社会格局。

“可这并不能证明外面安全了，”我暗自思忖，“在地下生活得太久，我们并不知道正常的苹果是什么样子。”

“你说得对。我父亲就说那苹果比记忆中的要小得多，但他也说不清楚，这么小的苹果是因为核辐射变小了，还是因为这个品种的苹果就是这么小，”梁清扬指了指另一副担架，王工坐在担架旁边冲我憨厚地笑着，“所以我准备了一些仪器，盖革计数器，还有两套防辐射服，希望能派上用场。”

“一起走吧。”燕子姐在一旁发出邀请。

我正要答复，就听见有人惊呼：“鼠族！”

十四

梁清扬把肩上的步枪取下来，平端在手里。其他人也纷纷去抓武器，警棍、钢叉、砍刀、木棒、石块，有什么拿什么。所有的电筒齐齐指向发出声音的地方。

七八个人出现在那里，为首的是罗菲，依旧一丝不挂，丰腴的乳房随着脚步，上下跳荡。她身后跟着七个男人，头发都剃掉了，剃得不够干净,跟先前的形象相比,对比非常鲜明。有我认识的,也有我不认识的,毕竟都裸着身子,与先前相比实在太过陌生,甚至要盯着看好久才会想起他的名字——芭比酒吧大腹便便的冯老板也在其中,一眼望去,只能瞥见下垂的阴茎掩藏在肚子的阴影里。这画面太过诡异,这边所有人,连同我在内,都变成了哑巴,没有发出一丝声音。

梁清扬最先清醒过来,猛拍了一下步枪:"站住,原地别动。再动我就开枪啦!"

罗菲没有停,健步向前,凝神望着梁清扬:"是你,就是你,指引保安队偷袭女王寝宫,杀死了我的女王,导致整个部落崩溃,数十名族人惨遭屠杀。"

"怎么着,想报仇?"梁清扬暴躁地回答。

罗菲没有答话,带着手下继续往前走。我周围的人都紧张起来,握紧了手中的武器。一场生死搏杀在所难免。虽然我们这边人多得多,但看过罗菲用一点点外激素就让六名保安自相残杀之后,我知道,这种数据上的优势毫无意义。

"罗菲,我是你燕子姐。你不记得我了吗?"燕子姐怯怯地喊了一声。

"记得,"罗菲说,"谢谢你的裙子,可惜我用不上了。"

"你是要把这里的所有人全部杀死你才甘心吗?!"我吼道。

"不,不是的,"罗菲的视线集中在某个人的脸上,"我只要他死。"

话音刚落,我就看见梁清扬的脸颊变得扭曲,仿佛有双无形的手在揉搓。下一秒他调转步枪的枪口,对准自己的下巴,枪身太长使得动作平添几分怪异。我知道他要干什么,猛扑过去,一掌劈在步枪上。这一劈力度之大,整支枪都往下转了下半圈。然而,梁清扬还是扣动了扳机,子弹击中他的左脚脚背。他惨叫着,想强力支撑,却没有成功,终究还是哀号着侧着身子倒下。

燕子姐急忙奔过来, 检查梁清扬的伤情。她能做的有限,而我——我知道我必须救梁清扬,哪怕他设计了那么多阴谋。可他毕竟是老梁的亲儿子,还有……他知道出去的路。于是,我对着罗菲怒目而视:“够了,住手,罗菲!有什么冲我来。我知道,我背叛了你,这让你很生气,对吗?”

“艾星雨,”罗菲叫着我的名字,抬起赤裸的手臂,用食指稳稳地指向我,“我知道你为什么逃走,不用解释。寻着你留下的气味追到这里,是想告诉你一件事情。在我的一生里,你对我有着特别的意义。我爱你,毋庸置疑。”

我僵立在原处,浑身冻结一般,无法启齿。

“我爱你,也爱他们,”她指了指她身后的那些男人,“我对你的爱,不因为他们而有所减损;我对他们的爱,也不会因为你的存在而有所偏私。作为女王,我是绝对公平的。这一点,你们人类从来没有做到过。我也知道,这不符合你学到的伦理和道德,但那些在地面生活形成的规范已经不适应地下生活。坚持从两千年前的历史中寻找力量的人,终究会被历史所淘汰。世界已经改变。你必须做出改变,才能更好地在这地下生活下去。”

“是吗?”我强自淡定地说,内心却无比恐慌。罗菲说的话并非毫无道理,而且……而且这话听起来有种莫名的熟悉感与亲切感。在梁清扬讲的故事里,我的父亲,那个养裸鼹鼠的人,就对女博士,后来的鼠族之母,说过类似的话。那……如果我父亲在场,他又会对我说些什么呢?他应该就会说,用人类的伦理道德去看待裸鼹鼠的行为是没有意义的。可真的没有意义吗?那用裸鼹鼠的行为来指导和规范人类的生活就有意义了吗?

“我找到你,是想再给你一个机会,”罗菲说,“跟我走,去地下深处,好好生活。不管你想要什么,我都可以满足。”她用手指在自己的小腹上——我曾经抚摸过的地方——画了一个大大的圈:“我会为你生一大堆孩子。”

我嗫嚅着,说不出话来。

“你想延续人类文明之光吗?没有问题,你认识字,你可以教孩子们,教我生下的所有孩子,读书认字,告诉他们人类是如何愚蠢地失去了地面。鼠族之母曾经说过,鼠族才是人类文明的延续。而你,可以为此做出重大贡献,在鼠族历史上永远刻下你光辉灿烂的名字。”

鬼使神差般,我朝着罗菲的方向迈了两步。

“小艾!”燕子姐叫我,我回头瞥了她一眼,看见她蹲在梁清扬身边,握着梁清扬的手,而梁清扬按着她的肩膀。他中弹的脚还在往外面慢慢流血,即使不死,也会落下终生的残疾,但他脸上保持着某种会心而愉悦的笑。

我收回目光,也收敛心神,盯着自己的脚尖。

我想我明白为何知道我不是鼠族之后而出现的遗憾心情了——因为我是鼠族的话,会让这些选择变得容易太多。然而,我生而为人,亦在人群中长大。老梁总是说我做事审慎,其实不是审慎,我只是很难做出选择而已,就像现在。

两条路摆在我面前。

一条路是跟着燕子姐和梁清扬，重返地面，去那未知之地，重建人类文明。

另一条路是跟着罗菲和她的雄鼠们，去往地底深处，像裸鼹鼠那样永远生活在地下。

其实还有一条路，那就是回到红土地，回到孟楼“这里就是最好”的治理下，老老实实种自己的蘑菇，但莫名其妙地，我没有把这条路列入选项，予以考虑。我把它抹去了，就像抹去破碎的蜘蛛网。在我脑子里，只有两条路在竞争：回到地面，抑或深入地下？

很久以前，老梁告诉我，在坍塌的地洞里，人难以找到正确的方向。你以为是正确的方向，却可能把你导向死路；你以为是错误的方向，却可能在峰回路转之后，导引你走上金光大道。我此时的感觉，就像置身于坍塌的地洞之中，无数的岩石和碎屑压在我身上，令我呼吸不能，动弹不得。千年万年，只要时间足够长，我就会变成坚硬的化石，供后世凭吊研究。

然而，此时此刻，留给我的时间不多了。不管多么艰难，我必须遵从我的内心，做出自己的选择。

载于《科幻立方》2019 年第 4 期